Rainer Maria Schröder
Im Tal des Falken

Rainer Maria Schröder

Im Tal des Falken

C. Bertelsmann

Autogramm-Adresse:

Rainer Maria Schröder
Gaulstraße 38
5272 Wipperfürth

1. Auflage
© 1992 C. Bertelsmann Verlag GmbH, München
Einbandgestaltung: Klaus Renner
Satz: IBV Satz- und Datentechnik GmbH, Berlin
Druck: Mohndruck, Gütersloh
ISBN 3-570-01379-1 · Printed in Germany

Inhalt

In Liebe meiner Frau Helga,
die das größte Abenteuer
mit mir wagt:
die Karawane der Träume!

ERSTES BUCH

El Qahira
Stadt der tausend Minarette

Oktober–November 1830

In einer anderen Welt

Der Morgen dämmerte über Cairo herauf, und der Ausblick von Odomir Hagedorns Dachterrasse war atemberaubend. Überwältigt von dem Panorama, das sich seinen Augen darbot, lehnte Tobias Heller an der hüfthohen Lehmmauer.

»Könnte ich doch bloß malen und dieses Bild festhalten!« murmelte Jana neben ihm andächtig.

»Ja«, sagte Tobias nur, und die klare Stimme des Muezzins, der mit seinem fremdartigen Sprechgesang aus der luftigen Höhe des Minaretts die Gläubigen zum Morgengebet rief, trug in der Stille des jungen Tages weit.

Halb rechts vor ihnen, jenseits einiger luxuriöser Sommerpaläste inmitten schattiger Gärten, erhob sich am Nilufer die Große Moschee von Boulaq, dem Haupthafen von Cairo und um die zwei Kilometer nordwestlich der Stadt gelegen. Ihre mächtige Rundkuppel wurde von einem goldenen Halbmond gekrönt, der auf einer sich nach oben hin verjüngenden Säule aus vier Kugeln ruhte. Neben der Moschee, umschlossen von vier Seitentrakten mit Bogengängen, ragte das Minarett anmutig und schlank wie ein gespitzter Bleistift in den Himmel.

Dunst lag wie ein zarter Schleier über den dunklen Fluten des Nils und hing zwischen den Palmen, Akazien und Sykomoren. Bauchige Barken und flache Feluken lagen in mehreren Reihen Bordwand an Bordwand am Ufer vertäut. Die ausgebleichten Segel bauschten sich an Deck zu dicken Tuchrollen und warteten darauf, hochgezogen zu werden, um den heißen Wüstenwind aufzufangen. Die Mannschaften der Boote hatten sich an Deck versammelt, ihre Gebetsteppiche ausgebreitet und mit dem Gesicht gen Mekka begonnen, die vier *rakats* des Morgengebetes zu verrichten. Über ihnen strebten, gekrümmt wie die Spielzeugbogen von Riesenkindern, die Masten mehr als fünfundzwanzig Meter empor. Aus der Entfernung wirkten sie besonders bei den Feluken, die mittschiffs kaum einen Meter aus dem Wasser ragten, dünn und zerbrechlich wie Streichhölzer.

»Da!... Die Pyramiden!« rief Jana begeistert und deutete über den Strom, wo hinter den Palmen grüne Felder tief in die Wüste reichten. »Man kann sie von hier aus tatsächlich sehen!«

Im heller werdenden Licht des neuen Tages waren die Umrisse der Pyramiden von Gizeh deutlich zu erkennen. Die gewaltigen Monumente, seit Jahrtausenden stumme Zeugen der Geschichte, wuchsen viele Kilometer vom Nil entfernt aus dem Sand der Wüste in den Morgenhimmel, der nun rasch das trübe Grau der Dämmerung verlor. Er nahm ein pastellweiches Blau an, auf das die Sonne kräftige Lichtfelder in Rot und Gelb malte. Am östlichen Horizont blühte sich zwischen Himmel und Erde kurzzeitig sogar ein zartes Lindgrün auf.

»Wie riesig sie sein müssen, wenn sie schon aus so großer Entfernung zum Greifen nahe erscheinen!« sagte Tobias beeindruckt, als die Sonnenstrahlen nach den Spitzen der Pyramiden griffen.

Jana schüttelte den Kopf, daß ihre langen, schwarzen Haare flogen, und sagte mit einem versonnenen Lächeln: »Es kommt mir wie ein phantastischer Traum vor, daß wir in Ägypten sind und daß der Nil und die Pyramiden vor unseren Augen liegen.«

Tobias nickte. Auch ihm kam es wie ein Wunder vor, daß sie Ägypten endlich erreicht hatten. Was lag nicht schon alles an Abenteuern und Gefahren hinter ihnen. Vor den Toren von Mainz auf Gut *Falkenhof*, dem trutzigen Landgut seines Onkels und Universalgelehrten Heinrich Heller, hatte vor über einem halben Jahr alles begonnen. Und zwar mit dem Besuch von Armin Graf von Zeppenfeld. Dieser ehemalige Offizier und skrupellose Glücksritter hatte nichts unversucht gelassen, um in den Besitz jenes geheimnisvollen Spazierstocks mit dem Knauf in Form eines silbernen Falken zu gelangen. Niemand hatte damals gewußt, was es mit dem Falkenstock auf sich hatte, nicht einmal Sadik Talib, ihr beduinischer Freund. Daß im Stock die erste von drei Landkarten verborgen war, die den Weg zu einem legendären, verschollenen Tal mit Pharaonengräbern in Nubien wies, hatte niemand geahnt. Erst später, nach der Belagerung von Gut *Falkenhof* durch Zeppenfelds Komplizen und Helfershelfern und ihrer dramatischen Flucht in einem Gasballon, hatten sie das Rätsel des Stocks gelüftet. Und da erst hatten sie auch erfahren, daß zwei weitere Rätsel zu lösen waren, wenn sie das verschollene Tal finden wollten: das eine verbarg sich in einem Koran, dessen Deckel aus merkwürdig gehämmertem Kupferblech bestand und der sich im Besitz von Jean Roland in Paris befand, und das dritte Geheimnis war in einem Gebetsteppich verborgen, der auf *Mulberry Hall*, dem Herrscherhaus des spleenigen Lord Burlington zu finden war.

Zeppenfeld hatte sie mit seinen Söldnern Valdek, Stenz und Tillmann durch halb Europa gejagt und versucht, ihnen sowohl in Paris als auch auf *Mulberry Hall* zuvorzukommen, um sich mit List und Tücke und notfalls mit brutaler Gewalt des Korans und des Gebetsteppichs zu bemächtigen. In Paris war ihm das gelungen. Dort waren sie in die blutigen Barrikadenkämpfe der Juli-Revolution geraten, die mit der Vertreibung des Bourbonenkönigs Charles X. geendet hatte. Zeppenfeld hatte den Koran an sich gebracht. Doch seinen Versuch, ihnen auch noch die Karte abzunehmen, die sich im Falkenstock befunden hatte und ohne die er das Tal niemals finden konnte, hatte Sadik durch einen genialen Schachzug buchstäblich in letzter Sekunde vor den Toren von Paris vereiteln können. Zeppenfeld hatte sich dabei schwere Gesichtsverbrennungen zugezogen.

Abenteuer! Wie sehr hatte sich Tobias in den stillen Jahren bei seinem Onkel auf *Falkenhof* danach gesehnt, Abenteuer zu erleben, statt jeden Tag von ausgesuchten Privatlehrern Unterricht in einer anderen Sprache zu erhalten und sich immer mehr Buchwissen anzueignen. Was nützte es ihm, daß er – noch keine siebzehn Jahre alt! – der beste Pistolenschütze auf *Falkenhof* und längst ein Meister in der Führung einer Degenklinge geworden war! Ihm war, als würde das Leben an ihm vorbeigehen. Wie sehr beneidete er damals seinen Vater, der zwischen seinen gefahrvollen, jahrelangen Expeditionen manchmal nur wenige Wochen bei ihnen auf dem Landgut verweilte, weil er stets von Unrast und brennendem Forscherdrang getrieben wurde.

Sein sehnsüchtiger Neid galt in jener Zeit auch Sadik, dem weltgewandten *bádawi*, der in seinem Leben schon so viel gesehen und erlebt hatte und seit vielen Jahren Dolmetscher, Führer und Vertrauter seines Vaters auf seinen Nilquellenexpeditionen gewesen war. Und als Jana Salewa, die fast gleichaltrige Landfahrerin mit dem prächtigen schwarzen Haar und den flaschengrünen Augen, mit ihrem Kastenwagen auf der verschneiten Landstraße von Mainz nach *Falkenhof* verunglückte und Sadik sie gesund pflegte, da erhielt sein Leben eine neue Wendung. Seine Liebe zu ihr entdeckte er später. Zuerst war er nur fasziniert von ihrem völlig ungebundenen Leben auf der Landstraße, und am liebsten hätte er mit ihr getauscht. Denn auch er wollte frei wie der Vogel sein und die Welt mit all ihren Abenteuern kennenlernen.

Und dann hatte Zeppenfeld ihrer aller Leben völlig aus der Bahn geworfen und ihn, Tobias Heller, zusammen mit Sadik und Jana in einen wahrhaft rasanten Strudel der Abenteuer gerissen.

Tobias dachte an ihre rasende Kutschfahrt von Paris zur französischen Küste und erinnerte sich mit Schaudern an die nächtliche Sturmfahrt über den Kanal nach England an Bord des Schmugglerschiffes *Alouette*. Wenn es nach dem Kapitän gegangen wäre, hätten sie die englische Küste nicht zu sehen bekommen, zumindest nicht lebend. Und dann die Wochen bei Rupert Burlington auf *Mulberry Hall*! Diese Zeit und das, was der spleenige, technikbegeisterte Lord auf seinem herrschaftlichen Landsitz geschaffen hatte, würde ihnen allen für immer unvergeßlich in Erinnerung bleiben. Das monströse Dampftaxi, der Dschungel im gigantischen Wintergarten, Chung mit seinen unterirdischen Maschinenhallen, der zynische Butler Parcival, der Schwarze Mungo, die Prärie und Büffel im Salon – ach, es gab so vieles, was ihm beim Gedanken an Rupert an unglaublichen Erlebnissen in den Sinn kam!

Natürlich auch Zeppenfeld, der ihnen nach England gefolgt war. Sein Überfall war jedoch gescheitert, und Valdek hatte dabei sogar den Tod gefunden. Doch Zeppenfeld würde deshalb bestimmt nicht aufgeben, sondern hatte zweifellos wie sie mit dem nächsten Schiff die Überfahrt nach Ägypten angetreten, wo er sich bestens auskannte. Und hier würde sich wohl auch alles entscheiden. Es war nur gut, daß Rupert Burlington seinem Freund Odomir Hagedorn schon vor vielen Wochen geschrieben und ihn gebeten hatte, ihnen seine Gastfreundschaft in seinem Haus in Boulaq zu gewähren und darüber strengstes Stillschweigen zu bewahren. Zeppenfeld würde es daher nicht so leicht haben, ihren Aufenthaltsort in Cairo ausfindig zu machen, und das war ein Vorteil, der für ihr aller Leben von entscheidender Bedeutung war.

Ägypten! Mainz, der *Falkenhof*, ja sogar Paris und *Mulberry Hall* erschienen ihm plötzlich so unendlich fern. Als läge eine Welt dazwischen. Aber das stimmte ja auch. Sie hatten das Abendland verlassen und befanden sich nun im Morgenland, wo der Koran das Leben beherrschte.

Welche Abenteuer erwarteten sie wohl in diesem Land am

Nil, und wie würde es sein, wenn sie sich in die Wüste von Nubien wagten?

»Wirklich komisch…«, sagte Jana verwundert und holte Tobias aus seinen Gedanken.

»Was soll komisch sein?« fragte er, ohne den Blick von den Pharaonengräbern zu nehmen, die schon seit vier Jahrtausenden jeden Morgen den Sonnenaufgang über dem Niltal und jedes Jahr die fruchtbare Überschwemmung der Flußufer miterlebten. Von den sieben Weltwundern der Antike hatte nur eines die Zeit überdauert: die gewaltigen Grabmale aus Millionen Tonnen von Steinblöcken dort drüben! Sie hatten bisher noch jeden Herrscher überdauert: die Pharaonen, die Römer, die Türken, Napoleon. Und sie würden noch stehen, wenn schon Mohammed Ali, der derzeitige Herrscher von Ägypten, sowie Generationen von späteren Regenten, Eroberern und Tyrannen längst in Vergessenheit geraten waren.

»Na, daß ich erst jetzt das Gefühl habe, in Ägypten angekommen zu sein. Dabei sind wir doch schon vor sieben Tagen in Alexandria von Bord gegangen. Aber da war mir nicht so zumute wie jetzt.«

Tobias wußte genau, was sie empfand, denn ihm erging es nicht anders. Gute drei Wochen hatten sie für die Fahrt von Portsmouth nach Alexandria gebraucht. Es war eine überwiegend beschwerliche Reise, was jedoch nicht an der *Arcadia*, sondern am Wetter lag. Die Tage, die sie nicht unter rauher See und damit auch unter Seekrankheit leiden mußten, konnten sie fast an einer Hand abzählen.

Tobias setzte das Rollen und Schlingern des Schiffes ganz besonders heftig zu. Es überraschte und beschämte ihn, hatte er auf der *Alouette* doch keine Probleme damit gehabt und deshalb geglaubt, vor diesem Übel Seekrankheit gefeit zu sein. Aber dem war ganz und gar nicht so. An manchen Tagen lag er in seiner Koje und hatte nur den einen Wunsch – nämlich tot zu

14

sein, damit diese elende Übelkeit endlich ein Ende hatte. Auch Jana litt unter der Seekrankheit. Zudem fehlte ihr Unsinn, das Äffchen, das auf *Mulberry Hall* zurückzulassen ihr doch sehr schwergefallen war, auch wenn sie wußte, daß es zu seinem Besten war. So litt sie in den ersten beiden Wochen doppelt. Dagegen zeigte Sadik während der ganzen Überfahrt nicht ein einziges Mal Anzeichen von Übelkeit. Sein ungetrübtes Wohlbefinden war beiden ein Rätsel und kam ihnen in ihrem Elend manchmal überaus ungerecht vor.

»Allah ist mit den Schwachen, damit sich die Starken ein Beispiel an ihnen nehmen«, erklärte er ihnen, was sie jedoch weder zu trösten noch ihre Übelkeit zu lindern vermochte. Und als Sadik damit begann, Tobias aus dem Koran vorzulesen, da war dieser zu kraftlos, um sich dessen zu erwehren. Bis zur 6. Sure drang sein arabischer Freund vor, was in Anbetracht des Umstandes, daß diese ersten Suren von besonderer Länge mit jeweils Hunderten von Versen gekennzeichnet sind, ein beredtes Zeugnis von Tobias' miserabler körperlicher Verfassung abgab. Doch als Sadik in der 6. Sure zum 143. Vers kam, wo vom Schlachten und einige Verse weiter von Essen, verendeten Tieren, vergossenem Blut und unreinem Schweinefleisch die Rede war, raffte Tobias alle Kraft zusammen und warf seinen Freund aus der Kabine, bevor er bittere Galle und Magensäfte erbrach.

Die Freude von Jana und Tobias bei ihrer Ankunft in Alexandria Anfang der dritten Oktoberwoche galt deshalb in erster Linie der ganz profanen Tatsache, daß sie endlich von Bord gehen konnten und nun wieder festen Boden unter den Füßen hatten, was sie schlagartig von der Seekrankheit kurierte. Sie wollten deshalb auch nicht die Barke besteigen, weil sie vorerst von der Schiffahrt genug hatten. Doch Sadik konnte sie nach zwei Tagen davon überzeugen, daß sie auf dem Nil von der Seekrankheit verschont bleiben würden, was auch stimmte. Während der fünf Tage, die sie für die Strecke von Rosette durch den Kanal und dann in das furchtbare Nildelta flußaufwärts nach Cairo benötigten, blieben sie von Übelkeitsanfällen verschont.

Die Flußfahrt nach Cairo, unter einer sengenden Sonne und einem immer wieder einschlafenden Nordwind, gab ihnen einen Vorgeschmack auf das, was sie erwartete, wenn sie die relative Kühle des Niltales mit seinen grünen, palmenbestandenen Ufern verließen und sich in die Wüste begaben. Doch daran dachten sie nicht, als sie am fünften Tag bei Einbruch der Dunkelheit in Boulaq anlegten, sich von einem dort auf sie wartenden Diener von Odomir Hagedorn zu dessen Haus geleiten ließen und vom Hausherrn persönlich auf das Freundlichste als seine Gäste willkommen geheißen wurden. Sie waren ganz einfach froh, die erste große Etappe glücklich überstanden und ein paar Tage vor sich zu haben, in denen sie sich an all das Fremde und Neue, das auf sie einstürzte, mit mehr innerer wie äußerer Ruhe gewöhnen konnten. Denn die Barke war an wie unter Deck überfüllt und mit ihren winzigen Kabinen kaum der ideale Ort gewesen, sich an die spätsommerliche Hitze Unterägyptens zu gewöhnen.

Jana nahm den Blick von den Pyramiden und schaute zum Minarett hoch, als der Muezzin seine eigentümlich singenden Rufe mehrmals wiederholte.

»Sag mal, kannst du verstehen, was er da den Gläubigen zuruft?«

Tobias schmunzelte. Er beherrschte Arabisch so gut wie seine Muttersprache. »Ja, ganz gut. Es ist das *al-la-hu akbar*, das er gerade viermal wiederholt hat. Und nach diesem *Allah ist am größten* kommt nun jeweils zweimal das *asch-hadu al-la-ila-ha il-lah-lah*, das heißt, *Ich bekenne, daß es keinen Gott gibt außer Allah*, und das *ash-hadu an-na moham-madar rasu-lul-lah*, was übersetzt bedeutet: *Ich bekenne, daß Mohammed der Gesandte Allahs ist.*«

Die Rufe des Muezzins vom Minarett der Großen Moschee

von Boulaq blieben jedoch nicht allein in dem frühmorgendlichen Frieden, sondern fanden über den Dächern der Stadt ein vielfaches Echo in den Stimmen anderer Muezzins, die von ihren grazilen Moscheetürmen Allahs Größe verkündeten.

Jana lauschte dem scheinbaren Wechselgesang von fernen und nahen Gebetsrufern. »Ich kann nicht ein Wort davon verstehen, aber obwohl es so fremd klingt, berührt es mich doch genauso, wie wenn ich in einer schönen Kirche den Priester die heilige Litanei anstimmen höre«, sagte sie.

»Das kann ich dir gut nachempfinden«, antwortete Tobias, von dem fremdartigen Zauber des Morgens unter dem Halbmond des Islam nicht weniger berührt. »Und wenn ich ganz ehrlich sein soll, so ist das hier die schönste Kirche, die ich je gesehen habe.« Dabei machte er eine Handbewegung, die das grandiose Panorama meinte, das im Morgenlicht vor ihren Augen an Farbe und Konturen gewann.

Eine Weile standen sie ruhig an der Brüstung der Dachterrasse, lauschten den Rufen der Muezzins, schauten über die üppigen Gärten von Boulaq zum Nil und beobachteten, wie sich die ersten Feluken vom Ufer lösten. Die grauen Segel stiegen in die Höhe, blähten sich im warmen Wind und brachten die Boote hinaus auf den breiten Strom. Ein Eseltreiber kam aus einer Gasse neben der Moschee, und eine ganze Gruppe schwarz verhüllter Frauen, eine jede ein bauchiges Tongefäß auf dem Kopf, eilte zur Schöpfstelle, um ihren Krug mit Wasser zu füllen.

»*Mulberry Hall* und Zeppenfeld scheinen zu einer ganz anderen Welt zu gehören«, sagte Jana nachdenklich.

Tobias wollte ihr beipflichten, doch zu seiner und Janas Überraschung meldete sich Sadik in ihrem Rücken zu Wort, bevor er antworten konnte.

»Auf *Mulberry Hall* trifft das zweifellos zu, nicht jedoch auf Zeppenfeld!«

Der Wind, der Pfeil und ein Haufen Dreck

Jana und Tobias wandten sich um, so daß sie dem Nil und den dahinterliegenden Pyramiden den Rücken zukehrten. Jetzt ging ihr Blick in Richtung Cairo, denn ihr Freund stand vor dieser Kulisse auf der anderen Seite der Dachterrasse, an der auch die Außentreppe hochführte.

Sadik Talib war einen Kopf kleiner als Tobias und von schmächtiger, jedoch sehniger Gestalt. Ausgeprägte Wangenknochen, eine scharfe Nase und hellblaue Augen unter buschig schwarzen Brauen gaben seinem Gesicht mit der getönten Haut ein markantes Aussehen. Schlank und feingliedrig waren seine Hände, die so geschickt im Umgang mit den verschiedensten Dingen waren – etwa mit seinen Wurfmessern. Er war Anfang Vierzig, und hier und da durchzogen schon graue Strähnen sein krauses blauschwarzes Haar.

Sadik Talib war nicht nur ein wüstenerfahrener Führer, sondern auch vielbelesen und eine geradezu unerschöpfliche Quelle von arabischen Weisheiten und Sprichwörtern. Zu jeder Gelegenheit wußte er eine passende Stelle aus dem Koran zu zitieren oder den Spruch eines Weisen anzuführen. Gelegentlich waren es äußerst merkwürdige, ja sogar komische Sprichwörter. Tobias und Jana hegten manchmal den Verdacht, daß einige dieser originellen Sprüche auf seinem eigenen Mist gewachsen waren.

An diesem Morgen trug Sadik eine cremeweiße *galabija*, ein faltenreiches Gewand mit langen weiten Ärmeln, das ihm bis zu den Knöcheln reichte. Im V-förmigen Ausschnitt der *galabija* zeigte sich der mit Stickereien verzierte Brusteinsatz des *izar*, wie das nachthemdähnliche Untergewand hieß. Bei der Stoffülle und Länge der Landestracht waren von Sadiks hellen

Stiefeln aus weichem Ziegenleder nur die Spitzen sichtbar. Um die Hüften hatte er einen locker gebundenen Gürtel gelegt, der aus dünnen, königsblauen Samtkordeln geflochten und mit winzigen Goldfäden durchzogen war. An diesem Gürtel trug er den *chandschar*, den traditionellen Krummdolch, und das kostbarste seiner Wurfmesser, nämlich das mit dem elfenbeinernen Griffstück und dem eingravierten Skarabäus auf jeder Seite und der kunstvoll gearbeiteten Scheide aus gehämmertem Silber.

Schon am ersten Tag ihrer Ankunft in Ägypten hatte Sadik seine europäischen Hosen und Hemden abgelegt und sich mit einem Gefühl unverhohlener Befreiung wieder in die weiten Gewänder seines Landes gekleidet. Einer seiner ersten Gänge in Alexandria hatte ihn in den Laden eines der besseren Händler arabischer Kleidung und anschließend in den eines guten Schuhmachers geführt, der um die besonderen Wünsche beduinischer Kunden wußte.

Tobias mußte unwillkürlich lächeln, als er Sadik dort an der geweißten Mauer stehen sah. Sein Freund hatte immer das Selbstbewußtsein und den natürlichen Stolz eines Mannes ausgestrahlt, der mit sich und seiner Welt im Reinen war und der auch in der sogenannten zivilisierten Welt Europas nie unter Minderwertigkeitsgefühlen litt, weil die Wertmaßstäbe des Abendlandes nicht die seinen waren. Und doch erschien ihm Sadik verändert, seit sie Ägypten erreicht hatten und er auch äußerlich zu der Lebensform seiner Heimat zurückgekehrt war. Seine Haltung, der Ausdruck seines Gesichtes, sogar seine Bewegungen – alles schien noch um eine kleine, aber doch bedeutende Spur stolzer, selbstbewußter und würdevoller zu sein. Ja, *würdevoller!* Das traf es. In ihm vereinigten sich Stolz und Würde auf eine wunderbare Weise, der Arroganz und Pathos fremd waren.

Zum erstenmal empfand Tobias, was hinter Sadiks Worten

an Selbstwertgefühl steckte, wenn er darauf verwies, daß er ein *bádawi* war, ein stolzer Beduine. Jetzt sah er es ihm an.

Es machte ihn merkwürdigerweise ein wenig verlegen, daß er Sadik bei aller Tiefe seiner freundschaftlichen Gefühle doch immer irgendwie nach europäischen Wertbegriffen gemessen hatte. Wie ein Blitz traf ihn die Einsicht, daß auch er von Vorurteilen nicht frei war, trotz seiner doch so freigeistigen Erziehung. Aber das Leben ließ sich nicht allein aus Büchern lernen und verstehen. Es war das Reisen und Erleben mit offenen Augen, was wirkliches Wissen und Selbsterkennung brachte. In diesem Moment wurde es ihm so klar, wie noch nie zuvor.

»Schon alle *rakats* gebetet?« fragte Jana mit freundschaftlichem Spott. »Du scheinst es ja mit jedem Tag eiliger zu haben, dich von Wattendorfs Teppich zu erheben.«

»Allah wird in seiner unendlichen Güte für diese kleine Schwäche eines Gläubigen zweifellos Verständnis haben«, erwiderte Sadik gelassen, fuhr dann aber mit einem grimmig entschlossenen Unterton fort: »Es wird übrigens das erste sein, was ich heute tun werde – mir nämlich einen neuen Gebetsteppich kaufen, der beim Beten für die Augen eines gläubigen Muslims keine Beleidigung darstellt und es einem nicht schwermacht, sich auf die Offenbarung des Korans zu konzentrieren.«

»Hast du etwas dagegen, wenn wir mitkommen?« fragte Jana sofort. »Ich kann es gar nicht erwarten, mir die Stadt anzusehen und durch den Bazar zu streifen.«

»Nicht selten übertrifft die Vorfreude die Verwirklichung eines Wunsches. So ist Unterwegssein oftmals der schönere Teil einer Reise als das Ankommen. Aber wenn ihr es gerne möchtet, könnt ihr natürlich mitkommen.«

Tobias nickte, und er begab sich mit Jana zu Sadik auf die Ostseite der Dachterrasse hinüber. Ihm gingen noch die Worte nach, mit denen ihr Freund sie vor wenigen Augenblicken überrascht hatte. »Du meinst, Zeppenfeld ist auch schon in Ägypten?« fragte er.

»*Aiwa*, das ist er ganz bestimmt. Nach dem mißlungenen Anschlag auf *Mulberry Hall* hat er England sofort verlassen, daran hege ich nicht den geringsten Zweifel. Daß wir nach Ägypten weiterreisen würden, wußte er. Deshalb hat er sich gewiß nach der schnellstmöglichen Überfahrt erkundigt und eine Passage gebucht.«

»Aber Ägypten ist groß«, wandte Tobias ein. »Und woher will er wissen, wohin wir uns zuerst wenden werden?«

»Zeppenfeld ist nicht zum erstenmal in diesem Land, Tobias«, erwiderte Sadik. »Wer nach Ägypten kommt, den führt der erste Weg, was auch immer sein Ziel ist, zuerst nach Cairo. Nur hier findet man als Europäer alles, was man benötigt, um sich für einen Vorstoß in die Wüste zu rüsten. Aber von noch größerer Bedeutung ist die Tatsache, daß man nur hier den *firman* bekommt.«

»Firman? Was ist das?« fragte Jana sofort.

»Das ist die Genehmigung, daß man sich frei im Land bewegen und eine Expedition in den Süden unternehmen kann, die über die Katarakte hinausführt«, sagte Sadik und fügte für sie gleich erklärend hinzu: »Von der Mündung bis nach Aswan ist der Nil ohne Stromschnellen. In Aswan befindet sich der erste von insgesamt sechs Katarakten. Der letzte liegt bei Chartoum, jenseits der nubischen Wüste und im Land der *suhdahni*.«

»Und wie weit müssen wir den Nil hinauf?« fragte Jana.

»Doch bestimmt erst einmal bis nach Abu Hamed«, warf Tobias ein, Wattendorfs Karte vor seinem geistigen Auge.

Sadik nickte. »*Aiwa*, Abu Hamed liegt auf halber Strecke zwischen dem vierten und fünften Katarakt. Dort macht der Nil einen großen Bogen nach Nordosten. Nirgendwo sonst führt er näher an die nubische Wüste heran als an dieser Stelle. Abu Hamed ist daher ein idealer Ausgangsort, um vom Nilschiff auf ein

Kamel umzusteigen. Und wenn man so weit nach Oberägypten vordringen will, geht es nicht ohne ein *firman*. Das gilt für uns genauso wie für Zeppenfeld.«

Jana sah ihn noch immer skeptisch an. »Und du meinst wirklich, er ist auch schon in Cairo?«

»Glaubt mir, Zeppenfeld hat auch nicht eine einzige Stunde in England vergeudet, und er ist jetzt irgendwo da unten«, sagte Sadik überzeugt und deutete auf den gelbbraunen Flickenteppich der Dächer von *El Qahira*, wie die Stadt im Arabischen hieß. Es waren die Moscheen und die Minarette, die aus diesem weitflächigen Gewirr von Häusern herausragten. Wie die Stacheln eines Igels stachen die grazilen Türme aus dem unüberschaubaren Häusermeer hervor. Nicht von ungefähr nahm Cairo für sich in Anspruch, die ›Stadt der tausend Minarette‹ zu sein. Sie erstreckte sich vom Nil bis an die Berghänge des Mokáttam. Deutlich war im Osten die Zitadelle mit ihren wehrhaften Mauern und trutzigen Wachtürmen zu erkennen, über der Stadt auf einem der Bergausläufer gelegen. »Da drüben steckt er, in diesem Häuserlabyrinth der Bodenknechte.«

»Bodenknechte?« Jana zog belustigt die Augenbrauen hoch. »Du meinst damit die Stadtbewohner?«

»*Aiwa*, alle Seßhaften eben«, bestätigte Sadik, während sich der Glutball der Sonne zwischen den kahlen Hügelketten im Osten erhob. Für einige wenige Augenblicke leuchteten sie, als wären sie aus purem Gold gegossen und glühten wie frisch aus der Esse noch mit rotem Schimmer nach.

»Sprach der stolze Beduine«, neckte Tobias ihn, denn im Augenblick wollte er nicht an Zeppenfeld und all das denken, wofür dieser Mann stand – nämlich für Verrat, Gefahr und Verderben.

Sadik lächelte. »Habe ich euch schon mal die Schöpfungsgeschichte erzählt, wie sie der *bádawi* als die einzig wahre anerkennt?«

»Nein«, sagte Tobias, blickte Jana an und fügte mit einem Augenzwinkern hinzu: »Diese Belehrung und Korrektur unserer irrigen abendländischen Version von der Schöpfung, wie wir sie aus der Bibel kennen, ist er uns bisher noch schuldig geblieben, nicht wahr?«

»In der Tat. Es wird Zeit, daß er uns endlich auch in dieser Sache auf den Pfad der wahren Lehre führt«, sagte Jana.

Sadiks Schmunzeln wurde breiter. Es war ein Morgen, wie er ihm gefiel, das war ihm deutlich anzumerken.

»*Mazbut!* Den Gefallen werde ich euch gerne tun.« Er machte eine kurze Pause. »Als Gott die Welt erschaffen hatte, überlegte er lange, mit welchen Geschöpfen er sie bevölkern sollte. Es mußten ganz besondere Geschöpfe sein, damit er sich an ihnen erfreuen und voller Stolz sein konnte. Endlich wußte er, welcher Art diese Wesen sein sollten. Er nahm den Wind, warf ihn hinunter in die Wüste und rief: ›Werde Mensch!‹ Und aus dem Wind wurde der *bádawi*…«

»Erwartest du, daß wir jetzt ein überraschtes *Ah!* von uns geben?« frotzelte Jana.

»Warte, es geht noch weiter«, sagte Sadik und fuhr dann fort: »Nachdem er den *bádawi* zu seinem Wohlgefallen geschaffen hatte, nahm Gott den Pfeil und erschuf aus ihm die Kamelstute des Beduinen. Aus einem Haufen Dreck dagegen machte er den Esel. Als dieser Esel zum erstenmal seinen Kot fallen ließ, ließ sich Gott in seiner unerfindlichen Güte zu der Gnade herab, aus dem Kot die Seßhaften zu machen, nämlich die Bauern und die Städter.«

Jana lachte. »Eine schöne Geschichte«, sagte sie vergnügt. »Sie könnte auch von uns Landfahrern erfunden worden sein.«

»Na ja, Allah wird schon gewußt haben, warum er ausgerechnet die Beduinen in die tote Wüste geschickt und das fruchtbare Land den Seßhaften überlassen hat«, konterte Tobias im Scherz.

»Du irrst, die Wüste ist gar nicht tot«, widersprach Sadik fröhlich, »auch wenn Gott bei der Schöpfung ein Fehler unterlaufen ist, was die Wüste betrifft.«

»Ein göttlicher Fehler in der beduinischen Schöpfungsgeschichte?« fragte Jana herausfordernd, um ihn zum Weitererzählen zu animieren.

»*Aiwa*, so erzählen es alte Beduinensagen«, bestätigte Sadik mit lächelnder Gelassenheit. »Als Gott die Welt erschuf, verteilte er über alle Erdteile Wiesen und Wasser, fruchtbare Täler und schattige Wälder sowie Berge und Gestein mit göttlicher Gerechtigkeit. Als das geschehen war, bemerkte er, daß hier und da noch ein wenig Sand dazugegeben werden mußte. Mit dieser Aufgabe betraute er seinen Engel Gabriel. Dieser füllte einen gewaltigen Sack mit Sand und begab sich auf die Reise, um diesen Sand über alle Länder der Welt gerecht zu verteilen, so daß niemand zu wenig und niemand zuviel bekam. Als Gabriel jedoch über Arabien schwebte, griff ihn ein neidischer Schaitan, ein Teufel, hinterrücks an. Sein Messer verfehlte den Engel zwar, schlitzte jedoch dessen Sack der Länge nach auf. Und so ergoß sich der ganze Sand über diesen Teil der Welt und ließ sogar weiter im Norden ein ganzes Meer vertrocknen. So entstand auch die Nefud-Wüste, die zum *al-bahr billa mah* wurde, zu einem ›Meer ohne Wasser‹.«

»Und erst, als dieses Malheur passiert war, erschuf Gott den Beduinen?« hakte Tobias nach.

Sadik sah ihn mit einer Mischung aus Stolz und Selbstironie an. »So ist es, Tobias. Die Wüste brauchte Geschöpfe, die der großen Herausforderung an Körper und Geist gewachsen waren. So schuf Gott den *bádawi* als erstes aller menschlichen Wesen. Denn alles, was nach dem Beduinen kam, war im Vergleich zu diesem ein leichtes Unterfangen.«

Jana zuckte fröhlich mit den Schultern. »Na ja, ganz so weit weg ist das von unserer Entstehungsgeschichte ja auch nicht.

24

Bei Beerdigungen habe ich schon so manches Mal den Priester sagen hören, daß wir aus Staub erschaffen wurden und auch wieder zu Staub werden.«

Tobias grinste. »Staub klingt aber immer noch ein bißchen dezenter als ›ein Haufen Dreck‹. Außerdem hast du Adam vergessen und die Rippe, aus der Gott Eva schuf. Und von einem Wind, der zum Beduinen wurde, steht bei uns auch nichts.«

Sadik hob die Schultern und sagte spöttisch: »Es sollte keinen verwundern, daß sich die Seßhaften an ihre begrenzte Sicht der Welt halten. Unter der Regierung der Affen muß man den Hund ja auch mit ›mein Herr‹ anreden.«

Jana lachte.

Schritte kamen die Treppe herauf. Es war Kasim, Odomir Hagedorns Diener, ein schlanker Mann von etwa zwanzig Jahren. Er trug wie Sadik eine *galabija*. Der Leinenstoff war jedoch nicht weiß, sondern palmgrün. Der Halsausschnitt und die Säume an den Ärmeln waren mit drei fingerbreiten, sandgelben ornamentalen Stickereien verziert. Alle männlichen Bediensteten im Haus des ehemaligen preußischen Gesandten waren einheitlich in diese *galabijas* gekleidet.

Kasim wandte sich mit einer Verbeugung erst Tobias und dann Sadik zu. Jana schien er völlig zu übersehen.

»Konsul Hagedorn bittet zum Frühstück, Effendi Heller und Effendi Talib«, unterrichtete er sie.

»*Schúkran*, danke, Kasim. Sag deinem Effendi, daß wir uns sofort zu ihm begeben werden«, antwortete Sadik.

»*Aschkúrik*, Sihdi!« bedankte sich Kasim und zog sich zurück.

»Wie wäre es mit einem Rätsel?« schlug Jana vor, als sie dem Diener Augenblicke später folgten und die Treppe hinuntergingen. Sie gelangten auf den oberen Bogengang. Unter ihnen lag nun der große Innenhof, in dem mehrere Palmen, Orangenbäume, Zypressen und Zitronenbäume sowie andere Gewächse gediehen. In der Mitte plätscherte ein Springbrunnen mit drei Wasserschalen. Auch zu ebener Erde zog sich ein Säulengang auf drei Seiten um diesen Garten inmitten des Hauses.

»Am besten irgend etwas passend zum Frühstück«, sagte Tobias aufgeweckt. »Ich verspüre jetzt einen ordentlichen Appetit, um nicht zu sagen Hunger.«

Sadik überlegte nicht lange. »Fingergroß, gelb und gar nicht wie Stein. Als ich ihr Hemd auszog, wurde sie bleich, und ich biß in ihr köstliches Fleisch hinein.«

Sie gingen über kühle Flure, auf deren Böden ein Teppich neben dem anderen lag. Die Fensternischen in den Wänden bestanden aus verschlungenen Ornamenten. Durch die Ritzen fiel das Morgenlicht und malte helle Muster auf die gegenüberliegenden Wände.

Ein Diener eilte mit einer großen, flachen Keramikschale an ihnen vorbei, auf der sich die verschiedensten Obstfrüchte zu einer bunten Pyramide türmten. Und plötzlich wußte Tobias des Rätsels Lösung: »Es ist die Banane!« rief er, als Kasim die beiden Flügel einer hohen Tür mit aufwendigen Schnitzereien für sie öffnete, und sie zu Odomir Hagedorn in den Salon traten.

Odomir Hagedorn

Tobias erinnerte sich spontan an die kolorierten Stiche von den Wohngemächern eines türkischen Paschas, die er einmal auf Gut *Falkenhof* in einem Buch betrachtete hatte, als er mit Jana und Sadik den Raum betrat, in dem ihr Gastgeber sie zum Frühstück erwartete. Wie auf den Gängen, so bedeckten auch hier Teppiche den Boden. Diese waren jedoch auf den ersten Blick als auserlesene Stücke zu erkennen. Die Motive, die Komposition der Farben und das verwendete Material genügten auch den höchsten Ansprüchen. Grazile Spitzbögen, von schlanken Säulen getragen, trugen goldene Blumenmalereien auf königsblauem Grund und umgaben den Innenteil des Raumes von drei Seiten. Dahinter führte ein gut zwei Schritte breiter Bogengang an orientalisch geformten Gitterfenstern und an Wandnischen vorbei, in denen verschiedenartige Kunstgegenstände standen: Figuren, Vasen, Schmuckkästchen, silberne Kannen und Schalen aus Onyx.

In die Decke, die sich wie die Kuppel einer Moschee wölbte, war ein buntverglastes Himmelslicht eingelassen. Es hatte die Form einer sternförmigen Blüte, deren Blütenblätter mit wachsendem Sonnenstand an Leuchtkraft gewannen. Seitlich von der Decke hingen drei Vogelkäfige unterschiedlich weit in den Innenraum herab. Diese Käfige, die auch zwei erwachsene Männer nicht umfassen konnten, waren Kunstwerke feinster Schmiedekunst, stellten sie doch überzeugend herrschaftliche Paläste in Miniatur dar. Sie wurden bevölkert von bunten Papageien und Singvögeln.

Hier und da standen kleine Säulen mit Schalen voller Blumen, Räuchergefäße und Tiere aus Porzellan. Die einzigen Möbelstücke im Raum waren zwei rechteckig zueinander angeordneten Ottomanen, eine Art niedriges Sofa, geradezu überschwemmt von einer Fülle bunter Kissen, sowie ein halbes Dutzend Diwane, die mit edlem Teppichstoff bezogen waren und sich um einen gleichfalls niedrigen Tisch mit einer großen ovalen Platte gruppierten. Bei der Tischplatte, die jetzt mit Schalen, Schüsseln und Porzellan vollgestellt war, handelte es sich um ein abnehmbares Tablett aus gehämmertem Kupfer.

Odomir Hagedorn stand vor einem der Vogelkäfige und fütterte gerade zwei Papageien, als seine Gäste ihren Fuß auf die edlen Seidenteppiche dieses lichten Raumes setzten. Er paßte in dieses Zimmer. Und wenn Tobias nicht von Rupert Burling-

27

ton gewußt hätte, daß Odomir Hagedorn aus Preußen kam und diesen Staat bis vor einigen Jahren als Generalkonsul am Hofe von Mohammed Ali vertreten hatte, er hätte ihn glatt für einen Türken gehalten – und zwar für einen fetten, türkischen Pascha.

Ihr Gastgeber brachte gut und gerne um die zweihundert Pfund auf die Waage. Wäre er von großer Statur gewesen, hätte ihn das zu einem kräftigen Mann gemacht. Doch da er Jana gerade noch in die Augen sehen konnte, ohne den Kopf heben zu müssen, machte ihn sein Gewicht zu einem kugelrunden Dikken. Da nützte es auch nichts, daß er türkische Pumphosen aus safranfarbener Seide, ein ebenso weites smaragdgrünes Hemd mit einer breiten karmesinroten Bauchbinde und darüber eine Art Brokatweste trug, in die Pfauenfedern eingearbeitet waren. Auf dem kahlen Kopf trug er ein türkisches Käppi mit herabbaumelndem Troddel.

»Ah, da sind ja meine verehrten Gäste!« rief Odomir Hagedorn überschwenglich, und in seinem fröhlichen Mondgesicht mit den rosigen Wangen eines wohlgenährten Kindes leuchteten Augen auf, die so faszinierend blau und klar waren wie Aquamarine von erster Güte. Mit weit ausgebreiteten Armen, jedoch sehr gemächlichen Schrittes kam er ihnen entgegen.

»Ich war mir nicht sicher, wann Ihnen das Frühstück konvenieren würde, da die lange Reise doch gewiß sehr fatigant war. Ich hoffe, mit dieser frühen Morgenstunde harassiere ich Sie nicht zu sehr!«

Jana beugte sich zu Tobias hinüber. »Gestern dachte ich, es läge an mir und ich wäre einfach zu müde, um noch irgend etwas zu verstehen«, raunte sie ihm zu. »Aber er redet offenbar immer so unverständlich.«

»Konvenieren heißt genehm sein, fatigant ist ermüdend, und harassieren bedeutet belästigen«, antwortete er ihr rasch.

»Und woher weißt du das?«

»Die Worte kommen alle aus dem Lateinischen und finden sich auch im Französischen und Englischen. Damit bin ich nun mal aufgewachsen so wie du mit dem Jonglieren und Kartenlegen.«

Jana seufzte. »Manchmal täte mir ein bißchen mehr Bildung schon ganz gut.«

»Man muß sich nicht unbedingt mit fatigantem Konvenieren harassieren, um zu Bildung zu gelangen«, scherzte Tobias.

Indessen antwortete Sadik auf Odomir Hagedorns Begrüßung: »Wir sind das Frühaufstehen gewohnt, Sihdi Hagedorn.«

»Gewiß, gewiß, Sie rief der Muezzin zum Morgengebet, Verehrter!« Er zwinkerte ihm freundschaftlich zu.

»Wir waren schon auf der Dachterrasse und haben den Sonnenaufgang beobachtet«, warf Tobias ein.

»Es freut mich, daß Sie sich an diesem zauberhaften Blick delektiert haben«, sagte Odomir Hagedorn und richtete seinen wohlwollenden Blick auf Jana.

Diese zögerte mit ihrer Antwort.

»Delektieren gleich erfreuen«, raunte Tobias ihr zu.

»O ja, und wie wir uns… delektiert haben, Herr Konsul!« versicherte Jana eifrig. »Da oben auf Ihrer Dachterrasse zu stehen und die Stadt, den Nil und die Pyramiden vor sich liegen zu sehen, ist etwas ganz Einmaliges, was man wohl nie vergiß, wenn man es einmal mit eigenen Augen gesehen hat.«

Odomir Hagedorn nickte mit sichtlichem Stolz.

»Da muß ich Ihnen voll und ganz consentieren. Der Ausblick von dort oben ist in der Tat phantastisch. Ich kann mich nicht erinnern, daß auch nur einer meiner Gäste desappointiert war. Ich hoffe, Sie werden dasselbe auch von den Bemühungen meines Koches sagen können.« Dabei machte er eine einladende Geste in die Richtung des gedeckten Tisches.

Sie nahmen auf den Diwanen Platz, während Odomir Hagedorn zwischen die Kissen einer Ottomane sank. Er klatschte in die Hände, und zwei junge Diener brachten dampfenden Kaffee und ofenfrisches Brot.

»Bitte lassen Sie sich nicht davon distraktieren, wenn ich mich nur an Kaffee und ein bißchen Obst halte. Aber mein Arzt hat mir geraten, mein Gewicht ein wenig zu diminuieren«, sagte Hagedorn und schob sich nur einen Augenblick später eine von den kandierten Früchten in den Mund, die sich in einer großen Keramikschale auftürmten. Eine zweite war nicht weniger üppig mit Pralinen gefüllt.

»Sind das die bitteren Pillen Ihres Arztes?« fragte Sadik scherzend.

Hagedorn lachte. »Ich gebe zu, er würde mir den Genuß dieser Köstlichkeiten aufs Heftigste prohibitieren. Aber welchen Sinn hätte das Leben noch, würde man sich jeden Genuß deprezieren?«

Jana beugte sich zu Tobias hinüber. »Deprezieren gleich versagen?«

Er nickte. »Deine Bildung macht rasche Fortschritte«, flüsterte er und bestrich sich eine Scheibe Weißbrot mit Honig.

Jana fand, daß Odomir Hagedorn wahrlich nicht den Eindruck machte, als würde er auch nur auf irgendeinen Genuß verzichten. Aber seine ganze Art machte ihn ihr sympathisch, obwohl sie fettleibige Männer sonst nicht ausstehen konnte.

»Das erinnert mich an die Geschichte mit dem Sperling, Sihdi Hagedorn«, bemerkte Sadik schmunzelnd.

»Geschichten liebe ich fast so sehr wie Zuckerwerk! Vor allem, wenn sie Vögel concernieren! Also erzählen Sie uns, was mit dem Sperling war!« forderte der ehemalige Konsul ihn mit seiner gewinnenden Fröhlichkeit auf und schob sich eine zweite Süßigkeit in den Mund.

»Es war ein Sperling, der sich einmal damit brüstete: ›Heute ist ein Zentner Fleisch von meinem Körper verlorengegangen!‹ Man erwiderte ihm voller Spott: ›Ein Zentner? Wo du doch im ganzen bloß zehn Gramm wiegst!‹ Darauf antwortete der Sperling: ›Ein jeder kennt eben seine Waage!‹«

Odomir Hagedorn lachte schallend über diese Geschichte, daß er rot anlief und die Diener sich schon besorgte Blicke zuwarfen. Sein Fleisch wogte auf und ab wie schwere See. Klatschend schlug er sich auf die Schenkel, was die Papageien über ihm dazu veranlaßte, in lautes Gezeter auszubrechen, in das auch alle anderen Singvögel mit ihren hellen Stimmen einfielen. Tobias meinte, von den Papageien einige Worte in Türkisch aufzuschnappen.

»Prächtig!... Ganz prächtig, mein verehrter Talib! Dieser Sperling könnte mein Zwillingsbruder sein! Ich hoffe, Sie delektieren mich im Laufe Ihres Aufenthaltes noch mit weiteren Geschichten dieser Art.«

»Das ist nicht ganz auszuschließen«, gab Sadik lächelnd zur Antwort.

Das Frühstück verlief überaus vergnüglich. Tobias mußte Jana zwar hin und wieder ein Wort erklären, aber die meisten erriet Jana aus dem Zusammenhang.

Als sie sich abschließend der üppigen Auswahl an Obst zuwandten, führte Odomir Hagedorn das Gespräch allmählich in ernstere Bahnen. Rupert Burlington hatte in seinem Brief schon einige Andeutungen gemacht, was die Hintergründe und die Situation von Sadik, Jana und Tobias betraf. Und Sadik hatte ihn am Abend unter vier Augen bereits in die groben Zusammenhänge eingeweiht – auch in die Risiken, die jeder auf sich nahm, der ihnen sein Haus öffnete und seine Gastfreundschaft gewährte. Das war ein Gebot von Anstand und Ehre. Denn wer sich erbot, ihnen zu helfen, mußte wissen, daß diese Hilfe unter Umständen das eigene Leben in Gefahr bringen konnte. Zeppenfeld hatte das auf *Mulberry Hall* hinreichend bewiesen.

Odomir Hagedorn hatte Sadiks diesbezügliche Warnungen mit ernster Miene angehört, ohne jedoch einen Augenblick wankelmütig zu werden. Er hatte ihnen Verschwiegenheit und jedwede Hilfe zugesagt, die in seiner Macht stand. Darauf kamen sie nun zu sprechen.

Er versicherte sie seiner vollen Unterstützung, zeigte jedoch unverhohlene Neugier, was die Hintergründe ihrer Reise und die Gefahren betraf, die ihnen von Zeppenfeld drohten. Insbesondere interessierte es ihn, zu erfahren, was es mit diesem Verschollenen Tal auf sich hatte und wie das mit Zeppenfeld und Wattendorf zusammenhing.

»Mit einer Expedition meines Vaters vor über zwei Jahren«, antwortete Tobias, »an der Armin Graf von Zeppenfeld, Eduard Wattendorf, Jean Roland und Rupert Burlington teilnahmen – und natülich auch Sadik. Auf dieser Expedition wurden aus Freunden Todfeinde.«

Odomir Hagedorn brannte nun darauf, die ganze Geschichte zu erfahren, und Sadik brauchte nicht lange gebeten zu werden, um als Erzähler jene verhängnisvollen Tage in der nubischen Wüste noch einmal zum Leben zu erwecken.

Die Nacht der Schande

Odomir Hagedorn gönnte sich noch eine kandierte Frucht, machte es sich in dem Meer seidiger Kissen bequem und richtete seinen Blick erwartungsvoll auf den Beduinen.

»Es begann damit, daß unser zweiter Versuch, zu den Nilquellen vorzustoßen, daran scheiterte, daß sich die Stämme in dem vor uns liegenden Gebiet jenseits von Chartoum bekriegten«, erinnerte sich Sadik. »Zudem waren wir alle von den Strapazen der vergangenen Monate stark geschwächt und litten unter Malariaanfällen. Wir hatten auch nur noch zwei Kamele.

32

Auf unserem Rückmarsch schlossen wir uns einer Karawane an, die sich auf dem Weg nach Omsurman befand, einer Handelsniederlassung am Roten Meer. Dort wollten wir Station machen, zu Kräften kommen und entscheiden, ob die Expedition abzubrechen war oder ein neuer Vorstoß auf einer anderen Route möglich wäre. Dem Führer der Karawane und Oberhaupt der Sippe, Scheich Abdul Batuta, der uns freundlich gesinnt war, kauften wir frische Reittiere ab und konnten uns auch sonst seiner großzügigen Gastfreundschaft erfreuen – bis zu jener Nacht, in der Zeppenfeld sie mißbrauchte.

Im Gefolge des Scheichs befand sich auch eine bildhübsche junge Frau. Wir bekamen sie kaum zu Gesicht, und sie war stets tiefverschleiert. Aber hier und da gab es doch Gelegenheit, einen Blick auf ihre anmutige Gestalt und ihr hübsches Gesicht zu werfen, nämlich wenn wir unser Nachtlager aufschlugen. Einmal riß ein starker Wind, der Vorbote eines kleineren Sandsturms, ihr sogar den Schleier vom Gesicht. Tarik war ihr Name, Nachtstern.

Ein schöner Name für eine schöne, junge Frau, die einem reichen Teppichhändler in Omsurman versprochen war. Zeppenfeld wußte genau, wie streng Beduinen darauf achten, daß ihre Frauen nicht mit anderen Männern in Berührung kommen, geschweige denn mit Ungläubigen. Und er kannte auch die tödliche Gefahr, in die er uns alle brachte, wenn er zudem noch einer Frau wie Tarik, die unter dem besonderen Schutz des Scheichs stand, nachstellte. Später führte er zu seiner Entschuldigung an, sie hätte ihn zu seinem Tun ermutigt, weil sie den Mann, dem sie versprochen war, verabscheute und nie seine Frau werden könnte. Aber das war eine Lüge! Keine Frau eines *bádawi*, verheiratet oder unverheiratet, glücklich oder unglücklich, würde so etwas auch nur zu denken wagen. Doch er spielte mit dem Feuer – und hätte beinahe unser aller Tod heraufbeschworen.«

Sadik legte eine Pause ein, und Odomir Hagedorn wartete gespannt, daß er mit seinem Bericht fortfuhr.

»Es war in der achten Nacht unserer gemeinsamen Reise. Wir schlugen in einem Wadi ein Lager auf, entzündeten ein Feuer mit Kameldung und Reisig, das die Karawane mitführte, und setzten uns zum Essen um das Feuer. Scheich Abdul Batuta ließ anschließend die Wasserpfeife kreisen, weil es eine so angenehme Nacht war, und es wurden Geschichten erzählt. Die Rede kam auf die Legende des Verschollenen Tals, das irgendwo in diesem Wüstenstrich liegen und ein Geheimnis bergen sollte.«

»Was für Geheimnisse?« fragte der dicke, ehemalige Konsul mit leuchtenden Augen.

»Königsgräber mit reichen Schätzen an Gold und Edelsteinen heißt es in der einen Geschichte, eine paradiesische Oase mit dem klarsten Wasser der Welt, und wieder andere Erzähler wissen dieses Legenden-Tal als einen Ort des Grauens zu beschreiben, als das Tal ohne Wiederkehr. Und einer von Scheich Batutas Männern beschwor, als wir so in großer Runde um das Feuer saßen und jeder seinen Teil dazu beitrug, daß dieses Tal westlich der Oase Al Kariah, die nur fünf Tagesreisen von uns in der nubischen Wüste lag, zu finden wäre. So wogten die Geschichten, die von Stunde zu Stunde phantastischer wurden, hin und her – bis plötzlich Geschrei aus dem Zelt ertönte, in dem Tarik sich befand.

Wenig später zerrte man Zeppenfeld ins Freie! Wir hatten gar nicht bemerkt, daß er sich aus unserer Runde und in Tariks Zelt geschlichen hatte. Scheich Batutas Männer forderten den Tod des Ungläubigen, der ihre Gastfreundschaft und Hilfe so schändlich mißbraucht und sich Tarik genähert hatte. Er zitterte wie Schilf im Wind, und sein Leben war nicht den Sand zwischen den Zehen wert. Doch Sihdi Siegbert, Tobias' Vater, beschwor den Scheich, das Leben dieses Mannes zu verschonen. Da dein Vater die Hochachtung des Scheichs genoß«, sagte er zu Tobias gewandt, »zeigte dieser sich geneigt, Zeppenfelds Leben zu verschonen. Doch er stellte Sihdi Siegbert und uns alle vor die Wahl: Entweder Zeppenfeld starb vor unseren Augen noch in dieser Nacht – oder aber wir würden verstoßen werden. Man würde uns nur das lassen, was wir bei uns hatten, als wir auf die Karawane gestoßen waren, und das war erschreckend wenig gewesen. Doch statt der beiden Kamele, die wir noch gehabt hatten, sollten wir nur eines bekommen, denn mittlerweile waren diese beiden wieder gut bei Kräften.

Sidhi Siegbert wußte sofort, wie er sich zu entscheiden hatte. Er sagte: ›Zusammen sind wir aufgebrochen, und zusammen werden wir auch zurückkehren – oder den Tod finden!‹ Er hielt zu Zeppenfeld, welchen Abscheu er auch privat für ihn empfand. Für ihn war es eine Frage der Ehre. Und so sahen wir es auch, Sidhi Roland, Sidhi Burlington und ich. Nur Wattendorf war damit nicht einverstanden. Eduard Wattendorf war ein Mann der großen Worte, der sich zu großen Taten berufen fühlte und dann erkennen mußte, daß er seinen Träumen in der Wirklichkeit nicht gewachsen war. Zeppenfeld und Wattendorf waren bittere Enttäuschungen, Männer ohne Charakter, übersteigert in ihrem Selbstbewußtsein und in Zeiten der Bewährung schwach und feige. Ganz besonders Wattendorf.

Er beschwor uns, doch nicht unser Leben für das von Zeppenfeld zu opfern, denn die Aussichten, mit dem Wenigen Omsurman oder eine andere Ansiedlung zu erreichen, waren gering. Er wollte, daß Zeppenfeld für das, was er getan hatte, seine Strafe erhielt – und das war der Tod. Schließlich aber beugte er sich unserem Druck. Beim nächsten Morgengrauen zog die Karawane ohne uns weiter. Wir blieben zurück – mit ein paar Schläuchen Wasser, wenig Proviant und nur einem Kamel. Und Sihdi Siegbert mit einem kostbaren Dolch in seinem Besitz. Scheich Abdul Batuta hatte ihn damit zum Abschied beschenkt, ihn umarmt und ihm Allahs Segen gewünscht. Der Scheich achtete ihn wegen der aufrechten Haltung mehr denn je, und dieses Geschenk war Zeichen seiner Wertschätzung und das einzige, was er noch für ihn tun konnte. Hielten wir den Tod für unabwendbar, sollten wir uns mit seinem Dolch vor einem langen qualvollen Ende bewahren.

So zogen wir dann weiter und teilten uns das eine Kamel. Wir wechselten uns ab. Doch natürlich bestimmte der Langsamste von uns das Tempo, und das war Eduard Wattendorf. Er verfluchte Zeppenfeld, weil er uns ins Unglück gestürzt hatte, und uns, die wir ihn gezwungen hätten, seinetwegen zu sterben. Sidhi Siegbert strafte ihn mit Schweigen. Doch daß unser Ende absehbar war, konnte auch er nicht abstreiten. Denn wir kamen nur langsam voran, und unsere Wasservorräte schrumpften zusammen.

Als wir zwei Tage später erwachten, war Wattendorf nicht mehr da. Er hatte sich in der Nacht fortgeschlichen – mit dem Kamel und fast allen Wasserschläuchen. Nur der Wasserschlauch, den sich Sidhi Burlington unter den Kopf gelegt hatte, war uns geblieben.«

Odomir Hagedorn schnaubte verächtlich. »Elender Verräter!«

Sadik nickte. »*Aiwa*, er hatte uns damit zum Tode verdammt. Wir hatten keine Hoffnung mehr, und der Tod war nur noch eine Frage von Tagen. Das wenige Wasser würde auch bei äußerster Sparsamkeit kaum zwei Tage reichen. Wir beschlossen, nur noch in der Nacht zu marschieren und uns an den Sternen zu orientieren und tagsüber im kläglichen Schatten einer Düne oder eines Felsblockes zu verharren. Es war die Hölle auf Erden. Der Durst peinigte uns. Unsere Lippen platzten auf, und wir meinten, von innen heraus zu verbrennen. Zeppenfeld bettelte um den Dolch, weil er seinem Leben ein Ende bereiten wollte. Doch Sidhi Siegbert verweigerte ihm die Waffe. Einmal kam es sogar zu einem Kampf zwischen den beiden, doch Sidhi Siegbert schlug ihn nieder.

So ging es drei Tage und drei Nächte. Unser Ende schien nun endgültig gekommen. Längst war der Wasserschlauch leer. Sidhi Burlington lag bewußtlos im Sand, und der Franzose würde die Nacht nicht überleben, wie ich meinte. Und in dieser todesnahen, hoffnungslosen Situation schickte uns Allah die göttliche Rettung – eine kleine Karawane, die aus dem Norden kam und nach Chartoum unterwegs war. Wir bekamen Wasser, zu essen, und Sidhi Siegbert gelang es, sie mit einer Anzahl Goldstücke dazu zu überreden, nach Wattendorf zu suchen.«

Odomir Hagedorns rundes Gesicht nahm einen ungläubigen Ausdruck an. »Er hat noch Geld ausgegeben, um nach dem Verräter zu suchen?«

»Er dachte nicht an Rache, sondern an das Versprechen, das er Wattendorfs Familie gegeben hatte – ihn nämlich gesund nach Hause zu bringen. Ich will nicht verhehlen, daß ich nicht dafür war, ihn zu suchen. Er hatte uns verraten und unser Wasser gestohlen, und ein schlimmeres Verbrechen gibt es nicht in der Wüste. Was dir einer in die Hand spuckt, das klatsche ihm ins Gesicht, heißt es in meiner Heimat. Nicht so Sidhi Siegbert.« Er zuckte mit den Schultern. »Wir fanden ihn nach langen Tagen des Suchens drei Tagesritte westlich der Oase Al Kariah, mehr tot als lebendig. Seine Wasservorräte waren verbraucht, das Kamel verendet. Wattendorf war nicht mehr bei Sinnen. Er phantasierte während des ganzen Wegs zur Küste. Die Wüste hatte ihn zerbrochen.

Erst in Omsurman fand er einigermaßen aus seinen wirren Phantasien in die Wirklichkeit zurück. Dort trennten wir uns von Wattendorf und Zeppenfeld. Wir gaben ihnen unmißverständlich zu verstehen, daß wir mit ihnen nie mehr etwas zu tun haben wollten. Gemeinsam segelten Zeppenfeld und Wattendorf dann nach Kairo. Von dort kehrte Zeppenfeld nach Eu-

37

ropa zurück. Wir waren der festen Überzeugung, daß wir nie wieder etwas von den beiden hören oder sehen würden. Doch das stellte sich als Irrtum heraus. Denn all das, was damals in der nubischen Wüste geschah, sollte Folgen haben.

Es dauerte jedoch ein Jahr, bis sich etwas ereignete, was in Zusammenhang mit jener verunglückten Nilquellen-Expedition zu sehen war. Eines Tages erhielt Sidhi Siegbert auf *Falkenhof* nämlich ein Paket von Wattendorf – es kam aus Cairo. Wie wir später erfuhren, war er dort geblieben, an Geist und Körper schwer erkrankt, wie es hieß. Das Paket enthielt einen Spazierstock aus Ebenholz mit einem Knauf in Form eines silbernen Falkenkopfes, dessen Maul weit aufgerissen ist. Ich werde ihn gleich holen.

Wattendorfs Geschenk enthielt auch noch ein merkwürdiges Begleitschreiben sowie ein rätselhaftes Gedicht um diesen Falkenstock. Sidhi Siegbert hielt Wattendorfs Behauptung, das legendäre Tal gefunden zu haben, für das leere Geschwätz eines geistig Verwirrten – wie auch Sidhi Roland und Sidhi Burlington. Er brach zu seiner neuen Expedition auf, ohne einen weiteren Gedanken an Wattendorf und das Verschollene Tal vergeudet zu haben. Und wenn mich damals nicht eine schwere Erkrankung auf *Falkenhof* festgehalten hätte, wäre ich letzten Winter mit ihm nach Madagaskar aufgebrochen. Doch das Schicksal wollte es anders.

Nun, zur selben Zeit, als der seltsame Spazierstock auf *Falkenhof* eintraf, erhielten Jean Roland in Paris den Koran und Rupert Burlington auf *Mulberry Hall* den Gebetsteppich. Jedes ist Teil des Rätsels, wie wir mittlerweile wissen, und zu jedem Gegenstand hatte Wattendorf ein Gedicht verfaßt, in der des Rätsels Lösung verborgen ist.« Sadik forderte Tobias auf, ihrem Gastgeber Brief und Gedichte aus dem Gedächtnis zu rezitieren, während er sich erhob, um Falkenstock und Gebetsteppich zu holen.

Tobias kam der Aufforderung gern nach. »Das Gedicht stand in dem Brief an meinen Vater, von dem uns die erste Seite leider verlorengegangen ist«, erklärte er. »Also, das Rätsel zum Falkenstock lautete folgendermaßen:

> Die Buße für die Nacht
> Die Schande und Verrat gebar
> Der Falke hier darüber wacht
> Was des Verräters Auge wurd gewahr
>
> Den Weg der Falke weist
> Auf Papyrusschwingen eingebrannt
> Im Gang des Skarabäus reist
> Verschollenes Tal im Wüstensand
>
> Die Beute nur wird abgejagt
> Dem Räuber gierig Schlund
> Wo rascher Vorstoß wird gewagt
> Würgt aus des Rätsels Rund.

Und nach diesem Gedicht schrieb Wattendorf noch an meinen Vater«, fuhr Tobias fort und rezitierte aus dem Gedächtnis: »›So, jetzt habe ich mein Wissen in Deine Hände gelegt, Siegbert. Du wirst das Rätsel gewiß schnell lösen. Das Unheil, das Armin über uns gebracht und das mich in der Stunde der Versuchung hat schwach werden lassen, soll Dir den Ruhm bringen, der Dir gebührt. Ich bin zu krank, um noch einmal zurückzukehren. Rupert und Jean haben die Schlüssel zu den versteckten Pforten im Innern. Doch ohne Dich werden sie nie herausfinden, wo sich diese Pforten für ihre Schlüssel befinden. Nur Du kannst ihnen den Weg weisen, wenn Du sie an Deinem Ruhm beteiligen willst. Dir allein gebe ich hiermit den Schlüssel zum großen Tor. Das ist meine Sühne – und sie soll Dir als Forscher und Entdecker unsterblichen Ruhm bringen.‹

Soweit also Gedicht und Brief«, sagte Tobias. »Wir haben lange gerätselt, bis ich dann begriff, was mit der letzten Strophe gemeint war: Ein rascher Vorstoß mußte gewagt werden, um dem Falken die Beute abzunehmen. Dann würgt er sie aus. Und wohin mußte der Vorstoß gewagt werden? Natürlich in des *Räubers gierig Schlund*! Als ich den Finger in das aufgerissene Maul des Falkenkopfes steckte, gab das Metall unter meiner Fingerkuppe nach, Eisenstifte klappten nach innen weg, während gleichzeitig eine Sprungfeder aktiviert wurde – und der Kopf sprang aus dem Stock wie ein Champagnerkorken!«

Odomir Hagedorn gab einen Laut der Überraschung und der Bewunderung für so viel Kombinationsvermögen von sich, während er eine dicke Dolde Trauben in einen kahlen grünen Ast verwandelte.

»Und im Innern des Stockes, der mit arabischen Zeichen und Tieren wie diesem Skarabäus verziert ist, steckt die Karte!« warf Jana ein.

»Genauso war es!« bestätigte Tobias. »Sie zeigt den Weg zum Verschollenen Tal! Diese Karte ist damit der Schlüssel zum großen Tor, wie Wattendorf sich ausgedrückt hat, der Wegweiser zu diesem Tal, das wir bis dahin für ein Märchen gehalten hatten. Ohne diese Karte ist das, was Wattendorf Jean Roland und Rupert Burlington zugeschickt hat, so gut wie wertlos.«

»Wir vermuten, daß der Gebetsteppich und der Koran Hinweise über das enthalten, was *im* Tal wo und wie zu suchen und zu finden ist«, bemerkte Jana.

Tobias erinnerte sich noch ganz genau, wie der Koran aussah, der sich nun in Zeppenfelds Besitz befand. Er war so merkwürdig wie der Falkenstock. Der Korandeckel bestand aus Kupferblech. Ein wahrer Dschungel von Ranken, Ornamenten und arabischen Schriftzügen war aus dem Metall gehämmert. Auf der Rückseite war der Korandeckel mit schwarzem Tuch bespannt.

»Zeppenfeld hat uns den Koran in Paris abgejagt. Aber immerhin kennen wir das dazugehörige Rätselgedicht, das Wattendorf auf die erste Seite gekritzelt hat«, tröstete er sich. Und er zitierte es aus der Erinnerung:

»*Die Buße für die Nacht*
Die Schande und Verrat gebahr
Der Koran darüber wacht
Was des Verräters Auge wurd gewahr

Den Führer durch die Schattenwelt
Hinter Ranken, Ornament versteckt
Das Tuch der Nacht verborgen hält
Wo ein erhabener Weg sich klar erstreckt

Muß glänzen in des Druckers Blut
Die tiefen Höh'n in Allahs Labyrinth
Dann aus dem Land der Sonnenglut
Der Plan ins Tal Gestalt annimmt.«

Odomir Hagedorn, der ihren Ausführungen mit größter Spannung zugehört hatte, schüttelte den Kopf. »Rätseln dieser Art war ich noch nie sehr attachiert. Dieses scheint mir jedoch ein besonders wirres zu sein.«

»Ja, das dachten wir bei dem zum Falkenstock auch«, räumte Jana ein.

Sadik kehrte zurück, den zusammengerollten Gebetsteppich unter dem Arm. In der Mitte der Rolle steckte der ungewöhnliche Spazierstock.

Odomir Hagedorn nahm den Stock entgegen und unterzog ihn einer interessierten Musterung. Er war aus dunklem Ebenholz gearbeitet und nicht eben zierlich, sondern eher plump. In das Holz waren Kerben und ägyptische Zeichen eingeschnitzt.

41

An seinem dicken Ende ragte über einem silbernen Ring der Falkenkopf auf, groß wie ein Apfel. Der Schnabel war aufgerissen, als wollte er sich im nächsten Moment auf seine Beute stürzen.

Der schwergewichtige Exkonsul zögerte kurz, dann jedoch siegte seine Neugier, und er stieß seinen rechten Zeigefinger in den Rachen des Raubvogels. Augenblicklich gab das Metall unter seiner Fingerkuppe nach. Eisenstifte klappten nach innen weg, während gleichzeitig eine Feder aktiviert wurde. Begleitet von einem hellen Klicken sprang der Kopf aus dem Stock. Ein metallverstärkter Innenrand mit einem Kranz kleiner Vertiefungen für die Eisenstifte kam zum Vorschein – und eine lange Röhre im Ebenholz. Sie enthielt jedoch nicht die Karte, wofür er Verständnis hatte. Manchmal war es besser, nicht zuviel zu wissen.

»Raffiniert«, murmelte er beeindruckt.

»Und das hier ist der Gebetsteppich«, sagte Sadik und rollte ihn aus.

Enttäuschung zeigte sich auf Odomir Hagedorns Gesicht, der in seinem Haus eine Sammlung auserlesener Teppiche sein eigen nannte und ein Kenner der hohen arabischen Knüpfkunst war. »Ich muß gestehen, daß mich dieses Stück doch reichlich desappointiert. Sogar geschenkt würde ich ein solches Stück refüsieren«, gab er unumwunden zu.

Sadik pflichtete ihm bei. Bei Wattendorfs kleinem Gebetsteppich handelte es sich um eine handwerklich mittelmäßige Arbeit. Was aber die künstlerische Zusammenstellung von Farben und Motiven anging, war es ein miserables Exemplar. Aufdringlich bunte Muster aus geometrisch angelegten stilisierten Blumen und Ornamenten sowie Bordüren umgaben das typische Nischenmotiv im Mittelfeld, das sich auf vielen Gebetsteppichen fand. Diese Gebetsnische wies auf den Verwendungszweck dieser Teppiche hin. Rot, Blau und Gelb waren in unterschiedlichen Tönen die vorherrschenden Farben, in die sich jedoch noch viele andere mischten.

»Es harrassiert das Auge aufs Unerträglichste!« stöhnte der Exkonsul und wandte den Blick angewidert ab.

»Ja, es fällt schwer zu galuben, daß dieser bunte, einfach geknotete Teppich aus billiger Wolle ein wichtiges Geheimnis bergen soll«, gab Tobias zu. »Aber so ist es. Dummerweise hat Lord Burlington den Brief mit Wattendorfs Rätselgedicht ins Feuer geworfen. Er konnte sich bloß noch an eine einzige Strophe erinnern.«

Odomir Hagedorn zog sich mit der Schale kandierter Früchte in seine Kissenburg zurück. »Nur zu, junger Mann. Ich bin gewappnet.«

Tobias rezitierte die Strophe:

> *»Wenn des gläubigen Dieners Locken*
> *Tauchen in den See der Eitelkeit*
> *Zeichnet auf Wasserblüten trocken*
> *Allahs Schrift den Weg zur Ewigkeit.«*

Odomir Hagedorn seufzte. »Auf die Offenbarung, die zur Lösung dieses wirren Rätsels führen könnte, müßte ich wahrhaftig bis zur Ewigkeit warten!«

Damit war alles erzählt, was geschehen war, und was Odomir Hagedorn wissen mußte, um abzuwägen, inwieweit er es wagen wollte, ihnen seine Hilfe zu gewähren – und sich damit auch gegen Zeppenfeld und seine Komplizen zu stellen.

Das Ablenkungsmanöver

»Ich habe meinen Gedanken heute nacht eine lange Audienz gegeben«, sagte Odomir Hagedorn eine Weile später, als sich ihr Gespräch dem Thema zuwandte, wie er ihnen in ihrer gefährlichen Situation von Nutzen sein konnte. Er ließ dabei eine Süßigkeit im Munde zergehen. »Sie brauchen einen *firman*, wenn Sie sich nicht der Gefahr aussetzen wollen, in Oberägypten von selbstherrlichen und geldgierigen Provinzstatthaltern und ihren korrupten Beamten harassiert zu werden.«

Sadik nickte nur und wartete, was ihrem Gastgeber dazu durch den Sinn gegangen war.

»Bei aller höflichen Bescheidenheit und ohne der Übertreibung anheimzufallen, darf ich doch sagen, daß Mohammed Ali mir noch immer sehr attachiert ist. Einen *firman* für Sie zu chargieren, stellt daher kein großes Problem dar. Es wäre eine Angelegenheit von einer Woche, höchstens zehn Tagen. Doch es dürfte nicht die klügste aller Lösungen sein.«

Sadik neigte als Zeichen seiner erhöhten Aufmerksamkeit leicht den Kopf zur Seite und zog die Augenbrauen hoch, stellte jedoch keine Fragen, sondern wartete ab.

»Denn wenn Graf Zeppenfeld ein solch skrupelloser und zugleich raffinierter Mann ist, wie Sie ihn mir in Ihrem gestrigen Mémoire…«

»Gleich Bericht«, raunte Tobias Jana zu.

»…geschildert haben, wird er zweifellos Beamte bestochen haben.«

»*Aiwa*, von Bestechung müssen wir ausgehen«, stimmte Sadik ihm zu und dachte insgeheim, daß dies jedoch zum Alltag gehörte, wenn man mit den Behörden zu tun hatte und etwas erreichen wollte.

»Dann darf der *firman* nicht durch meine Fürsprache auf Sie ausgestellt werden«, folgerte Odomir Hagedorn, der zwar körperlich zweifellos zu starker Behäbigkeit neigte, nicht aber zu geistiger Trägheit. »Graf Zeppenfeld käme Ihnen über meine Person sehr rasch auf die Spur, und diese Aventure…«

»Abenteuer«, übersetzte Tobias leise.

»…können wir uns leicht ersparen. Wenn Sie erlauben, habe ich Ihnen einen Vorschlag zu machen, wie Sie Ihre Ziele gefahrloser avancieren…«

»Erreichen.«

»…und Graf Zeppenfeld zumindest für eine Weile in Cairo halten und distraktieren können«, sagte Hagedorn, während ein Diener ihm ein kleines Wasserbecken hinhielt, in denen Minzeblätter schwammen. Er tunkte seine Finger hinein, an denen goldene Ringe mit Smaragden und Rubinen funkelten, säuberte sie von Zucker und Schokoladenresten und trocknete sie an einem Tuch ab, das der Diener über dem Arm trug.

»Sie können sich unseres ungeteilten Interesses an Ihrem Vorschlag gewiß sein«, versicherte Sadik mit einem kaum merklichen Lächeln. Wie anders dieser Mann doch war, wenn er an Rupert Burlington dachte.

Und doch hatten sie auch vieles gemein, etwa was ihren Charakter kennzeichnete: Hilfsbereitschaft, Gastfreundschaft und Mut. Ja, auch der dicke, etwas lächerlich türkisch gewandete Odomir Hagedorn besaß Mut.

Auch Jana und Tobias waren gespannt, was Hagedorn ihnen vorzuschlagen hatte.

»Ich werde den *firman* auf meinen Namen und den meines Bevollmächtigten legitimieren, diesen Bevollmächtigten jedoch noch nicht namentlich in dem Papier skribieren lassen«, erklärte er ihnen. »Das ist nichts Ungewöhnliches. Man weiß ja nie so genau, wem man wann die körperlich strapaziösen Aufgaben überträgt. Und bei meiner Fülle ist jedem eklatant…«

»Offenkundig«, murmelte Tobias.

»... daß ich eine solch fatigante Aventure nur bis zu einem gewissen Grad *in persona* führen kann«, sagte Hagedorn mit fröhlich kritischer Selbsteinschätzung. »Ich werde den Eindruck erwecken, daß Gotthilf Tiefenbach wohl mein Bevollmächtigter sein wird. Das ist ein junger Berliner Elegant, der für derlei Geschichten zu haben und mir sehr gewogen ist, was in Anbetracht seiner stets leeren Börse und meiner Schwäche für ihn niemanden surprisieren dürfte. Natürlich skribieren wir später Ihren Namen in den *firman*.«

Sadik lächelte, denn er war von dieser Idee sehr angetan. »Das wäre wahrhaftig eine große Hilfe, Sihdi Hagedorn.«

»Der junge Tiefenbach kann zudem für eine gewisse Diversion sorgen...«

Tobias sagte hinter vorgehaltener Hand: »Ablenkung.«

»... indem er über einen seiner englischen Freunde das Gerücht ausstreuen läßt, ein gewisser Sadik Talib bemühe sich in Alexandria um einen Ausländer, über den er für eine beachtliche Summe an einen *firman* zu chargieren hoffe.«

Tobias grinste. »Das ist gerissen. Wenn das Zeppenfeld zu hören bekommt, wird er sich sofort auf den Weg nach Alexandria machen!«

»Ein geschickts Ablenkungsmanöver«, lobte auch Sadik. »Es kann uns einen kostbaren Vorsprung von einigen Tagen sichern.«

»Also abgemacht! Und lassen Sie mich wissen, wenn ich Ihnen sonst noch helfen kann.«

»*Aiwa*, da wäre in der Tat noch etwas«, sagte Sadik.

»Nur zu, nur zu! Noch so eine Geschichte wie die mit dem Sperling, und Sie können von mir haben, was Sie wollen, mein verehrter Talib!«

»Es geht um Eduard Wattendorf...«

Odomir Hagedorn nickte mit ernster Miene. »Ich kannte ihn,

zumindest flüchtig. Er war ein Mann, der zum Delirieren neigte.«

»Er war aber geistig wohl doch nicht ganz so verwirrt, wie wir alle glaubten«, meinte Sadik.

»Sie sprechen in der Vergangenheit von ihm«, fiel Tobias auf. »Heißt das, daß Eduard Wattendorf tot ist?«

»Ja, soviel mir bekannt ist, verstarb Wattendorf letztes Jahr. Es muß im November oder Dezember gewesen sein. Wenn ich es recht memoriere, hatte er einen Unfall. Er wurde das Opfer eines Hausbrandes.«

»Das kommt hin«, sagte Tobias und tauschte mit Jana und Sadik einen vielsagenden Blick: Zeppenfeld war in Cairo gewesen, hatte Wattendorf mit Gewalt zum Reden gebracht und war dabei zu brutal vorgegangen, so daß Wattendorf gestorben war, bevor Zeppenfeld alle wichtigen Informationen von ihm erfahren konnte. Das Feuer hatte den gewaltsamen Tod, den Wattendorf gestorben war, nur vertuschen sollen. Ja, so mußte es gewesen sein!

»Aber er sah schon seit seiner Ankunft in Cairo im vorletzten Jahr so aus, als wäre er für den Tod am nächsten Tag assigniert«, fügte Hagedorn hinzu: »So spindeldürr, wie er war! Nur noch Haut und Knochen. Ein Bild des Jammers. Ich hatte das Gefühl, ihn schon mit meinem Schatten erdrücken zu können. Eine traurige Gestalt.«

»Wissen Sie, wo er gewohnt hat?« frage Sadik.

Eine kandierte Frucht verschwand zwischen Hagedorns Lippen, während er überlegte. »Bedaure, ich muß Sie desappointieren. Ich habe nie darüber reflektiert, aber wenn Sie mich fragen, fällt mir auf, wie wenig ich über diesen seltsamen Mann weiß. Nein, ich weiß nicht, wo er gewohnt hat. Aber mit Sicherheit nicht im Viertel der Europäer. Das wäre mir gewiß zu Ohren gekommen. Ist das denn für Sie überhaupt noch von Wichtigkeit?«

»Es ist nicht mehr als eine vage Möglichkeit«, gestand Sadik ein. »Aber Wattendorf hat, so wie ich ihn kenne, bestimmt nicht allein gelebt. Und da er krank war und immer wieder unter den Fieberschüben gelitten hat, war er auch auf Hilfe angewiesen. Vielleicht läßt sich aus diesen Quellen die eine oder andere wichtige Informationen herauslocken.«

»Kein Problem. Ich werde eruieren, wo er damals in Cairo gewohnt hat und mit wem er in jener Zeit zusammengewesen ist«, erklärte sich Hagedorn sofort bereit. »Ich hoffe nur, es pressiert nicht zu sehr, denn ein paar Tage benötige ich schon, um zu reüssieren...«

»Um Erfolg zu haben«, murmelte Tobias.

»...Ich werde mich zwar gleich in die Stadt chauffieren lassen, um mich der Angelegenheit anzunehmen. Aber ich muß höchst diskret vorgehen, um nicht Fragen zu wecken, die besser ungestellt bleiben.«

»Auf ein paar Tage kommt es nicht an«, versicherte Sadik.

»Können wir mit Ihnen in die Stadt fahren, Herr Konsul?« erkundigte sich Jana.

»Aber selbstverständlich! Meine Britschka hat bequem Platz für uns vier.«

Sadik schüttelte den Kopf. »*La!* Wir müssen Ihr freundliches Anerbieten leider ausschlagen.« Und zu Jana und Tobias gewandt, sagte er: »Es ist ratsamer, wenn uns niemand zusammen mit Sihdi Hagedorn sieht, schon gar nicht in seinem Wagen. Das Leben ist eine Kette unglaublicher Zufälle. Ich nehme an, Ihr Anwesen verfügt über eine Hinterpforte?«

Odomir Hagedorn nickte. »Gewiß. Eine solche Pforte befindet sich drüben hinter den Orangenbäumen in der Mauer. Sie führt in eine schmale Seitengasse, in die sich höchstens einmal ein Hund verirrt.«

»Gut, die werden wir nehmen, wenn wir Ihr Anwesen verlassen oder betreten«, beschloß Sadik. »Wir können gar nicht vorsichtig genug sein. Und Mietdroschken finden wir bestimmt auf dem Platz vor der Moschee.«

»Ihre Vorsicht findet meine Affirmation, mein verehrter Talib«, sagte Odomir Hagedorn und wuchtete sich aus seinem weichen Kissenlager. »Erlauben Sie, daß ich jetzt retiriere. Ich möchte dafür Sorge tragen, daß meine Bediensteten strengstes Stillschweigen darüber bewahren, daß sie meine Gäste sind. Wenn Sie noch Wünsche haben, adressieren Sie diese bitte an Kasim. Er wird Ihnen zu Diensten sein. Bevor wir getrennt nach Cairo aufbrechen, kommunizieren wir noch miteinander.«

»Denken Sie an den Barbier?« fragte Sadik.

»Aber natürlich! Das hätte ich ja fast vergessen!« rief Hagedorn und faßte sich an die Stirn. »Ich merke schon, daß mir das Darben bei Tisch nicht gut bekommt! Ich schicke Malek unverzüglich zu Ihnen. Er ist alt, versteht sein Handwerk aber noch ausgezeichnet – und er wird schweigen.«

Sadik bedankte sich.

Tobias hatte den merkwürdigen Eindruck, als läge Odomir Hagedorns Blick einen Moment voll tiefem Bedauern auf Jana.

Jana, der Beduinenjunge

Der mitfühlende Blick war auch Jana nicht entgangen. Er gefiel ihr überhaupt nicht. »Wozu brauchst du einen Barbier?« fragte sie Sadik.

Dieser sah sie nun fast so an, wie Hagedorn es vor wenigen Augenblicken getan hatte. »Du muß mir glauben, wenn ich dir sage, daß ich es nicht gern von dir verlange. Aber wir haben keine andere Wahl.«

»Keine andere Wahl? Wovon sprichst du?« fragte Tobias beunruhigt.

Jana nickte, und die Ahnung, die sie plötzlich überfiel, stieg ihr wie ein Kloß in die Kehle. »Ja, was willst du von mir verlangen?«

»Dein Haar, Jana«, sagte Sadik ernst. »Es muß fallen! Und zwar heute noch.«

Janas Augen wurden groß, und unwillkürlich fuhr ihre Hand zu ihrem langen, vollen Haar, das ihr bis auf die Schultern fiel.

»Nein! Das kommt nicht in Frage!« rief Tobias impulsiv, ja fast ärgerlich. Diese wunderschöne schwarze Lockenflut sollte dem Messer eines arabischen Barbiers zum Opfer fallen? Jana mit kurzen Haaren? Unmöglich!

Sadik blieb ruhig, aber sein Ton war bestimmt, als er sagte: »Wenn Sie mit uns kommen will, und davon bin ich bisher ausgegangen, muß sie ihre Haare opfern und die Rolle eines jungen Mannes spielen. Wenn einer von euch damit nicht einverstanden ist, was sein gutes Recht wäre, werden wir über *El Qahira* nicht hinauskommen.«

»Aber warum?« fragte Tobias, obwohl er die Antwort ahnte.

»Weil dies Arabien ist, mein Freund, und nicht Europa«, antwortete Sadik geduldig, »und weil in diesem Land ein männlicher Europäer so rasch auffällt wie ein Dromedar in den Straßen von Mainz, ganz zu schweigen von einer bildhübschen jungen Frau wie Jana.«

Leichte Röte stieg ihr in die Wange. »Ja, ich verstehe, Sadik.«

»Wenn wir Cairo verlassen und uns auf die Suche nach dem Verschollenen Tal begeben, dann werde ich mich in Begleitung von zwei jungen Beduinen befinden«, erklärte Sadik gelassen. »Es werden die Söhne meines Bruders sein, von denen der eine so gut wie stumm und der andere zu lange bei einem Gelehrten in Alexandria gelebt hat, was sein gebildetes Arabisch erklärt.«

50

»Aber kann ich mich denn nicht verschleiern wie eine arabische Frau?«

Sadik schüttelte den Kopf. »Eine arabische Frau, auch wenn sie verschleiert wäre, hat sich den Gesetzen des Islam unterzuordnen. Ihr Bewegungsspielraum ist damit erheblich eingeschränkt. Es würde zu weit führen, wenn ich dir alle Verbote nennen wollte. Es wäre allein schon ein Ding der Unmöglichkeit, dich die ganze Zeit in unserer Gesellschaft aufzuhalten. Wenn wir gen Abu Hamed aufbrechen und dann wochenlang auf dem Nil unterwegs sind, könntest du dich nur ganz selten einmal an Deck zeigen. Die meiste Zeit müßtest du in deiner Kabine sein – und das zudem noch in Begleitung einer Dienerin. Davon einmal ganz abgesehen, würde diese verschleierte Frau, die sich, von El Qahira kommend, mit zwei Männern so weit nach Nubien hineinwagt, bei der Besatzung des Bootes und bei den Bewohnern der Siedlungen, die wir auf unserem Weg passieren werden, unweigerlich starkes Interesse wecken. Dies würde Zeppenfeld zu Ohren kommen, und es wäre für ihn ein Kinderspiel, unsere Spur aufzunehmen. Reist ihr jedoch als Araber verkleidet, sind wir nichts weiter als drei unter vielen Reisenden, die anfangs nur nach Theben wollen, dann nach Aswan weiterfahren und der Mannschaft erst dahinter ihr wahres Ziel zu erkennen geben.«

Er machte eine kurze Pause. »Wenn wir es, mit Sihdi Hagedorns Beistand, geschickt anfangen, haben wir eine gute Chance, Zeppenfeld lange genug im Dunkeln tappen zu lassen und einen sicheren Vorsprung zu gewinnen. Das setzt jedoch voraus, daß aus der hübschen jungen Frau mit dem langen Haar ein junger Araber wird.«

Tobias erkannte, wie recht Sadik hatte. »Und was ist mit unserer Haut? Die Bräunung der letzten Woche reicht kaum aus, um uns zu Arabern zu machen.«

»Wartet ab, bis Malek und ich mit euch fertig sind«, versicherte Sadik lächelnd. »Mein Bruder wäre auf diese Söhne sicherlich sehr stolz.«

Kasim führte einen alten Mann in den Raum, dessen Gewand und Turban makellos sauber waren. Sein Werkzeug trug er in einer Holzschachtel mit Einlegearbeiten bei sich.

»Malek, der Barbier, Effendi«, meldete der Diener.

»Nun?« Sadik sah Jana fragend an.

Jana verzog das Gesicht. »Ich habe nicht die weite Reise unternommen, um hier wegen ein paar Haarsträhnen unser Ziel aufzugeben. Wenn sie denn fallen müssen, soll es so sein. Sie wachsen ja wieder nach«, tröstete sie sich.

Kasim führte sie in einen kleinen Nebenraum, wo es einen gefliesten Boden gab. Sadik redete kurz mit Malek und gab ihm genaue Anweisungen, die der alte Barbier mit einem Schmunzeln und gelegentlichen Nicken entgegennahm. Das Geldstück, das Sadik ihm in die Hand drückte, und das Versprechen eines weiteren bei zufriedenstellender Arbeit stellten eine zusätzliche Versicherung dar, daß der Mann sein Bestes gab.

»Ich möchte jedoch nicht, daß ihr dabei zuschaut, wie er mich zurichtet«, sagte Jana

»*Aiwa*, wir warten im Hof«, sagte Sadik und trug Kasim auf, ihnen zu sagen, wenn Malek sein Werk vollbracht hatte.

Tobias blieb in der Tür stehen, wandte sich noch einmal zu Jana um und fragte: »Tust du mir einen Gefallen?«

»Ja, was denn?«

»Hebst du mir eine von deinen Locken auf?« bat er sie und sah sie zärtlich an.

Sie nickte, während sie ihm in die Augen sah.

»Ja, gern«, sagte sie und schaute dann weg.

Tobias ging mit Sadik in den Innenhof. Die Luft war schon warm. Dabei stand die Sonne noch nicht einmal hoch genug am Himmel, um ihr gleißendes Licht über die hohen Mauern in den Hof zu werfen. Der Platz um den plätschernden Springbrunnen, der den Eindruck von erfrischender Kühle vermittelte, war mit türkisen, blauen und roten Fliesen eingefaßt. Geflieste Bänke luden zum Verweilen ein. Tamarinden, Ölbäume, Palmen, Zypressen und Orangenbäume, die den weitläufigen Hofgarten zu einer einzigartigen Stadtoase machten, würden auch während der heißesten Mittagsstunden tiefen Schatten spenden. Unter einem Vordach, gleich neben der Hinterpforte, befand sich eine große Voliere. Innerhalb dieses Vogelhauses, aus dem ein herrlicher Gesang erklang, sowie davor blühten Rosensträucher.

»Hoffentlich versteht der Barbier auch wirklich sein Handwerk und richtet Jana nicht gar zu sehr zu«, hoffte Tobias, machte dabei jedoch ein skeptisches Gesicht.

»Es muß sein, glaube mir.« Mitgefühl sprach aus Sadiks Stimme. »Zudem glaube ich einfach nicht, daß auch der unfähigste Barbier in der Lage wäre, Jana allzusehr zu verunstalten.«

Tobias lächelte ein wenig. »Na ja...«

Sie setzten sich auf eine der Bänke. Eine Weile hingen sie ihren Gedanken nach, während sie dem Gesang der Vögel und dem Plätschern des Wassers lauschten, das sich von einer Schale in die andere ergoß.

»Wenn Rupert Burlington doch nur nicht den Brief mit dem Gedicht weggeworfen hätte«, entfuhr es Tobias mit einem schweren Seufzen, als er daran dachte, daß sie das Rätsel des Teppichs noch immer nicht gelöst hatten.

Sadik gab nicht sofort eine Antwort. Schließlich aber sagte er nachdenklich: »Vielleicht hat er als einziger das Richtige getan.«

Überrascht sah Tobias ihn an. »Wie bitte?«

Sadik nickte. »*Aiwa*, manchmal überfallen mich starke Zweifel. Dann frage ich mich, ob es nicht wirklich besser gewesen wäre, wenn auch dein Vater den Brief verbrannt und den

Falkenstock mit der Karte ins Feuer geworfen hätte. Zeppenfeld hätte dann kein Interesse mehr an deinem Onkel und dir gezeigt, wäre abgereist und hätte kein Unglück über deine Familie gebracht.«

Die Zweifel seines Freundes beunruhigten Tobias.

»Onkel Heinrich und seine Freunde vom Geheimbund wären früher oder später entlarvt worden. Xaver Pizalla, der Polizeispitzel, saß ihnen schon lange im Nacken. Zeppenfeld hat das nur beschleunigt. Daß Onkel Heinrich zwei Jahre Kerker ertragen muß, ist schrecklich und ein großes Unrecht. Aber mit Zeppenfeld allein hat das nichts zu tun, und Onkel Heinrich hat gewußt, daß man ihn bald einsperren würde. Es hat ihn jedoch nicht davon abgehalten, sein Ziel unbeugsam im Auge zu behalten.«

»Sihdi Heinrich ist ein tapferer Mann. Er kämpft gegen die Tyrannei und für die Freiheit und Selbstbestimmung seines Volkes. Das ist ein Ziel, für das es sich lohnt, alles aufs Spiel zu setzen.«

Tobias war aufmerksam genug, um auch das Unausgesprochene zu hören. »Und du meinst, die Suche nach diesem Verschollenen Tal der Königsgräber ist es nicht?«

»Es gibt Männer, die alles dafür tun würden: lügen, stehlen, betrügen und morden. Zeppenfeld ist so einer. Doch er steht nicht allein. Unser Land ist schon immer von Fremden um die Schätze vergangener Kulturen betrogen worden. Ob Alexander der Große oder Napoleon, sie alle haben geplündert und wertvolle Sachen aus Ägypten weggeschleppt. Doch irgendwie hielt es sich in Grenzen. Aber seit einigen Jahrzehnten wird Ägypten von Abenteurern und ruhmsüchtigen Wissenschaftlern wie von einer Heuschreckenplage heimgesucht. Diesen Männern geht es nur darum, reich und berühmt zu werden«, erklärte Sadik mit deutlicher Verachtung. »Ob sie nun Benoit de Maillet, Baron Denon, Oberst Drovetti, Henry Salt oder

Giovanni Belzoni heißen – sie alle haben nur eines im Sinn: Im Namen der Wissenschaft mein Land auszubeuten und es all seiner Kunstschätze zu berauben!«

Tobias war betroffen und fühlte sich irgendwie auch persönlich angegriffen. »Du hast nicht den Namen meines Vaters vergessen?« fragte er streitbar.

»*La*, dein Vater ist kein Kunsträuber unter dem Deckmantel der Wissenschaft. Er ist ein mutiger Forscher und Entdecker. Einen weißen Flecken auf der Landkarte mit geographischen Einzelheiten ausfüllen zu können, das ist der größte Schatz, den er sich vorstellen kann. Er hat sich nie an den Schätzen fremder Kulturen bereichert! Das einzige, was je seine Taschen gefüllt hat, ist Sand gewesen!«

»Aber bereitet er damit nicht solchen Männern, die du eben genannt hast, erst den Weg?« wandte Tobias mit versöhnlichem Tonfall ein. »Zeigt er ihnen nicht erst, wo Schätze zu suchen und zu finden sind, die sie dann nach Europa schaffen?«

Sadik zog den Krummdolch aus der Scheide. »Allah möge es verhindern, daß an dieser Klinge jemals das Blut eines Menschen kleben wird. Aber wenn das eines Tages doch der Fall sein sollte, trägt der Schmied, der die Klinge geschmiedet und geschärft hat, dann dafür die Verantwortung – oder der Mann, der dieses Messer führt?«

»Letzterer natürlich.«

Sadik nickte. »Die Krankheit der Seele ist die Gier«, sagte er ernst. »Und mein Land wird von der Gier europäischer Glücksritter und Wissenschaftler, oftmals in einer Person, rücksichtslos ausgeplündert. Zurück bleiben nur ein paar Piaster in den Taschen der korrupten Verwaltung.«

»Wenn du so darüber denkst, dann...«, begann Tobias bestürzt.

Sadik ließ ihn nicht ausreden. Er legte ihm eine Hand auf den Arm und sagte milde: »So denke ich nicht über dich, mein

55

Freund. So denke ich über Männer wie Salt, Benzoni und natürlich Zeppenfeld.«

»Aber glaubst du nicht, daß Zeppenfeld auch dann verbissen nach dem Verschollenen Tal suchen und es eines Tages sogar finden würde, wenn wir die Karte und den Teppich vor seinen Augen vernichten würden?« wandte Tobias ein.

Sadik atmete tief durch. »Ja, vermutlich«, gab er zögerlich zu, und seiner Stimme waren Widerwille und Bedrückung anzuhören.

Odomir Hagedorn trat aus dem Säulengang und kam zu ihnen, begleitet von Kasim. »Die Haare der jungen Dame sind gefallen!«

Tobias wollte sofort zu Jana, doch Sadik bat ihn, sich noch etwas in Geduld zu üben.

»Warte hier. Nach Malek muß ich mich ihrer annehmen. Es wird jedoch nicht lange dauern«, versicherte er und eilte mit Kasim ins Haus.

Odomir Hagedorn leistete Tobias Gesellschaft. Dieser fragte ihn gleich, ob es denn stimme, was Sadik über die Glücksritter und Wissenschaftler gesagt hatte, die seit einigen Jahrzehnten verstärkt auf ›Beutejagt‹ durch Ägypten zogen.

»Leider muß ich die Äußerungen deines Freundes confirmieren. Schon Alexander der Große hat unermeßliche Schätze aus Ägypten disparieren lassen. Und so haben es alle getan, die nach ihm Macht über das Niltal erlangten. Durch Napoleons Ägyptenfeldzug von 1798 ist dieser Teil des Orients in Europa geradezu in Mode gekommen. Seit 1810 wird dieses Land jedoch in der Tat in großem Stil von diesen Herrschaften geplündert«, lautete die Antwort des Dicken. »Mohammed Ali und seine Regierung haben es diesen Leuten sehr erleichtert. Zur Schande meines Berufsstandes muß ich concidieren, daß es ausgerechnet die ausländischen Diplomaten sind, die den blühenden Handel mit Antiquitäten fest in ihrer Hand halten.«

»Aber wieso denn das?« fragte Tobias verblüfft.

»Die Erklärung dafür ist ganz einfach. Für die Ausgrabungen und den Abtransport der Kunstschätze muß man eine Menge lokaler Arbeiter employieren. Ohne einen *firman* ist das unmöglich. Diplomaten nun brauchen nicht lange zu negoziieren, um eine solche Erlaubnis erlangen. Sie können ihre Wünsche direkt an den Herrscher adressieren und gewiß sein, daß man ihnen entspricht. Ist der *firman* skribiert, chargieren sie Aventurier...«

»Sie meinen, sie heuern berufsmäßige Abenteuer an?«

»Richtig, mehr oder weniger firmieren diese Leute als ihre Agenten, die in ihrem Auftrag die Grabungen ausführen und sich um all die fatiganten Einzelheiten des Abtransportes und der Ausfuhr kümmern.«

»Wenn das wirklich so ist, dann ist das ein Skandal!« empörte sich Tobias.

»Gewiß, es ist bedauerlich, und wenn das Verhalten mancher Diplomaten tatsächlich skandalös zu nennen und zu refüsieren ist, so man muß doch Verständnis für Mohammed Ali haben. Er regentiert seit 1806 mit dem Blick europäischer Staatskunst und bemüht sich redlich, sein Land den Anschluß an die moderne Zeit finden zu lassen. Der Aufbau einer fortschrittlichen Industrie, Verwaltung und eines Schulwesen sowie Festungsbau und Armee avanchieren, verschlingen jedoch Unsummen. Und da konvenieren die Einnahmen aus dem Handel mit Antiquitäten natürlich sehr. Es ist eben immer leicht, mit dem satten Magen eines reichen europäischen Landes einem armen Land zu sagen, es soll besser auf seine kulturellen Kunstschätze Obacht geben und sie nicht versilbern. Denn unsereins ist es doch, der sie in Versuchung führt und mit dem Gold lockt.«

»Das stimmt«, räumte Tobias ein.

Sie redeten noch eine Weile über dieses Thema. Dabei spazierten sie an der Voliere vorbei. Tobias war erstaunt, als Odomir Hagedorn ihm mitteilte, daß es sich bei den Vögeln um Nachtigallen handele.

»So wie rote Rosen den schönsten Duft und die schönste Farbe besitzen, haben Nachtigallen die verlockendsten Vogelstimmen«, schwärmte er. »Kein Wunder, daß Rosen und Nachtigallen einander attachiert sind und zusammengehören. Es heißt, sogar in einem goldenen Käfig fahre die Nachtigall fort, sich nach der Liebe zur Rose zu sehnen und von ihr zu singen.«

»Wieso gehören Rosen und Nachtigallen zusammen?« wollte Tobias wissen.

»Kennst du denn nicht das Märchen, wie die Rose zu ihrer wunderschönen roten Farbe kam?« fragte Hagedorn verwundert zurück.

Tobias schüttelte den Kopf.

Der kleine, dicke Exkonsul lächelte. »Nun, dann will ich sie dir schnell erzählen, bevor dein Freund mit der jungen Dame erscheint.« Er zwinkerte ihm verschwörerisch zu und zog ihn auf die nächste Bank, die unter drei Palmen stand.

»Es war einmal eine Nachtigall, die eine Rose liebte, und die Rose erwachte von dem lieblichen Gesang der Nachtigall und bebte vor Rührung an ihrem Stengel. Die Rose war weiß, wie damals alle Rosen – weiß, unschuldig und jungfräulich. Sie lauschte verzückt dem Lied, und etwas in ihrem Herzen regte sich und wollte diesem Liebeslied antworten. Dann flog die Nachtigall nahe zu der Rose und flüsterte ihr zu: ›Ich liebe dich, Rose. Ich liebe dich, Rose! Ich liebe dich und singe nur für dich.‹ Da errötete das Herz der kleinen weißen Rose, und in jenem Augenblick wurden rosarote Rosen geboren...«

Tobias lächelte.

»Die Nachtigall flog und sang und kam näher und näher«, fuhr Odomir Hagedorn mit der einfühlsamen Stimme des hingebungsvollen Erzählers fort. »Und obgleich Allah bei der Erschaffung der Welt gewollt hatte, daß allein die Rose nie erfahren dürfe, was Liebe ist, öffnete die Rose ihre Blütenblätter, und die Nachtigall raubte ihr die Jungfernschaft. Am Morgen färbte sich die Rose vor Scham rot und gebar auf diese Weise rote Rosen. Und obwohl seit jener Nacht die Nachtigall Nacht für Nacht kommt und um göttliche Liebe fleht, weist die Rose sie zurück, weil Allah niemals wollte, daß Rose und Vogel sich paarten. Die Rose zittert bei der Stimme der Nachtigall noch immer voll heimlichem Verlangen, doch ihre Blütenblätter bleiben geschlossen.«

»Ein wunderschönes Mädchen... ich meine natürlich Märchen«, verbesserte sich Tobias rasch, doch damit war es schon geschehen. Hagedorns belustigter Blick verriet, daß er sehr wohl wußte, an wen er bei dieser Geschichte unwillkürlich gedacht hatte – natürlich an Jana und sich. Merkte man ihm so deutlich an, was sie ihm bedeutete? Die Hitze der Verlegenheit schoß ihm ins Gesicht.

Odomir Hagedorn lachte vergnügt. »Ja, sie gehört auch zu meinen Lieblingsgeschichten. Ich finde, sie regt die Phantasie auf das Vortrefflichste an und ist besonders für Verliebte wie ein geistiges Aphrodisiakum«, sagte er hintersinnig.

Aphrodisiakum? Soviel er wußte, was das ein Mittel, das die Lust an der körperlichen Liebe steigerte. Was für eine Anspielung! Tobias Gesicht nahm nun beinahe die Farbe tiefroter Rosen an, und er wußte nicht, was er darauf erwidern sollte.

Es waren Sadik und Jana, die ihn aus dieser ihm peinlichen Situation retteten. Wie gerufen erschienen sie zwischen den Säulen der Arkaden und traten zu ihnen hinaus in den Hof. Erste Sonnenstrahlen drangen durch die Kronen der Bäume und warfen ein unsymmetrisches Muster aus leuchtenden Linien und Flecken auf die dem Osten zugewandte Hoffassade.

»Welch eine Surprise!« rief Odomir Hagedorn. »Ich sah eine betörend junge Dame gehen und sehe einen geheimnisvollen jungen Beduinen zurückkehren.«

Und zu Tobias geneigt setzte er gedämpft hinzu: »Ich glaube, ich darf auf keinen Fall zulassen, daß Gotthilf Tiefenbach den Weg dieses jungen Beduinen kreuzt. Er ist schönen Jünglingen aufs innigste attachiert, wenn Sie verstehen, was ich meine.«

Tobias hörte nur mit halbem Ohr, was Hagedorn zu ihm sagte. Er war von dem Bild, das Sadik und Jana boten, viel zu überrascht, um noch für etwas anderes empfänglich zu sein.

Jana war in die typische Tracht eines Beduinen gekleidet. Sie trug nicht nur wie Sadik Stiefel aus Ziegenleder und die *galabija*, sondern darüber noch den Burnus, einen dünnen Staubmantel mit weiter Kapuze, die sie jedoch nicht hochgeschlagen hatte. Ihren Kopf bedeckte ein *kaffije*, ein großes quadratisches Kopftuch aus Baumwollstoff, das die Farbe ganz hellen Sandes hatte. Es reichte ihr hinten bis weit über den Nacken und fiel ihr vorn faltenreich auf die Schultern. Eine doppelte Kopfschnur aus dunkelbrauner, fingerdicker Kordel wand sich in Stirnhöhe um ihren Kopf und hielt das Tuch an seinem Platz. Auch ihren Gürtel zierte ein Krummdolch.

Jana hatte den rechten Zipfel des Kopftuches leicht vor das Gesicht gezogen, so daß zuerst nur ihre dunklen, flaschengrünen Augen und der Ansatz ihrer Nase zu sehen waren. Dann jedoch schlug sie das Tuch zurück und entblößte ihr Gesicht.

Die dichte Flut ihres schwarzen, langen Haares war verschwunden. Malek hatte ihr eine Art Pagenschnitt verpaßt, der ihre Ohren jedoch unbedeckt ließ. Hier und da schauten ein paar schwarze Strähnen unter dem Tuch hervor.

Tobias fand, daß sie tatsächlich in keiner Weise entstellt aussah, sondern genauso bezaubernd wie vorher – nur daß ihre Schönheit jetzt einen leicht maskulinen Zug hatte. Man konnte sie wirklich für einen besonders schönen, arabischen jungen Mann halten.

Denn Jana hatte wie durch ein Wunder fast die gleiche getönte Hautfarbe wie Sadik!

»Nun, haben wir deine Bedenken zerstreut?« fragte Sadik mit dem breiten, strahlenden Lächeln eines Mannes, der sich seines Erfolges völlig sicher ist.

Jana sah ihn erwartungsvoll an. In ihrem Blick lag ein wenig Bangen, ob sie ihm auch immer noch gefallen würde.

Tobias lächelte. »Ich bin überwältigt!« gestand er. »Jana sieht wie...«

»...wie ein arabischer Apoll aus!« sprang Odomir Hagedorn ihm zur Seite. »Wie eine schwarze Rose der Wüste!«

Janas Augen leuchteten. »Ich konnte es erst auch nicht glauben, als ich in den Spiegel sah. Weißt du auch, daß Sadik das alles schon in Alexandria passend für mich gekauft hat?« sprudelte es aus ihr heraus. »Und für dich übrigens auch. Ich fühle mich wundervoll in diesen Sachen. Sie sind unglaublich bequem und luftig.«

»Aber wie hast du das mit ihrer Haut hingekriegt?« wollte Tobias verblüfft wissen. »Womit hast du das gemacht?«

»Mit Walnußöl«, erklärte Sadik. »Es färbt die Haut äußerst intensiv und läßt sich auch nicht so leicht abwaschen, weil es tief in die Poren eindringt. Wenn wir die Prozedur noch zweimal wiederholen, ist eure Haut von der eines Fellachen nicht mehr zu unterscheiden. Später dann wird die Sonne diese Arbeit übernehmen, so daß wir wohl nach drei, vier Wochen ganz auf das Walnußöl verzichten können.«

Odomir Hagedorn gab seiner Begeisterung für Janas überaus gelungene Verwandlung noch einmal wortreich Ausdruck. Dann bat er, sich ›retirieren‹, also zurückziehen zu dürfen, um sich für seine Fahrt in die Stadt vorzubereiten.

»Wir werden uns auch auf den Weg machen, sobald Tobias sich mit dem Öl eingerieben und die Kleider gewechselt hat«, sagte Sadik und entfernte sich einige Schritte mit Odomir Hagedorn.

»Hast du daran gedacht?« fragte Tobias leise.

Jana nickte und zog ihre rechte Hand aus einer Tasche ihres faltenreiches Gewandes. Sie streckte sie ihm hin und öffnete sie. In ihrer Handfläche lag eine lange, schwarze Locke, schon versehen mit einem dünnen goldenen Seidenband.

»Danke, Jana.« Seine Stimme war belegt, und es ging ihm durch und durch, als er die Locke nahm und er ihre Hand berührte.

»Und es ist wirklich nicht schlimm?« fragte sie.

Er sah ihr in die Augen und lächelte sie mit liebevoller Hingabe und Bewunderung an. »Ich hätte nie geglaubt, daß ich einmal einen jungen Beduinen so schrecklich... mögen würde so wie dich.«

Ihr Lächeln war wie ein Kuß, als sich ihre Hand um die seine schloß.

Die Siegerin

Niemand schenkte den drei Beduinen Beachtung, die sich nach einem Umweg durch stille Seitengassen unter die Menge auf einer der breiteren Geschäftsstraßen mischten und dem Platz vor der Großen Moschee zustrebten. Daß einer der Beduinen das Kopftuch so eingeschlagen hatte, daß Mund und Nase bedeckt waren, war gleichfalls keinen zweiten Blick wert, weil es viele so hielten. Durch die Straße zogen in beide Richtungen Kamele, Maultiere und Esel, die mit Säcken, großen Körben voller Früchte, gebündelten Schilfmatten und vielen anderen Waren beladen waren. Einige dienten auch als Reittiere. Doch ob nun mit Reiter oder Reisig beladen, sie alle trugen das Ihrige dazu bei, daß die Luft von Staub erfüllt war.

»Was für ein Treiben!« murmelte Tobias leise auf Arabisch,

während sein Blick fasziniert einer Gruppe von Männern folgte, die in farbenprächtige Gewänder gekleidet waren und auf dem Kopf ebensolche Turbane trugen. Schwatzend gingen sie die Straße hoch, während links von ihnen eine kleine Karawane von fünf Kamelen unter den vorspringenden Obergeschossen vorbeizog. Sie waren mit hohen Bündeln frisch geschnittenem Papyrus beladen.

Sadik machte eine abwehrende Handbewegung, als wollte er sich einer lästigen Fliege erwehren, die vor seinem Gesicht schwirrte.

»*Aiwa*, hier rührt sich ein wenig Leben. Aber ein Treiben würde ich das noch nicht nennen. Warte, bis wir in El Qahira sind. Da kannst du von Treiben reden!«

Jana, die nichts verstanden hatte, wandte Tobias den Kopf zu und sah ihn fragend aus ihren flaschengrünen Augen an. Tobias beugte sich zu ihr. »Ich dachte, es ginge hier auf den Straßen ganz schön munter und bunt zu. Aber so wie ich Sadik verstanden habe, wandeln wir durch ein fast ausgestorbenes Viertel mit äußerst geruhsamem Verkehr – verglichen mit Cairo!« raunte er ihr spöttisch zu, während sie einem Maultier auswichen, das nicht daran dachte, ihnen aus dem Weg zu gehen.

Jana verdrehte die Augen, verkniff sich jedoch eingedenk Sadiks Warnung eine Erwiderung. Ihr Blick verriet zudem deutlich genug, was sie dachte: ›Wenn das geruhsam sein soll, was muß uns dann erst in Cairo erwarten?‹

Tobias nickte, grinste und zuckte mit den Achseln.

Wegen seiner herrschaftlichen Häuser inmitten großer Gärten galt Boulaq bei den vermögenden Ägyptern und Europäern als eines der bevorzugten Wohngebiete außerhalb Cairos. Mit seinen geschätzten fünftausend Einwohnern war der am rechten Nilufer gelegene Ort im Vergleich zu der Viertelmillion Menschen, die keine zwei Kilometer entfernt in den Mauern von Cairo eingepfercht waren, geradezu ein grüne Oase der Ruhe und Beschaulichkeit.

Um den Hafen und auf den Straßen und Plätzen rund um die Große Moschee herrschte gleichwohl ein buntes, geschäftiges Treiben. Und da in Boulaq viele Reisende ankamen, fanden sich am Hafen und vor der Moschee ausreichend Reittiere und offene Wagen mit Sonnendach, die einen nach Cairo bringen konnten.

Sadik hätte am liebsten den Kamelen den Vorzug gegeben. Es verlangte ihn förmlich danach, sich auf eines der knienden Tiere zu schwingen und sich von ihnen im sanften Schaukelgang in die Stadt tragen zu lassen. Doch da Jana und Tobias noch nie auf einem gesessen hatten und daher als angebliche Beduinen eine auffallend schlechte Figur abgeben würden, entschied er sich für einen der Wagen. Zu ihrem Glück wurden diese nicht allein von ausländischen Reisenden und Diplomaten benutzt. Wer es als arabischer Händler oder Regierungsbeamter zu einem Haus in Boulaq gebracht hatte, bestieg kein Kamel mehr, sondern ließ sich kutschieren wie die feinen Herren und Damen aus Europa, die am Hof von Mohammed Ali in einem so hohen Ansehen standen.

Bevor sie auf den blank gescheuerten Polstern Platz nahmen, feilschte Sadik wort- und gestenreich mit dem Kutscher, der beim Leben seiner Mutter und seiner fünfzehn Kinder beschwor, kaum mehr als einen Hungerlohn zu nehmen. Davon ließ sich Sadik nicht erweichen. Mehrmals zeigte er Anstalten, sich einer anderen Mietdroschke zuwenden zu wollen, worauf der Preis jeweils unter lautem Wehklagen um einige Piaster fiel. Erst als er den Fahrer auf ein Fünftel der ursprünglich verlangten Summe heruntergehandelt hatte, wurden sie sich handelseinig. Tobias verkniff sich ein breites Grinsen, als er sah, daß ihr Kutscher genauso zufrieden war wie Sadik und sein Pferd mit fröhlichen Rufen antrieb.

Die Moschee von Boulaq blieb rasch hinter ihnen zurück. Die staubige Straße führte am Ausgang des Ortes an zwei Kaffeehäusern vorbei. Müßiggänger saßen unter schattigen, überrankten Pergolen und schlürften eine Tasse Kaffee oder Scherbett, während Musikanten zur Unterhaltung der Besucher die *al-'ud*, eine Kurzhalslaute mit birnenförmigem Resonanzboden, sowie die *mizmar*, eine Art Klarinette, und die *qanun*, eine Brettzither, erklingen ließen. Dabei wurden sie von dem Trommler auf seiner *darabukka*, einer fellbespannten Tonkelchtrommel, begleitet.

Zypressen, Platanen und Palmen säumten in unregelmäßiger Folge die stark befahrene Straße nach Cairo. Sie passierten die einfachen Lehmhütten und schiefen Stallungen einiger Fellachen, die unter schon jetzt brennender Sonne auf ihren Feldern arbeiteten. Kurz vor der Stadt kamen sie an einer Karawanserei vorbei. Sie schien überfüllt. Denn vor dem klotzigen Geviert, in dessen Innenhof man durch ein hohes Tor gelangte, lagerten drei Karawanen mit jeweils Dutzenden von Kamelen. Sie hatten im Schutz der hohen Mauern oder unter den vereinzelten Palmen ihre Zelte aufgeschlagen und hielten deutlich Abstand voneinander.

Cairo mit seinem Meer von Kuppeln, Türmen und Minaretten mit ihren zwiebelförmigen Spitzen rückte rasch näher. Wenig später bahnte sich ihr Fahrer mit einer Mischung aus Dreistigkeit, Geschicklichkeit und insbesondere grenzenlosem Gottvertrauen einen Weg durch den immer dichter und chaotischer werdenden Verkehr, der auf eines der großen Stadttore zuströmte. Es war das reich verzierte Al-Qantara-Tor mit seinem wuchtigen Mauerwerk, den Zinnen und Schießscharten. Die armseligen Lehmbehausungen, die das Stadttor so dicht umgaben wie Fliegen einen frischen Haufen Mist, nahmen dem Bauwerk einiges von seiner einst stolzen und wohl auch furchteinflößenden Wirkung.

Der Fahrer brachte sie bis zur Qasaba, einer der wichtigsten Verkehrsadern, die Cairo von Norden nach Süden durchzog. Dort stiegen sie aus der Kutsche, entlohnten den Fahrer und setzten ihren Weg ohne festes Ziel zu Fuß fort.

Jana und Tobias hatten geglaubt, vorbereitet gewesen zu sein, da sie ja auch schon Alexandria gesehen hatten. Doch auf das, was hier in Cairo an Eindrücken auf sie einstürmte, hatten sie nicht gefaßt sein können.

Kamele, Fuhrwerke, Kutschen, Maultiere und Esel zogen in einem nicht erkennbaren System durch die Straßen. Jeder nahm den Weg, der ihm gerade in den Sinn zu kommen schien. Es war ein unglaubliches Gewühl, und dementsprechend war auch der Lärm.

Kaufleute in teuren Gewändern duckten sich unter den langen Hälsen von Kamelen, die trotz ihrer Last eine stolze Haltung bewahrten und scheinbar geringschätzig über das ameisenhafte Gewimmel unter ihnen hinwegblickten. Ein bockender Esel trieb eine Gruppe kahlgeschorener Mekka-Pilger auseinander, und die Stockschläge des barfüßigen Treibers richteten mehr Schaden als Nutzen an. Straßenverkäufer zogen mit ihren Bauchläden durch die Menge. Lastenträger keuchten unter dem Gewicht von Säcken und Weinkrügen. Blinde suchten sich ihren Weg mit dem Stock und trugen einen Korb mit Obst, Brot und anderen Lebensmitteln zum Verkauf auf dem Kopf. Ein Briefschreiber, der an einer Ecke auf einer Kiste saß und ein Schreibpult auf dem Schoß hielt, wartete mit stoischer Ruhe auf einen Kunden. Limonaden- und Wasserverkäufer ließen ihre Schellen erklingen und priesen ihre erfrischenden Getränke an, die sie in Kupferfässern auf dem Rücken trugen. Ein Händler trieb mit zwei jungen Burschen eine Herde Schafe zum Markt. Eine verschleierte Frau auf einem Esel verschwand in Begleitung ihrer Kinder und einer Schar schwarzer Dienerinnen in einer Seitengasse.

Zwei Straßenzüge weiter strebte ein ganzer Harem einem Badehaus zu, bunt gewandete Frauen mit weißer Musselinmaske, die nur dunkle Augenpaare erkennen ließen. In dem Getümmel ein Reiter mit goldgesticktem Zaumzeug, der sein Tier rücksichtslos zwischen den auf der Straße arbeitenden Handwerkern und primitiven Kaufständen hindurchtrieb. Hier und da stachen Europäer aus der Menge hervor, die meist in einem Wagen ihrem Ziel entgegenstrebten. Und immer wieder tauchten lange Kamelzüge auf und führten zeitweilig zu einem völligen Kollaps des Verkehrs, so daß man nur noch zu Fuß weiterkam oder in Seitengassen ausweichen mußte. In diesem wogenden Gedränge konnte man dem typischen englischen Dandy ebenso begegnen wie einer sechsspännigen Kutsche mit livriertem Fahrer, die aus einer gerade torbreiten Gasse hervorpreschte, oder einer Gruppe von fast völlig nackten afrikanischen Sklavinnen, die nur mit einem schmalen Hüftgurt bekleidet in einen großen Innenhof geführt wurde, wo an diesem Tag ein Sklavenmarkt stattfand. Und überall sah man halbnackte Kinder jeden Alters, Bettler in Lumpen und Kranke in allen Stadien des körperlichen Verfalls.

Zu dem Gewimmel von Menschen und Tieren und dem Lärm kamen der Staub, die Fliegen und stellenweise ein Gestank, der von betäubender Wirkung war. Da roch es nach verrottetem Stroh und verfaultem Obst, nach Schweiß, beißendem Rauch und Gerbstoffen, nach Exkrementen und Abwässern. Am ekelerregendsten und unerträglichsten erschienen Jana und Tobias die bestialisch stinkenden Handkarren der Kotsammler, vor denen sogar die Einheimischen angewidert zurückwichen. Im Viertel der Gerber und Färber wurde die Nase kaum weniger malträtiert. Hier herrschte ein scharfer Gestank vor, der auf den Geruchssinn wie ätzende Säure zu wirken schien. Das farbenprächtige Bild der zahlreichen in den Boden eingelassenen Kessel aus Ton, die jeweils mit einer anderen Farbe gefüllt waren, und die in der Sonne leuchtenden Stoffe, die überall zum Trocknen aufgehängt waren, entschädigten jedoch für den beißenden Gestank, der über diesem Teil Cairos hing.

Aber es gab auch ganze Viertel, die in die tausend Wohlgerüche des Orients gehüllt zu sein schienen. Aus den Läden der Parfumhändler duftete es nach getrockneten Rosenblättern, Moschus, Ambra, Sandelholz, Jasmin und vielen anderen Stoffen, die den Geruchssinn umschmeichelten. Ähnliches traf auf die Straßenzüge zu, in denen sich die Gewürzhändler niedergelassen hatten und die vor ihren Läden in hohen, offenen Säcken ihre Waren feilboten. Da wetteiferten Muskat und Nelken, Safran und Rosmarin, Tymian und Pfeffer um die Gunst der Käufer, während würzig riechende Knollen, getrocknete Gebinde und gefüllte Musselinbeutel in dichten Reihen über den Geschäften herabhingen.

Es war ein Rausch der Farben, Gerüche und Bilder, der Jana und Tobias gefangennahm, als Sadik sie ohne Hast durch das Labyrinth von Straßen und engen Gassen führte. Immer wieder bestaunten sie die eigenwillige Architektur der Häuser. Über den Kolonnaden und Lädenfronten zu ebener Erde ragte das erste Geschoß, gestützt von schweren Kragsteinen und weit über der Kopfhöhe eines Kamels, ein gutes Stück in die Straße hinein. Das nächste Obergeschoß stand noch weiter vor, so daß man meinte, die Häuser müßten Schlagseite bekommen und vornüberstürzen. An den Fassaden klebten zudem noch hölzerne Balkone und merkwürdige Kästen aus Gitterwerk. Hinter ihnen sah man gelegentlich Schatten und schemenhafte Bewegungen. Diese Gitterkästen waren die Fenster, von denen aus Mädchen und Frauen am Leben und Treiben auf der Straße als Zuschauerinnen teilnehmen durften, ohne den Blicken anderer Männer als denen ihrer Väter, Ehemänner oder Eunuchen-Diener ausgesetzt zu sein.

Häufig war den Frauen aber nicht einmal dieses bescheidene

Vergnügen vergönnt, denn viele Straßen waren in der Höhe des ersten Obergeschosses mit Strohmatten überdeckt, um die gleißende Helligkeit abzuhalten. Diese Strohmatten dämpften die blendende Helle zu einem milden Licht. Ritzen und schadhafte Stellen in den durchhängenden Matten sorgten dafür, daß sich Sonnenstrahlen und Schatten auf den staubigen Straßen in einem unentwegten Wechsel ablösten.

In den Vierteln der Armen entstanden die primitiven Lehmhütten auf den Ruinen vorangegangener Behausungen. In den besseren Wohngebieten von Cairo offenbarte sich dem Betrachter die Größe und Schönheit der Häuser selten von außen. Wie bei Odomir Hagedorns Anwesen schützten sich die Wohlhabenden vor Bettlern und neugierigen Blicken durch hohe Mauern und bewachte Pforten, hinter denen sich die Pracht um einen Innenhof entfaltete.

Es gab in Cairo jedoch auch wahre Prachtstraßen mit breiten, schattigen Promenaden, Brunnen und Wasserbecken sowie fürstlichen Palästen. Einige dieser Häuser erinnerten lebhaft an halbbefestigte Schlösser. Besonders prunkvolle Paläste fanden sich rund um den berühmten Ezbehieh-Platz, der von einem zwanzig Fuß breiten Kanal umflossen wurde und mit seiner langen Akazienallee die Wohlhabenden dieser Stadt zu schattigem Müßiggang einlud.

Doch ob man sich nun in den Vierteln der Armen, im Gassengewirr der Bazare oder aber in den Wohngegenden der Reichen bewegte, die jeweils durch Tore, die bei Sonnenuntergang geschlossen wurden, voneinander abgesondert waren, gleichgültig, in welchem Teil Cairos man sich befand, überall beherrschten die Moscheen mit ihren Minaretten das Bild. Wann immer man auf einer Straße oder einem Platz einen freien Blick hatte, fiel dieser auf Kuppeln und Türme mit ihren buntglasierten Ziegeln.

In einem der zahllosen Kaffeehäuser, die sich in jedem Viertel an fast jeder Straßenecke zu befinden schienen, legten sie eine Rast ein. Jana war voller Drang, über all das zu reden, was sie gesehen hatte. Es gab so vieles, was sie Sadik fragen wollte. Doch sie unterdrückte dieses nur zu natürliche Verlangen und bewahrte eisern ihr Schweigen.

»*Kahweh!*« rief Sadik dem Jungen zu, der an den Tischen bediente. Der große, gefliese Raum war zur Straße hin offen.

Der Junge brachte den Kaffee in kleinen Tassen auf einem Kupfertablett. »Auch eine Pfeife dazu, Effendi?« erkundigte er sich.

Viele der Kaffeehausbesucher, die selbstverständlich ausschließlich Männer waren, hatten sich eine Wasserpfeife bringen lassen. Sogen sie an dem geschnitzten Mundstück, dann blubberte in den bauchigen Glasbehältern das Wasser, das den Rauch kühlte, bevor er durch den Schlauch zum Mund des Rauchers hochstieg. Die glasigen, abwesenden Blicke mancher Männer verrieten, daß sie nicht allein Tabak im Kopf ihrer Wasserpfeife hatten.

»*La*«, verneinte Sadik, bestellte hinterher aber noch drei Gläser kühle Zitronenlimonade. Er ließ sein Glas jedoch unberührt und nickte Jana zu.

Dankbar und durstig machte sie sich darüber her, denn die Hitze hing mittlerweile wie eine drückende Last über der Stadt, und dementsprechend floß bei ihr und Tobias auch der Schweiß. Er perlte nur so über ihr Gesicht, und das Untergewand klebte ihnen am Körper. Dagegen zeigte Sadik nicht einmal einen feuchten Glanz auf dem Gesicht.

Sadik führte sie aus der lärmenden Enge der Bazars hoch zur Zitadelle. Aus den Schießscharten der hohen, braunen Mauern ragten Kanonen. Die Sonne stand fast im Zenit, und die Luft flirrte. Die Bergzüge des Mokáttam schienen im Hitzeglast zu verschwimmen. Unterhalb der Festung erstreckte sich zwischen der gewaltigen Sultan-Hassan-Moschee, der El-Mahmudia-Moschee und der Moschee des Emirs Akhor ein großer freier Platz, auf dem ein Viehmarkt stattfand. Von Kamelen, über Pferden, Maultieren, Eseln, Ziegen, Schafen, Rindern und Hühnern war alles vertreten.

Der Muezzin rief sie hier zum Mittagsgebet. Jana stieß einen unterdrückten Laut aus, der Besorgnis wie Qual wegen der brütenden Sonne andeutete. Sie glaubte nicht, daß sie ausgerechnet hier von der Pflicht zum Gebet überrascht wurden. Es gab kaum etwas, was Sadik nicht bewußt und wohl durchdacht tat. Er hatte gewußt, daß gleich von den Minaretten der Sprechgesang der Muezzins kommen würde. Und genau deshalb hatte er sie auch auf den Platz geführt, wo sie und Tobias nun gezwungen waren, in einer Menge von vielen hundert gläubigen Muslims die zehn *rakats* des Mittagsgebets zu verrichten.

Jana klopfte das Herz.

Tobias warf Sadik einen leicht vorwurfsvollen Blick zu, den dieser mit leicht hochgezogenen Brauen und einem kaum merklichen Lächeln erwiderte, und sorgte dafür, daß sich Jana in der Mitte befand, als sie sich nach Mekka wandten.

»Bleib ganz ruhig!« flüsterte er ihr hastig zu, den Mund an ihrem Ohr, so daß nicht einmal Sadik ihn hören konnte. »Du hast ihn oft genug beten gesehen. Mach uns alles nach und beschränke dein Beten auf ein undeutliches Gemurmel!«

Jana nickte, und wäre ihre Haut nicht intensiv mit Walnußöl getönt gewesen, hätte man ihr eine verräterische Blässe ansehen können.

Der Schweiß rann ihr während der zehn *rakats*, die ihr unendlich lange erschienen, in Strömen über das Gesicht. Doch sie bestand die Probe mit Bravour. Wie alle anderen um sie herum hob sie die Hände bis zur Höhe der Ohren, verneigte sich, kniete nieder und berührte mit der Stirn den heißen Sand, während der Chor der Gläubigen über den Platz schallte und an tausend anderen Orten in der Stadt dieselben Lobpreisungen auf Allahs Größe und Barmherzigkeit in den blendenden Mittagshimmel stiegen.

Nach dem Gebet verstreute sich die Menge, und Sadik zeigte seine Zufriedenheit durch ein knappes Nicken und indem er Jana flüchtig am Arm berührte.

Sie begaben sich wieder hinunter in die quirlige, schattige Welt der Bazare, und Sadik legte nun eine Zielstrebigkeit an den Tag, die Jana und Tobias verstand, als sie sich plötzlich in einem Viertel befanden, das sie noch nicht aufgesucht hatten – nämlich das der Teppichhändler.

Das Angebot an Teppichen konnte einen nahezu erschlagen, wenn man nicht genau wußte, was man suchte. Sie hingen von den Hauswänden, lagen auf der Straße und waren zu Stößen vor und in den Geschäften aufgetürmt, die oftmals nichts weiter als tiefe Nischen oder Torbögen mit ein, zwei herabhängenden Öllampen waren.

Jana und Tobias erhielten einen nachdrücklichen Eindruck von der Zähigkeit, Geduld und Beredsamkeit, mit der Sadik in seiner Heimat Kaufverhandlungen führte. Erst verschaffte er sich einen Überblick, in welcher der Gassen die Händler mit den besten Teppichwaren zu finden waren. Dann benötigte er eine geschlagene Stunde, um hier von Laden zu Laden zu gehen und sich die besten Stücke mit unbeweglicher Miene anzusehen. Die auf ihn einredenden Verkäufer ignorierte er dabei, als wären sie Luft. Die einzige Äußerung, zu der er sich gelegentlich einmal hinreißen ließ, wenn ein Händler seine Waren zu überschwenglich anpries, war ein verächtlicher Grunzlaut.

Schließlich hatte er für sich im Geiste eine Auswahl getroffen. Die vier Gebetsteppiche, die es ihm angetan hatten, befanden sich in vier verschiedenen Geschäften, alle jedoch nur ein paar Schritte auseinander. Zwei lagen sich sogar gegenüber.

Und nun begann das Feilschen, wobei Sadik anfangs um den Preis eines ganz anderen Teppichs handelte. Den, den er ins

Auge gefaßt hatte, brachte er erst viel später ins Gespräch. Immer wieder brach Sadik das Feilschen in einem Geschäft ab, um in einen der vier anderen Läden zu gehen. Unweigerlich folgte ihm dann der abgewiesene Händler, versuchte ihn mit ebenso vielen Worten wie Gesten und einem neuerlichen Nachlaß von dem Spottpreis seines Teppichs zu überzeugen und folgte ihm manchmal auch bis in das Geschäft seines Konkurrenten, was dort zu einem hitzigen Wortwechsel mit diesem Teppichverkäufer führte, der sich die Belästigung ›seines‹ Kunden in seinem Geschäft verbat.

Im Laufe der Stunden wechselten die Rollen der vier Teppichhändler mehrmals. Mal verteidigten sie ihr Geschäft vor den Übergriffen und Einredungen der drei anderen, die sich ihr gutes Stück über die Schulter geworfen hatten, sich gegenseitig auf die Füße traten und Sadiks Aufmerksamkeit wieder auf sich zu ziehen versuchten. Dann wiederum gehörte sie zu denjenigen, denen Sadik den Rücken zugekehrt hatte, um noch einmal die Nachlaßbereitschaft des Teppichhändlers gegenüber zu prüfen.

Jana und Tobias hatten es schon längst aufgegeben, Sadik von einem Laden zum andern zu folgen. Sie hatten sich auf einen Stoß einfacher Teppiche gesetzt, von einem Straßenhändler einen Beutel mit Pistazien gekauft und übten sich in Geduld, während sie die Kerne aus den Schalen pulten und dem lautstarken Gefeilsche mit schwindendem Interesse folgten. So manch anderer Straßenverkäufer, der durch diese Gasse kam, wurde bei ihnen einiges von seinen Waren los. Sie stillten ihren Hunger mit Obst, köstlichem Zuckergebäck und gebratenem Hühnerfleisch. Dazu tranken sie Kaffee und Limonade.

Sadik schien mit keinem Verkäufer handelseinig werden zu können. Beteuerte einer, er könne den Teppich zu dem Preis den der *bádawi* verlange, besser gleich verschenken, konterte Sadik mit der empörten Frage, ob der Händler denn von ihm erwarte, daß er mit dem Kauf dieses Teppichs die ganze Sippe des Händlers ein ganzes Jahr ernähren solle! Für den Preis müsse der Teppich aus Gold gewirkt sein und auf ein Kamel als Zugabe gebunden sein! Und so ging es in einem hin und her, Stunde um Stunde.

»Hagedorn wird ohne uns zu Abend essen müssen«, raunte Tobias Jana in einem jener seltenen Augenblicke zu, in denen sie ihre Verständigung nicht allein auf Blicke und Gesten beschränkten.

»Ich stelle mich schon mal auf das Nachmittagsgebet hier auf der Straße ein«, raunte Jana zurück.

Er nickte und hielt ihr den Beutel mit Pistazien hin.

Abend wurde es zwar nicht gerade, aber doch spät genug. Die acht *rakats* des Nachmittagsgebetes verrichtete Sadik immerhin schon (oder endlich?) auf seinem neuen Gebetsteppich, einem wirklich wunderbaren Exemplar. Es war ein Täbris, bei dem warme Töne von Rot, Braun und Beige als Grund vorherrschten. In der Mitte wies der Teppich nicht die klassische Gebetsnische auf, sondern ein dunkelblaues Medaillon, das sich blütenförmig öffnete und sich in den vier Ecken der Hauptbordüre verkleinert wiederholte. Ein feines, verzweigtes Blütenmuster umgab das Zentrumsmotiv und die Felder zwischen den Bordüren.

Tobias und Jana knieten auf den billigen Teppichen, auf denen sie mehrere Stunden gesessen hatten. Ihr Dank an Allah für seine Güte und Barmherzigkeit war, im Gegensatz zum Mittagsgebet, diesmal tiefempfunden und galt dem Ende von Sadiks vielstündigem Feilschen.

Eine offene Kutsche brachte sie wenig später nach Boulaq zurück. Als sie in die schattige Gasse einbogen, die zur Hinterpforte von Odomir Hagedorns Anwesen führte, fragte Tobias: »Weißt du überhaupt, was El Qahira bedeutet, Jana?«

»Nein.«

»Die Siegerin«, teilte er ihr mit und wünschte sich jetzt nichts sehnlicher, als ein kühles Bad und einen geruhsamen Abend im paradiesischen Innenhof, wo sie endlich über alles reden konnten, was sie an diesem Tag in Cairo gesehen und erlebt hatten.

Jana nickte, total erschöpft. »Wie zutreffend. Diese Stadt hat ihrem Namen alle Ehre gemacht.« Sie seufzte. »Denn wie besiegt fühle ich mich auch. Ich biete meine bedingungslose Kapitulation an.«

»Dem schließe ich mich an«, sagte Tobias.

Sadik lächelte vergnügt, die Teppichrolle unter dem Arm und offenbar so frisch wie zur Morgenstunde, als sie aufgebrochen waren. »Damit hatte ich auch fest gerechnet, aber wegen tapferen Kampfes wird euch ein ehrenvoller Rückzug gewährt«, sagte er, zog einen langen Schlüssel aus den Tiefen seines Gewandes und schloß die Rückpforte auf. Die kühle Oase von Odomir Hagedorn hatte sie wieder.

Nächtliche Ritte

Elf Tage später...

Die Feluke glitt unter einem halb gerefften Lateinersegel und mit sanft rauschender Bugwelle durch die Fluten des Nil, auf den ein zunehmender Mond im letzten Viertel seinen silbrigen Schein warf.

Auf der anderen Seite des Stromes legte das Boot an einem einsamen Uferstück zwischen den kleinen Siedlungen Deqqeh und Dakrour genauso lautlos an, wie es anderthalb Kilometer oberhalb von Boulaq die Leinen losgeworfen hatte. Jana und Tobias sprangen an Land, in der Kleidung der Beduinen, die sie die letzten Tage ständig getragen hatten. Sadik folgte ihnen, nachdem er noch einige Worte mit dem *rais*, dem Bootsführer, gewechselt hatte. Augenblicklich löste sich die Feluke wieder von der Böschung und ließ sich mit der Strömung flußabwärts tragen.

Wie in den neun Nächten zuvor, so wartete Kasim auch in dieser Nacht mit den Kamelen bei den Ölbäumen, fünfzig Schritte vom Flußufer entfernt.

Einen Tag nach ihrem ersten Besuch in Cairo hatte Sadik damit begonnen, ihnen Unterricht im Reiten und in der Handhabung eines Kamels zu erteilen. Dieser Unterricht fand stets am anderen Ufer und ausschließlich bei Nacht statt. Er hatte in Boulaq drei Dromedare, einhöckrige Kamele also, gekauft und sie zusammen mit Kasim auf die andere Nilseite gebracht.

»Ihr könnt nicht erst in Abu Hamed anfangen, euch an den Gang und die Eigenheiten eines Kamels zu gewöhnen«, teilte er ihnen mit, als sie das erstemal bei Einbruch der Dunkelheit über den Fluß setzten. »Niemand würde euch den Beduinen abnehmen. Eine gute Reitstute darf euch nicht fremd sein, und ihr müßt wissen, wie ihr mit der *kurbatsch*, der Reitpeitsche, umzugehen habt.«

Und das brachte er ihnen bei. Die erste Lektion dauerte bis gegen Mitternacht. Dann gönnte er ihnen in der Wüste eine Stunde Rast, um den Unterricht danach bis kurz vor der Dämmerung fortzusetzen. Noch vor dem ersten Licht kehrten sie an den Fluß zu den Ölbäumen zurück, gaben die Kamele wieder in Kasims Obhut und gingen an Bord. Sie befanden sich schon wieder in Boulaq, wenn die Sonne hinter dem Mokáttam aufstieg.

Ihre langen Ausritte auf *Mulberry Hall* kamen Jana und Tobias jetzt gut zustatten. Wären sie körperlich weniger ertüchtigt gewesen, hätten sie noch weit stärker unter Muskelkater gelitten, als es so schon der Fall war. Nach den ersten beiden Näch-

76

ten hatten sie das Gefühl, künftig keinen Schritt mehr ohne Schmerzen tun zu können.

»Das kommt daher, daß ihr euch zu sehr verkrampft. Stute und Reiter müssen eine Einheit bilden und nicht gegeneinander kämpfen«, erklärte Sadik.

»Sag das mal dem störrischen Dromedar, das du mir untergeschoben hast!« murrte Tobias. »Das ist ja eigenwilliger als jedes Pferd, das ich bisher geritten habe!«

Sadik lächelt. »Kamelstuten sind besondere Reittiere. Sie sind wie der Wind der Wüste. Man kann sie nicht zähmen, kann ihnen nicht den Willen brechen, doch man kann sich auf ihre Eigenheiten, ihren Charakter einstellen und sich ihre Stärken mit viel Geschicklichkeit und Ausdauer zunutze machen«, sagte er und verabreichte ihnen Salben, die ihre Muskelschmerzen linderten und wunden Stellen vorbeugten.

Anfangs hatten sie den niederschmetternden Eindruck, sie würden es nie lernen, wie sie mit den beißfreudigen Kamelen umzugehen hatten und wie sie es anstellen mußten, um sie zum Niederknien zu bringen. Janas Kamel dachte gar nicht daran, einzuknicken und sich buchstäblich zu ihr herabzulassen, wenn sie der Stute mit der *kurbatsch* vor die Füße schlug. Bestenfalls versuchte sie zu beißen und gab ein ungehaltenes Knurren und Fauchen von sich. Und Tobias meinte, den Rhythmus einfach nicht herausfinden, mit dem man sich im Sattel zu bewegen hatte, wenn das Kamel hochstieg und dabei mehrmals nach hinten und nach vorn ruckte.

»Eile treibt die Kamele nicht«, tröstete Sadik sie, wenn sie wieder einmal der Verzweiflung nahe waren. »Mit Geduld bekommt man auch von unreifen Trauben Sirup.«

Von diesen Spruchweisheiten bekamen sie in den ersten Nächten viele zu hören: »Zwei Schwerter passen nicht in eine Scheide. Also vergiß die *kurbatsch*, Tobias. Konzentriere dich erst einmal auf den Gang... Langsam, Jana! Geduld kommt von

Allah, Unruhe vom Teufel!... Habe ich dich stöhnen gehört, Tobias? Denk daran: Ausdauer ist der Schlüssel zur Freude!... Du sollst mir nicht widersprechen, sondern genau das tun, was ich dir aufgetragen habe, Jana! Wer mit dem Streit beginnt, ist näher an der Reue! Ja, so ist es gut. Besser ein Stummer, der verständig ist, als ein Redender, der töricht ist... Tobias, achte auf deine Beine! Sie ragen ja wie Lanzen von dir ab! Du mußt dich mehr anstrengen. Arbeit ist die Seife des Herzens... So bekommst du deine Stute nie dazu, sich auf engstem Raum herumzudrehen. Mehr Entschlußkraft. Wer sich schon vor der Abmachung fürchtet, flieht vor der Rückzahlung!... Was? Das nennst du Galopp? Wo bleibt dein Mut, Tobias? Wer sich auf den Rücken einer schnellen Reitstute schwingt, soll nicht nach dem Trampelpfad des Esels Ausschau halten!... Will man gehört werden, darf man die Trommel nicht unter dem Teppich schlagen!«

Ab der fünften Nacht ging es jedoch spürbar besser. Gefühl und Sicherheit stellten sich ein, und Sadik sorgte dafür, daß sie viel Übung bekamen. Sie ritten von nun an die ganze Nacht durch die Wüste, ohne auch nur einmal Rast zu machen. Dabei korrigierte er immer wieder Haltung und gab ihnen Ratschläge, die sie nun auch immer leichter umsetzen konnten.

»*Aiwa, aiwa!* Ihr macht euch!... Es führen eben alle Wege zur Mühle!... *Allah kherim!*... Von weitem könnte man euch für *bádawi* durchgehen lassen... Zuerst ist der Sauerteig nur Wasser, und der Neuling ist wie der Blinde!... Das Glück im Leben sind eben ein geräumiges Zelt, ein gehorsames Weib und ein schnelles Reittier!«

In jener siebten Nacht war Jana viel zu erschöpft von den vielen Stunden im Kamelsattel, um Sadik ein Widerwort zu geben. Das holte sie später am Tage nach.

In dieser mondhellen Nacht jedoch wartete Kasim nicht wie gewöhnlich mit drei Kamelen bei den Ölbäumen auf sie, sondern mit *vier* Reittieren. Eines davon trug zudem leichtes Gepäck.

»Wir reiten heute zu viert?« fragte Tobias verwundert.

»Nicht jeder, der einen großen Turban trägt, ist auch ein großer Mann, und nicht jedes geglättete Eisen ist ein Schwert aus dem Jemen«, antwortete Sadik spöttisch, »wie euch eure Kleidung noch lange nicht zu einem *bádawi* macht. Aber das Lot macht allmählich auch einen Zentner, und ihr könnt auf eure Fortschritte stolz sein. Und das ist eine Belohnung wert. Deshalb reiten wir heute zu den Pyramiden hinaus – und kommen im Tageslicht zurück! Kasim wird uns begleiten, weil er sich bei den Pyramiden auskennt.«

Sie waren begeistert, und der nächtliche Ausritt wurde ihnen zum erstenmal zu einem ungetrübten Vergnügen. Sie zogen noch im Dunkel der Nacht an der Sphinx vorbei, dem monumentalen Wächter am Grab von König Chephren. Es bescherte Jana und Tobias eine Gänsehaut, als sie zu dem geheimnisvollen Frauenkopf hochblickten, der in den Körper eines ruhenden Löwen überging.

Vor ihnen ragten die drei gewaltigen Pyramiden auf. Tobias erinnerte sich an die Berechnung, die Napoleon während seines Ägyptenfeldzuges über die fast unvorstellbare Masse der Steinblöcke angestellt hatte, die für den Bau dieser drei Monumente benötigt worden war. Das Ergebnis, zu dem Napoleon gelangt war, verdeutlichte die Dimension dieser gigantischen Bauwerke: Mit den Blöcken der drei Pyramiden konnte man eine Mauer von drei Meter Höhe um ganz Frankreich ziehen!

Die Nacht öffnete ihre dunklen Fittiche, als sie die Besteigung der Cheopspyramide begannen und die Stufen aus mächtigen Kalksteinquadern hochkletterten. Sie benötigten zwanzig Minuten für den schweißtreibenden Aufstieg. Die über dem Niltal aufgehende Sonne belohnte und begrüßte sie, als sie die Spitze endlich erklommen hatten. Unter ihnen lag die rosarot gefärbte Wüste, aus der im Umkreis mehr als vierzehn verschieden hohe Pyramiden aufragten, nämlich die von Gizeh, Abusir, Sakarra und Daschfur. Die Dreieinigkeit aus Wüste, grünem Flußtal und gelbbraunem Häusermeer ergab einen erhabenen Anblick, den sie eine geraume Weile schweigend in sich aufnahmen.

Das Jahr des weißen Elefanten

»Die Menschen sind das, was sie sehen und einander erzählen – so sagt es der Vers eines alten Beduinenpoeten«, brach Sadik schließlich die einträgliche Stille auf der Spitze der Pyramide, dieses gewaltigen Pharaonengrabes, für dessen Errichtung Hunderttausende von Arbeitern Jahrzehnte geschuftet hatten. »Ihr habt in den letzten Monaten viel zu sehen bekommen. Nehmt es mit offenen Augen in euch auf und werdet euch bewußt, was ihr seht. Dann habt ihr viel zu erzählen: euren Freunden, euren Landsleuten und euren Kindern. Und eure Erzählungen werden das Weltbild anderer Menschen beeinflussen!«

»Traust du uns da nicht ein bißchen viel zu?« fragte Tobias und beobachtete fasziniert, wie das Gestein der Pyramiden seine Farbe wechselte. Was für ein Morgen!

Sadik schüttelte den Kopf. »Die Macht einer Erzählung ist groß, ob sie nun Wahrheit oder Lüge enthält. Sprache prägt das Denken. Und die Grenzen unserer Sprache sind auch die Grenzen unserer Welt. Die Welt des Sprachlosen ist eng und bedrükkend – die eines phantasievollen Geschichtenerzählers und die eines Vielgereisten dagegen grenzenlos.«

»Zu einem Beduinen gehört die Sprache ebenso wie die Wüste, nicht wahr?« sagte Jana.

»*Aiwa*, zu jedem Araber, und deshalb war der Koran zunächst nur für die mündliche Überlieferung bestimmt. Erst nach dem Tod des Propheten erfolgte die Aufzeichnung der göttlichen Offenbarung.«

»Wann genau hat Mohammed überhaupt gelebt?« wollte sie wissen.

»Geboren wurde er in Mekka, das damals schon eine reiche Handelsstadt und Wüstenoase war, am zwanzigsten April im Jahr des weißen Elefanten.«

Jana runzelte die Stirn. »Im Jahr des weißen Elefanten? Was ist denn das für ein Datum? Steckt dahinter wieder eine Beduinengeschichte?«

Sadik lächelte. »*Aiwa*, ich werde sie dir erzählen. Nach christlicher Zeitrechnung war es das Jahr 570«, erzählte er. »In jener Zeit herrschte im Jemen der tyrannischer Herrscher Abraha, den der christliche König von Abessinien als Statthalter eingesetzt hatte. Seine Seele war so schwarz wie seine Haut, so geht die Sage. Von Neid zerfressen, blickte er von Sana, von wo aus er sein Reich regierte, nach Mekka. Es erfüllte ihn mit Groll, daß das Heiligtum von Mekka, die Kaaba, so viele Pilger anzog. Alle Stämme Arabiens zog es zu diesem heiligen Stein. Darüber geriet Abraha so sehr in Zorn, daß er beschloß, eine noch viel punkvollere und größere Kirche zu bauen. Die Mauern sollten aus Marmor und die Kuppeln vergoldet sein. Dann würde das Ziel der arabischen Wallfahrten nicht mehr das Heiligtum der Kaaba sein, sondern sein Gotteshaus.«

Er machte eine Pause, und die Sonne schickte ihre Strahlen wie die mutige Vorhut einer Armee tief in die Wüste hinein. »Abraha ließ nun diese prächtige Kirche bauen, doch seine Hoffnung erfüllte sich nicht. Die Pilgerströme zogen auch weiterhin nach Mekka und verschmähten seinen vergoldeten Marmortempel. Ein junger Araber aus Mekka wollte es dabei jedoch nicht belassen, sondern dem Tyrannen die Verachtung Arabiens auf besonders nachdrückliche, ja drastische Weise vor Augen führen. Zu diesem Zwecke begab er sich nach Sana, gab sich als großer Bewunderer von Abrahas protziger Kirche aus und erhielt von dem hocherfreuten Tyrannen die Erlaubnis, dort die ganze Nacht in ehrfürchtiger Andacht verbringen zu dürfen. Doch statt zu beten und das Werk Abrahas zu loben, verrichtete der Mann aus Mekka seine Notdurft in der Kirche und beschmierte damit den kostbaren Marmor und das Gold. Er floh noch in derselben Nacht unbemerkt aus Sana und kehrte sicher nach Mekka zurück.«

Jana zog die Augenbrauen hoch. »Na, das ist aber auch nicht gerade ein Zeugnis von Toleranz und religiöser Ehrfurcht«, rügte sie. »Einmal ganz abgesehen davon, daß es reichlich unappetitlich ist.«

»Das Leben ist eine Quarantäne fürs Paradies, und vieles, was in dieser Zeit getan wird, ist ehrlos, hinterhältig oder einfach nur töricht«, räumte Sadik ein.

»Aber erzähl weiter!« forderte Jana ihn auf. »Wann kommt der weiße Elefant?«

Sadik lachte. »Gleich.« Er schob sein Kopftuch zurück, das ihm vors Gesicht geweht war. »Abraha tobte, als er Kunde von der Schändung seiner Kirche erhielt. Diese Tat des Mannes aus Mekka hatte ihn zutiefst gedemütigt, und er schwor sich, dafür bittere Rache zu nehmen. Er stellte ein mächtiges Heer auf und zog mit seinen Soldaten gen Mekka, um die Stadt zu erobern und dem Erdboden gleichzumachen. Er selbst kam nicht zu Pferd oder auf einem Kamel, sondern zog auf einem weißen Elefanten in den Krieg gegen Mekka, denn er wußte, daß der Anblick dieses riesigen, weißen Tieres eine verheerendere Wirkung auf seine Feinde haben würde als eine ganze Armee. Und so verhielt es sich auch.

Die Bewohner von Mekka, die noch nie zuvor einen Elefanten zu Gesicht bekommen hatten, packte das Entsetzen, als sie den Koloß auf ihre Stadt zuwalzen sahen. In panischer Angst verließen sie die Stadt und flüchteten in die nahen Berge. Statt die Kaaba zu schützen und zu verteidigen, retteten sie ihren persönlichen Besitz und dachten: ›Der heilige Stein gehört Allah. Er wird sich schon selbst um seinen Besitz kümmern!‹«

»Und das hat er dann wohl auch«, ahnte Jana.

Sadik nickte. »Gott rief Abertausende von Schwalben vom Roten Meer zu Hilfe. Diese bewaffneten sich mit Steinen. Ein jeder Vogel trug einen Stein im Schnabel und zwei in den Krallen. Die Schwalbenschwärme ließen den Tag zur Nacht werden, so dicht an dicht glitten sie am Himmel dahin, als sie nach Mekka flogen. Über Abrahas Heer ließen sie ihre Steine fallen. Ein mörderischer Hagel ging auf die Soldaten nieder, die ihre Waffen wegwarfen und ihr Heil in kopfloser Flucht suchten. Die Zelte wurde zerfetzt, Abraha gesteinigt und der weiße Elefant ging vor der Kaaba in die Knie.«

»Ein wirklich symbolträchtiges Geburtsjahr für einen zukünftigen Propheten«, meinte Jana.

»An Symbolen hat es wahrlich nicht gemangelt«, pflichtete Sadik ihr bei. »Denn in der Nacht, da Mohammed als jüngster Sohn eines armen Händlers vom Stamm der Quraisch, einem berühmten Beduinengeschlecht, in Mekka zur Welt kam, sollen die ›ewigen Feuer‹ der Priester von Persien erloschen und der Tempel in der Hauptstadt einem Erdbeben zum Opfer gefallen sein. Es blieben von ihm nur vierzehn Säulen stehen. Und dies war dann genau die Zahl der heidnischen Herrscher, die noch regieren durften, bis der Islam Persien eroberte.«

»Mekka würde ich auch gern einmal sehen«, sagte Tobias fast sehnsüchtig und stellte sich vor, wie es sein mußte, mit einer Schar Pilger die berühmte *Haddsch*, die große Wallfahrt, anzutreten, die ein Muslim wenigstens einmal in seinem Leben auf sich nehmen mußte. Welch ein Erlebnis würde es sein, mit einer solchen Pilgerkarawane durch die Wüste zu ziehen, nach

Mekka zu gelangen und den heiligen Stein der Kaaba selbst zu sehen und zu berühren, verkleidet als Beduine! Warum sollte es auch nicht gelingen? Sie waren die letzten Tage noch zweimal in Cairo gewesen, um sich daran zu gewöhnen, unter Arabern zu sein und dabei nicht aufzufallen. Sadik hatte keinen Grund zur Klage gehabt. Jana verrichtete das Ritual der *rakats* mittlerweile schon so sicher, als wäre sie den Rufen des Muezzin seit Kindesbeinen gefolgt.

Plötzlich dachte Tobias an seinen Vater, und er begriff, weshalb es ihn immer wieder in ferne Länder hinauszog und warum er sein Leben der Erforschung fremder Gebiete und Kulturen verschrieben hatte. Auch ihn, seinen Sohn, hatte die Faszination des Reisens gepackt, und er wußte in diesem Moment, als er über das Niltal und die Wüste schaute, daß er nie wieder ein ruhiges, geordnetes Leben in den Mauern einer Stadt wie Mainz würde führen können. Für kurze Zeit vielleicht, aber wohl doch immer auf dem Sprung zu einer neuen Reise... ganz wie sein Vater Siegbert, den er erst jetzt richtig verstand. Und deshalb konnte er ihm nun auch verzeihen, daß er in seiner Jugend so wenig Zeit für ihn gehabt hatte. Wie dumm es von ihm gewesen war, daß er sich all die Jahre für ein ungeliebtes, vernachlässigtes, abgeschobenes Kind gehalten und gewünscht hatte, der leibliche Sohn von Onkel Heinrich zu sein. Es war nicht mangelnde Liebe gewesen, die seinen Vater immer wieder von *Falkenhof* in die Fremde gezogen hatte, sondern dieser innere, unbezähmbare Drang, den auch er verspürte. Sie beide waren sich in so vielen Dingen gleich, eben Vater und Sohn, und er hatte allen Grund, stolz auf ihn zu sein. Er hoffte inständig, daß er dies seinem Vater eines Tages sagen konnte.

Vielleicht in Chartoum, dachte Tobias und ihm war, als fiele hier oben auf der Spitze der Pyramide auch dieser dunkle Teil seines Lebens wieder ins Lot.

»Ja, Mekka hat schon einen verlockenden Klang«, stimmte

Jana ihm zu. »Hast du schon einmal die Pilgerfahrt zur Kaaba gemacht, Sadik?«

»O ja, schon mehrmals!« sagte er voller Stolz.

»Erzähl uns, wie es dort aussieht und wie das Leben dort ist. Unterscheidet sich Mekka sehr von El Qahira?« fragte Jana.

»Und ob!« antwortete Sadik. »Ich möchte genausowenig in Mekka wie da drüben in El Qahira leben.«

»Weil du kein Bodenknecht bist, sondern ein freier *bádawi*?« frotzelte Tobias.

»Auf Mekka trifft das nur bedingt zu, denn eigentlich ist diese Stadt nichts weiter als ein festes Lager reich gewordener Beduinen, die sich um den in der Kaaba eingemauerten schwarzen Stein niedergelassen und nie wieder ihre Zelte abgebrochen haben.«

»Mekka ist eine Stadt der Beduinen?« fragte Jana verwundert.

Sadik nickte. »Ja, im Prinzip schon, und beherrscht wird sie von den Familien vom Stamm der Quraisch und einigen anderen Clans. Mekka ist überhaupt eine merkwürdige Stadt«, berichtete er. »Um das Heiligtum der Kaaba erheben sich dicht an dicht die Häuser und burgähnlichen Paläste der einzelnen Familien. Je reicher und mächtiger eine Familie ist, desto näher liegen ihre Häuser an der Kaaba. Nach altem Wüstenbrauch lebt jede Familie in ihrer Art Burg. Befehle nimmt sie im wesentlichen allein von ihrem Familienoberhaupt entgegen und hält sich schon für ein Vorbild an Tugend, wenn sie gegen ihre Nachbarn aus anderen Familien nichts Böses im Schilde führt. Jede Familie betreibt ihre Handelsgeschäfte selbständig, und nur bei großen Geschäften, die man allein nicht finanzieren kann, verbrüdert man sich für kurze Zeit mit einer oder mehreren anderen Familien.«

Tobias lachte. »Das klingt ja nach einem Krieg jeder gegen jeden – eben nur auf dem Feld des Handels!«

»Genauso verhält es sich auch!« bestätigte Sadik gelassen. »Die beduinischen Traditionen, nämlich andere Stämme zu überfallen und zu berauben, werden fortgeführt – nur geht es in Mekka um Geschäfte. Denn jeder Handelsherr sieht sich zugleich als Ritter und Kämpfer, als eine gehobene Art von Wüstenritter. Wer seinen Reichtum notfalls nicht mit dem Schwert in der Hand zu verteidigen bereit und in der Lage ist, ist rasch ein armer Mann. Das Heldentum eines Beduinenritters in Mekka besteht darin, von morgens bis abends zum Schaden seines Feindes tätig zu sein – und der Feind lebt nicht in einer anderen Oase, sondern möglicherweise im Nachbarhaus, auf jeden Fall aber in Mekka.«

Jana schüttelte ungläubig den Kopf. »Das sind ja rauhe Sitten! Sorgt denn keiner für Ordnung?«

»Daß diese Beduinen in einer Stadt leben, hat nichts zu sagen. Denn es gibt in Mekka keine Gesetze, keine Regierung und auch keine Ordnungsmacht. Deshalb gibt es dort auch kein Gericht und kein Gefängnis. Jede Familie schützt sich selber. Wer jedoch Schande über seine Familie bringt, wird verstoßen und für vogelfrei erklärt. Bei den Stämmen von echten Beduinen, die noch von Weidebezirk zu Weidebezirk durch die Wüste ziehen, geht es viel gesitteter zu als in Mekka. Denn die freien Stämme haben zumindest noch alle ihren Scheich. Er kann ihnen zwar auch keine Befehle erteilen und sie nicht zu etwas zwingen, was sie nicht wollen. Aber er ist doch immerhin der von ihnen gewählte oberste Heerführer und in Streitfällen ihr respektierter Schiedsrichter. Mekka dagegen kennt weder den Scheich noch den Bürgermeister, geschweige denn eine Polizeimacht.«

»Und ausgerechnet dahin zieht es jeden gläubigen Muslim?« staunte Tobias. »Muß da nicht jeder Fremde Angst um Leib und Besitz haben?«

Sadik lächelte. »Ganz und gar nicht, denn während der heiligen Monate im Sommer und Herbst ruhen jeder Streit und jede Stammesfehde. Das Gesetz der Blutrache ist für diese Zeit außer Kraft gesetzt, und Kriege müssen unterbrochen und später fortgeführt werden.«

»Und daran hält sich wirklich jeder?« fragte Jana skeptisch.

»*Aiwa!* Das ist eines der heiligen Wüstengesetze, die keine Ausnahme kennen und von allen Beduinen eingehalten werden, genauso wie das Gebot der Gastfreundschaft«, sagte Sadik mit ernstem Stolz. »Jeder kann furchtlos an den heiligen Zeremonien teilnehmen. Wer dieses Gesetz der Wüste bricht, verurteilt sich selbst zum Tode.«

Sie blieben noch einige Minuten auf den Quadern sitzen. Dann nahmen sie den Abstieg in Angriff, der erheblich schwieriger zu bewältigen war als der Aufstieg. Sie gerieten gehörig ins Schwitzen und mußten sehr achtgeben, das Gleichgewicht nicht zu verlieren und nicht in die Tiefe zu stürzen, was tödlich gewesen wäre.

In den Gängen der Pyramide

Kasim wartete unten schon mit den Fackeln auf sie, denn er wollte sie ins Innere der Pyramide führen, zur Grabkammer des Pharaos, deren Schätze jedoch schon in der Antike den Grabräubern zum Opfer gefallen waren.

Der Eingang befand sich etwa fünfzehn Meter oberhalb der Basis der Pyramide. Im flackernden Schein der Fackeln folgten sie dem Gang, der erst ein Stück geradeaus, dann aber steil nach unten führte. Die Wände um sie herum waren von Fackeln und Kerzenlichtern unzähliger Vorgänger rußgeschwärzt.

»Gleich erreichen wir den inneren Gang«, teilte ihnen Kasim

mit, und seine Stimme hallte in der Dunkelheit des jahrtausendealten Gangsystems nach.

Der innere Gang führte so steil nach oben, wie der erste nach unten geführt hatte. Er war jedoch viel schmaler und so niedrig, daß nicht einmal ein Kind aufrecht in ihm hätte stehen können.

Sie legten eine kurze Atempause ein. Die Fackeln in den Händen von Kasim und Sadik warfen ihren unruhigen Schein auf die angespannten, schweißüberströmten Gesichter von Jana und Tobias. Die Luft war zum Schneiden und so feuchtschwül, daß die Felsblöcke um sie herum zu schwitzen schienen. Wenn die Sonne erst mit ganzer Kraft auf Pyramiden und Wüsten herabbrannte, mußte es in diesen kaum belüfteten Gängen unerträglich sein. Dies war nichts für Menschen, die unter Angst vor geschlossenen Räumen oder Herz- und Kreislaufproblemen litten. Aber auch für einen gesunden, furchtlosen Menschen bedeutete das Vordringen in die Grabkammern eine nicht ungefährliche Strapaze.

Sadik, der sich nicht zum erstenmal in der Pyramide befand, erklärte Jana und Tobias, wie sie den Gang am besten hochkamen. »Kriecht auf den Knien und stützt euch mit den Händen an den Seitenwänden ab. Überhastet nichts! Die Blöcke sind so sorgfältig geschliffen und aneinandergefügt, daß die Kerben zwischen ihnen zu klein sind, um mit dem Fuß darin Halt zu finden, wenn man abrutscht! Dann hat man einen langen und schmerzhaften Sturz vor sich! Und laßt euch nicht von den Fledermäusen erschrecken. Von ihnen gibt es hier Hunderte.«

»Es dürften eher Tausende sein, Effendi«, warf Kasim ruhig ein. »Sie werden uns oben in der großen Galerie einen entsprechenden Empfang bereiten.«

Tobias schluckte, sagte aber nichts. Auch Jana nickte nur stumm.

Sadik machte noch keine Anstalten, den Aufstieg zu beginnen, sondern sah sie einen Moment lang forschend an.

»Es ist ganz natürlich, daß man in diesen engen Gängen von einem Gefühl der Beklemmung gepackt wird, das sich sogar zu Angst auswachsen kann. Genau das haben die Erbauer unter anderem bezweckt.«

»Keine Angst, wir werden schon nicht schlappmachen«, versicherte Tobias. Ihm war zwar in der Tat sehr beklommen zumute, doch Wißbegier und Abenteuerdrang waren noch stärker.

»Es gibt noch einen Grund, weshalb der Gang, der zur Grabkammer geht, so niedrig ist und nach oben führt«, fuhr Sadik fort. »Er zwingt den gewöhnlichen Sterblichen, im Schweiße seines Angesichtes und in gebückter, demütigender Haltung zum Sonnengott hochzusteigen. Denn dies ist die Grabstätte eines Pharaos, also eines Gottes!«

Er ließ seine Worte einen Augenblick wirken. Dann nickte er ihnen zu, und sie krochen hintereinander den Gang hoch. Kasim übernahm die Spitze. Nach ihm folgten Jana und Tobias. Sadik bildete den Schluß. Er hielt genügend Abstand zu Tobias, um ihm nicht mit der Fackel zu nahe zu geraten.

Es war eine ebenso kräftezehrende wie schweißtreibende Art der Fortbewegung, die dieser Gang ihnen abnötigte. Tobias schmeckte seinen Schweiß auf den Lippen, und er brannte ihm in den Augen. Er hörte Jana vor sich keuchen und wußte, daß es ihr ähnlich erging.

Meter um Meter krochen sie höher.

»*Hasib!* Achtung!« warnte Kasim plötzlich. Im selben Moment schrien Jana und Tobias schon auf, als etwas an ihren Gesichtern vorbeiflatterte. Sie spürten den Windzug.

Fledermäuse!

Plötzlich öffnete sich der Gang. Mit einem unterdrückten Stöhnen der Erleichterung richteten sich Jana und Tobias auf, völlig durchgeschwitzt. Fassungslos sahen sie hoch.

Vor ihnen lag im Licht der lodernden Pechfackeln die große

Galerie, von der Kasim gesprochen hatte, eine Art riesige, schräg nach oben führende Halle inmitten der Pyramide! Umschlossen von Millionen Tonnen Gestein!

Tobias schlug das Herz plötzlich im Hals, als er meinte, das unglaubliche Gewicht, das Decke und Wände tragen mußten, spüren zu können. Eine Gänsehaut überzog seine Arme. Er war zugleich von Staunen wie von einer unterschwelligen Furcht erfüllt.

Jana atmete neben ihm schnell und stoßartig. Wortlos faßte er nach ihrer Hand, und sie erwiderte seinen Händedruck so fest, als wollte sie ihn nicht wieder loslassen. Er bedurfte dieses stummen Zuspruchs genauso wie sie.

»Diese Galerie ist über acht Meter hoch und fast fünfzig Meter lang«, erklärte Sadik. »Um da oben auf die Rampe zu kommen, müssen wir hier erst die Wand hochklettern. Es sind aber nur ein paar Meter, und es gibt genug Trittstufen und Ritzen im Fels wie bei einer Leiter. Dieser Teil ist der leich...«

Er kam nicht weiter. Schwärme von Fledermäusen, von den Stimmen und dem Licht der Fackeln aufgeschreckt, flogen auf. Das Geräusch ihrer Flügel übertönte Sadiks Stimme. Viele flüchteten weiter nach oben. Doch ein Schwarm senkte sich wie eine Wolke über sie, hüllte sie ein, brachte beinahe Sadiks Fackel zum Erlöschen und schien dann vom Schlund des abwärtsführenden Ganges hinter ihnen verschlungen zu werden.

»Gehen wir weiter«, sagte Sadik gedämpft.

Zehn Minuten später gelangten sie in ein Vorgemach und dann in die Grabkammer des Pharaos. Der rechteckige Raum war etwa vier Meter breit, acht lang und fünf hoch – und damit kleiner, als Tobias und Jana unwillkürlich angenommen hatten. Es gab auch überhaupt keine Wandmalereien. Der Fels war wie die Gänge rußgeschwärzt und trug die Namen einiger Forscher und Reisenden, die es für nötig befunden hatten, ihren Namen und das Datum ihres Besuches in den Granit zu ritzen, um der Nachwelt somit ein Zeugnis ihrer Respektlosigkeit und Eitelkeit zu hinterlassen.

Der offene, steinerne Sarkophag, so schlicht und schmucklos wie die ganze Kammer, stand links vor der Schmalseite. Sadik hielt ihnen die Fackeln, und sie blickten in den leeren Steinsarg, der einst die Mumie des Pharaos enthalten hatte.

»Wenn man sich vorstellt, daß der Sonnenkönig vor einigen tausend Jahren hier drin bestattet lag und daß die Räume mit Schätzen gefüllt waren...«, sagte Jana nachdenklich und ließ den Satz unbeendet.

»Grabräuber treiben ihr schändliches Unwesen, seit es Königsgräber und die Sitte gibt, den Toten kostbare Gaben mit ins Grab zu legen«, sagte Sadik. »Die Gier der Menschen macht nicht einmal vor den Toten halt. Die geraubten Schätze werden seit eh und je an reiche Händler und Sammler aus dem Ausland verkauft, und nicht wenige der Mumien wandern in die Knochenmühle und werden auch heute noch zu Staub...«

»Was?« fragte Tobias schockiert.

»*Aiwa*, sie werden zermahlen, um daraus angeblich wunderwirkende Heilmittel herzustellen«, erklärte Sadik mit Zorn und Verachtung in der Stimme. »Aber irgendwie ist das, so schlimm es auch sein mag, wohl noch das gnädigere Schicksal, wenn man an die Mumien denkt, die in den Lagerräumen irgendwelcher Museen aufgestapelt liegen wie Mehlsäcke – oder gar öffentlich zur Schau gestellt werden.«

»Aber ein Museum...«, setzte Jana an.

Sadik ließ sie nicht ausreden. »Niemand hat das Recht, die Ruhe eines Toten zu stören, ihn aus seinem Grab zu holen und ihn einem gaffenden Publikum darzubieten, als wäre auch er nichts weiter als ein kurioses Schaustück aus einem fremden Land!« sagte er kategorisch. »Ein Toter hat das Recht auf eine würdevolle Ruhe nach seinem Glauben! Von skrupellosen Grabräubern kann man Respekt und Ehrfurcht nicht erwarten.

Aber die Forscher und Wissenschaftler stehen ihnen in nichts nach. Statt von Geldgier werden sie von Ruhmsucht getrieben, und das läßt sie oft genauso skrupellos handeln wie die gewöhnlichen Plünderer! Wie Heuschrecken fallen sie seit Jahrzehnten über unser Land her. Deshalb wollte ich, daß ihr mit mir an diesen Ort kommt – und diese leere Kammer mit dem leeren Sarkophag seht.«

In schweigender Betroffenheit standen sie in der Kammer, während Kasim in der Galerie wartete, wo die Luft eine Spur besser war.

»Wir werden bald aufbrechen«, brach Sadik schließlich das Schweigen.

Jana und Tobias spürten, daß damit nicht die Rückkehr ins Freie und der Ritt zurück gemeint war. Sadik sprach von ihrer nächsten großen Etappe, der Fahrt flußaufwärts bis über den vierten Katarakt hinaus nach Abu Hamed.

Odomir Hagedorn hatte den gewünschten *firman* vor drei Tagen erhalten, und was sie sonst noch für die Reise brauchten, hatten sie auch schon besorgt. Harun Ben Bahleh, der *rais* der Barke *Al Adiyat*, wartete nur darauf, daß sie an Bord kamen und er die Leinen loswerfen konnte.

»Und wann?« fragte Tobias.

»Unsere Vorbereitungen sind so gut wie abgeschlossen. Zwei Tage noch, dann gehen wir an Bord der *Al Adiyat*. Dieser Ausritt hat mich überzeugt, daß wir es wagen können. Heute nacht werden wir zu einem letzten Ritt aufbrechen, von dem wir erst morgen kurz vor der Dunkelheit zurückkehren werden.«

»Eine Probe unserer Ausdauer im Sattel?« fragte Jana hellhörig.

Sadik nickte.

»Du weißt doch: Ausdauer ist der Schlüssel zur Freude«, spottete Tobias und sagte zu Sadik gewandt: »Aber heißt es nicht auch: Zuviel Flattern zerbricht die Flügel, Sadik?«

»Ihr werdet vielleicht mit lahmen, nicht jedoch mit zerbrochenen Flügeln an Bord gehen«, erwiderte Sadik trocken.

»Und was ist mit Wattendorf?« wollte Tobias wissen.

»Sihdi Hagedorns Erkundigungen haben keinen Erfolg gezeitigt, was mich bei Wattendorf nicht verwundert. Es wäre möglicherweise recht hilfreich gewesen, über das alte Hauspersonal diejenigen Handwerker zu ermitteln, die er mit der Anfertigung von Falkenstock, Koran und Gebetsteppich beauftragt hatte«, räumte Sadik ein. »Könnten wir noch ein paar Wochen bleiben, würden wir auf diesem Weg vielleicht den einen oder anderen Hinweis erhalten. Aber leider haben wir nicht die Zeit. Wir sind schon lange genug geblieben. Das Tal finden wir auch so. Immerhin besitzen wir die Hauptkarte und einen der Schlüssel zu den Pforten im Innern, wie Wattendorf den Koran und den Teppich genannt hat.«

»Mir soll es recht sein, wenn es jetzt endlich losgeht«, sagte Tobias. Jana war ganz seiner Meinung, und beide waren trotz des einmaligen Erlebnisses im Innern der Pyramide froh, als die engen, stickigen Gänge hinter ihnen lagen und sie in die blendende Morgensonne hinaustraten.

Die Mittagshitze lähmte das Leben im Niltal, als die Feluke sie wieder nach Boulaq brachte und sie sich in den kühlen Räumen von Odomir Hagedorns Haus ihrer verschwitzten Kleider entledigen konnten. Tobias leerte einen ganzen Wasserkrug über seinen Kopf und trank fast genausoviel, wusch sich Sand und Schweiß vom Körper und legte sich nur mit einem dünnen *izar* bekleidet auf die Liegestatt in seinem abgedunkelten Zimmer. Der Schlaf stellte sich nach der durchwachten Nacht und dem anstrengenden Vormittag fast augenblicklich ein. Jana erging es nicht anders. Ihr müder Körper forderte seinen Tribut: Die Augen fielen ihr zu, kaum daß sie sich ausgestreckt hatte.

Am späten Nachmittag kehrte Odomir Hagedorn aus Cairo

zurück. Er bat sie sofort in sein Papageiengemach, wie Jana den Raum mit dem bunten Himmelslicht in der Decke und den Vogelkäfigen getauft hatte. »Ich habe gute Nachrichten!« rief er.

»Wattendorf?« fragte Tobias aufgeregt.

»Ganz recht! Meine Bemühungen, sein letztes Domizil vor seinem Ableben zu eruieren, haben endlich konkrete Ergebnisse gezeigt. Ich rememmorierte, daß ich den alten Kenbal mehrmals Wattendorf kutschieren gesehen habe. Sein Gedächtnis ist immer noch so vortrefflich wie seine Neugierde.«

Er belohnte sich mit einer kandierten Frucht. »Erst refüsierte er jede Auskunft und gab vor, nicht zu wissen, wo Wattendorf logiert hat. Er habe seine Kutsche stets bei den Ruinen des alten Aquäduktes debarkiert, also im Süden der Stadt. Doch mit Geduld und ein paar Piastern reüssierte ich. Kenbal war ihm einmal, von Neugier getrieben, gefolgt. Wattendorf muß ein exorbitant vorsichtiger und mißtrauischer Mann gewesen sein, denn er ist kreuz und quer gelaufen und hat sich immer wieder umgesehen, doch der alte Arab Kenbal hat sich von ihm nicht dependieren lassen. Er war von Wattendorfs Domizil jedoch überaus desappointiert.«

Sadik lächelte. »Das ist fraglos eine erfreuliche Nachricht, Sihdi Hagedorn. Wo genau hat er denn gewohnt?«

Odomir Hagedorn lachte kurz auf. »In einer wahrlich nicht gerade remontanten Wohngegend...«

»Blühend«, murmelte Tobias erklärend für Jana, während Hagedorn eine Skizze reichte, auf der die Straße und Lage von Wattendorfs Haus genau eingetragen waren.

»Ist es zur Zeit bewohnt?« fragte Sadik.

»Danach sah es mir nicht aus. Es trägt deutliche Spuren von einem großen Feuer und ist überaus delabriert...«

Tobias neigte sich zu Jana. »Baufällig, schadhaft.«

»Es ist auch teilweise eingestürzt. Anzeichen von Bewohnern habe ich jedenfalls nicht constatieren können.«

Sadik nickte und steckte den Zettel ein, während er Odomir Hagedorn noch einmal ihren großen Dank aussprach. Abschließend sagte er: »Wir werden uns dort eingehend umsehen.«

»Heute noch?« fragte Tobias unternehmungslustig.

Sadik verneinte. »Bei Sonnenuntergang schließen sie die Tore in Cairo. Wir kämen vielleicht auch wieder aus der Stadt hinaus. Aber ein Licht in der Dunkelheit fällt zehnmal mehr auf, als wenn wir uns zur Mittagszeit dort umsehen, wo die Straße leer, die Müdigkeit groß und Wachsamkeit der Nachbarn gering ist.«

»Also morgen mittag!«

Jana und Tobias hofften insgeheim, Sadik würde den nächtlichen Unterricht und Ritt durch die Wüste ausfallen lassen, weil sie doch gegen Mittag nach Cairo wollten. Dieser dachte jedoch nicht daran, ihnen Schonung zuzubilligen. Unerbittlich hielt er sie die ganze Nacht hindurch bis zum Morgengrauen im Sattel.

»Jede Stunde mehr Übung ist eine Stunde weniger Unerfahrenheit!«

Yussuf

Aus dem Hof einer Färberei ergoß sich über eine hölzerne Abflußrinne ein dünner, aber beständiger Strom von Farbresten in den Kanal. Auf der Oberfläche bildete sich so etwas wie ein schmutziger Regenbogen. Aber nicht einmal der hielt sich lange. Ein Stück weiter unterhalb leitete ein Gerber seine Abwässer ein, und die dreckig-bunten Farben vermischten sich mit den Gerbstoffen zu einer gelblichgrauen Brühe.

»Ekelhaft«, murmelte Tobias und zog das Kopftuch vor Mund und Nase, ohne daß es jedoch viel genutzt hätte.

»Wie man hier bloß leben kann«, murmelte Jana, benommen von dem betäubenden Gemisch aus Mittagshitze und infernalischem Gestank.

»Daß Wattendorf es in diesem Viertel so lange ausgehalten hat, ist mir ein Rätsel«, meinte Tobias.

»Er hat schon gewußt, warum er sich nicht im Europäerviertel eingemietet, sondern sich in diesem Stadtteil verkrochen hat«, erwiderte Sadik. »Hier hat ihn niemand vermutet. Es war ein gutes Versteck.«

»Nicht gut genug«, widersprach Tobias. »Zeppenfeld hat ihn gefunden und dieser Kenbal ebenso.«

Sadik zuckte mit den Schultern. »Kein Menschenwerk ist ohne Fehler. Allein Allah ist vollkommen. Und wer weiß, was damals zwischen den beiden vorgefallen ist. Vielleicht hat er ja auch selber Zeppenfeld den Weg zu seinem Haus gezeigt. Denn daß dieser die Geschichte mit dem Verschollenen Tal auf einmal ernst genommen hat, muß ja einen handfesten Grund gehabt haben. Auf bloßes Gerede hin hätte Zeppenfeld nie so gehandelt.«

»Was damals passiert ist, kann uns wohl nur noch Zeppenfeld persönlich verraten«, nahm Jana an. »Doch ich habe nichts dagegen, wenn diese Frage auf ewig unbeantwortet bleibt, sofern uns das eine weitere Begegnung mit Zeppenfeld erspart.«

Tobias erschlug ein Insekt, das sich auf seinen linken Arm gesetzt hatte und gerade zustechen wollte. »Der Fehler, den Wattendorf begangen hat, war jedenfalls von der tödlichen Sorte.«

Sadik nickte, hob dann aber die Hand zu einer Geste, die signalisierte: Von nun an erhöhte Wachsamkeit und kein überflüssiges Wort mehr!

Sie waren dem steinigen Weg gefolgt, der am spärlich bewachsenen Ufer des Kanals entlangführte und zu dieser Stunde wie ausgestorben vor ihnen lag. Zu ihrer rechten Hand erhoben sich Wohnbauten, Häuser und Werkstätten aus Lehmziegeln.

Sie klebten Wand an Wand aneinander, waren jedoch höchst unterschiedlich in Größe und Geschoßhöhe. Schmale Gassen führten vom Kanal in das Viertel hinein.

Als der zum Kanal hin offene Schuppen einer Korb- und Mattenbinderei vor ihnen auftauchte, der an einer Straßenecke lag, verließen sie den Weg und folgten dieser Gasse. Sie war so schmal, daß die Vorbauten der Häuser zu beiden Seiten sie trotz der hoch im Zenit stehenden Mittagssonne fast ganz in Schatten tauchten.

Tobias war einmal mehr überrascht, mit welch traumwandlerischer Sicherheit sich Sadik durch das verwinkelte Gewirr von Straßen, Hinterhöfen und Sackgassen bewegte. Er wußte jeden Moment, wo sie sich befanden, und wie sie zu Wattendorfs früherem Wohnhaus kamen. Dabei waren sie nur einmal daran vorbeigegangen. Das war vor gut einer Stunde gewesen. Sadik hatte sich einen ersten Eindruck von der Lage verschaffen wollen. Das Haus war hinter einer gut zwei Meter hohen Mauer verborgen, die schon sehr schadhaft war. An mehreren Stellen waren Lehmziegel mehrere Lagen tief herausgebrochen. Wenn man so groß war wie er, konnte man sich auf die Zehenspitzen stellen und möglicherweise durch diese Einschnitte über die Mauer schauen. Doch zwei schwatzende alte Männer auf der Straße und der Gehilfe von einer schräg gegenüberliegenden Schmiede, der gerade einen Esel mit Eisenwaren belud, hatten es wenig ratsam erscheinen lassen, sich in diesem Moment allzusehr für das Haus zu interessieren, das hinter der Ziegelmauer mit dem verzogenen Holztor lag. Dafür war es noch zu früh gewesen.

Als sie nun um die Ecke bogen und die Gasse hochgingen, die an Wattendorfs Haus vorbeiführte, begegnete ihnen niemand. Die Arbeit in der Schmiede ruhte. Alles hatte sich in die relative Kühle der Häuser zurückgezogen. Mattenrollos und Schlagläden verdunkelten die Fenster. Sie kamen an einem

97

struppigen Hund vorbei, der träge im Schatten der Hauswand lag und sich nicht einmal von den Fliegen stören ließ, die über seine Schnauze krochen. Im Dunkel eines tiefen Torbogens saß ein bärtiger, grauhaariger Mann auf einem Schemel. Er hob kaum den Kopf.

Ein Dutzend Häuser weiter gelangten sie zur Mauer, die eine Länge von rund zehn Metern hatte. Das Haus, das zur Linken das Grundstück begrenzte, ragte drei Stockwerke hoch, das zur Rechten ebenso. Die wenigen Fenster, von denen man aus in den Hof schauen konnte, waren mit Strohmatten verhangen.

Zielstrebig, aber ohne Hast ging Sadik auf das Tor zu. Es hing schief in seiner Verankerung und war von innen mit einem dikken Strick zugebunden.

»Er, der ein Schloß und eine Tür gemacht hat, hat auch einen Schlüssel gefertigt«, murmelte Sadik. »Und den, den wir hierfür brauchen, trage ich bei mir.«

Jana und Tobias wußten, was sie zu tun hatten. Sie hatten ihr Vorgehen ausführlich miteinander abgesprochen. Während Sadik sein Messer zog, die Hand durch den Schlitz führte und den Strick blitzschnell mit seiner rasiermesserscharfen Klinge durchtrennte, gaben sie ihm Sichtschutz.

»Ta'ahl!« raunte er ihnen zu, als das Tor unter Quietschen nach innen aufschwang. »Kommt!«

Sie folgten ihm durch den Spalt in den Innenhof. Sofort drückte Sadik das Tor wieder zu. Ohne den Strick wollte es jedoch nicht geschlossen bleiben. Sein Blick fiel auf ein Kutschenrad, das vor der Mauer halb in einem verwilderten Rosenbusch lag. Gut die Hälfte der Speichen war gebrochen und der Eisenbeschlag aufgesprungen und verrostet.

»Faß mit an!«

Tobias und Sadik zogen das alte Kutschenrad hervor und lehnten es von innen gegen das Tor. Das Gewicht reichte, um es daran zu hindern, wieder aufzuschwingen.

»Ein wenig einladendes Gemäuer. Und der Gärtner, der hier tätig ist, leidet wohl an der Schlafkrankheit«, sagte Jana sarkastisch und mit gedämpfter Stimme.

»Sieht nicht so aus, als hätte jemals ein Gärtner seinen Fuß in diesen Hof gesetzt«, erwiderte Tobias und ließ seinen Blick über die verwilderten Gartenanlagen schweifen. Überall wucherte das Unkraut hoch, und die Büsche entlang der Mauer und der Wand des rechten Nachbarhauses bildeten ein verfilztes Dickicht, aus dem zwei Zypressen und ein Ölbaum aufragten.

Wer dieses Haus vor vielen Jahren errichtet und den Innenhof angelegt hatte, mußte es für dieses Viertel zu einigem Wohlstand gebracht haben. Er hatte den hinteren Teil beim Haus mit Fliesen auslegen und sogar einen Wasserbecken aufstellen lassen, das wie ein dreiblättriges Kleeblatt aussah. Jetzt lag das Becken in zwei Teile zerborsten auf der Seite. Und was die Bodenfliesen betraf, so hatten sich Baumwurzeln und Unkraut zwischen die Ritzen gedrückt und den Plattenbelag aufgebrochen.

Das L-förmige, etwas zurückversetzte Haus befand sich in einem ähnlich erbarmungswürdigen Zustand. Der hintere Teil, der dem kurzen Haken des L entsprach, war nur noch eine rauchgeschwärzte Ruine. Die angrenzenden Hauswände trugen auch noch deutliche Spuren des Feuers, in dem Wattendorf angeblich den Tod gefunden hatte. Der Rest des Gebäudes war zwar nicht vom Feuer gezeichnet, aber auch nicht mehr weit davon entfernt, zu einer Ruine zusammenzufallen. Vor den Fenstern hingen Strohmatten mit großen Löchern. Von einigen existierten nur noch ein paar Streifen.

»Na dann, sehen wir uns in dieser Ruine mal um«, sagte Tobias. »Bewohnt scheint sie ja nicht zu sein.«

»Dennoch ist größte Vorsicht geboten!« warnte Sadik. »Allein schon wegen der Baufälligkeit!«

Sie gingen zum Haus hinüber und unterzogen die unteren Räume einer eingehenden Durchsuchung. Sie stanken nach Urin und Exkrementen, waren sonst jedoch leer. Nur in dem Raum, der an den eingestürzten Teil grenzte und dessen Decke auch schon zu zwei Dritteln eingefallen war, fanden sie zwischen Balken und Lehmziegeln eine Menge Gerümpel. Unter Fetzen von Jutesäcken stieß Sadik auch auf zwei kleine Holzfässer, die jemand mit dem Beil zertrümmert hatte.

»Schaut euch das mal an!« rief Sadik, als er einige dieser Teile wie bei einem Puzzle zusammengesetzt hatte. Das Holz trug eine Aufschrift in weißer Schrift, die fabrikmäßig mit einer Schablone aufgetragen worden war.

»Gun Pow...«, entzifferte Jana. »Und darunter steht noch Liverp.«

»Gun Powder!« rief Tobias. »Das ist Schießpulver! In den Fässern hier war Schießpulver, das aus Liverpool stammte!«

Sadik nickte. »So sehe ich das auch. Da hat jemand nicht darauf vertraut, daß das Feuer die gewünschte Wirkung erzielt. Er hat dem noch ein bißchen nachgeholfen, um auf Nummer Sicher zu gehen.«

»Zeppenfeld, dieser Verbrecher!« stieß Tobias hervor.

Sadik erhob sich, warf die Holzteile in die Ecke und trat vom Schuttberg zurück. »*Aiwa*, wir sollten...«

Jana, die noch näher an der Innenwand stand, hörte ein Geräusch und blickte durch das riesige Loch in der Decke nach oben. Staub und kleine Steine rieselten von oben herab, begleitet von einem Knirschen. Sie sah eine Bewegung, den Zipfel eines Gewandes – und erschrak. Ein mächtiger Kragstein ragte über ihnen über die Kante des Obergeschosses hinaus.

Und er neigte sich nach vorn!

Jemand befand sich dort oben und kippte den mannshohen Stein, der dem Abstützen vorgebauter Obergeschosse diente, über den Rand!

»Paßt auf!« schrie sie und versetzte Tobias einen Stoß, der genau in der Fallinie stand. »Weg von hier!... Da oben ist jemand!«

Sadik hatte die Gefahr im selben Augenblick bemerkt. Er warf sich nach vorn, ebenso Tobias, der erschrocken einen Hechtsprung machte, um sich aus der Gefahrenzone zu bringen, als es über ihnen ächzte und der Kragstein auf sie herabstürzte. Er war an seinem hinteren Ende noch mit einem schweren Balken und Lehmwerk verbunden. All das kam herunter. Der Balken riß das Loch in der Decke noch weiter auf. Dann schlug der schwere Stein samt Balken und Mauerwerk unter lautem Krachen und Bersten auf dem schuttübersäten Boden auf, begleitet von einem Schauer aus Lehmbrocken und Ziegeln.

Sadik und Jana wurden nur von kleinen Teilen getroffen. Tobias dagegen spürte, wie der schwere Balken haarscharf an ihm vorbeisauste, als er sich nach vorn warf. Noch im Springen traf ihn diese Art Platte aus Lehmwerk, die am Balken klebte. Sie schlug gegen seine rechte Hüfte und zerplatzte dabei. Der Lehm spritzte auseinander. Es war wie ein heftiger Schlag mit einem Brett. Er schrie auf und stürzte zwischen die Trümmer. Dabei stieß er sich noch den Ellenbogen und riß sich am linken Handballen eine Schürfwunde, als er instinktiv die Hand ausstreckte, um den Sturz abzufangen.

Eine mächtige Wolke aus Lehmstaub wirbelte im selben Moment auf, als die Trümmer zu Boden krachten, und umhüllte sie mit seinem feinen Dreck.

Sadik kam so blitzschnell und gewandt wie eine Katze auf die Beine. »Bist du verletzt, Tobias?« rief er im Hochspringen, während Jana hustend neben dem Durchgang zur Halle am Boden hockte.

Stöhnend rappelte sich Tobias auf. Dabei preßte er seine Hand auf die schmerzende Hüfte. »Nein, nicht wirklich. Ich habe nur eins...«

Sadik hatte keine Zeit, ihn ausreden zu lassen. In seiner Hand blitzte schon das Messer. »Allah sei gepriesen! Kümmere dich um ihn, Jana. Ich hole mir diesen Burschen, der uns hier begraben wollte!« rief er, während er schon aus dem Zimmer in die Halle rannte, wo eine Treppe nach oben führte.

Jana spuckte ein Stück Lehm aus, das ihr in den Mund geflogen war, und sprang über die Trümmer zu Tobias, um ihm zu helfen. »Bist du auch wirklich in Ordnung?« erkundigte sie sich besorgt.

Er nickte. »Habe ein paar Kratzer und blaue Flecken abbekommen. Das ist wirklich nichts im Vergleich zu dem, was der verfluchte Balken wohl aus mir gemacht hätte, wenn er mich erwischt hätte – von dem Stein da ganz zu schweigen«, sagte er, und der Schreck fuhr ihm noch nachträglich in die Glieder, als er sich das vorstellte.

»*Stana!* Bleib stehen!« kam Sadiks scharfer Ruf von oben, der von einem lästerlichen Fluch beantwortet wurde. Und dann schrie Sadik: »Tobias! Jana!... Schneidet ihm unten den Weg ab!«

»Der Kerl versucht zu türmen! Das darf ihm nicht gelingen! Los, komm!« rief Tobias, vergaß seine schmerzende Hüfte und rannte los.

Sie liefen in den Hof hinaus. Keinen Augenblick zu spät. Ein Mann, ganz offensichtlich ein Araber, sprang gerade aus einem der Fenster im Obergeschoß, die dem Hoftor am nächsten lagen. Er landete direkt vor Tobias' Füßen, mit dem Rücken zu ihm.

»Na, prächtig! Das nenne ich folgsam!« stieß dieser grimmig hervor. Seine linke Hand krallte sich über der rechten Schulter des Mannes in den Stoff des dreckigen Gewandes. Er riß ihn herum, ballte dabei die Rechte schon zur Faust und schlug zu, während er mit höhnischer Genugtuung rief: »*Es-sa-lamu alekum, rarib!*... Der Friede sei mit dir, Fremder!«

Der Faustschlag brachte dem Araber alles andere als Frieden. Er traf ihn seitlich am Kinn, und da Tobias all seine Kraft und seine Wut über den beinahe tödlichen Anschlag in diesen Hieb hineingelegt hatte, war die Wirkung dementsprechend. Die wuchtige Gerade schien den Gegner von den nackten Fußsohlen zu heben, und mit einem Aufschrei stürzte er zu Boden. Dabei verlor er sein weites Kopftuch.

»Das habt ihr gut gemacht!« rief Sadik, der dem Attentäter mit einem Sprung aus dem Fenster gefolgt war. Er kniete sich neben die Gestalt, die mit dem Gesicht im Dreck lag, warf ihn auf den Rücken und setzte ihm sein Messer an die Kehle.

Jana stieß einen unterdrückten Schrei aus, in den auch Tobias beinahe eingefallen wäre.

Das Gesicht, das sie mit einem tödlichen Haß in den Augen anstarrte, war das eines schrecklich entstellten jungen Mannes, einer Mißgeburt. Seine Ohrmuscheln waren kaum ausgebildet. Sie bestanden nur aus einem hellen, dünnen Knorpelkranz, der mit seiner wächsernen Farbe in einem starken Kontrast zu der sonst dunklen Haut stand. Doch die schlimmste Mißbildung war der gespaltene Oberkiefer. Eine häßliche Lücke spaltete die Oberlippe bis in den Nasenansatz hinein und gab den Blick in den Mundraum frei. Im Vergleich zu diesen schrecklichen Entstellungen war seine verstümmelte linke Hand, an der die beiden äußeren Finger fehlten, kaum eine Erwähnung wert.

Ein Schauer durchlief Tobias.

»Wer bist du? Sprich!« forderte Sadik ihn an.

»Yussuf! Und Allah möge euch zu ewiger Verdammnis verurteilen!« stieß der Mißgebildete hervor. Seine Aussprache war wegen der Entstellung des Oberkiefers von Zischlauten begleitet und nur schwer zu verstehen.

»Warum hast du versucht, uns zu töten? Wer hat dich dafür bezahlt? War es ein Fremder, dessen Gesicht so entstellt ist wie deines, jedoch von Brandnarben?« verlangte Sadik zu wissen.

»Rede, oder ich bringe dich zum Reden! Notfalls mit dem Messer. Und glaube mir, du wirst uns schon erzählen, was wir erfahren wollen!«

»Verflucht sollt ihr sein! Von mir erfahrt ihr kein Wort! Und wenn ihr mich in Streifen schneidet, werde ich euch doch nichts verraten. Mögen die Hunde eure Gedärme bei lebendigem Leib fressen! Den Tod über euch!« Yussuf wollte ihm voller Verachtung ins Gesicht spucken.

Sadik neigte sich jedoch blitzschnell zur Seite und wich der Spucke aus. Diese abrupte Bewegung rettete ihm das Leben. Denn im selben Augenblick krachte ein Schuß. Die Kugel, die ihn noch eine Sekunde vorher mitten in die Brust getroffen hätte, fetzte so nur den Stoff seines linken Ärmels auf und schlug zwichen Tobias und Jana im Boden ein. Dreck spritzte hoch.

»Das muß Zeppenfeld sein!« schrie Tobias erschrocken und blickte schräg nach oben. Der Schuß mußte aus einem der Fenster des Nachbarhauses gekommen sein. Und dann sah er auch die sich leicht bewegende Strohmatte im ersten Stockwerk – und das ausgefranste Loch im Stroh, durch das der Lauf einer Feuerwaffe geschoben wurde. Das Metall reflektierte blitzend das grelle Mittagslicht.

»Deckung!« schrie Sadik, dessen Blick den Hinterhalt des Schützen gleichfalls entdeckt hatte. Er rollte sich nach rechts weg und gab Yussuf dadurch zwangsläufig frei.

Der zweite Schuß peitschte durch die Stille des Mittags. Die Kugel traf nur eine Armlänge vor Sadiks Kopf auf eine der Fliesen und zertrümmerte sie. Gleichzeitig sprang Yussuf auf und hastete zum Tor.

»Er flüchtet!« rief Jana, die mit Tobias hinter einer der Säulen Schutz gesucht hatte.

Sadik wollte ihm nach, doch ein dritter Schuß, der ihn auch nur um Haaresbreite verfehlte, zwang ihn dazu, sich hinter das zerborstene Wasserbecken in Deckung zu werfen. In dem Moment hatte Yussuf schon seinen Fuß auf dem Wagenrad.

Tobias sah, wie Sadik sein Wurfmesser in der erhobenen Hand hielt. Doch er schickte es nicht auf seine tödliche Reise. Tobias wußte, warum er es nicht tat. Der Mann kehrte ihm den Rücken zu. Außerdem war diese mitleiderregende Gestalt, die ihnen nie zuvor begegnet war, nur das mißbrauchte Werkzeug eines Verbrechers.

Auf die drei Schüsse, die in schneller Folge auf Sadik abgegeben worden waren, folgte eine Stille, der sie jedoch nicht trauten. Sie spähten zum Fenster hoch. Im Loch der Strohmatte war der Mündungslauf verschwunden. Hatte sich der Schütze abgesetzt, oder wartete er darauf, daß sie sich eine Blöße gaben?

»Verschwinden wir!« rief Sadik gedämpft. »Schnell! Haltet euch aber im Schutz der Mauer!«

Er selbst sprang hinter dem umgestürzten Wasserbecken hervor und rannte im Zickzack-Kurs über den Hof zum Tor. Tobias fürchtete, Zeppenfeld oder der von ihm gedungene Heckenschütze werde jeden Augenblick wieder das Feuer auf ihren Freund eröffnen. Doch das geschah nicht. Es fiel kein weiterer Schuß aus dem Nachbarhaus. Ungehindert erreichte Sadik das Tor, warf das schwere Rad um und zerrte das Tor auf, das ihm nun Deckung bot.

Mit klopfendem Herzen und staubbedeckt erreichten auch Jana und Tobias Augenblicke später den Ausgang. Von Yussuf war keine Spur mehr. Die ersten Neugierigen, von den Schüssen aus ihrer Mittagsruhe aufgeschreckt, erschienen auf der Straße.

»Tun wir so, als hätten die Schüsse auch uns neugierig gemacht und auf die Straße gelockt«, sagte Sadik leise. »Und dann nichts wie weg von hier.«

»Aber das war Zeppenfeld in dem Haus da drüben!« wandte Tobias ein.

»Und wenn er es war. Wir werden ihn nicht mehr kriegen, nicht in diesem Labyrinth aus Gassen und Hinterhöfen. Dafür ist er viel zu gerissen. Er ist mit seinen Komplizen längst in Sicherheit«, beurteilte Sadik die Situation nüchtern. »Und wir sehen besser zu, daß wir hier nicht noch Schwierigkeiten mit der Obrigkeit bekommen.«

Unauffällig zogen sie sich zurück, während sich die Straße mit immer mehr Menschen füllte, die aufgeregt aufeinander einredeten und Mutmaßungen anstellten, woher die Schüsse gekommen sein und wem sie gegolten haben mochten.

Eine ganze Weile eilten sie in betroffenem Schweigen durch die Gassen und konzentrierten sich allein darauf festzustellen, ob ihnen jemand zu folgen versuchte. Sie konnten jedoch niemanden bemerken, was ihnen nach dem Vorfall in Wattendorfs ehemaligem Domizil wenig Beruhigung verschaffte. Plötzlich erschienen ihnen all ihre Vorsichtsmaßnahmen nicht mehr so überzeugend wie noch vor einer Stunde.

Schweigend verlief auch ihre Rückfahrt nach Boulaq. Erst als sie sich fern der belebten Plätze und Straßen befanden, wagte Jana das Schweigen zu brechen. »Ich verstehe das einfach nicht«, begann sie.

»Ich verstehe eine ganze Menge nicht«, pflichtete ihr Tobias grimmig bei.

»Wie konnte Zeppenfeld wissen, daß wir uns heute dort umschauen wollten?« fragte Jana.

»Er hat nicht gewußt, daß wir heute dort auftauchen würden«, antwortete Sadik mit verkniffener Miene. »Er hat jedoch *geahnt*, daß wir versuchen würden, Wattendorfs Haus ausfindig zu machen, und daß wir uns dann dort natürlich auch umsehen würden. Er ist mindestens schon so lange wie wir in Cairo und hat uns diese Falle gestellt. Es ist allein unser Fehler, daß wir das nicht bedacht haben.«

Tobias gab einen Stoßseufzer von sich. »Wenn das stimmt

und Zeppenfeld diese entsetzliche Mißgeburt Yussuf und den Heckenschützen schon seit Tagen da auf uns hat warten lassen, dann sind wir leider nicht die einzigen, die einen großen Fehler begangen haben«, sagte er düster.

Sadik blieb stehen und warf ihm einen wissenden Blick zu, als wäre ihm gerade ein ähnlicher Gedanke gekommen. »Du redest von Sihdi Hagedorn, nicht wahr?«

Tobias nickte. »Er hat sich nicht allein darauf beschränkt herauszufinden, wo Wattendorf die ganze Zeit in Cairo gewohnt hat, sondern er hat sich das Haus selber angesehen. Hagedorn muß auch im Hof gewesen sein. Und das bedeutet, daß er den Männern, die dort auf uns gelauert haben, bestimmt aufgefallen ist.«

Sadik nickte. »Und dann ist nicht auszuschließen, daß ihm einer von ihnen bis nach Boulaq gefolgt ist.«

»Woher willst du wissen, daß Hagedorn im Hof war?« fragte Jana.

»Er hat davon gesprochen, daß sich das Haus in einem sehr baufälligen Zustand befindet und von einem schweren Feuer gezeichnet ist – was sich von der Straße aus jedoch nicht feststellen läßt, sondern nur, wenn man sich im Innenhof befindet«, erklärte Tobias.

Jana erinnerte sich wieder. »Ja, richtig.«

»Und falls Zeppenfeld weiß, daß Odomir Hagedorn und Rupert Burlington gut befreundet sind...«, fuhr Tobias fort.

»...sieht es reichlich schlecht um unsere Sicherheit aus«, folgerte Jana und machte ein erschrockenes Gesicht. Hatten sie sich zu leichtgläubig bei Odomir Hagedorn in Sicherheit gewähnt, während Zeppenfeld schon lange wußte, wo sie sich aufhielten?

»*Aiwa!*« stimmte Sadik ihnen mit sichtlicher Beunruhigung zu. »Der Fuchs ist bei seiner Höhle ein Löwe. Doch der Knüppel des Feigen und Hinterhältigen ist lang. Deshalb dürfen wir keine Stunde länger als nötig im Haus von Sihdi Hagedorn bleiben.«

»Wir brechen noch heute auf?« fragte Jana.

»Ja, im Schutz der Dunkelheit gehen wir an Bord der *Al Adiyat!*« beschloß Sadik kurzentschlossen. »Und wenn Wind und Mond es erlauben, werden wir schon diese Nacht Segel setzen!«

Odomir Hagedorn war sehr betrübt, als sie ihn über ihren Aufbruch unterrichteten, der ihm sehr überstürzt vorkam. Sie verschwiegen ihm jedoch den wahren Grund, weshalb sie sich bei ihm nicht mehr sicher fühlten. Sie wollten ihn nicht noch trauriger stimmen. Denn auch wenn er möglicherweise – genau wie sie! – einen Fehler begangen hatte, so konnten sie ihm gar nicht genug dankbar sein für seine großzügige Gastfreundschaft und Hilfe. Daß er ihnen den *firman* und in der Person von Harun Ben Bahleh einen vertrauensvollen *rais* für die lange Fahrt nilaufwärts beschafft hatte, war nur ein Teil der wertvollen Dienste, die er ihnen geleistet hatte.

Als sie sich kurz nach Einbruch der Dunkelheit an Bord der Barke begaben, zählten zu ihrem Gepäck sechs Pistolen, drei Musketen sowie ein genügender Vorrat an Pulver und Blei. Nicht einmal eine halbe Stunde später legte sich die Mannschaft in die Taue, um das Großsegel hochzuhieven. Die Barke löste sich sanft von den tiefen Schatten des Ufers und glitt auf den Strom hinaus.

Während sich bei Jana, Sadik und Tobias die Hoffnungen mit den dunklen Ahnungen und Befürchtungen die Waage hielten, begann ihre lange Fahrt den Nil hoch, die erst hinter dem vierten Katarakt ihr Ende finden sollte.

Sofern alles nach Plan verlief...

ZWEITES BUCH

Im Tal des Falken

November 1830–Februar 1831

Geduldsprobe

Der Sonnenuntergang verzauberte den Abend mit unnachahmlichen Farben. Der Himmel schien ein einziger zerflossener Regenbogen zu sein, in dessen Mitte der Mond mit dem brennenden Smaragdgrün eines Goldkäfers glänzte. Auch der Nil floß mit bunt schillernden Fluten dahin, und sogar die gelbgraue Wüste jenseits der Palmen und Felder von Kasaba hatte sich in ein Meer aus Silber und Rosastaub verwandelt.

Die vierundzwanzigköpfige Mannschaft der *Al Adiyat*, die am Ufer vertäut lag, und ihr *rais* Harun Ben Bahleh hatten für die Schönheit des Sonnenunterganges kein Auge. Sie hockten mittschiffs auf dem Deck und redeten erregt und gestenreich aufeinander ein. Manchmal klangen die Stimmen so schrill und zornig, als wollten einige der Matrosen die Auseinandersetzung am liebsten mit ihren Fäusten fortsetzen.

Tobias, der mit Jana und Sadik ganz allein auf dem kleinen Achterdeck über den Kabinen der *dahabia*, der Barke, saß, warf einen Blick nach Westen und gab einen gequälten Seufzer von sich. »Dieses Palaver dauert jetzt schon über vier Stunden! Man möchte meinen, das wäre Zeit genug, um zu einem Entschluß zu gelangen. Wie lange soll das denn noch gehen? Bis die Würmer das Schiff zerfressen haben?«

»Bis sich Schiffsherr und Mannschaft einig geworden sind«, antwortete Sadik lakonisch und fuhr fort, an dem Stück Holz herumzuschnitzen, mit dem er sich schon seit Tagen beschäftigte.

Tobias verzog das Gesicht, dessen tiefe Bräune schon seit Wochen nicht mehr vom Walnußöl herrührte. »Deine Antwort ist ja geradezu eine Offenbarung! Sie bringt uns natürlich enorm weiter«, sagte er sarkastisch.

Sadik lächelte. »*Aiwa*, das könnte sie in der Tat, wenn du begreifst, daß man gewissen Dinge seinen Lauf lassen muß.«

»Du kannst dich ja wohl nicht darüber beschweren, daß wir in den letzten Wochen nicht wahre Meister der Geduld geworden wären«, erwiderte Tobias, der sich in den sechs Wochen an Bord der *Al Adiyat* so manches Mal hatte zusammenreißen müssen, um nicht die Selbstbeherrschung zu verlieren. Er hatte tatsächlich gelernt, daß Zeit etwas sehr Relatives war. Ein träger Rhythmus bestimmte das Leben an Bord der Barke. Nichts war sicher, ausgenommen die Beteuerungen von Harun und seinen Männern, daß eben alles Allahs Wille sei und daß dieses oder jenes schon noch geschehen werde, sofern Allah es nur wolle – *inscha allah*. Wenn der Schamal einschlief, der sie mit seinen günstigen Winden stromaufwärts brachte, mußte die Barke gezogen werden. Dabei wurde die Mannschaft von ein, zwei Dutzend Männern unterstützt, die der *rais* jeweils im nächsten Dorf anheuerte. Diese Verhandlungen dauerten gewöhnlich länger, als man benötigt hätte, um die Strecke, die die Barke dann im Schrittempo am Ufer entlanggezogen wurde, zu Fuß zurückzulegen – *inscha allah!* Und wenn der Khamsin aus Südost über sie herfiel, die Luft mit Sand erfüllte, den Himmel verdunkelte und sie tagelang an einem Ankerplatz festhielt, dann nahmen das Harun und seine Männer mit derselben stoischen Gelassenheit hin, mit der sie auch das große Segel immer wieder einholten und flickten, weil das Tuch zerschlissen und brüchig war – *inscha allah!*

›Eile treibt die Kamele nicht!‹ lautete einer von Sadiks Lieblingssprüchen. In leichter Abwandlung konnte man wahrlich sagen, daß Eile mit Sicherheit auch nicht die *Al Adiyat* den Nil nach Süden trieb! Doch Harun versicherte, sie würden ihr Ziel schon rechtzeitig erreichen – *inscha allah!* Und wenn sie Achmed, der sich mit großer Begeisterung ihrer Betreuung verschrieben hatte, beim Rest der Besatzung merkwürdigerweise aber wenig Sympathie genoß, wohl weil er keiner Familie von Fischern und Seeleuten entstammte, sondern der jüngste Sohn eines Maultierhändlers war, wenn sie Achmed immer wieder baten, ihnen beim nächsten Mal doch weniger bitteren oder weniger süßen Kaffee und weniger angeschwärzte Brotfladen zu servieren, dann folgte auch seiner wortreichen Beteuerung, daß sie bei der nächsten Mahlzeit bestimmt keinen Grund zur Klage finden würden, das unvermeidliche *inscha allah*.

»Wie oft haben wir uns in das unweigerliche *baaden múmken inscha allah* geschickt!« fuhr Tobias fort. »Mit dem *inscha allah* im Ohr fallen wir nachts in den Schlaf.«

Jana nickte zustimmend. »Hätten wir für jedes ›Später wird es möglich sein – so Gott will‹ auch nur einen Piaster bekommen, wäre die *Al Adiyat* schon längst unter dem gewaltigen Gewicht der Münzen in den Fluten versunken!«

»Eine solche Entscheidung kann man nicht erzwingen«, entgegnete Sadik gelassen.

»Mein Gott, über vier Stunden!« brummte Tobias unwillig. »Man braucht doch nicht vier Stunden, um sich darüber schlüssig zu werden, ob man nun durch den Katarakt will oder nicht!«

Jana war derselben Ansicht. »Außerdem braucht Harun bloß ein Machtwort zu sprechen, um diese endlose Diskussion zu beenden. Es ist sein Schiff. Und die Mannschaft tut doch auch sonst, was er befiehlt!«

»Ein Katarakt ist ein wenig mehr als ein beliebiges Segelmanöver«, wandte Sadik ein, jedoch nicht sehr überzeugend.

»Aber es ist doch nicht der erste auf unserer Reise! Die ersten beiden Katarakte haben wir doch auch problemlos überwunden«, erwiderte Tobias. »Ich habe den Eindruck, daß diese Palaver immer länger dauern, je weiter wir nach Süden kommen.«

113

»Ich muß zugeben, daß ihr beide schon eine Menge gelernt und viele Angewohnheiten abgelegt habt, die in diesem Land so hinderlich sind wie Ketten an den Füßen«, sagte Sadik belustigt. »Doch wie wenig Zeit und wie viel Geduld in einem Wüstenland bedeuten, ist euch, bei allen gegenteiligen Versicherungen, noch immer nicht bewußt geworden.«

»Da bin ich anderer Meinung. Ich denke, wir haben seit unserer Ankunft in Ägypten geradezu eine Engelsgeduld an den Tag gelegt«, widersprach Tobias.

»Finde ich auch«, pflichtete Jana ihm bei. Was für eine Geduld und Selbstbeherrschung hatte sie nicht in ihrer Rolle als stummer junger Beduine die letzten Wochen aufbringen müssen!

»So, findet ihr. Nun, dann will ich euch eine Geschichte erzählen.« Sadik schob sein Messer in die Scheide. »Es ist die Geschichte eines jungen Mannes, der von Allah nicht nur mit einem guten Aussehen gesegnet war, sondern auch mit einer großen Begabung. Er lernte in der Schule mit Leichtigkeit, war in allem der Beste und begierig, immer mehr Wissen in sich aufzunehmen.«

»Wie löblich«, murmelte Tobias leicht verdrossen, während er einen ungeduldigen Blick zu Harun und seinen Männern hinüberwarf.

»Als er das Mannesalter erreicht hatte, verheiratete ihn sein Vater mit einer schönen jungen Frau, und er hätte allen Grund gehabt, glücklich zu sein. Doch er war es nicht. Er wollte noch mehr wissen. Eines Tages hörte er von einem Mann in einem fernen Land, der der weiseste aller Weisen und in seinem Wissen vollkommen sein sollte. Da beschloß er, sich zu ihm auf den Weg zu machen, um noch all das zu lernen, was er noch nicht wußte.

Er gönnte sich kaum eine Rast. Vierzig Tage und vierzig Nächte legte er auf seinem Reittier zurück, bis er endlich auf den berühmten Meister aller Meister stieß, der in einem kleinen Ort eine Schmiede betrieb und ihn fragte: ›Warum bist du zu mir gekommen, junger Mann?‹ Worauf dieser ihm antwortete: ›Weil ich das Wissen erlernen und einmal so vollkommen sein möchte wie Sie, Meister!‹ Und er bedeutete, daß er dafür alles zu tun bereit sei. Der Meister überlegte eine Weile, dann trug er ihm auf, den Blasebalg zu betätigen, verbot ihm während der Arbeit in der Schmiede jedoch das Reden, womit der junge Mann einverstanden war, konnte er sich doch glücklich schätzen, als Schüler angenommen worden zu sein.

Die Tage verstrichen, wurden zu Wochen und Monaten und füllten bald ein Jahr, dem weitere folgten, ohne daß einer von ihnen sprach, während der Meister in der Schmiede alle Arten von Eisen formte – und sein Schüler den Blasebalg betätigte. Jahrelang wiederholte er stumm immer wieder denselben Handgriff. Es verwunderte ihn, daß der Meister nicht mit ihm sprach. Denn mit anderen, die zu ihm in die Schmiede kamen und ihm Fragen stellten, redete er sehr wohl und gab ihnen auch weise Ratschläge. Andere wiederum nahm er als seine Schüler auf und teilte ihnen wie dem jungen Mann eine Aufgabe zu, die nur einen einzigen Handgriff erforderte. Stumm, unermüdlich, ohne eine Frage zu stellen und ohne Klage taten sie, wie ihnen der Meister geheißen.

Bald waren zehn Jahre vergangen, und der junge Mann wähnte sich am Ende seiner Geduld. Eines Tages wagte er es, das Schweigen zu brechen. ›Meister?‹ Der Weise sah ihn an und fragte: ›Was willst du?‹ Da antwortete ihm der junge Mann: ›Das Wissen!‹ Doch die einzige Antwort, die er von seinem Meister erhielt, lautete: ›Betätige den Blasebalg oder geh!‹ In der Hoffnung, eines Tages doch noch von ihm unterrichtet zu werden, nahm der junge Mann seine Arbeit wieder auf und zog weiterhin den Blasebalg. Tagaus, tagein.

Wieder vergingen Jahre. Seine einzige Freude bestand nach

einem langen Arbeitstag darin, in seiner ärmlichen Kammer ein
ebenso ärmliches Mahl einzunehmen und dann die Bücher zu
studieren, die ihm sein Meister oder die anderen Schüler gelie-
hen hatten, mit denen er gleichfalls nicht sprechen durfte. Das
Gesetz des Schweigens galt nicht nur in der Schmiede, sondern
auch in den Zimmern des Hauses. Verstand er irgend etwas
nicht, so schrieb er seine Frage auf einen Zettel, den er seinem
Meister am nächsten Morgen gab, wenn er zur Arbeit in der
Schmiede erschien. Der Weise steckte den Zettel entweder in
die Falten seines Turbans oder warf ihn ins Feuer. Verbrannte
er ihn, gab er damit zu verstehen, daß die Frage unsinnig und
einer Antwort nicht wert war. Steckte er ihn jedoch in seinen
Turban, so wußte der Schüler, daß er am Abend in seinem Zimmer eine Antwort seines Meisters auf dem Kopfende seines Bet-
tes vorfinden würden, geschrieben mit goldenen Lettern.

Genau zwanzig Jahre vergingen auf diese Weise. Dann kam
der Weise zu ihm und sagte: ›Du kannst jetzt in deine Heimat
zurückkehren, junger Mann.‹ Der Schüler, der nun schon längst
kein junger Mann mehr war, zeigte sich bestürzt und wandte
ein: ›Aber was ist mit dem Wissen, das mir versprochen war,
Meister?‹ Worauf dieser ihm antwortete: ›Das Wissen, das du
gesucht und gefunden hast, heißt *Geduld!* Und nun kehre in
dein Land zurück, denn ich kann dir nichts mehr beibringen.‹
Und so kehrte er zurück und wunderte sich, daß er so wenig
von der Welt kannte, er, der er doch so viel gewußt hatte, bevor
er bei dem Meister in der Fremde in die Lehre gegangen war.

Doch er war auch dankbar, endlich wieder zu Hause und bei
seiner Frau sein zu können. Er hoffte, daß sie sich so glücklich
über seine Rückkehr zeigen würde, wie er es war. Doch als er
zu seinem Haus gelangte und in den Hof schaute, erblickte er
seine Frau, noch so schön wie am Tage seines Aufbruchs vor
zwanzig Jahren, in der Gesellschaft eines sehr attraktiven jungen Mannes. Die beiden waren sich auf das innigste zugetan,

wie unschwer zu sehen war, und auch überaus vertraut miteinander. ›Meine Frau ist mir untreu geworden und hat sich mit einem anderen Mann eingelassen!‹ folgerte er. Das erregte den Zorn des Heimkehrenden so sehr, daß er einen Pfeil auf die Sehne seines Bogens legte und auf die Brust des jungen Mannes zielte, dessen Herz er durchbohren wollte. Doch dann erinnerte er sich des Wortes seines Meisters: *Geduld!* Er ließ den Bogen sinken, trat in den Innenhof und wurde von einer überglücklichen Ehefrau begrüßt, die ihren Ehemann sofort wiedererkannte und dem jungen Mann zurief: ›Achmed, mein Sohn, das ist mein geliebter Mann und dein Vater!‹

Da fiel der Wißbegierige, der um ein Haar und aus Mangel an Geduld beinahe seinen eigenen Sohn getötet hätte, bestürzt in Richtung Mekka auf die Knie, berührte mit der Stirn die Erde und rief: ›Allah, zwanzig Jahre hat mich der Meister Geduld gelehrt, und doch hätte ich gerade um ein Haar meinen Sohn getötet! Wie unberechenbar ist die Schwäche des Menschen und wie unvollkommen bleibt letztlich alles, was er tut. Unermeßlich und vollkommen sind allein deine Weisheit und deine Barmherzigkeit, Allah!‹«

Tobias nagte an seiner Unterlippe. Diese Geschichte weckte zwiespältige Gefühle in ihm. »Zwanzig Jahre, er muß wirklich die Geduld eines Engels gehabt haben«, sagte er schließlich und fügte mit leichter Ironie hinzu:»Oder die eines Ochsen. Aber auch nach diesen zwanzig Jahren Meisterschule ist er nicht als geduldiger Weiser nach Hause zurückgekommen.«

»Richtig«, sagte Jana, die die tiefere Moral von Sadiks Geschichte auch nicht ganz begriff.

Sadik lächelte. »Was ist schon Weisheit? Es ist meist das Erkennen des Einfachen und des Unabwendbaren. Allein die Unwissenden vertrauen der Richtigkeit ihres Urteils. Und in diesem Sinne ist der Schüler weise in seine Heimat zurückgekehrt.

Denn er hat erkannt, daß Wissen noch längst nicht weise macht, sondern daß man tagtäglich und geduldig mit den eigenen Schwächen kämpfen muß, um dieses Wissen zu praktischem Nutzen gedeihen zu lassen. Und er hat erkannt, wie winzig der Schritt doch ist, der aus einem weisen Mann einen Narren oder in dem Fall gar einen Mörder machen kann.«

Sadik ließ eine kleine Pause eintreten, währenddessen er wieder zu Messer und Holz griff, und sagte dann: »Der Weise hüllt sich in einfache Kleider und trägt seine Juwelen nicht am Finger, sondern im Herzen.«

»Ich schätze, Geduld gehört wohl zu den kostbarsten Juwelen«, murmelte Tobias in einem Anflug weiser Selbsterkennung und mit einem schweren Seufzer, der verriet, daß er keine allzu großen Hoffnungen hegte, dieses besondere Juwel einmal sein eigen zu nennen.

»*Aiwa*«, sagte Sadik nur, doch ein kaum merkliches Lächeln umspielte dabei seine Mundwinkel. Denn ohne sich dessen bewußt zu sein, hatte Tobias einen weiteren Schritt auf das Ziel hin getan, das er nie zu erreichen glaubte: Er hatte die Schwäche bei sich erkannt und sie nicht im Verhalten der anderen gesucht.

Piaster, Piaster!

»Ich glaube, da tut sich was!« rief Jana gedämpft.

Das lautstarke Stimmengewirr wurde zu einem Gemurmel, während sich der *rais* erhob und aus dem Kreis seiner Mannschaft trat. Er ging nach achtern zu seinen drei Passagieren. Harun Ben Bahleh war ein großer, stattlicher Mann mit einem sehr markant geschnittenen Gesicht und buschigen Augenbrauen.

Er war etwa in Sadiks Alter und sich seines guten Aussehens genauso bewußt wie seiner machtvollen Stellung als *rais* der *Al Adiyat.*

»Hoffentlich hat Harun sie endlich überreden können«, sagte Tobias hoffnungsvoll.

»Baumläuse bringen keinen Honig hervor«, gab Sadik leise und mit skeptischer Stimme zur Antwort.

»Was heißen soll?« fragte Jana.

»Katzen träumen vom Mäusefressen und Männer wie Harun Ben Bahleh von Piastern«, erklärte Sadik spöttisch. »Daß dieses Palaver so lange dauert, kommt nicht von ungefähr. Hier geht es um mehr als nur um ein paar Stromschnellen. Er wird mehr Geld verlangen, ihr werdet sehen.«

Sadik behielt mit seiner Vermutung recht. Mit einer Miene des Bedauerns und der Verärgerung setzte sich Harun Ben Bahleh zu ihnen auf die große Strohmatte. »Allah möge mir diese Gefühlsaufwallung verzeihen, aber am liebsten würde ich die ganze Mannschaft in einen Sack stecken und im Fluß ersäufen!« behauptete er und unterstrich seine Worte mit einer sehr ausdrucksstarken Gestik. »Einzeln möchte ich mir die Haare raufen! Die Einwände meiner Männer bringen mich noch zur Raserei, Allah ist mein Zeuge! Sie wollen einfach nicht und gebärden sich so feige wie Weiber, die nichts als Mädchen zur Welt gebracht und ihre Männer in den Ruin gestürzt haben! Es ist eine Schande, daß ich das den Freunden von Effendi Hagedorn antun muß. Aber meine Mannschaft hat genug von Katarakten und ihren Felsen, die einen Schiffsrumpf so leicht aufschlitzen können wie ein scharfes Messer eine reife Melone.«

»Die Messer hier sind stumpf und die Melone hart. Wir haben den ersten Katarakt bei Aswan und den zweiten bei Wadi Halfa doch gut überwunden«, wandte Sadik ruhig ein, obwohl er wußte, daß es in Wirklichkeit gar nicht darum ging. Aber jedes Spiel hatte nun mal seine Regeln, und die Regeln an Bord der *Al Adiyat* stellte Harun Ben Bahleh auf.

Harun Ben Behleh machte eine betrübte Miene. »Allah allein weiß, was in meine Männer gefahren ist, aber sie wollen einfach nicht weiter. Keiner von ihnen ist jemals über den zweiten Katarakt hinausgekommen. Nubien und die Berberei flößen ihnen Angst ein. Und sie sind fest davon überzeugt, daß zwischen den Felsen von *Esh Shellal eth Thalith* die *dschinn* auf jeden lauern, die ihn bezwingen wollen.«

»In den Stromschnellen von *Esh Shellal eth Thalith* wohnen keine Dämonen«, antwortete Sadik mit fast schon gelangweilter Stimme. »Er ist ein Katarakt wie die, die schon hinter uns liegen. Und seit wann fürchtet sich ein erfahrener *rais* vor den *dschinn* von Katarakten?«

»Ich weiß, wie unsinnig das alles, ist, Sihdi Talib! Natürlich hausen keine *dschinn* zwischen den Felsen. Und ich würde auch nicht einen Wimpernschlag lang zögern, mich in Allahs Hand zu begeben und mein Schiff durch den *Esh Shellal eth Thalith* ziehen zu lassen. Nicht einmal ein Heer von Dämonen würde mich davon abhalten können, denn ich habe Ihnen mein Wort gegeben, und Allah ist mein Zeuge, daß Harun Ben Bahleh noch nie sein Wort gebrochen hat. Mir sollen Hände und Beine auf der Stelle abfallen, wenn ich nicht die Wahrheit sage!« versicherte der *rais* beredsam. »Doch was kann ich gegen die Angst meiner Männer tun? Sie fürchten, die *Al Adiyat* wird diesmal zwischen den Klippen zerschellen und sie so fern von ihrer Heimat stranden lassen!«

Sadik zweifelte nicht daran, daß der einzige, der Angst um die *Al Adiyat* hatte, der *rais* höchstpersönlich war. Aber das anzusprechen verbot sich von selbst. Es reichte, daß er es wußte – so wie der *rais* wußte, daß er, Sadik Talib, all die vorgeschobenen Gründe durchschaute, die einer Überwindung des dritten Kataraktes angeblich nicht möglich machten. Aber es galt, die ungeschriebenen Regeln einzuhalten und sich davor zu hüten, den Verhandlungspartner bloßzustellen.

»Die Angst Ihrer Mannschaft ist völlig unbegründet. Wir werden auch diesmal genug Männer verpflichten, um Ihre *dahabia* sicher und unbeschädigt durch die Stromschnellen zu bringen«, eröffnete Sadik die erste Runde der Verhandlungen.

Harun Ben Bahleh rang die Hände. »*Aiwa, aiwa!* Auch ich habe nicht den Schatten einer Befürchtung, daß es anders sein würde, auch wenn wir hier mehr Helfer benötigen sollten als in Aswan und Wadi Halfa...«

Sadik verstand den Hinweis. »Von mir aus können wir diesmal zur Sicherheit nicht zweihundert, sondern zweihundertfünfzig Männer mehr einsetzen.«

»Ihre Großzügigkeit beschämt mich, und Allah wird Sie dafür belohnen. Doch die fünfzig Mann zusätzlich werden wir allein schon an den Seilen mehr brauchen«, antwortete der *rais* und gab damit zu verstehen, daß ihm zweihundertfünfzig Männer nicht genug erschienen. »Ich glaube nicht, daß diese Zusicherung meine Mannschaft von ihrer beschämenden Starrköpfigkeit abbringen wird.«

»Werden Ihre Matrosen denn bei dreihundert Helfern das Gefühl haben, daß die *Al Adiyat* heil durch die Stromschnellen kommt?« erkundigte sich Sadik.

Harun Ben Bahleh neigte wohlwollend den Kopf. »Dreihundert? Das mag sie vielleicht umstimmen und zur Vernunft bringen – *inscha allah*«, setzte er jedoch sofort hinzu. »Ich werde mein Bestes tun, möchte Ihnen aber nicht zu große Hoffnungen machen.«

Damit begab er sich wieder in den Kreis seiner Männer, wo das Gespräch fortgeführt wurde. Zehn Minuten später saß er schon wieder bei ihnen auf der Matte, angeblich wütend und beschämt zugleich, daß die Mannschaft ihm und damit seinen Gästen so viel Kummer bereitete. Daß seine ›Gäste‹ eine erhebliche Summe Geldes für die ihnen gewährte ›Gastfreundschaft‹ an Bord der Barke zu bezahlen hatten, blieb dabei großzügigerweise unerwähnt.

»Die Angst vor den *dschinn* sitzt ihnen doch viel tiefer in den Gliedern, als ich erst dachte. Es wird schwer sein, sie ihnen auszureden«, kam er nach langem Lamentieren zu dem Schluß und gab damit, wie nicht anders erwartet, zum Ausdruck, daß er ein besseres Angebot von Sadik erwartete.

»Sie werden es schon schaffen. Ihr Mut und Ihre Unerschrockenheit werden sie beschämen und ihnen die Kraft geben, dem leuchtenden Vorbild ihres tapferen *rais* zu folgen, der keine Angst kennt.« Sadik lächelte zuversichtlich.

Harun Ben Bahleh lächelte geschmeichelt. »Nun ja, ich tue, was in meiner Macht steht. Aber...«

Sadik ersparte ihm einen erneuten wortreichen Einwand. »Und sollte das der Fall sein, werde ich jedem einen Bonus von vier Piastern zahlen, weil er seine Angst vor den Felsen und dem Hinterhalt der *dschinn* so tapfer überwunden hat.«

Tobias mußte sich ein Grinsen verkneifen. Was Sadik wie eine Belohnung ins Spiel gebracht hatte, war in Wirklichkeit das Feilschen um den Preis, den Harun Ben Bahleh verlangte.

Der *rais* rühmte einmal mehr die Großzügigkeit von Sihdi Talib und versprach, die guten Nachrichten sogleich seinen Matrosen zu überbringen.

Er kam jedoch bald wieder, jammerte über Uneinsichtigkeit seiner Mannschaft, die noch immer nicht zu bewegen sei, ihren Widerstand aufzugeben. »Ich weiß nicht mehr weiter! Es ist leichter, mit einem Stein zu verhandeln, als mit solch halsstarrigen, abergläubischen Männern.«

Sadik sprach ihm Mut zu, als wüßte er nicht, wer hier der Halsstarrige war. »So leicht werden Sie doch nicht aufgeben, mein Freund. Ihre Leute werden schon Vernunft annehmen und die sechs Piaster pro Kopf...«

»Sagten Sie sechs Piaster pro Kopf?« vergewisserte sich der *rais*, und in seiner Stimme schwang ganz deutlich ein habgieriger Ton mit.

Sadik gab sich erstaunt. »Sicher, sechs Piaster für jeden. Das sagte ich doch von Anfang an. Haben Sie denn etwas anderes verstanden?« baute er ihm goldene Brücken.

Harun Ben Bahleh warf in einer Geste scheinbarer Verwirrung die Arme hoch. »Mir dröhnt von all dem dummen Gerede so sehr der Kopf, daß ich nicht mehr weiß, wer was gesagt hat. Aber Sie haben recht, noch sollte ich nicht aufgeben.« Er erhob sich. »Mit Allahs Beistand haben wir vielleicht noch eine Möglichkeit, doch noch über den *Esh Shellal eth Thalith* zu gelangen.«

»Verdammter Beutelschneider!« schimpfte Tobias hinter ihm her, als er außer Hörweite war. »Piaster! Piaster! Nichts sonst interessiert ihn, und dafür lügt er uns an, daß sich die Planken biegen!«

Sadik zuckte gleichmütig mit den Achseln. »Alles hat seinen Preis, auch der *Esh Shellal eth Thalith.*«

»Mit vier Piastern pro Mann wäre er mehr als gut entlohnt gewesen«, pflichtete Jana ihm bei. »Davon bekommt seine Mannschaft sowieso nur die Hälfte zu sehen. Der Löwenanteil verschwindet in seinen Taschen, wie er das auch bei den ersten beiden Katarakten gemacht hat.«

Tobias nickte grimmig. »Und da er darauf besteht, die Männer anzuheuern und zu entlohnen, die seine *dahabia* durch die Stromschnellen bringen, kannst du davon ausgehen, daß ein Drittel bis die Hälfte der Summe, die er dann uns in Rechnung stellt, in seinen Geldbeutel fließt! Und da er dieselbe Summe gleich noch für die Rückfahrt verlangt, streicht er jedesmal doppelten Gewinn ein!«

»*Aiwa*, so wird es sein«, räumte Sadik ein. »Aber Quellen, die nur sickern, füllen keine Schläuche. Und ein anderer *rais* würde uns noch mehr zur Ader lassen, als Harun Ben Bahleh es tut. Immerhin versteht er es, uns das Geld mit einem gewissen Stil aus der Tasche zu ziehen.«

Tobias warf ihm einen spöttischen Seitenblick zu. »Wie sagtest du doch vor ein paar Tagen: Der Bauer bleibt ein Bauer, auch wenn er die Suppe mit der Gabel ißt.«

Sadik schmunzelte. »Doch ein leerer Brunnen wird nicht durch Tau gefüllt, mein Freund.«

Jana lachte kurz auf. »Harun Ben Bahleh ist aber ein sehr tiefer und reichlich leerer Brunnen, wenn es darum geht, an unsere Piaster zu kommen.«

Tobias nickte. »Wer dem Fuchs seinen Hühnerstall öffnet, soll sich nicht wundern, wenn ihm nur noch eine Handvoll Federn bleibt!« konterte er grimmig.

»Mit dem Sieb bedeckst du keine Sonne«, antwortete Sadik augenblicklich und ungerührt. »Und die Zuneigung des Richters ist wichtiger als die Zuneigung der Zeugen. Was heißen soll: Wer am Ruder steht, bestimmt den Kurs.«

»Ja, wenn man ihn läßt, Sadik! Denn das Tanzen beginnt mit dem Tänzeln!« hielt Tobias ihm vor.

Sadik zuckte mit den Schultern. »Diese Reise über mehrere Katarakte hinweg ist nichts Alltägliches, mein Freund. Und wer ein Kamel in sein Haus bringen will, braucht nun mal eine hohe Tür.«

»Dennoch ist es eine Gemeinheit, mit welcher Dreistigkeit er uns um unsere Piaster erleichtert«, grollte Tobias.

Sadik nickte. »*Aiwa*, die Motten gehen auch in das teuerste Tuch. Aber es ist nun mal eine Tatsache, daß die Katzen nicht daran sterben, wenn die Hunde sie verfluchen.«

Tobias gab es auf.

Das Palaver, das nur von den Gebeten zum Abend unterbrochen wurde, ging weiter. Eine halbe Stunde nach dem Ruf des Muezzin von Kasaba, als schon die Nacht über Strom und Wüste lag, kehrte der *rais* der *Al Adiyat* zu ihnen zurück. Tobias hatte eine Lampe entzündet, deren Schein nun auf das bitter enttäuschte Gesicht von Harun Ben Bahleh fiel.

»Ich wage Ihnen nicht mehr in die Augen zu schauen! Ich habe geschimpft, beschworen, gebettelt und gedroht. Alles, was in meiner Macht stand, habe ich versucht, so wahr, wie es keinen anderen Gott als Allah gibt und Mohammed sein Prophet ist! Doch was habe ich erreicht? Nicht mehr als der Eseltreiber, der seinem störrischen Tier das Bocken mit dem Federbusch auszureden versucht!« lamentierte er.

Sadik ließ ihn eine ganze Weile schweigend gewähren. Harun Ben Bahleh erwartete zweifellos, daß er sein Kopfgeld noch um ein, zwei Piaster hochschrauben würde. Doch er dachte nicht daran. Diesmal hatte der *rais* den Bogen kräftig überzogen, und er war entschlossen, ihn das nachdrücklich spüren zu lassen!

»Nun ja, einen Kahlkopf kann man nicht kämmen«, antwortete Sadik schließlich mit resignierendem Unterton, als Harun Ben Bahleh eine erwartungsvolle Pause einlegte. »Und wie soll auch ein blindes Weib den Glanz von schönen Perlen schätzen können? Beenden wir unsere Fahrt mit der *Al Adiyat* eben hier in Kasaba. Vielleicht ist es Allahs Wille.«

Für einen Moment war Harun so verblüfft, daß er nichts zu sagen vermochte. Seine Miene verriet deutlich, daß er mit dieser Wendung des Gespräches nicht gerechnet hatte. Und für einen kurzen Moment zeigte sich so etwas wie Bestürzung in seinen Augen, als ihm klar wurde, daß Sadik weder daran dachte, sein Angebot zu erhöhen, noch ihn zu beknien, die *Al Adiyat* über den dritten Katarakt zu bringen. Ihm drohte ein äußerst lukratives Geschäft zu entgehen, wenn seine zahlungskräftigen Passagiere beschlossen, hier in Kasaba von Bord zu gehen und ihre Reise auf andere Weise fortzusetzen.

»Bei Allah und seinem Propheten, das geht nicht!« rief er

schließlich fast erschrocken aus. »Das... das kann ich nicht zulassen!«

Sadik lächelte ihm scheinbar beruhigend zu. »O doch, es ist gar nicht so schlimm, von hier aus auf dem Landweg weiterzureisen. Es war sehr bequem, an Bord der *Al Adiyat* zu reisen, und wir wissen die seemännische Kunst unseres verehrten *rais* Harun Ben Bahleh sehr zu schätzen.«

Er wandte sich dabei Tobias zu, als erzählte er ihm eine Geschichte und als erwartete er dessen Bestätigung. »Er hat alle Gefahren, die uns auf unserer langen Fahrt stromaufwärts begegnet sind, mit bewundernswertem Mut und höchstem Geschick gemeistert«, lobte er.

Tobias nickte mit ernster Miene. »Das hat er fürwahr! Unter Allahs Sonne, die er in seiner beschämenden Großmut über Gläubige und Ungläubige scheinen läßt, gibt es keinen *rais*, dessen Tugenden sich mit denen von Harun Ben Bahleh vergleichen lassen können. Man wird seine Gastfreundschaft und seine Umsicht, seinen Mut und seine Entscheidungsfreude noch rühmen, wenn die Kinder unserer Kinder ihrerseits schon Kindeskinder ihr eigen nennen. Die mutige, gefahrvolle Fahrt der *Al Adiyat* von El Qahira bis hoch zum dritten Katarakt wird zu den Geschichten zählen, die man immer wieder wird hören wollen.«

Harun Ben Bahleh schwoll sichtlich die Brust.

Sadik warf Tobias einen schnellen Blick zu, mit dem er ihm höchsten Respekt für seine so flüssig hervorgebrachte, falsche Lobeshymne auf ihren habgierigen *rais* zollte. Er war stolz auf seinen Schüler.

Bevor der eitle und geldgierige Schiffsherr jedoch etwas sagen konnte, ergriff Sadik wieder rasch das Wort: »In der Tat. Und den Erzählern wird es an spannenden Episoden nicht mangeln, denn Gefahren gab es ja so viele zu bewältigen. Und gerade deshalb dürfen wir nicht zulassen, daß die *Al Adiyat* und ihre Besatzung noch einer weiteren Gefahr ausgesetzt werden. Wir wollen Allahs Großmut nicht herausfordern. Denn wenn sich diese Männer, die sich all die Wochen als tapfere Matrosen erwiesen haben, angesichts des dritten Kataraktes so gebärden und nicht daran glauben, die Barke mit Hilfe von dreihundert starken Männern durch die Stromschnellen zu bringen, dann muß es sich wahrhaftig um ein unüberwindliches Hindernis handeln. Und wer weiß, ob sie nicht recht haben, was die *dschinn* betrifft, die sie zwischen den Felsen zu hausen wähnen. Außerdem...«

»Nein, nein! Wartet!« fiel Harun ihm nun hastig ins Wort. »Das mit den *dschinn* ist dummes Frauengeschwätz! Und selbstverständlich reichen dreihundert kräftige Männer völlig aus, um die *Al Adiyat* sicher durch die Stromschnellen zu bringen! Das werde ich Ihnen beweisen!«

Sadik zauberte auf sein Gesicht das traurig schmerzliche Lächeln eines Mannes, dessen Gewissen es ihm verbot, einen allzu großmütigen Gefallen anzunehmen.

»Allah wird es Ihnen lohnen, aber wir können, ja, wir *dürfen* das nicht zulassen. Das Schicksal will es so, daß unsere Fahrt an diesem Ort ihr Ende findet, und wir tun gewiß gut daran, uns in die Vorbestimmung zu schicken.«

Tobias nickte mit ernstem Nachdruck und wäre dabei am liebsten in schallendes Gelächter ausgebrochen, als er den verstörten Blick in den Augen ihres *rais* sah.

Harun machte eine abwehrende Handbewegung. »Das Schicksal soll es so wollen? Niemals! Unmöglich! Ihr werdet doch nicht auf das lächerliche Gerede meiner Männer hören. Sie glauben ja selbst nicht an ihre Worte, sondern wollen sich nur wichtig tun. Aber ich bringe sie schon zur Vernunft. Immerhin bin ich ihr *rais!* Allah hat mich mit der Gabe gesegnet, allen Gefahren des Nils erfolgreich trotzen zu können! Und ich weiß, was ich meinen Männern und meiner *dahabia* zumuten kann.

Erst wenn *ich* sage, daß ein Katarakt nicht zu bewältigen ist, ist er auch wirklich unpassierbar. Dieser hier jedoch stellt kein Problem dar, mit dem ich nicht fertig werden könnte«, versicherte er jetzt eilfertig. »Und passieren die königlichen Sklavenbarken aus Dongola nicht regelmäßig diesen Katarakt? Was der *rais* einer Sklavenbarke kann, vermag Harun Ben Bahleh allemal!«

Sadik ließ ihn eine ganze Weile zappeln und versuchte ihm scheinbar auszureden, seine Mannschaft umstimmen zu wollen. Es war für Sadik, Tobias und Jana eine äußerst vergnügliche Umkehrung der Rollen, die sie weidlich auskosteten. Nun war Harun Ben Bahleh derjenige, der sie davon zu überzeugen versuchte, wie problemlos der dritte Katarakt doch zu überwinden sei. Er bat sie förmlich darum, es ihnen beweisen zu dürfen.

Doch Sadik schien sich nicht umstimmen lassen zu wollen. »Ihr Mut ehrt Sie, aber Ihr Anerbieten dürfen wir nicht annehmen. Allein die Tatsache, daß wir diesmal dreihundert zusätzliche Männer brauchen, um den Versuch überhaupt wagen zu können, ist schon Beweis genug, wie gefährlich es ist.«

»Dreihundert? Wann ist denn jemals von dreihundert Männer die Rede gewesen?« gab sich Harun verblüfft.

Sadik zog die Augenbrauen hoch. »Nicht? Seltsam, mir war so, als hätten Sie dreihundert gesagt...«

Heftig schüttelte der *rais* den Kopf. »Sie müssen sich verhört haben, verehrter Freund. Ich bringe die *Al Adiyat* natürlich mit viel weniger Hilfskräften durch die Stromschnellen!«

»So?« fragte Sadik skeptisch. »Wie viele müßten es denn sein?«

Harun Ben Bahleh zögerte. Seine überzogenen Forderungen hatten dazu geführt, daß ihm nun das ganze Geschäft zu entgehen drohte. Jetzt war er es, der unter Druck geriet und Zugeständnisse machen mußte. »Nun ja, mit zweihundertfünfzig starken...«

»Zweihundertfünfzig! Also doch! Ich wußte gleich, daß der dritte Katarakt voller Gefahren steckt und sich mit den ersten beiden nicht vergleichen läßt, die wir so gut und mit weit weniger Hilfskräften überwunden haben«, fiel Sadik ihm ins Wort, wobei Stimme und Miene unheilvoll wirkten.

Harun wurde nun geradezu hektisch in Worten und Gestik. »Mein bester Freund, wie kommen Sie auf zweihundertfünfzig? Sie sind diesmal zu schnell mit Ihrem ansonsten so geschätzten Urteil! Habe ich vielleicht behauptet, daß zweihundertfünfzig Mann vonnöten seien? Nie und nimmer! Allah ist mein Zeuge! Ich habe nur sagen wollen, daß ein weniger erfahrener *rais* als meine Wenigkeit gewiß aus Mangel an Übersicht sich zu der unsinnigen Vorsichtsmaßnahme verleiten lassen würde, zweihundertfünfzig Helfer zu verdingen. Aber ich kenne mich mit Katarakten so gut aus wie kein anderer! Selbstverständlich komme ich mit zweihundert zusätzlichen Männern ganz ohne Schwierigkeiten aus, denn dieser dritte Katarakt ist nicht schwerer zu bewältigen als die beiden, die schon hinter uns liegen!«

Sadik ließ sich allmählich ›überzeugen‹. »Nun, wenn Sie es sagen...«

»Sie haben mein Wort!«

»Also gut, wenn Sie unbedingt darauf bestehen, daß wir den Versuch wagen, so reden Sie noch einmal mit Ihren Männern«, gab Sadik seine vorgeblichen Bedenken schließlich auf.

Harun Ben Bahleh hätte sich in seiner Erleichterung beinahe den Schweiß, der in feinen Perlen auf seiner Stirn stand, vom Gesicht gewischt. Er wurde sich dieser vielsagenden Geste gerade noch rechtzeitig bewußt und ließ die Hand schnell wieder sinken. Er wollte sich schon aufrichten, als ihm noch etwas einfiel. Nach einem Räuspern fragte er mit gedämpfter und verunsicherter Stimme: »Diese Prämie für meine Männer, von der Sie vorhin sprachen...«

Sadik lächelte ihn freundschaftlich an. »Ich stehe natürlich genauso zu meinem Wort wie Sie, verehrter *rais* Harun Ben Bahleh. Sie sagen zwar, daß dieser Katarakt nicht gefährlicher ist als die ersten beiden. Aber ich denke doch, daß Ihre mutigen Männer den Bonus von drei Piastern redlich verdient haben.«

»Sagten Sie *drei* Piaster pro Mann?« fragte Harun mit gequälter Miene.

Sadiks Lächeln wurde noch breiter. »*Aiwa*, ich weiß, drei Piaster sind viel Geld, wo es sich doch nur um einen gewöhnlichen Katarakt handelt. Aber Ihre Männer haben für diese lange Fahrt eine zusätzliche Belohnung verdient, und ich werde mir die Freude nicht nehmen lassen, ihnen diese drei Piaster nach Überwindung des Kataraktes *persönlich* auszuzahlen.«

»*Persönlich?*« fragte Harun düster, denn das bedeutete, daß von diesem Geld nichts in seine Taschen fließen würde. Ihm blieb nur noch das Geschäft mit den zweihundert anzuheuernden Hilfskräften. Und wenn er weiter zögerte, brachte er sich auch noch um diesen profitablen Handel.

»*Aiwa*, so wird es sein«, bestätigte Sadik mit fester Stimme, die jegliche Kompromißbereitschaft ausschloß. »Und ich möchte, daß Sie das Ihren Männern schon jetzt sagen.«

Harun sagte einen Moment lang nichts. Sadik hatte ihn geschlagen, mit seinen eigenen Waffen, und er wußte es. Dann seufzte er schwer und richtete sich auf. »Also gut, so soll es sein«, sagte er und fügte zum Selbsttrost hinzu: »Denn alles, was geschieht, ist Allahs Wille!«

»*Aiwa*, Lob und Preis sei Allah, der uns auf unserem Weg führt«, pflichtete Sadik ihm bei.

Harun Ben Bahleh begab sich nach mittschiffs zu seiner Mannschaft. Es verwunderte Sadik, Jana und Tobias nicht, daß die Männer nach nur wenigen Minuten den einstimmigen Beschluß faßten, die Überwindung des dritten Kataraktes am folgenden Tag in Angriff zu nehmen.

Tobias war begeistert, wie Sadik die Verhandlung geführt und Haruns Geldgier dazu benutzt hatte, um letztlich den Spieß umzukehren und gegen ihren *rais* zu wenden. Als sie sich in ihre geräumige Kabine im Achterschiff zurückzogen, deren breite Fensterluke Achmed schon hochgeklappt hatte, sagte er: »Wie du mit Harun umgesprungen bist, war die fünf Stunden Warten allemal wert! Du warst phantastisch! Aber hast du nicht Angst gehabt, er könnte hier wirklich die Fahrt beenden?«

Sadik lächelte. »*La*, nicht einen Augenblick. Er ist ein guter *rais*, doch der Verlockung der Piaster kann er nicht widerstehen. Er ist wie der Hahn.«

»Und was ist mit dem Hahn?« fragte Jana.

»Wenn der Hahn stirbt, sind seine Augen noch immer auf den Mist gerichtet, so sagt man bei uns. Und Harun Ben Bahlehs Misthaufen besteht aus Piastern.«

»Du hast ihm eine Lehre erteilt, die er so schnell nicht vergessen wird«, sagte Tobias fröhlich.

Sadik machte sich weit weniger Hoffnungen. »Ich fürchte, sie wird bei einem Schlitzohr wie Harun Ben Bahleh nicht lange vorhalten«, prophezeite er nüchtern. »Denn auch hundert Nadeln machen noch keine Sichel. Und wenn der Löwe fort ist, erinnert sich der Schakal wieder an sein Geheul.«

Durch die Stromschnellen

Schon vor dem Morgengrauen hatten sich alle männlichen Bewohner, vom Kleinkind bis zum alten Mann, von Kasaba am Ufer eingefunden, wo sie ein Heidenspektakel veranstalteten. Noch in der Nacht hatte es sich im Dorf und bei den Fellachen in der Umgebung herumgesprochen, daß die *Al Adiyat* durch die Stromschnellen gebracht werden sollte und daß der *rais* der *dahabia* am Morgen für diese Aufgabe zweihundert Helfer verdingen würde. Jeder wollte zu den Glücklichen gehören, die an diesem Abend mit klingenden Piastern in der Tasche nach Hause gehen würden.

Harun Ben Bahleh ließ sich von dem Gedränge und Geschrei nicht im mindesten beeindrucken. Mit sicherem Auge wählte er die Männer aus, die seine Barke sicher durch die Stromschnellen bringen sollten: sehnige, muskulöse Gestalten vom Volk der Barabra. Unterstützt wurde er dabei von einem alten Mann mit weißem Haupt- und Barthaar, dem sogenannten *rais* des Kataraktes, dessen Figur jedoch kaum weniger athletisch war als die der jungen Männer.

Daß die Arbeiter so gut wie nackt waren und sich nur wenige die Mühe gemacht hatten, sich mit einem schmalen Gürtel zu bekleiden, irritierte Tobias mehr als Jana. Aber so nackt die Männer sich auch um die *Al Adiyat* drängten, so trug doch jeder von ihnen den kleinen Dolch des Barabras, mit einem Lederriemen am linken Oberarm befestigt.

Es waren durchweg bildschöne Gestalten, die sich in ihrer Nacktheit mit natürlicher Anmut und sichtlichem Stolz auf das Ebenmaß ihres Körpers bewegten. Fast jeder von ihnen hätte einem Bildhauer Modell stehen können. Jana sah keinen Grund, den Blick beschämt abzuwenden. Sie lächelte nur, als sie einem besonders gutgebauten jungen Mann mehr als nur einen flüchtigen Blick schenkte – und Tobias daraufhin die Stirn in grimmige Falten legte.

»Mit einem Tuch hätten sie sich ja wenigstens bekleiden können«, murmelte er brummig.

»Aber warum denn?« fragte Jana spöttisch.

»Weil... weil es unschicklich ist!« antwortete er etwas verlegen und wußte sofort, daß seine Antwort nicht nur dumm *klang*, sondern auch dumm war und von einer Engstirnigkeit zeugte, die ihm sonst so gar nicht zu eigen war. Es hatte mit seiner Liebe zu ihr und einer daraus resultierenden Unsicherheit zu tun.

Jana schmunzelte. »Ich glaube, es ist weder unschicklich, nackt zu sein, noch sich an der Schönheit eines nackten Körpers zu erfreuen. Unschicklich können eigentlich doch nur die Gedanken sein, die man dabei hat... Aber anstößige Gedanken können einem auch kommen, ohne daß man einen nackten Menschen vor Augen hat, nicht wahr?«

Tobias wurde schlagartig hochrot im Gesicht, denn er fühlte sich bei seinen geheimsten Gedanken und Sehnsüchten ertappt. Wie oft hatte er sie, seine geliebte Jana, nackt vor seinen Augen gehabt, zumindest in Gedanken und in seinen Träumen! Und wenn sie alle Woche einmal am Abend die *Al Adiyat* verließen und einen einsamen Ort am Ufer aufsuchten, damit Jana sich einmal richtig baden konnte, dann machte es ihn schier verrückt, wenn er sie in ihrem dünnen Untergewand aus dem Wasser steigen sah. Es klebte dann klatschnaß wie eine zweite, fast durchsichtige Haut an ihrem Leib und betonte ihre erregende Schönheit viel mehr, als daß es irgend etwas vor ihm verbarg. Er konnte dann nur mit Mühe seinen Blick von ihr nehmen und die Aufruhr, in die sein Körper geriet, unter Kontrolle bringen. War es anstößig, daß er das Verlangen hatte, sie in seine Arme zu nehmen? Nein, das konnte sie damit nicht meinen. Vor ihm bewegte sie sich völlig frei und ungehemmt, obwohl sie genau wußte, daß sie sich ihm beim Baden so gut wie nackt zeigte.

Er schalt sich einen Narren, daß er diese törichte Bemerkung mit dem Tuch überhaupt von sich gegeben hatte.

»Mhm, ja... du... da hast du wohl recht... Anstößig... also...« Er brach ab, weil er sich verhaspelte und gar nicht mehr wußte, was er eigentlich sagen wollte.

»Wenn etwas anstößig ist, dann wohl die Tatsache, daß ein nackter Mensch bei uns als anstößig gilt«, sagte Jana mit sanfter, liebevoller Stimme und sah ihm ins Gesicht. »Immerhin hat Gott uns ja so geschaffen, nicht wahr? Und dessen können wir uns kaum schämen. Wenn er gewollt hätte, daß wir uns vom Fuß bis zum Kinn verhüllen, hätte er uns wohl kaum die Gabe geschenkt, daß wir empfindsam auf die körperlichen Attribute anderer Menschen reagieren, besonders auf die von solchen, die uns sehr viel bedeuten, oder?«

Tobias spürte, daß sie ihm etwas sagte, was sie beide betraf. Ihre Botschaft erreichte ihn und ließ sein Herz schneller schlagen. Doch er war zu verwirrt, um ihr darauf eine halbwegs vernünftige Antwort zu geben. Die Hitze in seinem Gesicht wurde nur noch flammender, und er nickte bloß.

Wenig später trat Sadik zu ihnen, um sich mit ihnen das lärmende Treiben anzuschauen, und das half Tobias, seine Verlegenheit zu überwinden.

Tobias bemerkte mit Verwunderung, daß den meisten Schwarzen drei der Vorderzähne fehlten. Sadik erklärte ihm, was es damit auf sich hatte. »Die jungen Männer reißen sich die gesunden Zähne aus, um ganz sicher zu sein, nicht zum Soldatendienst gepreßt zu werden. Dabei ist diese Selbstverstümmelung völlig unnötig, wie ich gehört habe. Denn noch nie sind die Barabras zum Militärdienst gezogen worden. Dafür werden sie viel zu sehr hier bei den Katarakten gebraucht.«

Die *Al Adiyat* wurde ganz entladen. Jegliches unnötige Gewicht, angefangen von Mast und Segel bis hin zum letzten Kochtopf, wurde an Land gebracht und dort auf Esel und Maultiere geladen. Allein vierzig Lasttiere und eine fast gleichgroße Zahl Treiber und Begleiter waren damit beschäftigt, Proviant, Gepäck und all die anderen Dinge, die von Bord der Barke geschafft wurden, auf dem Landweg auf die andere Seite des Kataraktes zu bringen.

Am späten Vormittag war es dann endlich so weit. Mehr als ein Dutzend Taue waren an der *Al Adiyat* befestigt. Die Barabras standen am Ufer und im Wasser bereit. Zu den zweihundert bezahlten Helfern hatten sich mindestens noch einmal hundert andere dazugesellt, meist junge Leute zwischen zwölf und zwanzig, die wie die Delphine im schäumenden Wasser herumtollten und einfach dabeisein wollten, auch wenn sie nicht dafür bezahlt wurden. Aber vielleicht fiel für sie ja doch noch ein Bakschisch ab, wenn sie sich nachher nur kräftig genug ins Zeug legten.

Jana und Tobias verfolgten das Geschehen von der Spitze einer Uferklippe aus. Zwar hatten sie schon zweimal erlebt, wie die *Al Adiyat* von Hunderten kräftiger Männer durch Stromschnellen bugsiert wurde. Doch das Schauspiel verlor auch diesmal nichts von seiner Aufregung.

Die Katarakte erstreckten sich über eine Strecke von mehreren hundert Metern. Doch der schwierigste, steilste und klippenreichste Teil befand sich im unteren Drittel. Dort schäumte das Wasser zwischen mächtigen Felsbrocken und stürzte von einem Wasserbecken in das nächst tiefergelegene. Dies war der wirklich gefährliche und für die Männer anstrengende Teil der Stromschnellen, mußten hier doch auf kurzer Strecke unter schwierigen Bedingungen beachtliche Höhenunterschiede überwunden werden.

Die *Al Adiyat* tauchte in die Katarakte ein. Zum Teil wurde sie über die Taue, die zu den Zuggruppen am Ufer führten, durch die Strudel gezogen, zum Teil von der Mannschaft mit langen Stangen gestakt und zum Teil von den Barabras im Wasser förmlich um die Klippen herum und über glattgewaschene Felsen getragen. Die Luft war erfüllt von den Kommandos des grauhaarigen *rais* des Kataraktes, dessen Stimme wie Donner all das andere Geschrei und Gelärme mühelos übertönte. An Deck der *dahabia* rannte Harun Ben Bahleh von einer Seite zur anderen und schrie seinerseits Befehle, die seinen Männern mit den Stangen galten.

Doch die Hauptbürde trugen die Männer aus Kasaba, die das Schiff im Wasser sicherten. Jana und Tobias waren fasziniert, mit welcher Gewandtheit sich die Schwarzen in den brausenden Fluten bewegten. Sie schienen zu wahren Wassergeschöpfen zu werden und die Barke streckenweise wie Amphibien im Schwimmen auf ihren Schultern zu tragen. Und zu beiden Seiten der hin und her taumelnden *Al Adiyat*, die sich langsam den Katarakt aufwärts quälte, stürzten sich die weniger an harter Arbeit interessierten jungen Burschen kopfüber in die Strudel, ließen sich in weiß schäumende Kessel hinabschleudern und ergötzten sich und ihre Spielgenossen mit allerlei atemberaubenden Kunststücken.

Es gab im unteren Drittel einige kritische Momente, wo die Barke zu kentern oder von einem besonders gewaltigen Strudel erfaßt zu werden drohte. Dann schraubte sich Harun Ben Bahlehs Stimme in schrille Höhen, während die des weißhaarigen Alten scharfe und knappe Kommandos in einem ganz besonderen Takt von sich gab, der die *dahabia* jedesmal rechtzeitig wieder zu einer stabilen Lage zu verhelfen schien.

Kurz nach dem Mittag waren die gefährlichen Klippen des unteren Drittels endlich überwunden, ohne daß die *Al Adiyat* dabei nennenswerte Beschädigungen davongetragen hätte. Dieser Erfolg wurde mit einem Jubelgeschrei aus Hunderten von Kehlen verkündigt. Es war ohrenbetäubend und schallte weithin über Fluß und Land.

Harun Ben Bahleh warf sich stolz in die Brust und gebärdete sich so, als wäre die gelungene Überwindung der gefährlichen Klippen allein sein Verdienst.

Dazu bemerkte Sadik sehr treffend: »Einige mühen sich ab, und andere machen bloß den Lärm dazu!«

Haut an Haut

Trotz der Hitze arbeiteten die Barabras weiter. Denn wenn die schwierigsten Hindernisse auch erfolgreich überwunden waren, so warteten doch noch viele Stunden harter Arbeit auf die Männer. Laut Sadiks Einschätzung war damit zu rechnen, daß die *Al Adiyat* am späten Nachmittag den Katarakt überwunden hatte und oberhalb des *Esh Shellal eth Thalith* noch bis Einbruch der Dunkelheit am Ufer liegen würde.

»Die Zeit brauchen wir schon, um all die Sachen wieder an Bord zu nehmen und zu verstauen, die heute morgen auf den Rücken der Esel flußaufwärts geschafft worden sind.«

Von der Besatzung der *Al Adiyat* war Achmed der einzige, der sich nicht an Bord der Barke befand. Er hatte darauf bestanden, sich auch an diesem Tag um ihr ganz persönliches, leibliches Wohl zu kümmern. Er konnte nicht viel älter sein als Tobias, war von sehniger, fast schon hagerer Gestalt und besaß ein schmales Gesicht mit stark hervortretenden Wangenknochen und Jochbögen. Er war sehr bemüht um sie, wenn er oft auch seine ganz eigenen Vorstellungen von dem hatte, was gut für sie war. Seine beständige Freundlichkeit machte jedoch seine kleinen Fehler mehr als wett.

Die Sonne stand schon tief im Westen, ohne jedoch allzuviel von ihrer brennenden Kraft verloren zu haben, als die *Al Adiyat* ein gutes Stück oberhalb des Kataraktes ans Ufer gezogen und dort sicher vertäut wurde. Für die Barabras war die Arbeit getan. Sie drängten sich nun um ihren *rais* und Harun Ben Bahleh, um ihren verdienten Lohn in Empfang zu nehmen. Indessen begann die Mannschaft der Barke schon damit, die *Al Adiyat* wieder in segelbereiten Zustand zu versetzen, womit sie noch bis in den Abend zu tun haben würden.

»Die Gelegenheit ist günstig. Laß uns ein wenig den Fluß hochgehen«, schlug Jana vor. »Wir werden jetzt bestimmt nicht vermißt.«

Er wußte sofort, was sie damit meinte, und nickte. Augenblicklich erinnerte er sich wieder ihres kurzen Gespräches am Morgen. Ein eigentümliches Gefühl beschlich ihn, das ebenso von freudiger Erregung wie von Unsicherheit bestimmt wurde.

»Ja, kaum. Ich sage nur schnell Sadik Bescheid.«

»In Ordnung.«

Augenblicke später entfernten sie sich gemächlichen Schrittes vom Liegeplatz der Barke und dem fröhlichen Gelärme der Barabras und hielten Ausschau nach einer geeigneten Stelle, wo Jana ungestört und vor allem unbemerkt ein Bad in den Fluten nehmen konnte.

»Du weißt ja gar nicht, wie sehr ich mich darauf freue, mir endlich den Schweiß und Sand vom Körper waschen zu können – und zwar nicht hastig und verschämt in der Kabine mit einem Lappen und nur einer mickrigen Blechschüssel voll Wasser«, seufzte sie, als sie längst außer Hörweite waren. Nun fielen sie in ein zügiges Tempo, um rasch Distanz zwischen sich und den umlagerten Liegeplatz der Barke zu bringen. »Das letztemal bin ich vor einer Woche im Fluß gewesen!«

»Mhm, ja, das ist eine lange Zeit«, sagte Tobias mitfühlend und auch ein wenig schuldbewußt. Denn er hatte sich erst zwei Tage zuvor unter die Matrosen gemischt, die jeden Tag in einer Segelpause oder am Abend halbnackt in den Fluß sprangen, um sich abzukühlen.

»Den ganzen Tag habe ich an kaum etwas anderes gedacht«, gestand sie. »Wenn du wüßtest, wie sehr ich all die Jungen und Männer beneidet habe, die sich bei der Hitze ganz unbekümmert im Fluß getümmelt haben. Mein Gott, was ist es mir schwergefallen, bis zum Abend zu warten!«

Daß sie ihr Haar hatte opfern müssen, um glaubhaft in die

138

Rolle eines jungen Arabers schlüpfen zu können, hatte sie in Odomir Hagedorns Haus einige Überwindung gekostet. Sie hatte sich jedoch schnell damit abgefunden und trauerte ihrem langen Haar längst nicht mehr nach, zumal Tobias sie auch mit kurzem Haarschnitt so sehr mochte wie zuvor. Und daß sie wegen ihrer spärlichen Kenntnisse der arabischen Sprache in der Nähe von Arabern zu völliger Stummheit verurteilt war, um sich nicht zu verraten, daran hatte sie sich mittlerweile ebenfalls gewöhnt, auch wenn es ihr nicht immer leichtfiel. Daß sie sich aber nicht mit den anderen zur Abkühlung ins Wasser stürzen konnte, wenn ihr danach zumute war, empfand sie als die schwerste Last ihrer Rolle. Und nicht immer fand sich eine Gelegenheit, um sich lange und weit genug von der *Al Adiyat* zu entfernen, um so zu einem ungestörten Bad zu kommen. Zudem durfte sie es auch nicht zu oft tun, um nicht die Neugier oder gar das Mißtrauen der Matrosen zu wecken. Wenn auch nur einer von ihnen hinter ihr Geheimnis kam, konnte es für sie alle böse Folgen haben. Deshalb war für sie ein Bad in den Fluten des Nils bei einbrechender Dämmerung etwas ganz besonders Kostbares.

Sie folgten dem Ufer und stießen schließlich auf eine Ausbuchtung des Flusses. Diese oftmals tief ins Land reichenden Buchten und Seitenarme waren keine Seltenheit, sondern gehörten zum alltäglichen Bild des Wüstenstromes, dessen Uferprofile die alljährlichen Hochwasser ständig veränderten.

Einige Sträucher, Akazien und Palmen säumten die kleine, einsame Bucht, und ein Teil des Ufers war schilfbestanden. Somit bot sich ihnen hier ausreichender Sichtschutz. Zudem war weit und breit keine menschliche Behausung zu sehen.

»Ich glaube, hier kannst du in Ruhe baden«, sagte Tobias.

»Gott sei Dank!« rief sie und schleuderte fast übermütig die Schuhe von den Füßen. Ihnen folgte im nächsten Moment das Kopftuch. Dann löste sie den Gürtel mit dem Dolch und zog die *galabija* aus. Jetzt war sie nur noch mit dem dünnen Untergewand, dem *izar*, bekleidet, mit dem sie immer baden ging. Im Licht der Sonne zeichneten sich die Konturen ihres Körpers unter dem Stoff ab.

Jana stand schon mit den Füßen im Wasser und wollte tiefer hineingehen. Doch dann zögerte sie und wandte sich zu Tobias um, der sich auch schon bis auf das Untergewand entkleidet hatte, denn er war auf die Abkühlung so begierig wie sie.

»Tobias?«

»Ja?«

»Würdest du es... anstößig finden, wenn ich mich ganz ausziehe und so nackt im Wasser herumtolle, wie es die Männer heute den ganzen Tag getan haben?« fragte sie.

Tobias bekam einen trockenen Mund. »Du und anstößig? Um Gottes willen! Nein, natürlich nicht. Ich hatte es auch gar nicht so gemeint, weißt du. Warte, ich drehe mich um«, sagte er hastig.

Sie lächelte ihn zärtlich an. »Bei jedem anderen Mann würde ich darum bitten – doch nicht bei dir, Tobias. Vor dir schäme ich mich nicht.« Damit zog sie das Untergewand über den Kopf und warf es ihm zu.

Er fing es auf und konnte einfach nicht anders, als sie anzublicken. Wie wunderschön sie ohne Kleider aussah! Schöner und begehrenswerter noch als in seinen Träumen. »Du siehst wunderschön aus!« sagte er benommen von ihrem Anblick.

»Ja, wirklich?« fragte sie leise. »Magst du mich so?«

Er schluckte schwer, nickte und sagte mit belegter Stimme: »Mögen ist nicht der richtige Ausdruck, Jana. Es ist viel, viel mehr, was ich für dich empfinde. Ich... ich weiß gar nicht, wie ich es dir sagen soll. So, wie du da vor mir stehst, bringst du mich ganz durcheinander.«

»Komm ins Wasser und kühl dich ab! Vielleicht fällt es dir dann wieder ein! Ich wäre traurig, wenn nicht!« rief sie mit einem schelmischen Lachen und wandte ihm ihre nicht weniger reizvolle Rückseite zu. Sie machte zwei, drei schnelle Schritte vom Ufer weg und warf sich der Länge nach ins Waser. »O Gott, du glaubst ja gar nicht, wie herrlich das ist!«

Tobias zerrte sich nun sein eigenes Untergewand vom Körper, warf es hinter sich ans Ufer und folgte ihr rasch. Es war wirklich eine Wohltat, sich den Schweiß und Sand, den der Wind auch an Bord der Barke trug, vom Leib zu spülen, auch wenn das Wasser warm war.

Plötzlich fiel sein Blick auf etwas Langes, Dunkelbraunes, das keine zehn Meter von Jana entfernt am Rand des Schilfgürtels nur um Fingerbreite aus dem Wasser ragte. Es hatte eine leicht gewölbte und rauhe, gezackte Oberfläche. Wie ein Blitz durchfuhr ihn der Schreck.

Ein Krokodil!

Es war nicht das erstemal, daß ihnen eine dieser gepanzerten Echsen begegneten. Doch noch nie waren sie einem von ihnen so nahe gekommen.

Wie von der Tarantel gestochen, schoß er aus dem hüfttiefen Wasser. »Jana!... Komm da weg!... Aus dem Wasser!« schrie er in panischer Angst, während er versuchte, so schnell wie möglich zu ihr zu kommen, was gar nicht so einfach war. Das Wasser schien plötzlich so zäh wie Teer zu werden. Es schäumte um seinen Bauchnabel, während er sich vorwärtsarbeitete und dabei die Hände wie Schaufeln einsetzte.

Erschrocken richtete sich Jana auf. »Was ist?«

»Ein Krokodil!« schrie er, von Entsetzen gepackt, als sich dieser gezackte Rücken zu bewegen begann. Noch sechs, sieben Schritte, und er war bei ihr! Wenn die gepanzerte Echse angriff, waren sie beide verloren. Er war ohne Waffe. Nicht einmal seinen Dolch hatte er dabei. Wie sollte er sie vor dem gefährlichen Raubtier schützen?

»Da!... Links von dir am Schilf!« rief er.

Tobias dachte jedoch nicht daran, sich in Sicherheit zu bringen. Seine ganze Angst galt Jana. Und in diesem Augenblick blanken Entsetzens schoß es ihm durch den Kopf, daß er ihr noch immer nicht gesagt hatte, wieviel sie ihm bedeutete und wie sehr er sie liebte. Er hatte es immer vor sich hergeschoben. Wie unverzeihlich dumm! Warum nur hatte er nicht schon längst den Mut gehabt, seine tiefen Gefühle auch in die entsprechenden Worte zu fassen!

Wenn das Krokodil uns angreift und zerfleischt, werden wir sterben, ohne uns gesagt zu haben, daß wir uns lieben! fuhr es ihm durch den Sinn, und das erschien ihm fast noch unerträglicher als der Tod. Das durfte nicht geschehen!

Janas Kopf schoß herum, und sie blickte in die Richtung, die Tobias ihr angegeben hatten. Sie wich dabei gleichzeitig auch einen erschrockenen Schritt zurück. Doch statt die Flucht zu ergreifen, blieb sie stehen.

»Jana!... Um Gottes wilen, komm da weg!« schrie Tobias, der sie indessen erreicht hatte, packte sie am Arm und wollte sie mit sich reißen.

In dem Moment brach Jana in lautes Gelächter aus, in dem aber auch schreckhafte Erleichterung mitschwang.

»Mein Gott, Jana, bist du...« schrie Tobias entsetzt.

Sie legte ihre Hand auf die seine und fiel ihm ins Wort: »Sei ganz ruhig. Wir sind nicht in Gefahr. Sieh doch mal genauer hin! Dein Krokodil ist ein großes Stück Baumrinde, das im Wasser treibt!«

Verstört starrte er über ihre Schulter hinweg auf den angeblichen Krokodilrücken, der in Wirklichkeit ein langes Stück Borke war, das in den von ihm verursachten Wellen gegen das Schilf trieb.

Er gab einen langen Stoßseufzer unendlicher Erlösung von sich. »Du hast recht – ein Stück Borke! Und mir ist vor Schreck und Angst um dich fast das Herz stehengeblieben!«

Sie drehte sich zu ihm um und legte ihre Hand auf seine Brust. »Richtig große Angst?« fragte sie leise.

Er nickte, sich ihrer Nähe und Nacktheit und der Wärme ihrer Hand auf seiner Haut plötzlich überaus bewußt.

»Ja, sehr. Ich habe ganz entsetzliche Angst gehabt, um dich... und daß ich vielleicht keine Gelegenheit mehr haben würde, dir etwas zu sagen, was ich dir schon längst hätte sagen sollen... auch wenn du es wohl längst gespürt hast.«

»Und was ist das, Tobias?« fragte sie mit angespannter Erwartung in Stimme und Blick.

Er fuhr ihr mit der Hand zärtlich über Stirn und Wange. »Daß... daß ich dich liebe, Jana«, sagte er schließlich und sah ihr fest in die Augen. »So sehr liebe wie nichts und niemanden sonst auf der Welt. Und daß ich es mir nicht mehr vorstellen kann, jemals ohne dich zu sein.«

Ihre Augen leuchteten. »Ja«, flüsterte sie, »so fühle ich auch, Tobias. Ich liebe dich. Und weißt du, wonach ich mich schon seit Paris sehne?«

»Ich glaube, ich weiß es. Aber sag es mir dennoch«, bat er sie.

»Daß du mich endlich küßt und in deine Arme nimmst«, hauchte sie.

»Das habe ich schon tausendmal getan«, antwortete er zutiefst aufgewühlt. »Wenn auch nur in meinen Träumen.«

»Zeige mir wie!«

»O Jana«, murmelte er, unendlich erlöst und glücklich.

Sie schmiegte sich an ihn, während er ihr Gesicht in beide Hände nahm und sich zu ihr hinunterbeugte. Ihre Lippen fanden sich zu einem erst zaghaft zärtlichen Kuß, der jedoch schnell sehr leidenschaftlich wurde.

Jana legte ihre Arme um seinen Hals, als er sie wenig später zum Ufer trug und sie sanft auf seine *galabija* absetzte, die im warmen Sand lag.

Die *Al Adiyat*, Zeppenfeld und das Tal des Falken existierten eine Weile für sie nicht mehr. Es gab nur noch sie beide und die Sprache ihrer Liebe. Sie konnten nicht genug voneinander bekommen. Sie küßten und streichelten sich, während die Sonne immer tiefer sank, und empfanden es als die wunderbarste Entdeckung ihres Lebens, ohne Hast und auf zärtliche Weise mit dem Körper des anderen vertraut zu werden und das Glück gegenseitiger Liebe und leidenschaftlicher Hingabe zu erfahren.

Es war schon dunkel, als sie sich anzogen und zur *Al Adiyat* zurückkehrten, wie berauscht von ihrem Glück. Und sie konnten es nicht lassen, Hand in Hand zu gehen, bis sie in die Nähe der Barke gelangten.

Tobias blieb stehen, seufzte schwer und ließ ihre Hand los. »Ich liebe dich, und ich habe nicht die richtigen Worte, um dir zu sagen, wie wunderschön es mit dir ist. Aber fast wünschte ich, wir hätten es nicht getan.«

Sie begriff instinktiv, wie er es meinte. »Ja, ich weiß. Es wird jetzt noch schwerer sein, uns nichts anmerken zu lassen. Aber wir schaffen es schon.«

Sadik fragte nicht, weshalb sie diesmal über zwei Stunden weggewesen waren. Ihm genügte ein Blick in ihre Gesichter, um zu wissen, was geschehen war. Doch er verlor kein Wort darüber. Zudem bedrängte Achmed sie mit dem Abendessen, das er wieder erwärmt hatte.

Zwei Stunden vor Mitternacht ließ Harun Ben Bahleh die Leinen loswerfen und die Segel setzen, und die *Al Adiyat* segelte unter einem sternenklaren Himmel und bei Vollmond weiter flußaufwärts.

Als es Zeit war, sich schlafen zu legen, rollte Sadik in der Kabine seine Matte zusammen, klemmte sie sich unter den Arm und sagte beiläufig: »Ich werde von jetzt an oben an Deck schlafen. Bei mir ist die Gefahr, daß ich im Schlaf in einer anderen Sprache träume und mich verrate, ja nicht gegeben. Ich denke, ihr habt Verständnis dafür, daß ich den Nachthimmel der Balkendecke hier vorziehe. Ihr bleibt besser in der Kabine, die für drei ja doch etwas klein ist. Und vergeßt nicht, den Riegel vorzulegen! Eine gute Nacht, und Allahs Segen sei mit euch!« Ohne eine Antwort abzuwarten, huschte er aus der Kabine.

Jana und Tobias sahen sich an. Die Kabine war auch für drei noch recht geräumig!

»Er weiß es«, raunte sie.

»Ja, das Gefühl habe ich auch. Ihm können wir wohl nichts vormachen, und ich will es auch gar nicht. Ist es dir unangenehm?«

Sie überlegte nicht einmal, sondern antwortete augenblicklich: »Nein, das bestimmt nicht. Ich schäme mich nicht, daß ich dich liebe.« Und dann fügte sie doch ein wenig besorgt hinzu: »Ich hoffe nur, daß sich deshalb nichts zwischen uns ändert, ich meine zwischen uns und Sadik.«

»Er ist unser Freund, und ich glaube, er weiß schon seit langem, wie es um uns steht. Aber es ist wohl besser, ich rede mit ihm«, sagte Tobias. »Das bin ich ihm schuldig – und uns auch.«

»Tu das. Aber bitte, bleib nicht zu lange weg!« bat sie und gab ihm einen Kuß, in dem das Verlangen nach mehr Zärtlichkeit und Leidenschaft lag.

Sadik stand auf dem Achterdeck bei Harun und dem Rudergänger. Als er Tobias erblicken, der eine Geste in Richtung Bug machte, nickte er ihm zu.

Tobias ging an den Matrosen vorbei, die mittschiffs auf den Ladeluken saßen, sich mit Geschichten und verschiedenen Arten von Brettspielen unterhielten oder einfach nur auf ihren Matten lagen und dösten, bis das nächste Segelkommando kam.

Ganz vorn am Bugspriet hielt sich keiner auf. Tobias setzte sich auf die Reling, lauschte dem Rauschen des Wassers, das an den Bordwänden entlangströmte, und schaute auf den breiten Fluß hinaus. Der Nil glich einem endlosen silbrigen Tuch, das sich unter einem kaum merklichen Windhauch hob und senkte.

Wenig später trat Sadik zu ihm. »Die Nachtstunden auf dem Nil bei Vollmond gehören zu den wenigen Stunden dieser langen Flußfahrt, in denen ich mich einmal nicht nach dem wiegenden Gang eines Kamels sehne«, sagte er versonnen.

»Ja, dann liegt ein merkwürdiger Zauber über dem Fluß. Es ist ein Bild des Friedens und der... der vollkommenen Harmonie, nicht wahr? Aber bei Vollmond durch die Wüste zu reiten ist auch ein ganz besonderes Erlebnis«, antwortete Tobias und erinnerte sich ihrer Ausritte.

»Die Wüste ist für den *bádawi* immer das krönende Juwel in einer Kette noch so schöner Edelsteine«, erklärte Sadik. »Unserem *rais* dagegen wird dieser Fluß das sein, was für mich das Meer des Sandes bedeutet, und das ist gut so. Wichtig ist allein, daß jeder Mensch in übertragenem Sinn das ihm gerechte Juwel findet, auf das er sein Leben mit freudiger Hingabe ausrichten kann.«

Tobias spürte, daß sie nicht ganz allgemein über die Bestimmung und Findung des einzelnen redeten, sondern indirekt auch schon ganz konkret über ihn und Jana.

»Ich möchte einmal so sein wie du, wie mein Vater und Onkel Heinrich. Ihr seid alle verschieden, aber irgendwie wiederum doch gleich«, sagte er unwillkürlich und voller Zuneigung und Dankbarkeit für das, was Sadik ihm auf dieser langen Reise – ähnlich wie Onkel Heinrich auf *Falkenhof* – geschenkt hatte: an Freundschaft, Wissen, Selbstvertrauen und geistiger Offenheit gegenüber fremdem Gedankengut.

Sadik lachte leise. »Eines Tages wirst du sein, was du bist, weil es in dir steckt, und Allah allein weiß, wie viel davon dann noch an mich, an Sihdi Heinrich und an deinen Vater erinnern wird. Noch bist du ein Suchender, mein Freund, aber auch das ist gut so, denn du bist jung. Wer in der Jugend die Unruhe nicht

kennt und die Sicherheit des heimatlichen Dorfes den Unwäg-
barkeiten der Fremde vorzieht, der ist wie ein Baum, der außen
noch stolz und kräftig wirkt, innen aber schon abstirbt, lange
bevor er sein volles Wachstum erreicht hat. Denn es ist eine
lange Reise notwendig, sowohl im Herzen als auch durch die
Länder dieser Welt, ehe der Unreife reif ist und der Suchende
zum Sehenden und Kundigen wird.«

Tobias nickte. »Es mag sein, daß ich die Bestimmung meines
Lebens noch nicht kenne und noch lange brauche, bis ich weiß,
worauf ich all meine Kräfte und mein Streben ausrichten
möchte. Doch was die Reise angeht, die im Herzen ihre ganz besonderen Spuren hinterläßt...« Er räusperte sich etwas verlegen und suchte nach den passenden Worten, um ihm zu sagen,
wie sehr er Jana liebte und wie sicher er sich seiner Gefühle für
sie war, auch wenn Sadik ihn für wahre Liebe noch für viel zu
jung halten mochte.

Sadik legte ihm eine Hand freundschaftlich auf die Schulter.
»Du brauchst mir nichts zu erklären, Tobias. Ich weiß, daß ihr
euch liebt. Ich habe es schon auf *Falkenhof* gesehen, als ihr
euch dessen wohl noch gar nicht bewußt gewesen seid. Denn
drei Dinge lassen sich nicht verbergen: das Reiten auf dem Kamel, die Schwangerschaft und die Liebe. Und ein Leben ohne
Liebe ist wie eine lange Reise auf einem lahmenden Esel.«

Tobias lachte erleichtert über den Vergleich, der ihm verriet,
daß sein Freund ihm nicht mit Ermahnungen und Vorhaltun-
gen kommen würde, sondern ihre Entscheidung ganz einfach
akzeptierte. »Danke, Sadik.«

Dieser legte den Kopf zur Seite und sah ihn spöttisch an.
»Was hast du denn erwartet? Daß ich mich über euch lustig mache oder die Ernsthaftigkeit eurer Gefühl in Zweifel ziehen
würde?«

»So etwas in der Art«, gestand Tobias.

»Mein Freund, mit der Liebe ist das so eine Sache. Es ist

leichter, auf der geschärften Messerklinge eines gewissenhaften Barbiers von Damaskus nach Bagdad zu reiten, als sich ein Urteil über die Liebe zu erlauben«, versicherte Sadik mit ernster Belustigung. »Und dabei ist das Alter völlig ohne Bedeutung. Ob man nun als junger Mann wie du zu einer Frau entflammt oder schon in meinem Alter ist, eine Garantie für die Stärke und Dauer einer Liebe gibt es nie. Wichtig ist allein, *daß* man sie erfährt und daß man selbst daran glaubt.«

»Ich bin froh, daß du so denkst, Sadik.«

»Vergiß nur eines nicht: Die Liebe ist wie die köstlichen Früchte eines prächtigen Obstbaumes. Wenn man aufhört, sich um ihn zu kümmern, ihn nicht oft genug wässert und ihn in stürmischen Zeiten nicht vor Entwurzelung und anderen Schäden schützt, kurzum: wenn man die Früchte ohne Arbeit genießen will, dann wird dieser Baum allmählich verkümmern und von Jahr zu Jahr immer schlechtere Früchte tragen, bis sie eines Tages ganz ungenießbar geworden sind«, ermahnte Sadik ihn. »Und denk daran: Die Leidenschaft der Nacht muß auch das Licht und die Mühen des Tages vertragen können!«

»Das klingt tausendmal besser als viele deiner anderen Spruchweisheiten über Frauen«, erwiderte Tobias fröhlich. »Etwa diese: Die Frauen sind die Fallstricke des Satans! Oder: Der Weg zur Hölle ist mit Weiberzungen gepflastert. Da sind mir die mit dem Obstbaum und den Mühen des Tages sehr viel lieber – und Jana bestimmt auch.«

Sadik lachte. »Die Welt besteht eben aus zwei Tagen, mein Freund: Ein Tag ist für dich, ein Tag ist gegen dich. So ist es auch mit den Frauen. Bei uns gibt es ein Sprichwort, das da heißt: Die erste Frau ist ein Stück Zucker, die zweite Frau ein Stück Amber, die dritte Frau Verbitterung – und die vierte Frau führt zum Friedhof.«

»Allah und sein Prophet werden schon ihre guten Gründe gehabt haben, warum sie euch vier Frauen zugebilligt haben. Ich vermute, das hat etwas mit eurem gestörten Verhältnis zum anderen Geschlecht zu tun«, entgegnete Tobias schlagfertig. »Da ein Muslim vier Frauen haben darf, heißt das wohl, daß nur vier Frauen gemeinsam in der Lage sind, einen von euch zu ertragen.«

Sadiks Lippen kräuselten sich zu einem amüsierten, anerkennenden Lächeln. Dann entgegnete er: »Hier ist ein Rätsel für dich. Was ist eine Freude von drei Tagen? Du kommst bestimmt nicht drauf, deshalb werde ich es dir sagen: die Ehe!«

Tobias grinste, wußte er doch, wie Sadik es meinte. »Ich glaube, ich gehe jetzt besser. Gute Nacht, Sadik.«

»*Leltak saida!* Möge Allahs Segen auf euch ruhen, mein Freund.« Sadik blickte ihm mit einem warmherzigen Lächeln nach. Unwillkürlich kam ihm ein anderes Sprichwort in den Sinn, das ihn traurig stimmte: *Leid ist es mir um dich, Junggeselle, daß du allein schläfst, denn die Kälte bläst dich an, und die einzigen, mit denen du dein Lager teilst, sind Läuse! Wohl dem, der zwei Köpfe in Liebe auf einem Kissen zusammengebracht hat!*

Die heilige Farbe des Islam

Der Schamal blies kräftig und beständig aus Norden, und eine ganze Reihe von Fischerbooten glitt unter voll geblähten Segeln mit rascher Fahrt durch die braungelben Fluten des Nil. Dagegen lag die *Al Adiyat* träge und mit nacktem Mast im seichten Uferwasser.

Sadik, Jana und Tobias saßen unweit des Ankerplatzes im spärlichen Schatten einer verkrüppelten Akazie und übten sich wieder einmal in Geduld. Es schien, als hätte Harun Ben Bahleh sich entschlossen, sie in dieser Kunst zu wahren Meistern zu machen.

Tobias kaute auf einem Schilfhalm. Der bittere Geschmack in seinem Mund rührte jedoch nicht allein von diesem Sumpfgras her. »Ich gehe jede Wette ein, daß der Schamal längst eingeschlafen ist, wenn Hassan und Abassah das Segel endlich geflickt und wieder am Mast haben«, sagte er grimmig.

Sadik nickte bedächtig. »Diese Wette könntest du gewinnen. Vor Mittag sind sie kaum fertig, und dann stellt sich gewöhnlich Flaute ein. Gut möglich, daß wir hier den ganzen Tag liegen.«

»Harun könnte wenigstens dafür sorgen, daß sich ein paar mehr Männer mit Nadel und Faden an seinem Lumpen zu schaffen machen, das er Segel nennt«, grollte Tobias. »Diese beiden müden Gestalten scheinen ja kaum noch die Nadel hochzukriegen, so langsam geht ihnen die Arbeit von der Hand!«

Jana schüttelte verständnislos den Kopf. »Harun hat wahrhaftig die Ruhe weg. Und dabei haben wir schon lange keinen so guten Wind mehr gehabt«, sagte sie und blickte zu ihrem *rais* hinüber. Dieser hatte seinen bequemen Korbstuhl von Bord und in den Schatten desjenigen Baumes tragen lassen, der im Umkreis von hundert Schritten die dichteste Laubkrone aufwies und daher auch der beste Schattenplatz weit und breit war. Unbekümmert ließ er sich von seinem kleinwüchsigen Neffen Kasim, der an Bord nebenbei das Handwerk des Barbiers ausübte, einseifen und rasieren.

Tobias runzelte die Stirn. »Wißt ihr, was mir aufgefallen ist?«

»Du erlaubst, daß wir uns das Raten ersparen, da wir davon ausgehen, daß du es uns bestimmt gleich wissen läßt«, sagte Sadik spöttisch.

Jana schmunzelte.

»Seit wir über den dritten Katarakt sind, also seit genau vier

Tagen, läßt Harun das Segel ständig einholen, ohne daß überhaupt ein Riß im Tuch zu erkennen wäre. Und er läßt bloß noch Hassan und Abassah das Segel ausbessern«, sagte Tobias.

»Angeblich sind allein sie erfahren genug, um mit dem brüchigen Tuch richtig umzugehen«, sagte Sadik mit ironischem Tonfall, denn auch er glaubte nicht an diese Begründung ihres *rais*.

»Eher kann er uns seine *Al Adiyat* als fliegenden Teppich verkaufen, als daß ich ihm das abnehme!« erklärte Tobias. »Er hat sich mit Hassan und Abassah in Wirklichkeit die langsamsten und faulsten seiner Männer ausgesucht. Und zwar mit Absicht!«

Jana sah ihn überrascht an. »Sag bloß, du hast Harun im Verdacht, daß er unser Fortkommen sabotieren will?«

»Ja, eine andere logische Erklärung gibt es nicht. Wir kommen seit dem dritten Katarakt kaum noch vom Fleck. Dabei sollten wir jetzt schon weit hinter Dongola sein.«

»Aber das heißt dann ja, daß Odomir Hagedorn sich völlig in ihm getäuscht hat und Harun mit Zeppenfeld gemeinsame Sache macht!« stieß Jana erschrocken hervor.

Tobias nickte mit ernster Miene. »So ist es, leider. Ich verstehe auch nicht, wie das passieren konnte, aber eine andere Erklärung gibt es nicht für sein Verhalten.«

»O doch, die gibt es schon«, widersprach Sadik mit leichter Belustigung. »Harun Ben Bahleh ist mit Sicherheit ein gerissener Fuchs, jedoch kein Schakal.«

»Dann sag uns, was seine Verzögerungstaktik wirklich zu bedeuten hat!« forderte Tobias ihn auf.

»Es hat ihn sehr geschmerzt, daß er uns am dritten Katarakt nicht um den Betrag erleichtern konnte, den er sich insgeheim wohl schon ausgerechnet hatte. Um diesen ›Verlust‹ wieder auszugleichen, ist er eben auf diese Idee mit dem Segel verfallen.«

»Idee? Welche Idee soll denn dahinterstecken?« fragte Jana verständnislos.

»Das verstehe ich auch nicht«, sagte Tobias.

Sadik lachte kurz und trocken auf. »Ich sagte doch, daß Harun ein gerissener Fuchs ist. Er weiß ja längst, daß unser Ziel Abu Hamed ist. Und er weiß auch, daß wir nicht erst im nächsten Frühjahr dort ankommen möchten. Deshalb versucht er, uns mit seinem alten Segel mürbe zu kriegen. Ist dir denn nicht aufgefallen, Tobias, wie oft er mir seit dem letzten Katarakt mit seinen Klagen über dieses Segel in den Ohren liegt und wie oft er immer wieder anklingen läßt, daß die *Al Adiyat* mit einem neuen Segel, das er sich aber leider nicht leisten könne, so schnell wie der Wind über den Fluß fliegen würde?« Sein Blick glitt von Tobias zu Jana, und ein Schmunzeln trat auf sein Gesicht, als er daran dachte, daß sie die letzten Tage vollauf damit beschäftigt waren, ihr Glück zu genießen und es sich an Deck nicht anmerken zu lassen. Sie hatten das christliche Weihnachtsfest auf ganz eigene Weise gefeiert. Für sie war es zweifellos ein wahres Fest der Liebe gewesen.

»Nein«, räumte Tobias mit leichter Verlegenheit ein, denn er wußte Sadiks Schmunzeln sehr wohl zu deuten.

»Nun, es wäre unter diesen Umständen wohl auch zuviel verlangt«, erklärte Sadik verständnisvoll. »Auf jeden Fall weist Harun mich schon seit Tagen immer wieder darauf hin, daß es in Dongola gute Segel zu kaufen gibt.«

»Du meinst, er will, daß *wir* ihm das Segel kaufen?« folgerte Jana verblüfft.

Sadik nickte. »Genau das ist seine Absicht. Doch er wird…«

Er führte den Satz nicht zu Ende, denn ein schriller Schrei ließ die drei Freunde und auch die Männer an Bord der Barke zusammenfahren. Es war Harun Ben Bahleh, der den Schrei ausgestoßen hatte. Wie von der Tarantel gestochen, schoß er aus seinem Korbsessel und wollte Kasim eine Ohrfeige versetzen, weil er ihn wohl mit dem Messer geschnitten hatte. Sein Neffe duckte sich jedoch geistesgegenwärtig unter der Hand hinweg und rannte zum Schiff. Der *rais* schickte ihm Verwünschungen hinterher, griff zum Handtuch und wischte sich den restlichen Schaum vom Gesicht. Wenig später kehrte Kasim mit einer Flasche Duftwasser in den Schatten des Baumes zurück. Er näherte sich seinem Herrn in unterwürfiger Haltung, und Harun winkte ihn mit einer halb gnädigen, halb herrischen Geste heran, um sich dann ausgiebig von ihm parfümieren zu lassen.

»Er ist nicht nur ein geldgieriger Beutelschneider, sondern auch so eitel wie ein Pfau!« sagte Tobias, als sie beobachteten, wie er sich den Spiegel von Kasim vorhalten ließ und den Kopf zehnmal hin und her drehte, um sich und seinen Bart aus jeder nur möglichen Perspektive zu begutachten. »Ich glaube, Harun Ben Bahleh kann Stunden vor dem Spiegel zubringen und sich selbst bewundern!«

»Ja, eitel ist er wirklich«, pflichtete Jana ihm bei.

»Eitel... eitel«, murmelte Sadik. Plötzlich straffte sich sein Körper. »Bei Allah, das ist es!« rief er und sprang auf.

Jana und Tobias sahen ihn verstört an. »Was hast du?« wollten sie wissen.

»Wattendorfs Gedicht zum Gebetsteppich. Der See der Eitelkeiten! Erinnert ihr euch?« rief er leise, aber erregt. »Damit ist der Spiegel gemeint!«

Tobias riß die Augen weit auf und schlug sich dann mit der flachen Hand vor die Stirn. »Natürlich! Ein Spiegel! Warum sind wir nicht schon längst darauf gekommen? Und darüber haben wir uns monatelang den Kopf zerbrochen.«

»›Wenn des gläubigen Dieners Locken tauchen in den See der Eitelkeit‹«, zitierte Jana die ersten beiden Zeilen der zweiten Strophe. »Mein Gott, wenn der Spiegel der See der Eitelkeiten ist, dann... dann ist der ›gläubige Diener‹ der Teppich selber, denn er dient doch dem Gläubigen bei seinen Gebeten!«

»Und mit den Locken sind die Fransen gemeint, die sich im Spiegel spiegeln!« Es fiel Tobias wie Schuppen von den Augen.

»Jetzt müssen wir nur noch Allahs Schrift finden!« stieß Sadik begeistert und mit leuchtenden Augen hervor. Endlich kamen sie dem Geheimnis des scheinbar so gewöhnlichen Gebetsteppichs auf die Spur! »Der Spiegel wird auch dieses Rätsel auflösen!«

»Wir haben doch einen großen Spiegel in unserer Kabine hängen!« sagte Jana aufgeregt.

»Auf was warten wir dann noch?« drängte Tobias.

Sie hatten es eilig, ihre Kabine aufzusuchen und den Gebetsteppich aus ihrem Versteck zu holen. Sadik ermahnte sie jedoch, keine Eile an den Tag zu legen, sondern gemächlich den Hang zum Schiff hinunterzugehen. Doch kaum hatte Sadik von innen den Riegel vorgeschoben, da hielt Tobias schon sein Messer in der Hand und machte sich an die Arbeit, die beiden Bretter der Seitenverkleidung zu lösen, hinter denen sie den Teppich versteckt hatten. Die Kopie der Karte, die im Falkenstock verborgen gewesen war, trug Sadik unter seiner Kleidung in einer Ledertasche. Außerdem hätte Tobias sie jederzeit aus dem Gedächtnis neu zeichnen können, exakt bis auf das kleinste Detail.

Während Tobias den Teppich durch den Spalt zog, nahm Jana den Spiegel von der gegenüberliegenden Wand. Er war etwa so groß wie ein Serviertablett und hatte einen einfachen Holzrahmen. Sadik stieß mit dem Griffstück seines Messers die festgeklemmten Holzleisten weg, die das Spiegelglas auf der Rückseite in der Fassung hielten, und nahm den Spiegel aus dem Rahmen.

»Roll den Teppich aus!« forderte er Tobias auf.

Tobias schnitt die Kordel durch, mit der sie den Teppich zusammengeschnürt hatten, und rollte ihn auf dem Boden auf. Dann stellte Sadik den Spiegel hochkant auf die Fransen.

»Er ist groß genug«, stellte Tobias erleichtert fest. »Der Spiegel gibt den ganzen Teppich wieder. Doch was hat Wattendorf mit ›Allahs Schrift‹ gemeint?«

Sie grübelten eine ganze Weile darüber nach. Sadik nahm den Blick die ganze Zeit nicht einen Augenblick vom Spiegelbild des Teppichs, dessen verwirrende Farben und Linie seinem Gefühl für Symmetrie und Harmonie zuwiderliefen. Er spürte, daß er die Antwort schon wußte. Er mußte ihr nur Zeit lassen, um aus den Tiefen seines Unterbewußtseins in sein bewußtes Denken aufzusteigen. Er hatte diese Irritation schon beim ersten Anblick des Gebetsteppichs verspürt. Wenn er benennen konnte, was ihn irritierte, war das Rätsel gelöst, dessen war er sicher.

»Allahs Schrift… Allah zeichnet den Weg zur Ewigkeit«, sagte er immer wieder vor sich hin und beinahe schon in einer Art von Trance versunken. »Allahs Schrift… Wo steckt in diesem Teppich Allahs Schrift?«

Jana und Tobias wagten nicht zu sprechen, ja, sich kaum von der Stelle zu rühren. Es war heiß und stickig in der Kabine, und der Schweiß floß in Strömen. Doch sie blieben fast reglos sitzen und hielten den Spiegel.

»Grün!« murmelte Sadik plötzlich.

Ein Ruck ging durch seinen Körper. Seine Augen verloren diesen abwesenden, meditierenden Ausdruck. Er klatschte in die Hände. »Jetzt weiß ich es. Die Antwort lautet grün! Grün ist die heilige Farbe des Islam! Es sind die grünen Linien, die mich von Anfang an an diesem Teppich gestört haben, denn sie ergeben nirgends ein richtiges Muster. Seht hier!« Er beugte sich vor und zeichnete mit dem Finger eine der grünen Linien auf dem Spiegel nach.

»Das ist der Plan!« rief Tobias begeistert. »Die grünen Linien und Punkte ergeben eine Skizze! Und zwar muß es sich dabei um den Lageplan der Pharaonengräber handeln!«

Sadik nickte zustimmend. »Der Weg zur Ewigkeit – das ist der Weg zu den Gräbern.«

»Wir müssen alles, was im Teppich grün ist, auf dem Spiegel genau nachzeichnen«, sagte Tobias fasziniert.

»Und wie willst du das tun?« fragte Jana, mit dem Sinn für das Praktische. »Dafür brauchen wir Farbe und einen feinen Pinsel, denn ein Bleistift hinterläßt auf einem Spiegel keine Spuren.«

»Jana hat recht«, sagte Sadik. »An Bord wird sich wohl nichts finden lassen, mit dem wir solch eine feine Zeichnung anfertigen könnten, nicht einmal Tinte, obwohl uns auch die nicht helfen würde.«

»Ist Dongola ein größerer Ort?« fragte Tobias.

»O ja«, erklärte Sadik. »Dongola ist die Hauptstadt des gleichnamigen Königreiches, das Mohammed Ali erst vor wenigen Jahren unterworfen hat, als er seine Truppen in den Sudan und nach Nubien geschickt hat, um sein Reich weiter nach Süden auszudehnen. Dongola ist seit langem das Ziel vieler Sklavenkarawanen aus dem tiefen Afrika und zählt mindestens sechstausend Einwohner. Dazu kommt noch die Besatzung der Garnison.«

»Dann wird es dort auch Farbe und feine Pinsel geben.«

»Gewiß.«

»Wenn die Fahrt aber in diesem Tempo weitergeht, werden wir noch eine geschlagene Woche brauchen, ehe wir in Dongola ankommen«, prophezeite Jana ihnen mit düsterer Miene.

Sadik und Tobias sahen sich an, und sie verstanden sich, ohne ein Wort zu wechseln.

Der Beduine seufzte resigniert. »Ein teurer Farbtopf und Pinsel, den wir uns da leisten! Aber gut, soll er sein Segel bekommen. Ich werde es Harun gleich mitteilen. Ich bin sicher, daß wir in nicht mal drei Tagen in Dongola sein werden!«

Sadik irrte sich nicht.

Zeppenfelds Hand reicht weit

In einer der weiten Flußbiegungen vor Dongola stießen sie auf eine Herde Nilpferde, die sich im Uferschlamm wälzten. Und im Bazar unterhalb der Garnison mit seinen Lehmmauern und Türmen fanden sie, wonach sie suchten: Farbe und feine Pinsel. Damit waren die angenehmen Erlebnisse, die sie zukünftig mit dieser Stadt in Verbindung bringen würden, schon aufgezählt.

Der Ort war ein schmutziges, stinkendes Labyrinth aus primitiven Behausungen, errichtet mit rohen, ungeweißten Erdziegeln und mit Stroh geknetetem Lehm. Die Soldaten aus der Garnison und die Sklavenhändlern gaben überall den Ton an. Es hatte wohl insbesondere mit dem abscheulichen Sklavenhandel zu tun, daß Jana und Tobias Dongola vom ersten Augenblick an verabscheuten. Denn als die *Al Adiyat* den Hafen erreichte, wurde neben ihrem Liegeplatz gerade eine königliche Barke mit Sklaven beladen. Wie Vieh wurden die nackten Gestalten an Bord getrieben. Frauen, Männer und Kinder. Alte und Kranke waren keine darunter.

»Wer aus dem Innern Afrikas kommt und es bis nach Dongola schafft, muß kerngesund sein und Entbehrungen ertragen können. Alte und Kranken überleben nicht einmal die ersten beiden Wochen einer solchen Karawanenreise, die mitunter Monate dauern kann«, erklärte Sadik bitter.

Mit dem feinen Pinsel zeichneten sie jeden grünen Kreis und jede grüne Linie auf dem Spiegel nach. Was sie nach mehreren Stunden gewissenhafter Arbeit in den Händen hielten, war ganz zweifellos der Grundriß eines weitläufigen Gebäudekomplexes. Die runden Zeichen deutete Sadik als Tempelsäulen, und eine gestrichelte Linie wand sich durch dieses Netz des Grundrisses.

»Der Lageplan der Königsgräber und der Weg, der zu den Schatzkammern führte!« stellte Tobias triumphierend fest. Sie hielten damit den Schüssel zu der versteckten Pforte im Innern in ihren Händen!

Sadik stimmte ihm zu, war sonst jedoch merkwürdig still. Es fiel Jana und Tobias zwar auf, doch sie nahmen an, daß er sich wegen der letzten Etappe ihrer Reise und wegen Zeppenfeld Sorgen bereitete.

Sie übertrugen den Grundriß sorgfältig auf die Rückseite der Landkarte, die Sadik stets am Körper trug. Anschließend zerschlugen sie den Spiegel in tausend winzige Scherben, die sie zusammen mit dem Gebetsteppich in einem alten Jutesack von Bord trugen.

Außer Sichtweite der *Al Adiyat* gruben sie ein Loch, verbrannten Teppich und Sack und bedeckten hinterher Asche und rußgeschwärzte Scherben mit Steinen und Erde. Im Bazar ließen sie einen zum Rahmen passenden Spiegel zurechtschneiden, brachten ihn unbemerkt an Bord und setzten ihn in den Rahmen. Dann drängten sie Harun Ben Bahleh, der das Geld für das neue Segel schon am Tag ihrer Ankunft erhalten hatte, ihren Aufenthalt in Dongola so kurz wie möglich zu halten. Überraschenderweise kam er ihrer eindringlichen Bitte mit nur drei Tagen Verzögerung nach.

Am fünften Tag nach ihrer Weiterfahrt, es war in der ersten Woche des neuen Jahres 1831 nach christlicher Zeitrechnung und eine halbe Tagesreise hinter der Siedlung El Kandaq, geschah das, was ihre Pläne unerwartet und völlig über den Haufen warf.

Der Mordanschlag passierte zur Mittagsstunde. Es war ein extrem heißer Tag, und noch nicht einmal der Windzug des Schamal vermochte der sengenden Hitze den lähmenden Stachel zu nehmen. Die Mannschaft lag zum größten Teil an Deck und vermied jede unnötige Bewegung. Auch Jana, Sadik und Tobias hatten sich mittschiffs unter das Sonnensegel begeben, das der *rais* hatte aufspannen lassen.

Tobias hob träge den Kopf, als sich Jana neben ihm aufrichtete. Er warf ihr einen fragenden Blick zu. Sie beugte sich zu ihm hinüber, brachte ihren Mund ganz nahe an sein Ohr und flüsterte ihm zu: »Ich muß mal in die Kabine. Ein kleines menschliches Bedürfnis.«

Er grinste. Sich einfach in Lee an die Bordwand zu stellen und sich in den Fluß hinein zu erleichtern, war ihr natürlich nicht möglich. Sie mußte stets das Nachtgeschirr in der Kabine benutzen.

»Heute abend suchen wir uns irgendwo ein einsames Uferstück zum Baden«, raunte er zurück und sah sie mit einem zärtlich verlangenden Blick an, der ihr sagte, daß er nicht allein ans Baden dachte.

Sie lächelte und ging nach achtern.

Tobias wandte seine Aufmerksamkeit wieder der Kakerlake zu, die neben seinem rechten Fuß aus einer Ritze in der Ladeluke gekrochen war.

Er dachte daran, daß die *Al Adiyat* beim dritten Katarakt zum letztenmal vollständig unter Wasser gesetzt worden war, um die Ratten und das Ungeziefer zu töten, das sich an Bord eingenistet hatte. Die Mannschaft hatte siebzehn tote Ratten gefunden. Die Kakerlaken und all das andere tote Ungeziefer hatte niemand gezählt. Es wurde allmählich Zeit, diese Prozedur zu wiederholen.

Eine Weile beobachtete er den gepanzerten, schwarzen Käfer und wartete, daß Jana zu ihnen zurückkehrte. Unter Deck mußte es bei dieser Hitze schier unerträglich sein. Die Minuten vergingen, doch sie kam nicht.

Tobias wurde unruhig. Jana hätte schon längst zurück sein

müssen. In der Kabine mußte es so heiß sein wie in einem Back-ofen. Daß sie so wegblieb, mußte irgendeinen besonderen Grund haben, doch mit ihrem menschlichen Bedürfnis konnte er nicht zusammenhängen. Was also hielt sie so lange unter Deck?

Seine Unruhe wuchs, und kurz entschlossen erhob er sich, um nachzuschauen. Als er aus dem Schatten des Segels trat, empfand er die gleißende Sonne wie einen Schlag auf die Augen. Er kniff sie zu schmalen Schlitzen zusammen und bedauerte den Mann am Ruder, der auf seinem Posten ausharren mußte. Augenblicke später stieß er die Tür zu den Kabinen im erhöhten Achterschiff auf. Das Dämmerlicht im Gang war nach der blendenden Helle der reinste Balsam für die Augen. Dafür war die Luft zum Schneiden und so atemraubend wie die feuchtheißen Schwaden in einer Waschküche.

Er passierte den schmalen Quergang, der rechts und links zu winzigen Kammern und Kabinen führte, und trat auf die Tür der großen Achterkabine zu, die dem *rais* der Barke zustand und die Harun Ben Bahleh ihnen auf dieser langen Reise für einen gesalzenen Preis überlassen hatte.

Er befand sich noch einige Schritte von der Tür ihrer Kabine entfernt, als er merkwürdige Geräusche hörte, die ihn augenblicklich alarmierten. Ihm war, als schlage draußen irgend etwas mit einem lauten Klatschen ins Wasser. Fast zur selben Zeit drang aus der Kabine ein gellender Schrei, der jedoch jäh abbrach. Irgend etwas stürzte mit einem dumpfen Laut zu Boden. Und sofort darauf war noch ein lautes Klatschen auf dem Wasser zu hören.

Tobias rannte die Tür förmlich ein. Er wäre fast gestürzt, weil die Tür nur eine Armlänge aufschwang und dann von innen von einem Hindernis blockiert wurde. Bei dem Hindernis handelt es sich um einen Mann. Er lag auf dem Rücken. Es war der Seemann Bakar. Mit leblosen Augen starrte er zur Decke hoch,

160

den Mund zu einem stummen Schrei aufgerissen. Sein Gewand war vor der Brust von mindestens zwei Messerstichen aufgefetzt und blutgetränkt. Seine linke Hand hielt noch im Todeskrampf einen Dolch umklammert. Blut sickerte auch aus dem Mund des Toten.

»Sadik!... Sadik!« brüllte Tobias, von grenzenlosem Entsetzen gepackt, als er mit einem Blick feststellte, daß sich Jana nicht in der Kabine befand. Er sah ihr Kopftuch auf dem Boden vor dem hochgeklappten Heckfenster liegen.

Das Klatschen auf dem Wasser!

Mit einem Satz war er bei der großen Luke. Er sah etwas mitten im Fluß treiben. Ein weißes Gewand trieb auf dem Wasser. Nein, es trieb nicht, da schwamm jemand! Und dieser jemand versuchte mit aller Kraft ein Bündel zu erreichen, das immer wieder in den Fluten untertauchte, schon eine gute Bootslänge von der *Al Adiyat* entfernt. Tobias sah einen schwarzen Haarschopf auftauchen, und sein Herz blieb fast stehen vor Entsetzen. Jana! Das Bündel war Jana! Warum, um Gottes willen, schwamm sie denn nicht?

Das Grauen durchfuhr ihn wie Schüttelfrost, als Jana mit den Füßen wie wild um sich trat, sich im Wasser drehte und dabei kurz die Arme sehen ließ. Sie waren ihr auf den Rücken gebunden! Jana trieb gefesselt im Nil und kämpfte verzweifelt gegen das Ertrinken an! Doch warum schrie sie nicht um Hilfe? Sie rollte, ohne Kontrolle über ihren Körper, erneut in den gelbbraunen Fluten herum. Und dann sah er, daß sie nicht nur gefesselt, sondern auch *geknebelt* war.

»Mann über Bord!« schrie Tobias aus Leibeskraft und wußte, auch wenn es in diesem Moment der Angst um Jana nicht so klar in seine Gedanken drang, daß Zeppenfeld hinter diesem abscheulichen Mordanschlag steckte. »Mann über Bord!«

Seit er in die Kabine gestürzt war, waren kaum mehr als drei, vier Sekunden vergangen. Von Oberdeck drangen aufgeregtes

161

Stimmengewirr und Fußgetrappel. Ohne lange zu überlegen riß sich Tobias das Tuch mit den Kordeln vom Kopf, schleuderte es von sich und sprang mit einem Hechtsprung durch die Luke in den Fluß. Jana war mittlerweile schon um mehrere Bootslängen abgetrieben.

Die Gewänder behinderten ihn, doch die Angst um Jana verlieh ihm ungeahnte Kräfte. Seine Arme peitschen durch das Wasser. Er ahnte, daß Janas Rettung nicht in seiner Hand lag, sondern in der des unbekannten Schwimmers, der weit vor ihm lag und sich gleichfalls mit allen Kräften bemühte, sie rasch zu erreichen, um sie vor dem Ertrinken zu bewahren. Doch er hatte einfach nicht anders handeln können.

Tobias sah nicht, wie die Barke auf dem Fluß zu einer Wende ansetzte. Er war ganz auf die beiden Punkte im Wasser vor sich konzentriert. Der Mann, bei dem es sich nur um jemanden von der *Al Adiyat* handeln konnte, hatte Jana endlich erreicht. Einen Augenblick schien es so, als kämpften sie im Wasser miteinander. Tobias glaubte ein Messer in der Sonne aufblitzen zu sehen. Wollte er sie vielleicht töten, statt zu retten? Nein, er durchschnitt ihr die Fesseln. Und dann schleppte er sie zum Ufer und zog sie wie einen nassen Sack an Land!

Die entsetzliche Angst wich von Tobias. Jana lebte! Er hörte sie husten und sich erbrechen, während sich ihr Lebensretter hilfreich über sie beugte. Die Gewänder klebten Jana naß am Leib und ließ nun ihre weiblichen Rundungen deutlich hervortreten.

»Jah-salam!« hörte Tobias den Mann erschrocken hervorstoßen, als er endlich seichtes Uferwasser erreicht hatte und mit zitternden Gliedern aus dem Fluß wankte. »Das ist ja eine Frau! ... Allah möge mich mit dem nächsten Blitz treffen, wenn sie nicht auch noch eine Ungläubige ist! Und sie hat mit uns an Bord gegessen und mit uns gebetet! All die Monate seit wir El Qahira verlassen haben!«

Tobias sah nun, daß es sich bei Janas Retter um Achmed handelte. Und er begriff, daß er die Minuten bis zum Eintreffen der Barke nutzen mußte, um Achmed zum Stillschweigen zu verpflichten. »Du irrst!« rief er ihm zu. »Du hast meinen Bruder Ali Talib gerettet, der so gläubig ist wie du und Sadik, hast du verstanden? Meinen Bruder Ali! Wenn du dich daran hältst, wird es dein Schaden nicht sein, Achmed! Du hast uns einen großen Dienst erwiesen und Ali das Leben gerettet. Es liegt nun bei dir, wie der Lohn dafür ausfällt. Du kannst dir Freunde machen, die dir unendlich dankbar sind und dich für alles großzügig belohnen werden, oder aber du schaffst dir erbitterte Feinde! Entscheide dich! Aber entscheide dich schnell!« Unwillkürlich hatte er seinen Dolch gezogen, um seiner eindringlichen Warnung den nötigen Nachdruck zu verleihen.

Achmed wich erschrocken zurück. »*Aiwa, aiwa!* Es ist so, wie Sie sagen, Sihdi Talib!« stieß er hastig hervor. »Ich weiß nichts von einer Frau an Bord der *Al Adiyat* und auch nichts von einem Ungläubigen!«

Tobias nickte zufrieden und wandte sich jetzt Jana zu, die zitternd im Sand saß. Die Todesangst stand ihr noch immer in den Augen. Er schloß sie in seine Arme und drückte sie fest an sich, während sie heftig zu schluchzen begann. Er redete beruhigend auf sie ein, während auf der Barke das Segel eingeholt wurde.

Tobias mußte sich zwingen, die Umarmung zu lösen. Doch wenn die *Al Adiyat* gleich am Ufer anlegte, durfte man sie nicht so zusammen sehen. »Komm, laß uns ein Stück das Ufer hochgehen. Harun und seine Männern dürfen nicht merken, daß du kein junger Araber bist. Dein Körper unter den nassen Gewändern verrät dich aus der Nähe. Da oben stehen ein paar Palmen. Tun wir so, als suchten wir ihren Schatten. Schaffst du das?«

Jana fuhr sich über die Augen und nickte tapfer. »Ja, es... ist schon wieder gut«, sagte sie, doch ihre zitternde Stimme strafte sie Lügen.

Tobias und Achmed halfen ihr den Hang hoch. Als sie den Schatten der Palmen erreicht hatten, fragte Tobas: »Was, um Gottes willen, ist überhaupt in der Kabine passiert?«

Jana sank zu Boden und lehnte sich gegen einen der rauhen Stämme. »Ich... ich weiß es nicht. Es ging alles so schnell. Als ich die... die Kabine betrat, sah ich eine Bewegung und erhielt auch schon einen Schlag an den... Kopf«, antwortete sie abgehackt. »Als ich aufwachte, hing ich mit dem Oberkörper aus dem Fenster. Ich wollte schreien, doch... man hatte mich geknebelt und mir auch noch die Hände auf den Rücken gefesselt. Ich glaube, ich trat um mich, doch ich weiß es nicht mehr so genau. Ich war noch halb benommen. Und dann stieß man mich aus dem Fenster. Ich erinnere mich nur noch, einen Schrei gehört zu haben, bevor das Wasser über mir zusammenschlug. Ich konnte nicht schwimmen und bekam keine Luft mehr... ich dachte, ich müßte sterben......Mein Gott, es... es war so entsetzlich.« Sie schlug die Hände vors Gesicht.

Tobias streichelte kurz ihre Hand. »Ja, ich weiß. Doch jetzt mußt du tapfer sein. Bitte, Jana! Die *Al Adiyat* legt an. Die Männer dürfen nicht erfahren, daß du eine Frau bist!«

»Sie würden sie steinigen!« murmelte Achmed.

»Hast du Bakar erstochen?« wollte Tobias von ihm wissen.

Achmed nickte. »Er ist auf mich los, Sihdi Talib! Ich hatte gar keine andere Wahl, sonst hätte er mich und diese Frau... ich meine Ali getötet!«

»Was ist denn nun richtig passiert? Und ich will jede Einzelheit hören, verstanden? Also erzähl von Anfang an. Was hattest du überhaupt unter Deck zu suchen?«

Achmed zuckte verstört mit den Schultern. »Ich weiß es nicht, ich meine, warum Bakar diese Frau... äh, warum er Ali töten wollte...«

»Zeppenfeld«, flüsterte Jana verstört. »Es muß mit Zeppenfeld zu tun haben.«

164

Tobias nickte und forderte Achmed auf: »Weiter!«

»Ich war zufällig in der Kombüsenkammer, weil ich mir eine Zitrone holen wollte. Als ich wieder im Gang war, hörte ich aus der großen Kabine merkwürdige Geräusche und auch dumpfe, erstickte Laute«, berichtete Achmed und holte tief Luft.

»Mir war klar, daß da etwas nicht mit rechten Dingen zuging. Deshalb wollte ich mal nachsehen. Glücklicherweise war ich mißtrauisch und hatte meinen Dolch schon in der Hand, als ich die Kabine betrat, Allah sei Dank! Denn dann ging alles so schnell. Bakar stand an der Luke und warf... Ali über Bord. Im nächsten Moment ging er schon auf mich los, doch ich konnte ihm ausweichen. Er hat mich am linken Arm erwischt... Ja, und dann habe ich zugestochen. Ich wollte ihn nicht töten, Allah ist mein Zeuge, aber er mich! Ja, und dann... dann bin ich durch die Luke gesprungen, um sie... um ihn zu retten.«

»Ich werde dir ewig dankbar sein, daß du mir das Leben gerettet hast, Achmed«, versicherte Jana bewegt.

Tobias nickte, übersetzte ihren Dank dem Araber und fügte noch hinzu: »Und denk daran, daß wir dich in klingender Münze dafür belohnen werden, wenn du zu uns hältst und sie nicht verrätst.«

Achmed schwor es bei Allah und dessen Propheten, wollte aber wissen, warum Bakar überhaupt in ihre Kabine eingedrungen war und sie hatte töten wollen.

»Ali hat ihn wohl dabei überrascht, wie er uns bestehlen wollte«, antwortete Tobias ausweichend und erhob sich rasch, denn die *Al Adiyat* ging unten am Ufer längsseits, und die Anker wurden ausgebracht. Auf Deutsch trug er Jana auf, ihr Gewand vorn vom Körper etwas abzuziehen und in einer eingesunkenen Haltung zu verharren. Und Achmed gab er die Anweisung: »Du bleibst hier und läßt keinen von der Mannschaft in Ja... in Alis Nähe!«

»Sie müssen *mich* beschützen!« rief Achmed, dem erst jetzt

bewußt zu werden schien, was der Tod von Bakar für ihn für Folgen haben konnte. »Sie werden an mir Rache nehmen wollen!«

»Wer?« fragte Tobias.

»Seine Brüder Abdul und Mustafa und sein Schwager Hamadi! Sie werden abstreiten, daß Bakar ein gemeiner Dieb war, und mein Blut fordern!« stieß Achmed ängstlich hervor.

»Sie werden dir nichts tun, das verspreche ich dir!« sagte Tobias und hoffte, nicht zuviel versprochen zu haben, aber das mußte er im Augenblick einfach riskieren. Unter keinen Umständen durfte Achmed mit der Mannschaft in Kontakt kommen, ehe er sich nicht mit Sadik abgesprochen hatte. Ihre Situation war höchst brenzlig. »Bleib du nur hier und weiche nicht von Alis Seite!«

Dann eilte Tobias den Hang hinunter. Sadik und Harun kamen ihm entgegen, während sich die Mannschaft an der Reling drängte und sich in Mutmaßungen erging, was denn das alles zu bedeuten hatte.

»Wo ist der Mörder?« rief der *rais*, einen gewalttätigen Ausdruck auf dem Gesicht.

Tobias stellte sich ihm in den Weg. »Achmed ist kein Mörder. Er hat sich nur gewehrt, und bei diesem Kampf hat Bakar den Tod gefunden«, erklärte er rasch. »Er hat ihn auch verdient, denn er wollte uns bestehlen. Und als... mein Bruder Ali ihn dabei überraschte, schlug er ihn nieder, knebelte und fesselte ihn und warf ihn über Bord, um diesen Zeugen seines schändliches Tuns für immer und ewig mundtot zu machen. Es war ein glücklicher Zufall, daß Achmed Alis erstickte Hilferufe gehört hat. Bakar ist der Verbrecher!«

»*La*, unmöglich!«

»Fragen Sie ihn doch selber, was in der Kabine vorgefallen ist!« forderte Tobias den *rais* auf. »Baker wollte uns bestehlen, das ist die Wahrheit, und als er dabei von Ali ertappt wurde, wollte er ihn kaltblütig töten! Achmed hat ihm das Leben gerettet! Ich habe es selber gesehen!«

»Gut, ich werde mir Achmeds Geschichte anhören!« sagte Harun Ben Bahleh mit düsterer Miene.

Sadik und Tobias verständigten sich mit einem raschen Blick. Beiden war klar, daß Bakar kein gewöhnlicher Dieb war. Wenn er in ihrer Kabine etwas gesucht hatte, dann etwas ganz Besonderes – nämlich die Landkarte und wohl besonders den Teppich, den man ja nicht am Körper tragen konnte.

Sadik war nach Tobias' Alarmschrei zuerst in der Kabine gewesen, hatte die Leiche gesehen, die Kopftücher aufgehoben und die Tür geistesgegenwärtig von außen verriegelt. Er hatte nur den *rais* hineingelassen und ihn beschworen, sein Wissen über den gewaltsamen Tod seines Besatzungsmitgliedes erst einmal für sich zu behalten.

Harun Ben Bahleh war glücklicherweise viel zu sehr damit in Anspruch genommen, Achmed über den Hergang der Ereignisse in der Kabine zu befragen, als daß ihm aufgefallen wäre, wie feminin der angebliche Ali ohne das weite, schützende Kopftuch im Gesicht aussah. Sadik reichte es ihr schnell, und damit war der kritischste Moment überwunden.

Der *rais* stieß lästerliche Flüche aus, als er Achmeds Geschichte gehört hatte, und schien sich den Bart ausreißen zu wollen. »Verflucht soll Bakar sein! Der Teufel möge ihn auf einem Bett glühender Kohlen tausend Jahre bis aufs Blut peitschen und dann vierteilen und pfählen! Jedes Glied soll er ihm einzeln ausreißen, diesem Hundesohn eines ungläubigen Kotsammlers! Warum hat er mir das angetan? Warum mir? Jetzt wird noch mehr Blut fließen! Sein Schwager und seine Brüder werden es nicht wahrhaben wollen, daß Bakar das getan hat. Sie werden seinen Tod rächen wollen. Und sie werden jeden herausfordern, der es wagt, Bakar einen dreckigen Dieb zu nennen!«

Achmed nickte, den flackernden Ausdruck der Angst in den Augen.

Sadik hatte längst einen Entschluß gefaßt. Daß die Fahrt auf der *Al Adiyat* hier für sie vorbei war, hatte er schon in dem Moment gewußt, als er Bakars Leiche in der Kabine gesehen hatte. »*Aiwa*, so wird es sein«, pflichtete er ihm bei. »Deshalb werden Sie ohne uns vier weitersegeln. Wir holen nur schnell unser Gepäck von Bord und ein wenig Proviant, dann segeln Sie weiter flußaufwärts.«

»Und was ist mit dem Toten?« wollte der *rais* wissen. »Meine Männer werden wissen wollen, was mit Bakar passiert ist, ganz besonders Hamadi, Abdul und Mustafa! Sie werden sich Zutritt zur Kabine verschaffen wollen.«

»Halten Sie sie hin, und rücken Sie mit der Wahrheit erst heraus, wenn Sie wieder abgelegt haben. Geben Sie uns zwei Stunden Vorsprung. Dann können Sie tun, wozu die Mannschaft Sie zwingt.«

»Das kann ich nicht tun. Ich riskiere eine Meuterei und damit meine *dahabia*!« wandte Harun fast empört über Sadiks Ansinnen ein.

»Würde Ihnen ein Beutel Goldstücke dieses Risiko erträglicher erscheinen lassen?« lockte Sadik. »Sie hätten dann Geld genug, um sich sechs neue Segel kaufen zu können oder wonach Ihnen sonst der Sinn steht!«

Es trat wieder dieses besondere Leuchten in die Augen des *rais,* das seine Geldgier verriet. »Nun ja, vielleicht könnte ich sie schon ein wenig hinhalten. Immerhin bin ich der *rais* der *Al Adiyat*, und so mancher kann froh sein, daß er bei mir Brot und Arbeit gefunden hat. Eine Weile kann ich Abdul, Mustafa und Hamadi wohl schon in Schach halten. Aber was bringen Ihnen schon zwei Stunden? Sie haben nicht ein einziges Reittier. Und nach El Kandaq ist es ein Fußmarsch von mindestens sechs Stunden. Man wird mich zwingen, den Kurs zu ändern, und wir werden eher in El Kandaq sein als Sie. Wenn man Sie und besonders Achmed dort findet, kann ich nichts mehr für Sie tun.«

»Wir werden ja sehen, wer schneller ist. Unsere Wege sind vorbestimmt, und wir geben unser Schicksal in Allahs Hand«, erwiderte Sadik scheinbar gelassen und gottergeben. »Sagen Sie mir nur, ob Sie mein Angebot annehmen.«

Er tat es, und Sadik ließ ihn bei Allah und dem Leben seiner Kinder und Kindeskinder schwören, daß er sich an seinen Teil der Vereinbarung halten würde. Tobias und Achmed blieben bei Jana zurück, während Sadik zurück an Bord ging und ihr Gepäck an Land brachte. Er nahm nur das Notwendigste und beschränkte sich beim Proviant auf eine Tagesration pro Kopf. Was die Wasserschläuche betraf, so nahm er vier für jeden von ihnen mit. Er schaffte sie zusammengerollt von Bord. Waffen, Pulver und Blei machten den schwersten Teil ihres Gepäcks aus.

Sadik beeilte sich, denn Harun hatte schon jetzt Mühe, seine Männer unter Kontrolle zu halten. Einige verlangten zornig und lautstark eine Erklärung für diese rätselhaften Geschehnisse. Und es meldeten sich auch schon aggressive Stimmen, die wissen wollten, wo denn Bakar geblieben sei und warum niemand unter Deck zu den Kabinen dürfe. Es gelang Harun jedoch, seine Männer zum Ablegen zu bewegen – doch dafür mußte er seine ganze Stimmkraft und einige scharfe Drohungen aufbieten.

Sorgenvoll blickte Tobias der Barke nach. »Harun hat völlig recht, sie werden sich bald Zutritt zur Kabine verschaffen, Bakars Leiche finden und Harun zum Umkehren zwingen, um unsere Verfolgung aufzunehmen. Wir schaffen es nie und nimmer, vor ihnen in El Kandaq zu sein. Und daß ist die einzige Siedlung weit und breit, wo wir uns Reittiere beschaffen und in die Wüste flüchten können!«

169

Jana, die sich mittlerweile von dem Schock erholt hatte, pflichtete ihm bei. »Zu Fuß brauchen wir für die Strecke doch bestimmt einen ganzen Tag.«

Sadik lächelte. »Ein Haar vom Steiß des Teufels bringt Segen. Und wer Wolle nötig hat, schert auch einen Hund, sofern er ihn zur Hand hat – und wir haben.«

»Wie bitte?« fragte Tobias verständnislos.

»Wir werden nicht zu Fuß gehen, sondern uns dem Nil anvertrauen!« eröffnete Sadik ihnen.

»Wir sollen bis nach El Kandaq schwimmen?« stieß Jana ungläubig hervor.

»Die Hand des Einfallsreichen und Mutigen reicht über die Berge«, antwortete Sadik spöttisch und hob einen der leeren Wassersäcke hoch. »Wir werden sie nicht mit Wasser füllen, sondern mit der Luft unserer Lungen. Zum Dank werden vier von ihnen zusammengebunden einen von uns bequem flußabwärts tragen! Und wenn Harun zu seinem Wort steht und uns zwei Stunden Vorsprung verschafft, erreichen wir El Kandaq noch gut vor Einbruch der Dunkelheit und damit vor der *Al Adiyat*, denn sie werden gegen den Schamal kreuzen müssen, um flußabwärts zu kommen.«

»Sadik, du bist ein Teufelskerl!« rief Tobias begeistert und wäre ihm am liebsten um den Hals gefallen.

Auch Jana und Achmed machten nun wieder zuversichtliche Gesichter.

»Sagen wir lieber, daß Allah Wohlgefallen an einem *bádawi* wie mir gefunden und mich mit einem Reichtum an recht praktischen Einfällen beschert hat«, erwiderte Sadik mit trockenem Humor und trieb sie dann zur Eile an.

Jeder blies seine vier Wasserschläuche auf, band sie zusammen, erhielt einen Teil des Gepäcks und legte sich dann im flachen Wasser mit der Brust auf das üppige Luftpolster, das im Notfall jederzeit wieder aufgeblasen werden konnte.

»Achtet darauf, daß wir immer eng zusammenbleiben und uns möglichst in der Mitte des Stroms halten!« ermahnte Sadik sie noch einmal. »Versuchen wir, eine Linie zu halten. Wenn einer abzutreiben droht, haltet ihn fest.«

»Bei Allah, wenn wir es wirklich schaffen, werden uns alle Knochen im Leib weh tun«, stöhnte Achmed leise.

»Wer das Kamel verloren hat, sucht nicht mehr den Sattel, sondern sein Leben zu retten!« beschied Sadik ihn. »Und nun los!«

Augenblicke später stießen sie sich vom Ufergrund ab und trieben auf den Fluß hinaus. Die Strömung riß sie mit. Und Sadik betete im stillen zu Allah, daß er sie vor Krokodilen und angriffslustigen Nilpferden verschonen möge.

Und vor einem wortbrüchigen Harun Ben Bahleh.

Treibgut

Sie durchlebten quälend lange Stunden der Angst, während die Strömung sie gen El Kandaq trug. Immer wieder sahen sie zurück und verrenkten sich dabei den Kopf, weil sie jeden Augenblick damit rechneten, das große Dreieckssegel der *Al Adiyat* hinter sich auftauchen zu sehen. Wie lange vermochte Harun Ben Bahleh dem Druck seiner Mannschaft standzuhalten, wenn sie von Bakars Tod erfuhr? Würde er überhaupt ein Mindestmaß an Anstrengungen unternehmen, um diese Galgenfrist von zwei Stunden einzuhalten?

Tobias hegte starke Zweifel, daß sie auf das Wort ihres ehemaligen *rais* bauen konnten. Harun Ben Bahleh war in seinen Augen ein Opportunist, der sein Fähnchen nach dem Wind hielt. Ihr Gold hatte er eingesteckt. Niemand würde es ihm streitig machen können. Und was immer ihn mit Odomir Hagedorn verband, es war hier, eine monatelange Schiffsreise von El Qahira entfernt, wohl ohne große Bedeutung in diesem Konflikt. Welchen Grund hatte er also noch, dem Druck seiner Mannschaft allzulange Widerstand entgegenzusetzen?

Es war nicht allein Tobias, der von diesen Ängsten heimgesucht wurde, wie Janas Frage schon bald verriet. »Was tun wir bloß, wenn uns die *Al Adiyat* vor El Kandaq einholt?«

Sadik, der in ihrer seltsamen Formation die linke Außenposition innehatte, warf ihr ein scheinbar völlig unbekümmertes Lächeln zu.

»Zerbrich dir darüber nicht den Kopf, Jana. Wegen einer einzigen Rosine soll man keine Schenke bauen. Wir schaffen es schon mit Allahs Hilfe.«

»Und was ist, wenn Allah sich entschließt, seine Hilfe den Männern auf der *Al Adiyat* angedeihen zu lassen?« wollte sie wissen. »Manchmal gibt Allah doch dem Nüsse und Mandeln, der keine Zähne zum Beißen hat, wie du mal gesagt hast. Und genauso fühle ich mich jetzt auch.«

»Wenn der Ochse satt ist, verstreut er den Häcksel links und rechts«, antwortete Sadik scheinbar leichthin. »Und das Bellen aus der Ferne ist leichter als das Knurren in der Nähe.«

»Du sprichst in Rätseln, Sadik«, beklagte sie sich mit gequälter Miene. »Ich mag deine Rätsel, aber bitte nicht gerade jetzt!«

»Das Feuer verbrennt nur den Fuß dessen, der darauf tritt. Und Harun Ben Bahleh ist ein viel zu berechnender Mensch, als daß er seinen Fuß auch nur in die Nähe eines Feuers setzen würde, das ihm die Haut versengen könnte. Und wir haben ausreichend Möglichkeiten, ihm mehr als nur die Haut zu versengen«, erklärte der Beduine und klopfte dabei auf die in Tücher gewickelten Musketen und Pistolen, die sie vor sich auf die Wasserschläuche gebunden hatten. »Ich habe ihn wissen lassen, daß wir hinreichend bewaffnet sind, um ihm und seinen

Männern einen feurigen Empfang zu bereiten. Sollte die *Al Adiyat* uns also wirklich einholen, werden wir uns sofort ans Ufer treiben lassen und uns dort gut verschanzen. Aber ich bezweifle, daß die Männer es auf ein Feuergefecht mit uns ankommen lassen werden.«

Tobias war versucht zu sagen, daß Haruns Männer gar nicht darauf angewiesen waren, sie in einem Feuergefecht zu besiegen. Wenn sie sie weit genug vor El Kandaq stellten und sie zwangen, sich dort irgendwo am steinigen Ufer zu verschanzen, brauchten sie im sicheren Schutz der Barke bloß zu warten, bis ihnen Wasser und Proviant ausging, um sie in ihre Gewalt zu bekommen. Doch er ließ den beunruhigenden Gedanken, der Sadik gewiß auch schon längst durch den Kopf gegangen war, besser unausgesprochen.

Jana ließ sich jedoch nicht täuschen. »Die Waffen werden uns dann auch nicht viel nutzen«, erkannte sie scharfsinnig und näßte mit einer Hand ihr Kopftuch, um sich von der sengenden Hitze auf dem Fluß ein wenig Linderung zu verschaffen. »Damit erreichen wir bestenfalls einen Aufschub.«

Sadik seufzte verhalten, was einer indirekten Zustimmung gleichkam. »Halten wir es mit der Regel des Krämers, die da lautet: In dem Monat, in dem du keine Einnahmen hast, zählst du besser nicht die Tage! Und wenn die Hoffnung nicht wäre, würde das Leben aufhören.«

Achmed hüllte sich in Schweigen. Doch die Art, wie er sich an die aufgeblasenen Wasserschläuche klammerte, sowie die vielen ängstlichen Blicke zurück gaben ein deutliches Zeugnis von seinem Gemütszustand ab. Er wußte, daß sein Leben keine Handvoll Datteln mehr wert war, wenn Bakars Verwandte ihn zu fassen bekommen sollten.

Jana, Sadik und Tobias stellten eine Weile Mutmaßungen darüber an, wie es Zeppenfeld bloß gelungen war, sich der Dienste von Bakar zu versichern.

»Er muß sich schon in Cairo an ihn herangemacht und ihn bestochen haben«, nahm Tobias an.

»Nicht unbedingt«, widersprach Jana. »Zeppenfeld kann uns auch mit einer anderen Barke gefolgt sein und Bakar in einem der Orte, wo wir länger vor Anker lagen wie etwa in Aswan, Wadi Halfa und Dongola, angeheuert haben. Ich finde, es spricht alles für Dongola. Denn wenn Zeppenfeld ihn schon vor Wochen in Aswan oder Wadi Halfa oder gar vor über zwei Monaten in Cairo als Komplizen gedungen hätte, hätte Bakar doch kaum so lange damit gewartet, unsere Kabine zu durchsuchen.«

»Mhm, das hat was für sich«, stimmte Tobias ihr zu und zwang sich, nicht schon wieder einen Blick über die Schulter zu werfen. Mit den Beinen korrigierte er die leichte Abdrift, die ihn erfaßt hatte und nun gegen Achmeds Luftpolster drückte.

Sadik mochte sich ihrer Meinung jedoch nicht anschließen. »Ich glaube nicht daran, daß Zeppenfeld erst in Dongola Kontakt mit Bakar aufgenommen hat.«

»Und warum nicht?« fragte Jana. »Zeitlich kommt es doch gut hin.«

»Wäre Zeppenfeld persönlich in Dongola gewesen, hätte er eine gute Gelegenheit gehabt, *uns* höchstpersönlich einen Hinterhalt zu legen.«

»Er ist ein gebranntes Kind und vorsichtig geworden. Er weiß, daß wir es mit ihm aufnehmen können«, hielt Tobias ihm nicht ohne Stolz vor. »Deshalb finde ich es ganz logisch, daß er es über Bakar versucht hat, in den Besitz der Karte und des Teppichs zu gelangen.«

Sadik schüttelte den Kopf. »Du darfst nicht den Fehler begehen und Zeppenfeld unterschätzen. Er ist gerissener, als du denkst. Und er hat aus seinen letzten Mißerfolgen mit Sicherheit die entsprechenden Lehren gezogen. Erinnert euch doch nur an den Hinterhalt in Wattendorfs ehemaligem Haus. Er hat gewußt, daß wir kommen würden – und geduldig gewartet. Und es ist nicht auszuschließen, daß Sihdi Hagedorn nicht ganz so umsichtig war, wie er uns beteuert hat.«

»Du meinst, Zeppenfeld kann erfahren haben, daß wir nicht mit einer Karawane gen Süden ziehen, sondern an Bord der *Al Adiyat* nilaufwärts reisen würden?« fragte Jana skeptisch.

»*Aiwa*, das ist die einzig logische Erklärung. Denn Zeppenfeld mußte ausreichend Zeit zur Verfügung gehabt haben, nämlich mehr als nur ein paar Tage, um Bakar für seine verbrecherischen Pläne gewinnen zu können. Möglich, daß er Bakar Lügen über uns erzählt hat. Aber irgendwie hat Zeppenfeld doch erst einmal in Erfahrung bringen müssen, wer von der Mannschaft für seine Zwecke geeignet war. Und dann hat es bestimmt seine Zeit gedauert, bis er als Ungläubiger und Ausländer ein gewisses Maß von Vertrauen bei Bakar gewonnen hatte, um ihn zu dieser Tat überhaupt anstiften zu können. All das konnte er kaum in den paar Tagen bewerkstelligen, die wir in Aswan, Wadi Halfa oder sonstwo verbracht haben.«

»Wenn du recht hast, dann hatte Zeppenfeld ja vom Anfang der Reise an einen oder sogar mehrere Handlanger an Bord der *Al Adiyat*!« folgerte Jana, noch im nachhinein erschrocken.

»So muß es gewesen sein«, bekräftigte Sadik mit grimmiger Miene. »Und ich glaube auch nicht an einen Zufall, daß Bakar so lange mit seiner Tat gewartet hat. Zeppenfeld wird ihm das so aufgetragen haben.«

»Aber das würde ja bedeuten, daß Zeppenfeld gar nicht weit hinter uns sein kann!« stieß Tobias bestürzt hervor.

»Ich weiß nicht, ob er hinter uns oder vor uns ist«, antwortete Sadik ernst. »Aber eines spüre ich ganz genau: daß er nicht mehr als ein, zwei Tagesreisen von uns entfernt ist. Wir hatten geglaubt, ihn abgeschüttelt zu haben. Aber das war ein Irrtum.«

»O Gott, vielleicht treiben wir ihm jetzt ja direkt in die Arme!« befürchtete Jana.

Sadik schwieg, und sein Schweigen sagte Jana und Tobias, daß ihm dieser Gedanke auch schon gekommen war – und daß er diese Möglichkeit nicht ausschloß.

Tobias wurde ganz flau zumute. Hinter ihnen die *Al Adiyat* mit einer Mannschaft, die ihnen vermutlich genauso nach dem Leben trachtete wie Achmed, und vor ihnen möglicherweise ein Boot mit einigen skrupellosen Gestalten an Bord, die auf Zeppenfelds Kommando hörten!

»Mein Gott, laß uns nicht vom Regen in die Traufe kommen!« stieß Tobias inbrünstig hervor.

»*Aiwa*, möge uns das erspart bleiben, was dem Mann widerfuhr, der vor dem Bären floh und dabei in die Zisterne fiel«, pflichtete Sadik ihm bei, ohne dabei seinen Humor zu verlieren.

Die Angst ließ sie die folgenden Stunden nicht los. Sie begegneten mehrmals Nilpferden. Auf Sadiks Anweisungen hin ließen sie sich stumm und ohne sich zu bewegen an ihnen vorbeitreiben. Einmal trieben sie sogar durch eine ganze Herde hindurch, als der Fluß eine scharfe Biegung machte und sie von der Strömung nahe ans Ufer gedrückt wurden. Achmed geriet beinahe in kopflose Panik, als sich ein junges Tier für ihn interessierte und dadurch seine Mutter, ein gewaltiges Ungetüm von einem Nilpferd, auf sie aufmerksam machte. Sie hatten schon alle ihre Messer in der Hand, als das Jungtier sein Interesse an Achmed verlor, der ihre Viererformation rechts außen abschloß, und abdrehte. Und damit erlosch auch das Interesse der Mutter an diesem merkwürdigen Treibgut.

Ihnen begegneten auch zweimal Wasserschlangen. Eine von ihnen, armlang und mit gelbgrüner Zeichnung, hatte wohl ihre Kräfte und die Breite des Flusses überschätzt. Auf jeden Fall erschien ihr das Treibgut, das ihren Weg kreuzte, als idealer Ort, um eine Rast einzulegen. Denn zielstrebig, den Kopf ein Stück über dem Wasser, glitt sie auf sie zu.

Sadik bemerkte die Schlange zuerst, warnte sie und spritzte ihr mit der flachen Hand Wasser entgegen. Das gefiel ihr gar nicht. Sie zischte, hielt Abstand und umkreiste sie für ein paar schreckliche Minuten, in denen sich ihr Verbund aufzulösen drohte, weil die Schlange die Richtung bestimmte, in die sie sich drehen mußten, um die Gefahr im Auge zu behalten. Achmed trieb als erster davon. Dann folgte Jana, worauf Tobias den Kontakt mit Sadik aufgab, um zu ihr zu kommen.

Glücklicherweise entdeckte die Schlange wenig später einen großen Palmwedel, auf den sie kriechen und neue Kräfte sammeln konnte. Es dauerte eine ganze Weile und kostete sie einige Anstrengungen, bis sie wieder nebeneinander im Wasser trieben.

Zu der starken psychischen Belastung gesellten sich schon bald die physischen. Daß sie der brennenden Sonne auf dem Fluß völlig schutzlos ausgesetzt waren, von ihrem Kopftuch einmal abgesehen, war dabei das kleinere Übel, auch wenn die Hitze ihnen zusetzte. Viel schlimmer waren die Muskelschmerzen, die sich schon bald einstellten. Halb mit dem Oberkörper auf den Luftpolstern zu liegen und die Beine möglichst nahe an der Wasseroberfläche zu halten, war alles andere als eine natürliche Körperhaltung.

Die Schmerzen wurden immer heftiger, und Muskelstränge in Schultern und Rücken schienen sich in feurige Ströme zu verwandeln, die in ihrem Körper brennend pulsierten. Jana hatte manchmal Tränen in den Augen. Doch sie kämpfte tapfer gegen die Schmerzen an, klagte nicht und war entschlossen, bis zum Ende durchzuhalten.

Ein gnädiges Schicksal führte ihnen am Nachmittag das Boot eines Fischers entgegen, der sich an diesem Tag weiter als gewöhnlich von El Kandaq entfernt hatte. Er errettete sie aus ihrer mißlichen Lage, nahm sie an Bord und begnügte sich mit Sadiks karger Erklärung, daß ihr eigenes Boot gesunken sei. Er kam auch seiner Bitte nach, sie so schnell wie möglich nach El Kandaq zu bringen, das sie gut zwei Stunden vor Einbruch der Dämmerung erreichten. Der Fischer nannte ihnen auch gleich die Adresse eines Kamelhändlers, der seinen Worten nach gute Tiere zu einem anständigen Preis verkaufte, ohne zu erwarten, daß man ihm die Höcker seiner Tiere mit Gold aufwog.

Sadik belohnte den Fischer für seine Freundlichkeit mit einem Goldstück. Dann beeilten sie sich, daß sie zu Soliman Azir, dem Kamelhändler, kamen. Achmed erhielt Geld und den Auftrag, indessen schon Proviant zu kaufen. Ihnen allen war klar, daß sie ihn nicht in El Kandaq zurücklassen durften, sondern vorerst mitnehmen mußten. Und da dem so war, konnte er sich gleich nützlich machen.

Beim Kamelhändler zerrte das langwierige Feilschen auf geradezu unerträgliche Weise an den Nerven von Jana und Tobias. Sie begriffen nicht, woher Sadik die Ruhe nahm. Jeden Augenblick konnte die *Al Adiyat* eintreffen, und man würde den Männern, wenn sie nach den vier Fremden fragten, sehr schnell den Weg in den Hof von Soliman Azir weisen.

»Himmelherrgott, zahl ihm, was immer er für die verdammten Tiere verlangt, und laß uns verschwinden, solange wir das noch können!« zischte Tobias, als der kleine rundliche Kamelhändler sie einen Augenblick allein ließ.

Sadik schnalzte mißbilligend und sagte mit aufreizender Ruhe: »Gemach, mein Freund, nur gemach. So gelangen wir nicht ans Ziel. Das Krähen der Hähne ist ein Wegweiser für die Füchse!«

»Bitte verschon uns jetzt mit deinen Sprüchen! Bezahl ihn lieber und laß uns aufbrechen!« beschwor Tobias ihn.

Sadik schüttelte den Kopf. »Du unterliegst einem fatalen Irrtum, wenn du glaubst, das Geschäft hier wäre schnell abgeschlossen, wenn ich ihm nur den Preis zahle, den er gerade genannt hat.«

»Warum sollte es das denn nicht sein?« wollte Jana verständnislos wissen.

»Weil Soliman Azir dann sofort merkt, daß uns der Boden unter den Füßen brennt«, erklärte Sadik. »Er mag ja ein anständiger Händler sein. Aber auch ein treuer Haushund kann seine Sanftheit vergessen, wenn er frisches Blut geleckt hat und weiß, daß noch mehr da ist. Und so wird es auch mit Soliman Azir gehen. Er wird glauben, wir hätten etwas zu verbergen, und das wird ihm die Rechtfertigung dafür liefern, uns auch noch den letzten Piaster abzunehmen. Und da er unter immer neuen Ausflüchten und Begründungen seine Forderungen immer höher schrauben wird, weil dies und jenes noch zu bezahlen sei, werden wir letztlich noch mehr Zeit verlieren, als wenn ich den Handel so abwickle, als wären wir ganz und gar nicht in Eile und könnten die Kamele auch morgen oder gar übermorgen bei einem anderen kaufen.«

Jana und Tobias machten betroffene Gesichter und gaben sich nun Mühe, sich keine Nervosität anmerken zu lassen.

Sie waren in Schweiß gebadet, als sich Sadik und Soliman Azir endlich über vier gute Reitstuten und drei Lastkamele samt Zaumzeug, Sattel und Decken handelseinig wurden.

Die Sonne stand keine Handbreite mehr über dem westlichen Nilufer, als die kleine Karawane El Kandaq in Richtung Osten verließ. Als sie schon ein gutes Stück außerhalb der Stadt waren und den Kamm einer besonders hohen Sanddüne erklommen, entdeckten sie das große, rotgoldene Segel einer Barke, die um die Flußbiegung kurz vor El Kandaq segelte.

»Da!« rief Jana. »Da kommt die *Al Adiyat*!«

Tobias lachte. »Zu spät, Freunde!«

»*Aiwa*, aber nur um Haaresbreite... und weil Harun Ben Bahleh zu seinem Wort gestanden hat«, gab Sadik zu bedenken. »Und nun will ich sehen, ob ihr euch auch noch im Galopp im Sattel einer guten Stute zu halten vermögt!«

Sprach's und trieb sein Reittier mit der *kurbatsch* an. Die Stute gab ein häßliches Krächzen von sich, trat an und warf mit ihren Hufen den Sand hoch.

Wenig später schien die Wüste den Nil und El Kandaq verschluckt zu haben, als hätte es nie etwas anderes als dieses Meer aus Sand gegeben. Dann brach die Dunkelheit herein. Sadik trieb sie die ganze Nacht nach Nordosten.

Durch die Wüste

Es war der siebzehnte Tag, den sie nun schon durch die nubische Wüste ritten, immer in nordöstliche Richtung. Und der heiße Khasim aus Südosten, den die Beduinen auch 50-Tage-Wind nannten, war ihr ständiger Begleiter. Wie sehr sie sich auch zu schützen versuchten, er blies ihnen dennoch den feinen Sand unter die Kleidung. Unter dem dauerhaften Khasim erhielten die Dünen wehende Schleier aus Sand, die hin und her tanzten und den Eindruck erweckten, als lebte und wanderte dieses trockene Meer. Nicht selten glaubte das ungeübte menschliche Auge, von endlosen Tagen gleichförmiger Bewegungen und Landschaftskonturen übermüdet, die Wüste verwandle sich plötzlich wahrhaftig in ein Meer mit wogender Dünung. Zu anderen Momenten wiederum täuschte ihnen die flirrende Hitze, die wie geleeartige Schwaden über den Hügelkämmen und in den weiten Mulden lag, einen flimmernden See inmitten dieser Wüstenei vor. Fata Morgana.

Jana hätte nie gedacht, daß sie sich einmal so einsam und so verloren vorkommen würde, wie es jetzt der Fall war. Zwar befand sie sich in Gesellschaft von Sadik, dem sie blind vertraute, und Tobias, dem ihre Liebe galt. Zudem gehörte ja auch noch

Achmed zu ihrer kleinen Gruppe, und ihre sieben Kamele waren ausreichend mit Proviant und Wasserschläuchen beladen. Doch dieses Gefühl des Verlorenseins hätte sie gewiß auch gehabt, wenn ihre Karawane zehnmal so stark an Menschen und Kamelen gewesen wäre. Denn es war die Natur, die ihr das Gefühl gab, einsam und verloren und ein Nichts zu sein in dieser Welt.

Jana hatte geglaubt, auf die Wüste vorbereitet zu sein. Die Wirklichkeit belehrte sie eines anderen. Die Wüste ließ sich für sie nicht einordnen, nicht mit einem Wort beschreiben, wie sie es bisher mit den Landschaften gekonnt hatte, durch die sie gezogen war. Die Wüste wirkte auf vielfältige Weise auf sie, war gewaltig, majestätisch, erhaben, monumental, grandios und furchteinflößend. Und obwohl sie von der unvorstellbaren Weite und Macht der Wüste innerlich zutiefst aufgewühlt, ja verstört war, spürte sie andererseits doch auch die Faszination, die diesem fast menschenleeren und sonnendurchglühten Teil der Erde innewohnte und Menschen wie Sadik und Tobias' Vater bis an ihr Lebensende nicht mehr losließ. Um keinen Preis der Welt hätte sie diese Erfahrung missen oder gar in die Sicherheit einer großen Stadt zurückkehren mögen. Ja, sie war verstört und fühlte sich in ihren Vorstellungen, die sie bisher von sich und von ihrem Leben gehabt hatte, aufs schwerste verunsichert. Aber war sie von ähnlichen Gefühlen der Verstörtheit und der Selbstzweifel nicht auch gequält worden, als sich ihre freundschaftlichen Gefühle zu Tobias in Liebe verwandelt hatten? Es tröstete sie zu wissen, daß Tobias ganz ähnlich auf die Wüste reagierte. Auch er fühlte sich auf teils beklemmende, teils euphorische Weise von der elementaren Gewalt der Natur überwältigt.

Um die Gefahr zu bannen, von Bakars Verwandten noch eingeholt werden zu können, hatte Sadik ihnen die ersten beiden Nächte und Tage kaum eine Ruhepause gegönnt. Die Stunden, die sie hatten schlafen können, ohne dabei im Sattel zu sitzen, konnten sie an einer Hand abzählen. Allein die Bedürfnisse der Tiere bestimmten Tempo und Ruhepausen, und die Ausdauer der Kamele war erstaunlich. Sie konnten im Notfall bis zu fünf Tage ohne Wasser auskommen, während der Mensch in dieser schattenlosen Wüstenei schon nach nur einem Tag ohne einen Tropfen Wasser von der erbarmungslosen Glut ausdörrte und zu phantasieren begann.

»Wir wollen es so halten, wie Mulla Nasrudin es mit seiner Bärenjagd gehalten hat«, erklärte Sadik, als Achmed und auch Tobias am zweiten Tag zaghafte Zweifel verlauten ließen, ob dieser Gewaltritt denn noch immer nötig sei.

»Und was war mit dieser Bärenjagd?« fragte Jana und kaute auf einem Stück Fladenbrot.

Sadik lächelte. »Mulla Nasrudin, ein Gelehrter, ging eines Tages auf die Bärenjagd. Als er wiederkam, wollte man natürlich wissen, wie es denn gewesen sei. ›Oh, es war eine großartige Jagd‹, teilte er den Neugierigen mit. ›Hast du viele Bären gesehen?‹ fragte man ihn. ›Keinen einzigen‹, antwortete er. Darauf sah man ihn mit großer Verständnislosigkeit an und hielt ihm vor: ›Wenn du nicht mal einen einzigen Bären zu Gesicht bekommen hast, wie kannst du dann von einer großartigen Jagd reden, Mulla Nasrudin?‹ Worauf der Gelehrte ihnen zur Antwort gab: ›Wenn du einer bist, der das Leben liebt und das Blutvergießen verabscheut, dann ist es eine wunderbare Erfahrung, keinem Bären begegnet zu sein.‹«

Jana, Achmed und Tobias verstanden und stiegen wenige Minuten später ohne ein weiteres Wort der Klage auf ihre Reittiere, obwohl ihnen jeder Körperteil wehtat und sie sich danach sehnten, sich auszustrecken und einige Stunden zu schlafen.

Sadik schlug in diesen ersten Tagen des forcierten Vordringens in die nubische Wüste einen Bogen um die kleinen Oasen, die sich noch einige Tagesritte vom Nil entfernt fanden. Dann ging es in einer scheinbar endlosen Linie immer geradeaus nach Nordosten. Dabei brauchte er keinen Kompaß, um nicht vom Kurs abzukommen. Er orientierte sich nachts an den Sternen und tagsüber am Stand der Sonne. Sein Gefühl für die Zeit war untrüglich.

Tobias, der einen kleinen Kompaß bei sich trug und ihre Richtung ab und zu damit kontrollierte, war von Sadiks Genauigkeit, die keiner technischen Hilfsmittel bedurfte, fasziniert.

»Es ist die zweite Natur des Beduinen. Die Wüste ist unsere Heimat und uns damit vertraut«, erklärte Sadik. »Und so wie der Bauer in einer Herde von Rindern, die uns alle gleich auszusehen scheinen, jedes einzelne voneinander unterscheiden kann, und wie der Dschungelbewohner zielsicher seinen Weg in seiner Welt des grünen Labyrinths findet, so hält auch die scheinbar eintönige Wüste genügend Merkmale für uns Beduinen bereit, an denen wir uns orientieren können. Eine Veränderung der Sandfarbe, eine besondere Hügelkette, eine Steinformation, all das sind für uns so deutliche Wegzeichen wie für einen Kutscher in Europa die Straßenschilder.«

Jana hatte ihr Kamel an die rechte Seite von Sadiks Stute gelenkt, während Tobias auf der anderen Seite ihres beduinischen Freundes ritt. Achmed ritt in ihrer Spur und führte die Lastkamele an einem Seil hinter sich her. Er hatte darauf bestanden, ihnen die lästigsten Aufgaben abzunehmen, und versuchte sich nützlich zu machen, wo es nur ging. Er sammelte den Kameldung ein, kümmerte sich darum, daß den Tieren die Vorderbeine zusammengebunden wurden, wenn sie rasteten, und nahm ihnen noch viele andere Arbeiten ab, die auch nach einem noch so erschöpfenden Tag im Sattel verrichtet werden mußten. Daß Jana ihm ihr Leben verdankte, schien ihm seinen wiederholten Beteuerungen nach gering im Vergleich zu dem Dienst, den sie ihm erwiesen, nämlich daß sie ihm zur Flucht verhalfen und ihn vor der Blutrache von Hamadi, Abdul und

Mustafa bewahrten. Sadik, Jana und Tobias hatten zwar noch nicht darüber gesprochen, was aus Achmed werden sollte und bis wohin sie ihn mitnehmen konnten. Die Zeit war noch nicht reif für ein solches Gespräch, und bisher hatte sich ihnen auch noch nicht die richtige Gelegenheit dafür geboten. Doch ihnen allen war klar, daß sie ihn nicht mit ins Tal nehmen wollten. Was immer sie dort entdecken würden, es sollte vorerst ihr Geheimnis bleiben. Besonders Sadik grübelte stundenlang darüber nach, wie sie ihrer Dankesschuld Achmed gegenüber gerecht werden konnten, ohne ihn in ihre geheimen Pläne einweihen zu müssen.

Es war Tobias, der gleich am dritten Tag ihres Wüstenrittes das Gespräch auf die Blutrache brachte. »Diese Blutrache ist der reinste Wahnwitz. Ich verstehe gar nicht, wie das zu dem sonst so edlen Geist der stolzen Beduinen paßt. Achmed hat Bakar getötet. Dafür wollen Hamadi, Mustafa und Abdul nun Blutrache an Achmed nehmen. Wenn sie ihn erwischen und töten sollten, muß dann doch Achmeds Familie wieder Rache an den dreien nehmen. Das ist ja ein Töten ohne Ende!«

»Richtig, ein Blutbad ohnegleichen«, pflichtete Jana ihm bei, dankbar für jedes Gespräch, das sie die Eintönigkeit des Kameltrotts für eine Weile vergessen ließ.

Sadik schüttelte belustigt den Kopf. »Ich weiß nicht, wer euch das über die *thar*, die Blutrache, erzählt hat. Es ist jedenfalls völliger Unsinn. Denn wenn dem so wäre, müßte es ja seit Jahrtausenden einen endlosen Krieg zwischen allen Stämmen und Völkern geben. Das ist jedoch nicht der Fall. Es stimmt nämlich nicht, daß die Blutrache immer wieder neues Blut fordert. In der Regel ist die Blutschuld nämlich schon dann getilgt, wenn für den Getöteten einer aus dem Stamm des Mörders sein Leben gelassen hat.«

»Heißt das, daß nicht unbedingt der Mörder Ziel der Blutrache sein muß?« fragte Tobias erstaunt.

Sadik nickte. »*Aiwa,* die *thar* verlangt allein Auge um Auge, Zahn um Zahn, Blut um Blut. Es muß dabei nicht zwangsläufig das Blut desjenigen fließen, der die Blutrache in Gang gesetzt hat. Es geht nämlich nicht darum, einen Mord zu sühnen, wie die Rache bei euch in Europa verstanden wird, sondern im Vordergrund steht das Interesse des geschädigten Stammes, der ja um den Getöteten geschwächt ist, diesen Schaden auszugleichen – und das Gleichgewicht zwischen den Stämmen somit wieder herzustellen. Es ist deshalb auch möglich, die Blutschuld durch eine Art von Schadenersatz aus der Welt zu schaffen, indem man dem geschädigten Stamm ein *dijah,* ein Wehrgeld, anbietet. Für den Tod eines Mannes im besten Alter muß das *dijah* etwa hundert Stuten betragen. Nimmt der Stamm an, ist der Friede wieder hergestellt.«

»Und wenn der Stamm das *dijah* ablehnt?« fragte Tobias.

»Dann wird Blut fließen. Nur ist derjenige, der die *thar* ausführt, kein blutrünstiger Totschläger. Er weiß vielmehr, daß er ein Gesetz ausführt, um die Ehre des Stammes wiederherzustellen, und daß er dabei gewisse Regeln einzuhalten hat. Er muß zum Beispiel ein Gelübde ablegen, daß er während der *thar* keinen Wein trinkt, kein Fleisch ißt, mit keiner Frau das Lager teilt und sich weder salbt noch das Haupt wäscht, bis er seinen Auftrag abgeschlossen hat. Allein daran könnt ihr schon ersehen, daß die *thar* etwas ganz anderes darstellt als pure Rache.«

Jana und Tobias hörten verblüfft zu.

»Eigentlich bewirkt die *thar* genau das Gegenteil von dem, was all die so angeblich hochgebildeten Fremden in unsere Blutrache hineindeuten«, fuhr Sadik fort, und seine Stimme hatte einen leicht sarkastischen Unterton. »Sie stellt nämlich in Wirklichkeit in der Gemeinschaft der Wüstennomaden einen wirksamen Schutz *gegen* das Blutvergießen dar.«

»Wie bitte?« entfuhr es Jana unwillkürlich.

»Manchmal neigt Sadik zur Schönfärberei, wenn es um das Leben der *bádawi* geht«, frotzelte Tobias, der gleichfalls meinte, daß ihr Freund nun ein wenig übertrieb.

»Es ist so, wie ich sage. Beduinen führen keine blutigen Kriege und wollen andere Stämme weder unterwerfen noch in blutigen Schlachten vernichten. Beduinen unternehmen Raubzüge. Man versucht einem Stamm, dem man nicht eben freundlich gesonnen ist, Schaden zuzufügen, indem man nützliche Beute macht. Wir kennen jedoch nicht den Drang jener Mächte, die andere Länder erobern und unterwerfen wollen. Das Land gehört niemandem und damit allen und ist somit kein Grund, um Eroberungsfeldzüge zu führen«, erklärte Sadik. »Und kommt es auf Beutezügen zum offenen Kampf, dann vermeidet man ganz bewußt, den Feind zu töten. Ein Beduine versucht seinen Gegner stets nur kampfunfähig zu machen, weil er sonst die *thar* heraufbeschwört. Deshalb flüstert der beduinische Bogenschütze seinem Pfeil, bevor er ihn von der Sehne fliegen läßt, auch beschwörend ein, den Gegner nur außer Gefecht zu setzen, ihn aber bloß nicht zu töten.«

»Dann sind die Beduinen ja viel zivilisierter und menschlicher als wir in Europa«, stellte Jana selbstkritisch fest. »Wir führen doch einen Krieg nach dem andern – und mit welcher Grausamkeit und Unerbittlichkeit!«

Ein trauriges Lächeln huschte über Sadiks Gesicht.

»Wer das Gemetzel des Krieges verherrlicht, wird natürlich immer seine Gründe finden, auf die angeblichen Heiden dieser Welt hochmütig hinabzublicken, denen man doch unbedingt das Heil des Abendlandes bringen muß – am besten natürlich mit Feuer und Schwert«, sagte er sarkastisch.

Jana und Tobias mußten noch lange über seine Worte nachdenken.

Am siebzehnten Tag ihres Rittes führten sie ein ähnlich denkwürdiges Gespräch, das sie nie vergessen sollten, weil es ihnen die Augen in einer anderen Beziehung öffnete. Es war noch früh am Morgen, aber die Sonne besaß schon die brennende Kraft einer glühenden Esse, und der Khasim fegte wieder seine langen Sandpeitschen von den Kämmen der Dünen. Ihre kleine Karawane erschien Jana wie ein zerbrechliches Segelboot, das sich in bewegter See einen Wellenberg hochkämpfte, gleich darauf in ein Tal hinunterstürzte und dann die nächste heranrollende Welle hochkletterte. Für immer und ewig. Sie fühlte sich an ihre Sturmfahrt im Beiboot der *Alouette* erinnert. Was im Ärmelkanal die gewalttätige See gewesen war, das waren hier der Sand und die Sonnenglut.

»Bis ich nach Ägypten kam, ja sogar noch bis El Kandaq hatte ich eine ganz bestimmte Vorstellung von der Wüste«, gestand sie. »Doch es war ein völlig falsches Bild, das ich mir gemacht habe. Nie und nimmer hätte ich gedacht, daß die Wüste so... ja, so wüst und leer und weit ist.«

Tobias nickte. »Manchmal kommt man sich entsetzlich klein und unbedeutend vor«, gab er ehrlich zu.

Sadik schlug sein Kopftuch etwas zurück, um Jana anblicken zu können. Ein feines Lächeln zeigte sich auf seinem Gesicht. »*Arab* bedeutet Wüstenbewohner, Jana. Und wir Araber sprechen von der *quwet al-badijah*, von der ›Kraft der Wüste‹. Die Wüste ist unser Lebensraum, insbesondere der Beduinen. Und für uns ist dieses Land aus Steinen und Sand keine lebensfeindliche Region. Es ist die Sprache der Fremden, die dieses Land erst zur Wüste macht.«

Tobias runzelte die Stirn. »Das verstehe ich nicht.«

Sadik lächelte. »Die Sprache verrät das tiefe, meist ganz unbewußte Denken des Menschen. Im Englischen heißt die Wüste *desert*, im Französischen *désert* und Spanischen *desierto*. Der Stamm ist bei allen derselbe. Er kommt aus dem Lateinischen. Für die Römer war die Wüste ein *desertum*, eine unbewohnbare Öde, der man entfliehen muß, weil kein Mensch sie freiwillig zu seinem Lebensraum wählen würde – zumindest ihrer Meinung nach. Desert – das bedeutet bezeichnenderweise desertieren, davonlaufen, vor einer Bedrohung flüchten, als welche die Wüste empfunden wird. Und daß diese Landstriche im Deutschen *Wüste* heißen, weil sie für sie eben ›wüst‹ und damit abstoßend häßlich wie ›Wüstlinge‹ sind, ist genauso kennzeichnend.«

»Für einen Beduinen ist die Wüste also ganz und gar nicht wüst und häßlich?« folgerte Jana.

Sadik verneinte. »Die *bádijah*, wie wir die Beduinenwüste nennen, und *bádawi* haben dieselbe Herkunft. Und ein Wort wie ›wüst‹ ist in der Vorstellungswelt eines *bádawi* in Verbindung mit der *bádijáh* so undenkbar und auch so absurd wie...« er überlegte kurz, »...wie für einen Bauern fliegende Kartoffeln. Etwas das fliegt und Kartoffeln sind einfach zwei getrennte Welten. Was Nichtaraber aufgrund der Grenzen ihres Denkens und Verstehens Wüste nennen, ist für uns schlicht und einfach unser natürlicher Lebensraum. Wir zwingen uns nicht dazu, hier zu leben, und wir stehen auch nicht tagtäglich in einer Art Kampf mit der Natur, wie Fremde den Eindruck haben. Es sind ganz schlicht die Eigenheiten unserer Heimat, auf die wir uns der Natur entsprechend einstellen, nichts weiter. Daß die Natur die Menschen in ihrem Sinne formt und ihnen bestimmte Fähigkeiten anerzieht, ist ein selbstverständliches Gesetz – und zwar überall auf der Welt. Ein Beduine wäre im ewigen Eis der Pole genauso verloren wie der Eskimo in der Wüste. Und doch betrachtet ein jeder den Teil der Welt, in dem er aufgewachsen ist und dessen Gesetze des Lebens und *Über-lebens* er sozusagen schon mit der Muttermilch in sich aufgenommen hat, als einen ganz natürlichen Lebensraum.«

»Du willst sagen, was wir nicht kennen, erscheint uns mit unserem beschränkten geistigen Horizont also fälschlich als ›unnatürlich‹ und als Bedrohung«, sagte Tobias sinnierend.

Sadik nickte. »*Aiwa*, und leider bezieht sich das nicht allein auf Länder, sondern auch auf die Menschen, die in diesen uns fremden Ländern leben, und auf deren Sitten und Gebräuche. Wir beurteilen sie so, wie wir auch die uns fremde Natur beurteilen.«

»Offenbar meist oberflächlich und voller Vorurteile«, erkannte Jana und nahm sich selbst davon nicht aus.

»Richtig«, pflichtete Sadik ihr bei. »Unser größter Feind sitzt in uns selbst. Deshalb sagte schon Mohammed: ›Der heilige Kämpfer ist jener, der mit sich selbst kämpft‹ sowie ›Die Tinte des Gelehrten ist heiliger als das Blut des Märtyrers‹.«

»Nun ja, der Weg zur Weisheit und Toleranz ist weit und steinig und ganz schön unbequem«, räumte Tobias mit einem Grinsen ein, denn er war sich bewußt, mit wie vielen Vorurteilen beladen er selbst auf diese lange Reise gegangen war – und wie schwer es war, sich von vorgefaßten Meinungen zu lösen.

Sadik lachte leise auf. »*Aiwa*, mit der Weisheit ist das so eine Sache. Dazu fällt mir eine weitere Geschichte mit Mulla Nasrudin ein.«

»Wir sind ganz Ohr!« forderte Jana ihn auf.

»Mulla Nasrudin befand sich auf einer Reise und kam in einem Dorf an, das weit von seiner Heimat entfernt lag«, begann Sadik zu erzählen, während die Kamele im schaukelnden Gang dem breiten Kamm einer langgezogenen Hügelkette folgten. Wie Gold schimmerte der Sand. »Er war überrascht, als er feststellte, daß ihm sogar in diesen entlegenen Ort sein Ruf als weiser Mann vorausgeeilt war. Die Bewohner des Dorfes hießen ihn willkommen, versammelten sich um ihn und baten ihn durch ihren Dorfältesten: ›Großer Mulla Nasrudin, sei so gütig und bring uns deine Weisheit bei!‹

›Das werde ich gerne tun‹, antwortete ihnen der Gelehrte. ›Aber bevor ich mich dieser Aufgabe zuwende, möchte ich euch einen nützlichen Vorschlag machen. Möchtet ihr nicht diesen häßlichen Hügel dort drüben wegschaffen, der euch die Sicht verwehrt und die kühle Brise vom Fluß abhält?‹

Sein Vorschlag stieß bei den Dorfbewohnern auf große Begeisterung, denn dieser Hügel war ihnen schon immer ein Dorn im Auge gewesen. Und sie fragten ihn, wie er diese schwierige Aufgabe bewältigen wolle.

›Bringt mir ein Seil, das so lang ist, daß man es um den Hügel legen kann!‹ verlangte Mulla Nasrudin.

Die Dorfbewohner machten sich augenblicklich an die Arbeit, um ein solch langes Seil in einem Stück zu weben. Nach mehreren Monaten hatten sie es endlich geschafft und brachten dem Gelehrten das Seil und fragten: ›Was sollen wir jetzt tun?‹

›Umschnürt den Hügel mit diesem Seil‹, trug er ihnen auf, ›hebt ihn hoch und legt ihn mir auf den Rücken. Dann werde ich den Hügel für euch wegtragen, und ihr werdet von da an immer die frische Brise vom Fluß genießen können.‹

›Wie sollen wir den Hügel hochheben und dir auf den Rücken legen? Das ist ja lächerlich, was du da sagst, Mulla Nasrudin!‹ empörten sich die Dörfler. ›Wie können wir einen Berg hochheben?‹

›Und wie soll ich ihn dann wegtragen, wenn ihr ihn nicht einmal hochheben könnt?‹ hielt Mulla Nasrudin ihnen da vor. ›Seht, so verhält es sich auch, wenn ihr mich bittet, euch meine Weisheit im Vorübergehen beizubringen.‹ Und da schwiegen die Dorfbewohner betreten und ließen ihn ohne Groll seines Weges ziehen, ein wenig weiser als vor Monaten, als der Gelehrte zu ihnen gekommen war, aber auch um einige Illusionen ärmer.«

Jana lachte leise auf, denn die Geschichte gefiel ihr. Dann sagte sie mit einem kleinen Seufzer: »Dein Mulla Nasrudin hat recht: Weisheit hat viel mit Erfahrung und offenen Augen zu tun. Das ist wohl das Kreuz mit der Weisheit: Man muß selbst eine Menge dafür tun.«

Sadik nickte zustimmend, während sein Blick jedoch auf den östlichen Horizont gerichtet war. »Und nun sollten wir etwas dafür tun, daß wir noch ein paar Meilen hinter uns bringen, bevor der Sandsturm über uns herfällt und uns in den Schutz irgendeiner Düne zwingt – und Allah allein weiß, für wie viele Stunden oder gar Tage!«

»Sandsturm?« fragte Tobias verblüfft und sah sich um. Der Himmel war klar und nur von einigen wenigen Wolken gesprenkelt, die an ihren Rändern wie ausgefranst wirkten. »Was für ein Sandsturm?«

Auch Jana vermochte weit und breit nicht das geringste Anzeichen eines Sandsturmes zu bemerken.

»Seht nach Osten!« trug er ihnen auf. »Bemerkt ihr über dem Horizont diesen auf dem Kopf stehenden Kegel, der die Farbe von brennendem Schwefel hat?«

Jana und Tobias gaben sich alle Mühe, diesen schwefelfarbenen Kegel zu bemerken, doch sie hätten lügen müssen, hätten sie seine Frage bejaht.

»Ich sehe nichts als flirrende Hitze wie aus einem Backofen«, sagte Tobias, die Augen mit der flachen Hand beschattend.

»Ich kann auch nichts von einem Kegel entdecken«, murmelte Jana. »Außerdem blendet mich die Sonne viel zu sehr.«

Sadik zuckte leicht mit den Achseln. »Glaubt mir, der Kegel steht dort am Horizont. Und wenn der Sandsturm auch noch weit weg ist, so wird er rasch an Kraft gewinnen. Denn wie ihr vielleicht bemerkt habt, ist der Khasim eingeschlafen und…«

»Eingeschlafen?« rief Tobias verwundert. »Davon kann doch überhaupt nicht die Rede sein!« Er wies auf die Sandschleier vor ihnen. »Er ist genauso kräftig wie die letzten Tage, bloß noch um ein paar Grad heißer, wie mir scheint.«

Sadik lächelte. »Du irrst, mein Freund. Der Khasim bläst schon seit gut einer Stunde nicht mehr. Was wir jetzt haben, das ist der Simum. Das ist ein heißer Wind aus Nubien.«

»Oh!« sagte Tobias.

»Und dieser nubische Sturm bringt den Sandsturm?« fragte
Jana leicht beklommen.

»*Aiwa*, er facht ihn an, wie ein kräftiger Windzug eine kleine
Flamme in ein loderndes Feuer verwandeln kann. In spätestens
zwei Stunden hat er uns erreicht. Und es gibt keine Möglichkeit, ihm zu entkommen. Er ist schneller, als unsere Stuten ga-
loppieren können.«

»Und wie schützen wir uns vor dem Sturm?« fragte Tobias.

»Wie schützt man sich auf hoher See vor einem Sturm, dem
man nicht mehr ausweichen kann?« fragte Sadik zurück und
gab gleich selber die Antwort: »Es gibt keinen Schutz, nur die
Hoffnung, daß man ihn ohne großen Schaden übersteht! Erfahrung, gute Nerven und Gebete sind in solchen Situationen
zweifellos ganz hilfreich, aber letztlich auch keine Garantie.«

»Du hast manchmal eine sehr eigene Art, einem Mut zu machen«, sagte Jana vorwurfsvoll.

»Allah hat den Himmel mit vielen verschiedenen Vögeln bevölkert, und jede Art singt nun mal anders«, erwiderte Sadik
gelassen. »Und nun laßt uns reiten. Knapp zwei Stunden vor
uns liegen die hohen Dünen von El Qurn. Vielleicht gelingt es
uns, dieses Gebiet noch rechtzeitig zu erreichen.«

»El Qurn – das Horn?« fragte Tobias verwundert.

»*Aiwa*, es gibt dort inmitten der Dünen eine merkwürdige
Steinformation, die einem Horn ähnelt. Der Boden ist felsig,
und man findet tiefe Mulden, wo man der Gewalt eines Sandsturmes nicht so schutzlos ausgeliefert ist wie in diesem doch
recht offenen Gelände. Auf jeden Fall gibt es im Umkreis eines
Tagesrittes keinen besseren Schutz als die Dünentäler von El
Qurn!«

Tobias starrte angestrengt und mit zusammengekniffenen
Augen nach Osten. Plötzlich war ihm, als könnte er den schwefelfarbenen Kegel, von dem Sadik gesprochen hatte, nun auch

sehen. Ein Sandsturm! Er schluckte schwer, griff wie Sadik zur *kurbatsch* und murmelte inbrünstig: »Möge Allah unseren Kamelen Flügel wachsen lassen!«

Im Sandsturm gefangen

Kaum eine halbe Stunde später brauchte man schon nicht mehr den geschärften Blick des Beduinen, um zu sehen, daß über der Wüste ein Sturm heraufzog. Über dem östlichen Horizont zeichnete sich kein Kegel mehr ab, sondern ein breiter schmutzig-gelber Streifen. Er dehnte sich von Minute zu Minute weiter aus. Wie ein Strom schien er über dem Horizont nach Süden und Norden zu fließen. Gleichzeitig wuchs er aber auch in den Himmel. Die Wolken aus Sand griffen sichtlich nach der Sonne, die sich mit ihrem Aufstieg zu beeilen schien.

Unter Sadiks Führung trieben sie ihre Kamele zu größtmöglicher Eile an. Es war ein Wettlauf gegen die Zeit. Der Himmel verdunkelte sich mehr und mehr, und der Sandsturm schickte ihnen schon seine Vorhut in Form zunehmender Winde entgegen, die ihnen erste Sandwolken ins Gesicht schleuderten, so daß sie sich Tücher vor Mund und Nase binden mußten.

»Wie weit ist es noch bis El Qurn?« schrie Tobias Sadik zu, während der Wind an seinem Gewand und seinem Kopftuch zerrte, als wollte er sie ihm vom Leib reißen.

»Noch über eine Stunde!« brüllte Sadik zurück. »Wir werden es nicht mehr schaffen. Der Sturm kommt schneller, als ich dachte. In der nächsten halben Stunde müssen wir uns einen Platz ausgesucht haben, wo wir bleiben wollen. Sonst haben wir keine Zeit mehr, uns um die Kamele zu kümmern und unsere Ausrüstung zu sichern!«

Schon zehn Minuten später stießen sie auf eine Dünenkette, deren Mulden Sadik für ausreichend tief befand, um den Sturm hier abzuwarten.

Achmed kümmerte sich um ihre Lastkamele, während Sadik darauf achtgab, daß ihre kostbaren Reitstuten richtig versorgt wurden.

»Gib ihnen ausreichend zu saufen, bevor du ihnen die Vorderbeine zusammenbindest!« rief er Achmed zu, während er das schwere Holzgestell, das zum Sattel gehörte, von Janas Reitstute nahm.

»Der Sturm kann in ein paar Stunden vorbei sein, uns aber auch für Tage hier festhalten«, setzte er hinzu. »Und solange die Luft mit Sand erfüllt ist, ist jedes Tränken eine maßlose Vergeudung von kostbarem Wasser.«

Die Tiere spürten das Herannahen des schweren Sturmes und reagierten entsprechend gereizt. Sie bissen um sich und keuchten heiser, während sie sich aneinanderdrängten.

Sadik errichtete aus den Holzgestellen der Kamelsitze und den dazugehörigen Decken einen äußerst primitiven Schutz. »Wenn es wirklich gefährlich wird und ihr glaubt, keine Luft mehr zu bekommen, weil um euch herum nur noch Sand zu sein scheint, steckt den Kopf in diesen Schutz. Ihr werdet merken, daß ihr gleich besser atmen könnt!« erklärte er ihnen. Er hing jedem von ihnen einen Wasserschlauch um.

»Wenn der Sturm erst richtig tobt, werdet ihr vielleicht nicht mal mehr eine Armlänge weit sehen können! Bleibt also unbedingt hier in der Mulde. Was immer auch geschehen mag, rührt euch nicht von der Stelle. Sich auch nur ein paar Schritte zu entfernen, kann den Tod bedeuten. Ihr werdet nicht zurückfinden, weil es nichts gibt, woran ihr euch orientieren könnt. Also kauert euch zusammen, behaltet die Nerven und bleibt bei den Sätteln!«

Sadik drängte sie auch, sich jetzt noch mit einer Handvoll

Datteln, ein wenig Brot und Wasser zu stärken und Proviant in die Taschen ihrer Gewänder zu verstauen.

Inzwischen war die Sonne hinter dem sandbraunen Vorhang verschwunden, der sich über den Himmel geworfen hatte. In welche Richtung man auch sah, nirgends zeigte sich ein auch noch so kleiner Fleck von jener stählernen Bläue, die den Himmel über der Wüste ansonsten kennzeichnete.

Es war, als wäre so kurz nach dem Sonnenaufgang schon wieder die Nacht hereingebrochen. Schon jetzt war alles, was nur fünf, sechs Schritte von ihnen entfernt war, hinter einem dichten Sandschleier verborgen. Die Lastkamele konnte Tobias schon nicht mehr erkennen, obwohl sie doch ganz in ihrer Nähe lagerten.

Wenig später fiel der Sturm mit der Wut eines gierigen Raubtieres über sie her. Er peitschte ihnen Sand und kleine Steine mit einer Kraft um die Ohren, daß sich so mancher Windstoß wie ein schmerzhafter Peitschenschlag anfühlte. Der Sand drang in alle Ritzen, in alle Öffnungen des Körpers. Er verklebte Augen, Ohren und Nase und knirschte zwischen den Zähnen. Sadik hatte sie ermahnt, nicht ständig dem Drang nachzugeben, den Sand ausspucken zu wollen.

»Wenn ihr einmal damit anfangt, verliert ihr über den Speichel, den ihr ausspuckt, mehr Wasser, als ihr ersetzen könnt! Und wenn ihr den Mund zum Spucken öffnet, dringt zudem mehr Sand wieder hinein, als ihr in eurer Spucke gesammelt habt.«

»Was sollen wir dann tun?« fragte Jana ratlos und auch ein wenig beängstigt.

»Haltet den Mund geschlossen und atmet wenn möglich nur durch die Nase. Achtet darauf, daß eure Tücher vor dem Gesicht fest sitzen, damit sie vom Wind nicht weggerissen werden!«

Tobias und Jana kauerten sich zusammen, eng aneinander

geschmiegt, und versuchten, Sadiks Ratschläge nach besten Kräften zu befolgen und Ruhe zu bewahren. Beides war leichter gesagt als getan. Allein schon das Heulen des Sturmes zerrte an den Nerven, und dieses entsetzliche Gefühl, völlig machtlos und dem Wüten der Naturgewalt hilflos ausgesetzt zu sein, wuchs von Stunde zu Stunde.

Der Sandsturm, in den sie geraten waren, erwies sich nicht als einer von kurzer Dauer. Er tobte mit der Kraft eines Riesen, der über ihnen zu stehen und nicht müde zu werden schien, den Sand hochzuwirbeln und auf sie hinabzuschleudern.

Die Luft war so sehr mit Sand erfüllt, daß man das Gefühl haben konnte, langsam in Treibsand einzusacken und zu erstikken. Sie konnten bald die Hand vor Augen nicht mehr sehen, und das Atmen wurde zur Qual. Dazu kam die Hitze, die sich noch zusätzlich in der Mulde zu stauen schien. Die Schleimhäute trockneten aus, und mehr als einmal überfiel sie eine Art Erstickungsanfall, weil ihre Nase von Sand verstopft war und sie nun doch vorübergehend durch den Mund atmen mußten, bis sie die Atemwege der Nase wieder einigermaßen freibekommen hatten.

Tobias und Jana verloren bald das Gefühl für die Zeit. Eine Minute oder eine Stunde, sie wußten den Unterschied nicht mehr. Ihnen schien, als lebten sie nur noch von Atemzug zu Atemzug. Der Sturm heulte über die Dünen, zerrte und rüttelte an ihnen, versuchte ihnen mit unbändiger Zerstörungswut die Tücher vom Gesicht zu reißen und schien sie unter dieser nicht endenden Flut von Sand begraben zu wollen.

Den Versuch, sich gegenseitig Mut zuzusprechen, hatten sie schon gleich zu Anfang aufgegeben. Sie mußten sich auf Gesten und Berührungen beschränken. Denn jedes gesprochene Wort bedeutete, Sand einzuatmen. Auf die Dauer war das der reinste Selbstmord.

Allmählich liefen auch ihre Gedanken in die Leere, so wie

ein Bach außerhalb der Oase in der Wüste versickert und plötzlich einfach aufhört dazusein. Ihre Empfindungen schienen allein darauf reduziert, zu atmen, dann und wann nach dem Wasserschlauch zu tasten, die Öffnung an den verkrusteten Mund zu setzen und den Sand für einen Moment aus dem Mund zu spülen. Doch die Erleichterung und das Aufflackern aller Sinne, die ihnen jeder Schluck brachte, waren stets nur von kurzer Dauer.

Inmitten dieses endlosen Sturmes, der sie in eine Nacht aus Sand verdammt hatte, schreckte Tobias irgendwann einmal auf. Ihm war, als hätte er Schreie gehört. Doch er vermochte bei diesem unglaublichen Getöse, mit dem der Wind über die Dünen herfiel, nicht zu sagen, ob es die Schreie eines Tieres oder eines Menschen waren. Er öffnete seine Augen einen Spalt und versuchte festzustellen, wo Sadik war. Doch er vermochte nur die verschwommenen Konturen von ihren Reitstuten zu erkennen, die direkt neben ihnen lagerten. Einen Moment lang war er versucht, sich davon zu überzeugen, daß mit Sadik alles in Ordnung war. Doch dann erinnerte er sich dessen scharfer Ermahnung, sich auf keinen Fall von der Stelle zu rühren, was immer auch passieren mochte. Und so blieb er bei Jana.

Einen Zeitraum später, den er nicht bemessen konnte, berührte ihn eine Hand. Wieder öffnete er die Augen, und ganz dicht vor sich sah er Sadiks Gesicht.

»Haltet ihr durch?« schrie der Beduine gegen das Heulen an.

Tobias nickte, wollte antworten, kriegte jedoch nur ein Krächzen heraus. Schließlich jedoch bekam er seine Stimme unter Kontrolle. »Was war?« Es waren nur zwei Worte, die er hinausbrüllte, doch sie schmerzten in seiner Kehle, als hätte er Schmirgelpapier hinausgewürgt.

»Später!« lautete Sadiks knappe Antwort.

»Wie lange noch?« Trotz der Schmerzen konnte Tobias diese Frage nicht zurückhalten.

Sadik preßte seinen Mund auf Tobias' Ohr und rief voller Spott:»›Absurd!‹ sprach die Eintagsfliege, als sie zum erstenmal das Wort ›Woche‹ hörte. Also was ist schon Zeit, mein Freund? Haltet durch. Alles wird ein Ende finden, wie immer es auch sei.«

Tobias fand das wenig tröstlich, doch die Tatsache, daß Sadik seinen Humor auch jetzt nicht verloren hatte, gab ihm dennoch etwas Zuversicht.

Der Sturm tobte bis weit in die Nacht. Erst kurz vor Mitternacht verlor er an Wucht und ebbte dann ganz plötzlich ab. Das Heulen des Windes erstarb, doch in ihren Ohren dröhnte es noch eine ganze Weile nach.

Wie zerschlagen richteten sie sich auf, taumelten aus den Sandwehen und schüttelten sich den Staub der Wüste aus den Gewändern. Fast trunken vor Erlösung, diese Naturgewalt überlebt zu haben, fielen sich Jana und Tobias in die Arme. Dann rissen sie sich die Tücher vom Gesicht und tranken gierig das warme Wasser aus ihren Schläuchen. Sie ließen es über ihren Kopf und ihr Gesicht laufen und lachten und alberten dabei, um die Beklemmung abzuschütteln. Die Erfahrung dieser stundenlangen Angst und nervlichen Belastungsprobe saß tief in ihnen wie eingebrannt, und sie würden dieses Erlebnis wohl nie vergessen. Aber gleichzeitig schien ihnen die Zeit, in der sie ernstlich um ihr Leben gefürchtet hatten, auch wiederum so weit weg zu sein wie der klare Nachthimmel, der sich wie eine gigantische Kuppel aus falterschwarzem Kristall über ihnen wölbte.

Ihr beinahe schon euphorischer Zustand hielt jedoch nicht lange an. Denn als Tobias bemerkte, daß Achmed wie ein Häufchen Elend auf einem der Sattelgestelle hockte, und er fragte, was er denn bloß habe, teilte ihm Sadik die schlechte Nachricht mit, die er ihm während des Sturmes nicht hatte sagen wollen:

»Wir haben zwei Lastkamele verloren – und mit ihnen einen Großteil unserer Wasservorräte.«

Jana erschrak. »Sadik, um Gottes willen! Warum hast du das nicht gleich gesagt? Dann wären wir doch nicht so verschwenderisch mit dem Wasser umgegangen!«

»Keine Sorge, ich hätte das auch nicht zugelassen, wenn es so schlimm um uns bestellt gewesen wäre«, beruhigte Sadik sie. »Wir haben noch fünf volle Schläuche und zwei halbvolle. Damit kommen wir nach Al Kariah, ohne daß wir rationieren müssen.«

Sie atmeten auf, und Tobias fragte: »Wie konnte das passieren?»

Sadik zuckte mit den Achseln. »Die Tiere sind wohl in Panik geraten, haben ihre Fesseln gesprengt und sind davongelaufen. Sie haben sich schon vor mehreren Stunden losgerissen und sind mit Sicherheit vor dem Wind gerannt, also nach Westen. Zurückzureiten und sie zu suchen, wäre ebenso sinnlos wie unvernünftig. Der Sturm hat sie längst auseinandergetrieben. Sie werden sterben.«

»Und... ist es Achmeds Schuld, daß sich die Kamele haben losreißen können?« wollte Jana wissen.

Sadik schnitt eine grimmige Miene. »Nein, es ist ganz allein meine Schuld.«

»Aber für die Lastkamele hatte doch er die Verantwortung übernommen«, wandte Tobias ein. »Nicht, daß ich ihm einen Vorwurf machen will, aber so ist es doch, oder?«

»*La*, so ist es ganz und gar nicht«, widersprach Sadik, wütend auf sich selbst. »*Ich* führe die Karawane, und daher bin ich für alles verantwortlich, was passiert, ganz besonders in solchen Situationen. Ich habe es versäumt, mich persönlich davon zu überzeugen, daß Achmed ihnen die Beinfesseln auch richtig angelegt hat.«

»Lassen wir das doch und seien wir lieber froh, daß wir so

glimpflich davongekommen sind«, sagte Tobias großzügig. »Es hätte uns noch viel übler treffen können. Wir haben ja unsere Reittiere und immerhin noch ein Lastkamel. Und unser Wasservorrat ist ausreichend, um ungefährdet bis nach Al Kariah zu gelangen.«

»Wie weit ist es bis zu dieser Oase?« fragte Jana.

»Gut fünf bis sechs Tage.«

»Na, die spielen jetzt auch keine Rolle mehr, oder?«

Sadik sah das anders. »Ich hatte nicht vor, Station in Al Kariah zu machen. Hätten wir die anderen beiden Lastkamele noch mit den Wasserschläuchen, hätten wir uns geradewegs auf die Suche nach dem Zugang des Verschollenen Tals begeben können und mindestens zehn Tage Zeit gehabt, es zu finden und seinem Geheimnis auf die Spur zu kommen, bevor wir gezwungen gewesen wären, diese Oase aufzusuchen, um unsere Wasservorräte aufzufüllen«, erklärte er ihnen seine Verstimmung, jedoch so leise, daß Achmed ihn nicht hören konnte.

»Laut Karte liegt der Zugang irgendwo im Südosten der Bergkette vom Gebel et-Ter. Die Oase befindet sich jedoch mehrere Tagesreisen weiter nördlich am Fuß dieser Bergwüste. Das bedeutet also, daß wir jetzt erst einmal einen weiten Haken nach Nordosten schlagen müssen, der uns allein schon mindestens fünf Tage kostet. Von Al Kariah reiten wir dann wieder fünf, sechs Tage nach Süden, um dann endlich die Suche aufnehmen zu können – gut sieben Tage später als geplant, denn von hier aus bräuchten wir bloß noch drei, vier Tage nach Gebel et-Ter.«

Tobias sah Jana an und ahnte, daß sie dasselbe dachte wie er: nämlich, daß sieben vergeudete Tage tatsächlich viel Zeit waren, wenn einem ein Mann wie Zeppenfeld im Nacken saß.

»Wir können es aber nun mal nicht ändern, oder?« sagte er schließlich.

Sadik seufzte. »*La*, leider nicht.« Er atmete tief durch und schickte sich in das Unabänderliche. »Also dann, satteln wir auf, damit wir weiterkommen.« Er fand auch seinen Humor wieder, denn er fügte hinzu: »Ich denke, für heute haben wir lange genug gerastet.«

In der Oase von Al Kariah

Je weiter sie nach Osten kamen, desto nachhaltiger änderte die Wüste ihr Gesicht. Das Sandmeer, das sich mit seinen schein- bar unendlichen Dünen wochenlang von Horizont zu Horizont erstreckt hatte, wurde nun immer wieder von felsigen Gelände- streifen unterbrochen. Die Wüste ging aus der weiten sandigen Ebene in eine Region über, in der sie zunehmend auf steinige Hügelketten und mächtige Hänge aus massivem Fels stießen.

Al Kariah erreichten sie fünf Tage nach dem Sandsturm im letzten Licht der untergehenden Sonne. Die Oase lag am Fuß einer wildzerklüfteten Bergkette in einem breiten und langge- streckten Tal, das wie ein Hufeisen geformt war. Die weite Öff- nung wies nach Südwesten in die Wüste, während in ihrem Rücken die kahlen Berge teilweise zweitausend Meter und hö- her in den Himmel ragten.

Die gewaltige und urtümliche Berglandschaft bildete eine grandiose Kulisse, vor der sich die Oase mit ihren dichten Pal- menhainen und ausgedehnten Feldern, die von einem schach- brettartigen Bewässerungssystem durchzogen wurden, wie das sprichwörtliche Paradies ausnahm.

»Mein Gott, wie gut das Grün dem Auge tut!« rief Tobias un- willkürlich und konnte es nicht erwarten, im Schatten der Bäume das Lager aufzuschlagen und in die kühle Frische des

Flusses einzutauchen. Die Luft war erfüllt vom Geruch feuchter Erde, frischen Palmgrüns und blühender Obstbäume.

Die Oase wurde von mehreren Dutzend Sippen vom Stamme der Jaaliyin bevölkert, und es gab im Tal entlang des Flusses drei kleine Siedlungen mit einfachen Lehmhütten. Sadik führte sie jedoch in einem Bogen um diese Dörfer herum und entschied sich im oberen, steinigeren Teil des Tals für einen Lagerplatz fern von den Behausungen der Einheimischen. Immerhin boten ihnen auch hier einige Palmen mit dichter Krone Schatten, und der Fluß war nur einen Steinwurf von ihrem Lagerplatz entfernt.

»Je weniger Kontakt wir haben, desto besser«, sagte er und deutete kaum merklich in Achmeds Richtung, der schon damit begonnen hatte, ihr einziges Lastkamel zu entladen.

»Aber wird das nicht erst recht ihre Aufmerksamkeit erregen, wenn wir uns so abkapseln?« wandte Jana ein.

Sadik verneinte. »Es gibt sowieso nichts, was wir vor ihnen verbergen könnten. Man hat unsere Ankunft überall längst registriert. Belassen wir es dabei.«

»Aber wenn wir so auf Distanz halten, wie sollen wir dann an Ersatz für die Wasserschläuche und die Lastkamele kommen, die wir im Sandsturm verloren haben?« wollte Tobias wissen.

»Darum kümmere ich mich schon. Ich werde gleich ins nächste Dorf hinuntergehen«, teilte er ihnen reichlich knapp und bestimmend mit. »Ihr bleibt hier. Und sorgt dafür, daß unsere Waffen gut verborgen bleiben. Laßt die Musketen und Pistolen ja nicht offen herumliegen! Man könnte sonst auf falsche Gedanken verfallen und uns für eine Bedrohung halten.«

Tobias empfand diese Ermahnung ausgesprochen überflüssig und als unangebracht schulmeisterlich. »Kannst du mir mal verraten, wann wir seit unserer Abreise aus Cairo auch nur eine einzige Pistole offen haben ›herumliegen‹ lassen?« fragte Tobias verstimmt.

»Es gibt für alles ein erstes Mal. Nur gibt es Fehler, aus denen man keine Lehren ziehen kann für das nächste Mal, weil schon das erste Mal tödlich ist. Also tut, was ich euch sage! Denn dies ist kein Sonntagspicknick!« beschied ihn Sadik kühl und entfernte sich in Richtung Dorf, ohne eine Antwort abzuwarten.

Jana und Tobias sahen sich sprachlos an.

»Hast du das gehört?« fragte Tobias.

Sie nickte. »Ich kann es kaum glauben, daß er dich so angefahren hat.«

»So ist er noch nie gewesen. Nicht mal, als Achmed das mit den Lastkamelen passiert ist«, sagte Tobias verstört und fühlte sich von Sadik verletzt. Und genau das war es, was er einfach nicht verstand. Es widersprach doch seiner ganzen Art, jemanden zu verletzen – und dann auch noch so völlig ohne jeden Grund.

»Aber er ist schon seit Tagen so komisch. Er hat was. Wenn ich bloß wüßte, was es ist.«

»Ja, du hast recht. Mir ist auch aufgefallen, daß er irgendwie anders geworden ist. Er hat sich die letzten Tage ganz in sich zurückgezogen.«

»Und er ist sehr einsilbig geworden«, fügte Tobias sorgenvoll hinzu.

»Wir müssen herausfinden, was er hat.«

Tobias verzog das Gesicht. »Ich schätze, das ist einfacher gesagt als getan. Sadik läßt sich nichts aus der Nase ziehen, wenn er es nicht will.«

Diese Einschätzung bestätigte sich. Als Sadik zwei Stunden später zu ihnen zurückkehrte, führte er ein Kamel hinter sich her. Er hatte auch sechs zusätzliche Wasserschläuche erstanden. Eigentlich hätte er allen Grund gehabt, mit sich zufrieden zu sein. Denn zwei Lastkamele und insgesamt dreizehn Wasserschläuche reichten völlig aus, um ihnen einen langen Zeitraum sorgloser Suche nach dem Tal des Falken zu gewährleisten. Doch er zeigte sich noch verschlossener. Tobias unternahm den Versuch, dem Grund seines veränderten Verhaltens auf die Spur zu kommen, doch Sadik entzog sich ihm geschickt, indem er vorgab, das Nachtgebet verrichten zu wollen.

Er nahm seinen Gebetsteppich und verschwand in der Dunkelheit. Als er wieder im Lager erschien, hatten sich Jana, Tobias und Achmed schon zur Ruhe gelegt.

Tobias schlief unruhig in dieser Nacht. Wilde Träume suchten ihn heim, in denen sich die Ereignisse der vergangenen Monate zu einer grotesken Mischung verbanden. Da tauchte Parcival, der zynische Butler, plötzlich inmitten der Pariser Barrikadenkämpfe auf, während Odomir Hagedorn die *Alouette* befehligte, Stenz und Tillmann in Dienerlivree auf *Mulberry Hall* Gäste bedienten und Zeppenfeld in bestem Einvernehmen mit Sadik an einem Tisch saß.

Tobias sah entsetzt, wie sie sich die Hände schüttelten, als besiegelten sie einen geheimen Pakt, und er hörte sie im Traum dazu lachen, als machten sie sich über ihn und Jana lustig. Es war ihr höhnisches Gelächter, das ihn zutiefst verstörte – und aus dem Schlaf riß.

Benommen fuhr er sich über die Augen und richtete sich auf. Es war noch früh am Morgen. Noch war es nicht Tag, doch die tiefe Schwärze der Nacht war einem heller werdenden Taubengrau gewichen. Jana, die an seiner Seite lag, schlief noch tief und fest. Für einen Moment verdrängte ein warmes Gefühl der Zärtlichkeit alles andere, als sein Blick auf ihrem Gesicht ruhte. Manchmal erschien es ihm wie ein Wunder, daß sie seine Liebe mit derselben Intensität und Hingabe erwiderte, die er für sie empfand.

Achmeds Schnarchen ließ ihn aufblicken, und er bemerkte, daß Sadiks Schlafstelle verlassen da lag. Sofort fragte er sich, wohin ihr Freund in aller Herrgottsfrühe gegangen sein mochte. Sogar für das Morgengebet war es noch zu früh.

Leise erhob er sich, entfernte sich von den Schlafenden und trat aus dem Schutz der Palmen. Plötzlich nahm er den Geruch von Rauch wahr, und im nächsten Moment entdeckte er das kleine Feuer, das vielleicht fünfzig, sechzig Schritte von ihrem Lagerplatz entfernt am Ufer des Flusses brannte. Vor diesem Feuer kauerte eine Gestalt.

Sadik?

Tobias konnte das bei diesen Lichtverhältnissen und dieser Entfernung nicht feststellen. Deshalb versicherte er sich seines Dolches und schlich sich vorsichtig näher heran, wobei er jede natürliche Deckung in Form von Bäumen und Ufergesträuch nutzte. Als ihn nur noch zwölf, fünfzehn Meter von der Gestalt trennten, erkannte er, daß es sich dabei tatsächlich um Sadik handelte.

Der Beduine saß im Schneidersitz vor dem kleinen Feuer und schien tief in Gedanken versunken. Irgend etwas lag in seinem Schoß. Doch Tobias konnte nicht sehen, was es war. Reglos verharrte er hinter dem niedrigen Strauch, der ihm nur bis zur Hüfte reichte und ihn zum Niederknien zwang. Ein, zwei Minuten verstrichen, ohne daß etwas geschah. Ein Hahn krähte, was einen Hund zu einem ärgerlichen Gebell veranlaßte, als fühlte er sich von diesem Frühaufsteher im Federkleid in seiner verdienten Nachtruhe gestört.

Auf einmal hob Sadik das hoch, was er die ganze Zeit in seinem Schoß liegen gehabt hatte, und hielt es mit beiden Händen über das Feuer, jedoch so hoch, daß die Flammen ihm noch nichts anhaben konnten.

Tobias erschrak, als er erkannte, was Sadik da ins Feuer zu werfen im Begriff stand: die Karte! Es war Wattendorfs detaillierte Landkarte, die ihnen den Weg zum Verschollenen Tal wies, zumindest bis in die Nähe. Und auf der Rückseite befand sich der Grundriß der Tempelanlagen!

Und diese Karte wollte Sadik den Flammen übergeben!

Tobias war vor ungläubigem Entsetzen wie gelähmt. Das durfte Sadik nicht tun! Hatten sie all die Strapazen und Gefahren des vergangenen Jahres auf sich genommen, daß Sadik so kurz vor ihrem Ziel diese wichtige Karte vernichtete? Was war, in Gottes Namen, nur in ihn gefahren?

Er verspürte den Drang zu schreien, hinter dem Busch hervorzustürzen und ihm die Karte aus den Händen zu reißen. Er tat es jedoch nicht, sondern verharrte stumm und bewegungslos in seinem Versteck. Denn instinktiv spürte er, daß Sadiks merkwürdiges Verhalten der letzten Tage und diese Szene in einem direkten Zusammenhang standen.

Atemlos starrte er zu ihm hinüber. Würde er es wirklich tun? Die Karte senkte sich dem Feuer entgegen. Schon leckten die Flammen nach der Ecke der Karte – und setzten sie in Brand!

Fast im selben Moment riß Sadik, als wachte er aus einem tranceähnlichen Zustand auf, die Karte vom Feuer weg, warf sie neben sich zu Boden und erstickte die Flammen mit der flachen Hand.

Tobias gab einen Laut von sich, der halb Stöhnen und halb erleichterter Seufzer war. Natürlich wußte sein Freund, daß er die Karte jederzeit aus dem Gedächtnis hätte neu zeichnen können. Doch sie ins Feuer zu werfen, wäre ein Symbol gewesen. Tobias war klar, daß Sadik Mittel und Wege finden würde, ihnen den Zugang ins Tal des Falken zu verwehren, käme er zu dem Entschluß, die Suche abzubrechen – aus welchen Beweggründen auch immer.

Er trat hinter dem Busch hervor und ging zu Sadik. Dieser hob nur leicht den Kopf und blickte zu ihm hoch, zeigte jedoch weder Überraschung noch Verlegenheit.

Tobias setzte sich zu ihm ans Feuer und blickte auf die Karte. Es war nur eine Ecke von der Größe einer Handfläche verbrannt. Einen Augenblick saßen sie schweigend da.

»Warum, Sadik?« fragte er dann.

Dieser blickte ins Feuer, das in sich zusammenfiel, und ließ sich mit seiner Antwort Zeit. Auch Tobias drängte es nicht. Er wußte, daß Sadik ihm nun alles erklären würde, was die letzten Tage unausgesprochen wie eine Mauer zwischen ihnen gestanden und ihr Verhältnis getrübt hatte.

»Ein Weiser namens Al Ghasali sagte einmal: Der Bär ist stärker als der Mensch, der Elefant größer, der Löwe tapferer, das Vieh kann mehr fressen, doch allein der Mensch wurde zum Lernen erschaffen.«

Tobias nickte. »Ich habe unendlich viel von dir gelernt, und Jana auch. Doch dieses Wissen hilft mir nicht, um zu verstehen, was dich seit ein paar Tagen quält und was das hier heute zu bedeuten hat.«

Sadik lächelte ein wenig traurig. »Du wirst es schon verstehen, Tobias. Kennst du die Geschichte von den Bienen und dem hohlen Baum?«

»Nein.«

»Dann höre zu, mein Freund«, forderte Sadik ihn auf, und seine Stimme klang so ruhig und ausgeglichen, als wäre nichts geschehen, was einer Klärung bedurfte.

»Es war einmal ein großer Wald aus Sämlingen, die im Laufe vieler Jahre zu stolzen Bäumen heranwuchsen. Sie spendeten vielen kleinen wie großen Lebewesen Schutz und Schatten, Früchte und Lebensraum. Diese Bäume lebten so lange, wie es ihnen von Allah eben beschieden war. Als sie ihre Aufgabe erfüllt hatten, starben sie, und der Wald wurde leblos. Bis auf einige Bienen, die ein sicheres Heim und einen Platz suchten, wo sie ein gemeinschaftliches Leben aufbauen konnten. Sie stellten zu ihrer Freude fest, daß die toten Bäume hohl waren und sich daher wunderbar eigneten, um in ihnen Bienenstöcke anzulegen.

So nisteten sich die Bienen in den hohlen Bäumen ein, die ihnen dann auch viele, viele Generationen lang zur vertrauten

Heimat wurden. Doch wie es nun mal in der Natur der Sache liegt, waren die toten Bäume nicht dafür geschaffen, um den Bienen bis in die Ewigkeit als Heim zu dienen. Sie begannen zu verfaulen und umzustürzen, einer nach dem anderen. Nun begann das große Wehklagen, und jene Bienen, die noch in relativ starken Bäumen wohnten, nahmen die heimatlos Gewordenen bei sich auf, wenn auch nicht ohne Murren und Grollen. Denn es wurde eng in den Bienenstöcken, da immer mehr Bäume einstürzten. Und bald wurde nicht mehr jeder Schwarm aufgenommen. Viele wurden von den Glücklichen, die noch ein Heim hatten, abgewiesen, weil ihnen dies und jenes an ihnen mißfiel und weil sie nicht noch mehr zusammenrücken wollten. Warum hatten sie sich denn auch so einen morschen, kraftlosen Baum ausgesucht, hieß es. Diese Bienen, die in den noch kräftigen Bäumen lebten, wollten nicht daran glauben, daß eines Tages auch ihr Baum an der Reihe sein würde. Es werde schon alles gutgehen, so versicherten sie einander. Solches Unglück träfe nur die anderen, vermutlich als Strafe für irgend etwas sehr Böses, was sie getan hätten, ohne daß irgend jemand es jedoch hätte benennen können. Doch damit beruhigten sie ihr Gewissen. Da nicht mehr genug Platz in den wenigen restlichen Bäumen war, wurden immer mehr Bienen heimatlos.

Nach und nach stürzten jedoch auch die stärksten und mächtigsten Bäume ein, und damit waren nun alle Bienen ohne Heimat und ohne einen sicheren Ort, wo sie ihre Stöcke errichten konnten. Und so kam es, daß in diesem Land die Bienen ausstarben. Weil sie nicht erkannt hatten, daß sie sich frühzeitig auf die Katastrophe hätten einstellen müssen. Sie hatten sich nur darauf konzentriert, ihre Bienenstöcke mit Honig zu füllen, statt einen Teil ihrer Zeit und Kraft dafür aufzuwenden, die Beschaffenheit ihres Lebensraumes zu beobachten und die notwendigen Lehren aus dem Geschehen um sich herum zu ziehen«, schloß Sadik seine Geschichte.

Tobias wußte, daß Sadik von ihm erwartete, auch ohne Hilfe von ihm hinter den Bezug zu kommen, den diese Geschichte zu ihrer jetzigen Situation hatte. Es fiel ihm schwer, und er grübelte.

»Die Menschen sind wie die Bienen in deiner Geschichte, darauf willst du doch hinaus, nicht wahr?« tastete er sich schließlich an das heran, was Sadik ihm hatte mitteilen wollen.

»*Aiwa*, die Katastrophen um sie herum berühren sie nicht. Auch sie sehen nur auf ihren Honig und daß er sich möglichst rasch vermehrt«, bestätigte Sadik.

Tobias' Blick fiel auf die Karte, und plötzlich ahnte er, was Sadik bedrückte.

»Die Königsgräber! Du willst nicht, daß sie gefunden werden und habgierige Menschen anlocken. Das ist es doch, oder?«

Sadik wiegte den Kopf. »Ich fürchte nicht allein die Habgier von Abenteurern und Grabräubern, die schon seit Jahrhunderten skrupellos ihr Unwesen treiben. Ich fürchte genausosehr die ernsthaften Gelehrten und Wissenschaftler, die glauben, die Geheimnisse vergangener Kulturen sogar den Gräbern entreißen und über die Welt verstreuen zu müssen.«

Tobias erinnerte sich ihres Gespräches in der leeren Grabkammer der Pyramide. »Wir sind weder Grabräuber noch Wissenschaftler, die mit ihren Funden zu Weltruhm gelangen möchten. Wir sind hier, weil...« Er zögerte.

Sadik lachte kurz auf. »Weil du dem Abenteuer nicht widerstehen konntest, deshalb!«

»Nein!« widersprach Tobias heftig. »Das ist nicht wahr. Es ist zumindest nicht die ganze Wahrheit. Daß wir uns auf die Suche nach diesem Tal gemacht haben, hat doch viele Gründe. Es waren zum Teil auch die Ereignisse, durch Wattendorf und Zeppenfeld ausgelöst, die uns nach und nach in diese Rolle gedrängt haben. Zudem sehe ich nichts Schlechtes daran, der Verlockung eines Abenteuers nicht widerstanden zu haben und einem solchen Geheimnis nachzuspüren. Das bedeutet ja doch nicht zwangsläufig, daß man ohne Gewissen ist und diesen Leuten, von denen du gerade gesprochen hast, Tor und Tür für ihr schändliches Tun öffnet.«

»Nein, wirklich nicht?« fragte Sadik und sah ihn eindringlich an.

Tobias verzichtete auf eine Antwort, aus Stolz und mit der unausgesprochenen Forderung, daß Sadik ihn eigentlich gut genug kennen müsse, um diese Frage selbst beantworten zu können, und für einen langen Augenblick herrschte angespanntes Schweigen. Keiner senkte den Blick.

Dann entspannte sich das Gesicht des Beduinen. Ein warmes Lächeln vertrieb den dunklen, verschlossenen Ausdruck. Tief atmete er durch. »*Aiwa*, du hast recht, mein Freund. Diese Frage war unnötig; ich hätte sie dir und mir ersparen können. Verzeih mir, daß ich gezweifelt habe. Aber du weißt ja, der Mensch ist wie eine Ameise: gleichzeitig schwach und gewaltig. Ich glaube, die letzten Tage waren bei mir eine Zeit der Schwäche und der Zweifel.«

»Diesen Eindruck hatten Jana und ich in der Tat«, bestätigte Tobias. »Du warst uns sehr... nun ja, fremd.«

Sadik nickte. »Mich quälte die Vorstellung, daß letztlich auch wir das gleiche Verhängnis heraufbeschwören könnten, wie es vor uns schon unzählige andere Abenteurer und Forscher getan haben, ob nun willentlich oder nicht. Ich will mich nicht der Grabschändung und Plünderung schuldig machen, auch nicht im Namen der Wissenschaft.«

Tobias verstand. »Ich auch nicht, Sadik. Ich schwöre es dir bei allem, was mir heilig ist. Doch du wirst verstehen, daß es zu viel verlangt wäre, so kurz vor dem Ziel die Suche nach diesem Verschollenen Tal aufzugeben und umzukehren. Ich möchte nur ein einziges Mal in diesem Tal *sein*. Es genügt mir danach zu wissen, daß wir das Rätsel gemeinsam gelöst und gesehen haben, was immer uns dort im Tal des Falken erwarten wird. Dann können wir von mir aus ruhig alle Pläne vernichten, und ich werde mein Wissen keinem zugänglich machen. Jana auch nicht. Du kennst sie. Frage sie nachher selber, aber ich weiß schon jetzt, daß sie so denkt wie ich. Du hast unser Wort.«

»*Aiwa*, das genügt mir.«

»Außerdem müssen wir auch an Zeppenfeld denken«, fuhr Tobias fort. »Er wird die Suche ganz sicher nicht abbrechen. Wenn wir das, was das geheimnisvolle Tal verborgen gehalten hat, auch für die Zukunft vor Plünderern jeglicher Sorte bewahren wollen, müssen wir es zuerst einmal finden – und danach versuchen, Zeppenfeld abzufangen und zu verhindern, daß er die Gräber plündert.«

Sadik pflichtete ihm bei. »Wir haben nur ein Problem: Was machen wir mit Achmed? Weder können wir ihn hier in Al Kariah lassen, noch können wir ihn mit ins Tal nehmen. Du weißt, wie redselig er ist. Er könnte ein solches Geheimnis nicht einmal einen Tag für sich behalten, auch wenn er es wollte.«

Tobias räumte ein, daß sie vor einem scheinbar unlösbaren Dilemma standen. Eine Weile saßen sie schweigend am Flußufer und suchten nach einem Ausweg. Ein armlanges Stück Holz, das einer Faßdaube ähnelte und einen weißen Rundbogen in der Mitte aufwies, trieb an ihnen vorbei, blieb für einen Moment am Schilf hängen und wurde Augenblicke später von der Strömung weitergerissen.

»Ich hab' es!« rief Tobias.

Sadik hob den Blick. »Da bin ich aber gespannt.«

»Wir nehmen ihn mit, jedoch nur bis zum Gebel et-Ter. Dort suchen wir einen geschützten Lagerplatz, wo er mit den Lastkamelen zurückbleibt, während wir nach dem Zugang zum Tal suchen. Auch wenn er ahnt, daß wir etwas Besonderes suchen, wird er mit diesem Wissen wenig anfangen können.«

»Und was macht dich so sicher?«

211

»Wenn wir mit leeren Händen und auch sichtlich leeren Satteltaschen zu ihm zurückkehren und uns auf den Weg nach Chartoum, Omsurman oder wohin auch immer machen, wird er überzeugt sein, daß in dem Gebiet um den Gebel et-Ter wirklich nichts zu finden ist. Denn welcher Abenteurer, was wir in seinen Augen zweifellos sind, würde schon eine so monatelange, gefährliche Reise auf sich nehmen, um dann nichts von der Beute mitzunehmen?«

»Möglich, aber sicher ist es nicht, daß er so denken wird.«

»Im Leben ist allein der Tod eine sichere Konstante.«

Sadik schmunzelte, denn diese Antwort hatte Tobias von ihm. »Du hast recht. Und es bleibt uns wohl auch keine andere Wahl. Also machen wir es so, wie du vorgeschlagen hast – sofern sich auch Jana dem anschließt.«

Sie blieben noch eine Viertelstunde dort sitzen, redeten und schauten, wie der Himmel jenseits der Berge sich bunt färbte. Dann begaben sie sich zu ihrem Lagerplatz zurück. Jana war längst auf. Sie hatte die beiden Männer am Fluß sitzen sehen, sie jedoch allein gelassen, weil sie ahnte, daß sie sich aussprachen. Sie war sichtlich erleichtert, als Sadik und Tobias in einträchtiger Freundschaft zu ihr in den Schutz der Palmen traten und sie den Grund für Sadiks seltsames Verhalten erfuhr.

Tobias trug ihr vor, was sie miteinander besprochen hatten und wie sie wegen Achmed vorzugehen gedachten, und Jana gab Sadik ihr Wort und stimmte dem Plan uneingeschränkt zu.

Während Jana schon ein Feuer entfacht und Wasser für den Tee aufgesetzt hatte, hatte Achmed die Gelegenheit genutzt, um ins Dorf zu gehen und frisches Mehl zu kaufen. Mit einem breiten Grinsen traf er wenig später bei ihnen ein. Er brachte nicht nur Hirsefladenbrote mit, die noch warm vom Ofen waren, sondern auch ein großes Stück Hammelfleisch, Feigen und eine halbe Kürbisschale von der Größe eines Suppentopfes. In ihr schwappte frisch gemolkene Ziegenmilch.

»Das beste Frühstück, an das ich mich seit Cairo erinnern kann!« war Janas begeisterter Kommentar, dem auch Sadik und Tobias beipflichteten.

Auch Achmed strahlte. Sie alle fanden, wenn auch aus recht unterschiedlichen Gründen, daß der Morgen gar nicht besser hätte beginnen können.

Im Labyrinth der Schluchten

»Laß uns umkehren, Tobias!« rief Jana, und ihre müde Stimme verriet ihre Erschöpfung. Es lag wieder ein langer, anstrengender Tag erfolgloser Suche in den Schluchten um den Gebel et-Ter hinter ihnen. »Es hat keinen Sinn, da auch noch die Felsen hochzuklettern. Hier kann es unmöglich sein. Machen wir Schluß für heute und kehren wir zu Achmed zurück, solange es noch hell ist.«

»Sie hat recht«, pflichtete Sadik ihr bei, während sein Blick über die Felsbrocken glitt, die ihnen in dieser schmalen Schlucht mit den steil aufragenden Wänden ein weiteres Vordringen mit dem Kamel verwehrten. Die scharfkantigen Blöcke lagen wie die wahllos hingeworfenen Bauklötze eines Riesen im Weg. Einige türmten sich gar zu haushohen Granithügeln auf. »Der Zugang zum Tal kann wirklich nicht durch diese Schlucht führen. Wattendorf hätte es niemals über diese Barriere geschafft.«

Tobias war von seinem Vorhaben jedoch nicht abzubringen und schon vom Höcker seiner Reitstute gesprungen. Die Ergebnislosigkeit ihrer jetzt schon einwöchigen Suche machte ihm zu schaffen, auch wenn er versuchte, sich das nicht anmerken zu lassen.

Er warf Sadik die Zügel zu. »Wer sagt denn, daß der Weg *zufällig* verschüttet ist? Vielleicht ist Menschenhand für diese Felsbarriere verantwortlich.«

Sadik glaubte nicht daran, das drückte schon seine Miene aus.

»Auf der Karte ist der Weg ins Verschollene Tal mit den Bezeichnungen *Bani-Israil* und *Al-Hudschurat* eingetragen, was übersetzt *Die Nachtreise* sowie *Die inneren Zimmer* bedeutet«, erinnerte er ihn. »Ich kann mir nicht vorstellen, daß eine Bezeichnung davon auf diese Schlucht zutreffen kann. Zudem heißt es im Gedicht zum Koran, daß der Weg durch eine ›Schattenwelt‹ führt. Und das trifft auch bei großzügigster Auslegung nicht auf diesen Ort zu.«

»Im Gedicht steht jedoch auch etwas über ›Die tiefen Höh'n in Allahs Labyrinth‹«, entgegnete Tobias. »Und daß es sich bei diesen tiefen Schluchten um ein wahres Labyrinth handelt, ist ja wohl unbestritten, oder?«

»Ach, Tobias«, seufzte Jana.

»Das ganze Gebiet zwischen Al Kariah und dem Gebel et-Ter ist ein einziges Labyrinth – und zum Teil so zerklüftet, daß nur eine Expedition von erfahrenen und entsprechend ausgerüsteten Bergsteigern gewisse Strecken bezwingen könnte«, sagte Sadik. Deshalb hatten sie ja auch diesen Riesenbogen von der Oase zum Ausgangspunkt ihrer Suche reiten müssen. Al Kariah war höchstens zwanzig Meilen von ihrem Lager entfernt, wo sie Achmed und die Lasttiere zurückgelassen hatten – aber eben nur im direkten Vogelflug. Sie dagegen hatten fünf Tage scharfen Ritts gebraucht, um die unzugänglichen Bergzüge zu umgehen und auf die andere Seite dieses Höhenzuges zu gelangen, wo es irgendwo in jenes legendäre Tal gehen sollte.

Tobias beharrte auf seiner Kletterpartie.

»Ich will ganz sicher sein, daß wir nicht einen fatalen Fehler begehen, wenn wir die Suche in dieser Schlucht abbrechen.

Und deshalb werde ich schnell da hochklettern, um zu sehen, was hinter den Felsen verborgen ist«, sagte er und begann den Aufstieg.

Insgeheim klammerte er sich an die Hoffnung, daß sich der Zugang ins Tal des Falken vielleicht gerade hinter dieser Sperre aus Felsblöcken verbarg. Es wurmte ihn jeden Tag mehr, daß sie sich damals in Paris den Koran von Zeppenfeld hatten abjagen lassen. Wie einfach wäre es doch gewesen, wenn sie auch über den dritten Plan verfügt hätten. Es wäre ein Spaziergang geworden!

Die Felsen zu erklimmen war nicht gefährlich, bei der Hitze jedoch eine kräftezehrende Anstrengung, zumal auch er die Strapazen der letzten Wochen spürte. Was sie an körperlichen Belastungen auf sich genommen hatten, ließ sich nicht einfach über Nacht aus den Kleidern schütteln. Dennoch dachte keiner von ihnen an Aufgabe.

Durchgeschwitzt und mit schnellem Atem erreichte Tobias schließlich eine Stelle, von der aus er einen Blick auf die andere Seite der Schlucht werden konnte.

»Was ist?... Tobias, was siehst du?« rief Jana von unten.

Er machte eine wegwerfende Bemerkung, und das war Antwort genug. Die Schlucht endete hundert Meter hinter der Barriere in einem Kessel. Es gab dort noch nicht einmal Spalten in den Felswänden. Er hatte jetzt die Sicherheit, von der er gesprochen hatte: sich den Aufstieg zu ersparen und umzukehren, wäre nicht fatal gewesen, sondern überaus vernünftig.

Die Enttäuschung schien ihm seine schmerzenden Glieder besonders nachdrücklich zu Bewußtsein zu bringen. Er fühlte sich wie ausgelaugt und war für einen Augenblick den Tränen nahe. Doch er riß sich zusammen. Und als er sich an den Abstieg machte, fragte er sich, weshalb er sich bloß so verbissen dagegen gewehrt hatte, die Schlüssigkeit von Sadiks Argumentation einzusehen. Die Antwort war, mit ein wenig Ehrlichkeit vor sich selbst, ganz einfach: Die Wahrscheinlichkeit, daß Wattendorf sich mit ihnen *und* mit Zeppenfeld einen bösen Scherz von gigantischem Ausmaß geleistet und sie auf die Suche nach einem Tal geschickt hatte, das er in Wirklichkeit nie gefunden hatte und das doch nur in den Geschichten der Beduinen existierte, diese Wahrscheinlichkeit wuchs mit jedem Tag. Was sie in all den Monaten für unmöglich gehalten hatten, schien wahr zu werden: daß sie nämlich sozusagen einer raffiniert arrangierten Fata Morgana von Eduard Wattendorf nachgejagt waren. Denn sie hatten die Suche von ihrem Basislager aus sehr systematisch betrieben und mittlerweile fast alle Täler, Schluchten, Spalten und Höhlen untersucht, die vom Gebel et-Ter aus zu erreichen waren.

»Morgen ist auch noch ein Tag«, versuchte Jana ihn zu trösten, als Tobias vom untersten Felsen sprang und mit hängenden Schultern auf sie zuging. »Wir werden das Tal schon noch finden.«

»Wenn es denn überhaupt existiert«, murmelte Tobias niedergeschlagen. Und daß sich weder Jana noch Sadik die Mühe bereiteten, diese Möglichkeit auszuschließen, sagte ihm, daß auch sie sich schon mit starken Zweifeln trugen.

In sehr gedrückter Stimmung begaben sie sich auf den Weg zurück in ihr Lager. Jana quälten zudem Gewissensbisse, daß sie sich immer öfter bei dem Wunsch ertappte: ›Wären wir doch wieder allein und ohne Achmed! Hätten wir ihn doch besser in der Oase zurückgelassen!‹ Gut, er hatte ihr das Leben gerettet, und dafür würde sie ihm ewig dankbar sein. Aber auf die Dauer störte Achmed ihre Gemeinschaft, daran gab es bei aller Dankbarkeit nicht den geringsten Zweifel. Er paßte ganz einfach nicht zu ihnen. Sein Geschwätz war manchmal nicht zu ertragen, wie Sadik und Tobias ihr oft genug klagten. Manchmal ertappte sie ihn auch dabei, daß er ihr begehrliche Blicke zuwarf. Sie wollte das nicht zu kritisch bewerten, doch angenehm war es ihr gewiß nicht. Seine Gegenwart machte einfach alles komplizierter und war wie Sand im Uhrwerk ihrer freundschaftlichen Harmonie, die sich auf ihrer langen Reise eingestellt hatte.

Achmed hatte anfangs nichts dagegen einzuwenden gehabt, den ganzen Tag über allein bei den beiden Lastkamelen zurückzubleiben, zu warten und nicht eingeweiht zu werden, wonach sie denn nun suchten. Doch seine sorglose Fröhlichkeit hatte nicht lange angehalten. Schon am zweiten Tag schlug sie in Unzufriedenheit, Unruhe und wachsende Neugier um. Er bedrängte sie mit seinen Fragen, zeigte sich gereizt und wurde in seinen Arbeiten überaus nachlässig, obwohl Sadik ihm seit ihrer Flucht von der *Al Adiyat* einen guten Lohn zahlte.

Auch an diesem Abend hatte er das Essen für sie nicht vorbereitet, obwohl das zu seinen Aufgaben gehörte. Tobias wäre fast aus der Haut gefahren vor Wut und bewunderte um so mehr die äußere Gelassenheit, mit der sein Freund darauf reagierte, denn Sadiks Tadel an Achmed fiel überaus milde aus.

»Ich finde, du behandelst Achmed zu nachsichtig«, sagte Tobias später zu Sadik. »Er nimmt sich allmählich die größten Frechheiten heraus, und du faßt ihn mit Samthandschuhen an!«

Jana nickte. »Ja, das finde ich auch. Es tut mir wirklich leid, das sagen zu müssen, aber er wird langsam regelrecht unverschämt. Und so mutig er damals auch gehandelt hat, so gibt ihm das doch nicht das Recht, so zu sein. Ich meine, wir haben uns ja auch um ihn gekümmert.«

»Ich sehe das nicht viel anders. Doch wenn wir nach oben spucken, geht es auf unseren Schnurrbart, wenn wir nach unten spucken, auf unseren Vollbart«, antwortete Sadik nüchtern. »Wir haben einfach keine Alternative, sondern müssen uns sogar noch glücklich schätzen, daß er nicht schon längst mit den beiden Lasttieren auf und davon ist. Der Weg nach Al Kariah ist nicht schwer zu finden.«

»Er wird faul und dreist!« sagte Tobias verdrossen, sich ihres Dilemmas nur zu bewußt. »Und ich habe ihn wirklich einmal gemocht!«

Sadik zuckte mit den Achseln. »Die Trägheit der Jugend ist die Generalprobe für die Unfähigkeit des Alters«, sagte er spöttisch und fügte bedeutungsschwer hinzu: »Nun ja, allzulange wird Achmed nicht mehr allein an diesem Lagerplatz auszuharren haben. In spätestens zwei, drei Tagen wird es wohl entschieden sein.«

Tobias rang sich ein Lächeln ab. »Wie auch immer, diese Monate waren es wert... notfalls auch ohne Wattendorfs Tal!« sagte er, um sich selber zu trösten.

»Warten wir ab«, meinte Sadik und bereitete sein Nachtlager. »Allahs Wege sind wundersam. Und wie du weißt, muß der Mensch zwei Taschen an seiner Jacke haben. In der einen findet er die Worte: ›Allah hat die Welt um meinetwegen mit all ihren Wundern erschaffen!‹ Und in der anderen: ›Ich bin nur aus Asche und Staub!‹ Wer sich dies zu Herzen nimmt, wird sehen, daß im Leben letztlich alles ins rechte Lot fällt. Eine gute Nacht, Freunde.«

Auch Jana und Tobias legten sich schlafen. Jana schmiegte sich an seine Brust, hielt wortlos seine Hand und blickte mit ihm zu den Sternen hoch, die ihr Licht aus fernen Galaxien zu ihnen sandten. Die Bedrückung wich von ihm, und bald fiel er in einen ruhigen, tiefen Schlaf.

Mit dem neuen Tag stellte sich auch die Hoffnung wieder ein. Tobias war frohen Mutes. Noch nicht einmal Achmeds verkniffenes Gesicht und Murren konnten seine Stimmung trüben.

Sie brachen auf, als die Sonne noch tief hinter den Bergen stand und ihr Lagerplatz noch für Stunden in kühlen Schatten getaucht sein würde. Da sie die Täler und Schluchten der näheren Umgebung schon erkundet hatten, lagen mit jedem Tag längere Wege durch vertrautes Terrain vor ihnen, bis sie an jene

Orte gelangten, die sie noch nicht erforscht hatten. Um kostbare Zeit zu sparen, legten sie diese möglichst im Dämmerlicht des Morgens zurück.

Nach einer guten Stunde gelangten sie in einen Talkessel, dem sie gleich am zweiten Tag ihrer Suche den Namen ›Das Tal der Schwurhand‹ gegeben hatten. Denn von diesem Kessel zweigten, wie von einer zum Schwur erhobenen Hand, drei schmale und unterschiedlich lange Schluchten ab. Die kürzeste, der ›Daumen‹, wies nach Nordwesten und endete schon nach wenigen hundert Metern. Auch die nach Norden reichende ›Zeigefinger-Schlucht‹ hatte keinen zweiten Zugang. Allein die Schlucht, die bei ihrer Schwurhand den Mittelfinger darstellte, führte tiefer in die Berge hinein. Und durch diese Schlucht mußten sie auch an diesem Morgen wieder, um die Suche in jenem Gebiet fortzusetzen, wo sie sie am Tag zuvor abgebrochen hatten.

Sadik brachte seine Kamelstute jedoch plötzlich vor der Daumen-Schlucht zum Halten. »Wartet mal!«

»Was hast du?« fragte Tobias verwundert.

»Wir sollten uns diese Schlucht doch mal näher ansehen.«

Jana war von dem Vorschlag genauso überrascht wie Tobias.

»Aber wozu denn? Das ist doch reine Zeitverschwendung, Sadik. Der Daumen ist eine Sackgasse. Das sieht man doch.«

Tobias nickte. »Da hinten geht es nicht weiter. Das haben wir doch schon am zweiten Tag festgestellt.«

Sadik schüttelte den Kopf. »Aber wir sind nicht bis ganz ans Ende geritten.«

»Das war ja wohl auch nicht nötig«, meinte Tobias. »Denn daß es da hinten nicht weitergeht, sieht auch ein Blinder.« Er deutete mit dem Kopf auf die glatte Felswand, die am Ende der Schlucht aufstieg.

»Der Vogel ist nicht zurückgekommen«, antwortete Sadik rätselhaft.

In Sadiks Stimme war etwas, was bei Tobias eine Gänsehaut hervorrief. »Von welchem Vogel sprichst du?«

»Der da gerade durch die Schlucht und dann auf die Westwand zugeflogen ist«, antwortete Sadik. »Ich habe ihn ganz deutlich gesehen. Wie ein Pfeil schoß er auf die Wand am Ende der Schlucht zu. Wenn sie tatsächlich als Sackgasse endet, ist der Vogel am Fels zerschmettert. Doch ich glaube nicht daran, daß der Vogel Selbstmord begangen hat.«

»Und du bist sicher, daß du den Vogel gesehen hast und daß er nicht vielleicht in irgendeine Spalte verschwunden ist?« stieß Jana aufgeregt hervor.

»Ich habe nur gesehen, daß der Vogel schnell flog und auf einmal verschwunden war.«

Tobias spürte sein Herz schneller schlagen. »Sehen wir nach!«

Sie trieben ihre Kamele an und ritten in die Schlucht, die etwa vierhundert Meter lang und höchstens fünfzig Meter breit war. Tobias konnte nicht schnell genug das Ende des ›Daumens‹ erreichen, um Gewißheit zu haben. Hatten sie sich all die Tage vielleicht wirklich in der Beschaffenheit dieser Schlucht geirrt? Er wollte es kaum glauben. Denn je näher sie kamen, desto deutlicher sah man doch, daß es dort hinten kein Weiterkommen mehr gab. Sie ritten doch direkt vor diese Wand aus Fels!

»Mein Gott!« stieß Jana im nächsten Augenblick aufgeregt hervor. »Seht doch nur!... Ein Einschnitt!... Da links in der Westwand!«

Sadik und Tobias machten die sensationelle Entdeckung fast im selben Moment. Der Vogel, den Sadik beobachtet hatte, hatte gewußt, warum er auch am scheinbaren Ende der Schlucht mit unverminderter Geschwindigkeit nach Westen abgedreht hatte: Denn dort klaffte ein mindestens zwanzig Meter breiter Einschnitt im Fels.

»Ich fasse es nicht! Du hast recht gehabt, Sadik. Wir haben uns geirrt! Das hier ist keine Sackgasse!« rief Tobias begeistert von ihrer Entdeckung, und ein Schauer durchlief ihn. »Vielleicht ist das der geheime Zugang zum Tal des Falken!«

Jana lachte, einen freudig erregten Glanz in den Augen. »Es ist ein gutes Zeichen, finde ich!«

»Nicht jeder, der klopft und hämmert, ist ein Schmied. Und nicht jede von uns neuentdeckte Schlucht wird in jenes Tal führen, das wir suchen«, dämpfte Sadik übertriebene Erwartungen.

»Ich sage euch, diesmal sind wir auf dem richtigen Weg!« verkündete Tobias überschwenglich.

»*Aiwa*, doch nur Allah weiß, ob er uns nicht vielleicht nach Turkestan führt«, erwiderte Sadik trocken.

Die schmale Abzweigung führte sie zuerst einmal in einem scharfen Knick nach Südwesten. Nach einem halben Kilometer wurde die Schlucht breiter, vollführte einen scharfen Bogen und verengte sich dann wieder. Der Boden stieg an, während die hohen, zerklüfteten Felswände mit ihren Vorsprüngen immer näherrückten.

Jana blickte nach oben. Längst war die Sonne aufgegangen. Doch davon war bei ihnen in der Schlucht kaum etwas zu merken. Der blaue Himmel zeichnete sich hoch über ihren Köpfen als ein gerade zwei Finger breiter, wildgezackter Streifen ab. Es schien, als neigten sich die Wände dort oben weit vor, so als wollten sie sich berühren.

Bald war der passierbare Weg so schmal, daß sie gerade noch nebeneinander reiten konnten. Nach einer weiteren Biegung ging es steil bergauf. Und dann gelangten sie zu einem Abschnitt, wo der Fels über ihnen in etwa zehn, zwölf Meter Höhe tatsächlich zusammenwuchs. Vor ihnen klaffte ein Höhlengang.

»Das ist es!« flüsterte Tobias erregt. »Die Schattenwelt! Die tiefen Höh'n in Allahs Labyrinth! So stand es doch im Gedicht. Und damit ist eindeutig diese Art Höhlengang in den Bergen gemeint. Sadik! Gib zu, daß wir auf dem richtigen Weg sind!«

»*Aiwa*«, lautete die schlichte Antwort des Beduinen, und sein vorbehaltloses Ja ließ ihren Puls hochschnellen. Die Tage der Zweifel und der wachsenden Mutlosigkeiten hatten ein jähes Ende gefunden.

Jana war ganz beklommen zumute. »Jetzt kann das Tal nicht mehr weit sein!«

Sie stiegen von den Kamelen und führten sie am Zügel hinter sich her. Es war nicht völlig dunkel in diesem Höhlengang. Das Gestein wies an vielen Stellen Risse auf, durch die Licht von oben fiel. Wie dünne Nadeln und Messerklingen stachen diese Fäden und Balken aus Licht durch den Fels und hellten die Dunkelheit ein wenig auf, so daß sie nicht gezwungen waren, Fackeln aus ihren Gepäcktaschen zu holen und Feuer zu machen. Die Wände waren zerklüftet, und mächtige Gesteinsbrokken und Platten ragten immer wieder wie die scharfen Zähne eines versteinerten Raubtiermauls in den Gang, der gewiß nicht von Menschenhand geschaffen war. Doch Menschen hatten sich dieser merkwürdigen Felsverwerfung bedient, die einen bequemen Durchgang von mehreren Metern Breite und Höhe geschaffen hatte.

Tobias zählte lautlos ihre Schritte, während ihm das Herz im Hals schlug. Ihm war ganz flau vor Aufregung. Er zweifelte nicht mehr im geringsten daran, daß sie den Zugang zum Tal des Falken gefunden hatten! Wattendorf war kein Phantast gewesen. Und er hatte sich mit ihnen auch keinen schlechten Scherz erlaubt. Alles war so, wie er es seinem Vater, Jean Roland und Rupert Burlington geschrieben hatte. Und was ihn in diesen Minuten am stärksten bewegte, war die Frage: Was würde sie im Tal des Falken erwarten? Große Tempelanlagen mit Königsgräbern?

Die Spannung nahm schier unerträgliche Ausmaße an. Keiner redete. Nur ihre Schritte, ihr schnelles Atmen und die Geräusche der Kamele waren zu hören. Metall klirrte leise, Leder knarrte, Sand knirschte unter Hufen und Schuhsohlen, eine Stute schnaubte nervös.

Achtzig Schritte, einundachtzig, zweiundachtzig... Wie weit zog sich der Gang noch hin? Siebenundachtzig, achtundachtzig... Welche Art von Königsgräbern würden sie vorfinden?

Der Gang machte einen scharfen Knick nach links, und helles Sonnenlicht flutete ihnen vom Ende der Höhlenpassage entgegen. Es waren jetzt nur noch siebenundzwanzig Schritte bis zum Ausgang.

Jana und Tobias liefen die letzten Meter, weil sie die innere Anspannung nicht länger ertrugen. Ein gutes Jahr hatten sie diesem Moment entgegengefiebert. Und wie viele Gefahren hatten sie bestehen müssen, um an diesen geheimnisvollen Ort zu gelangen. Nun endlich war es soweit!

Das grelle Licht blendete sie, als sie aus dem Halbdunkel der Höhlenpassage traten. Sie schirmten das gleißende Sonnenlicht mit der flachen Hand ab. Und dann sahen sie es:

Das Tal des Falken. Es lag vor ihnen!

Das Tal der Überraschungen

Der Höhlengang führte auf eine sandige Anhöhe hinaus, von der aus man einen ausgezeichneten Blick über das ganze Tal hatte. Was sich ihren Augen darbot, war überwältigend und übertraf ihre kühnsten Erwartungen.

»Heilige Mutter Gottes!« murmelte Jana fassungslos.

»Mein Gott!« stieß Tobias ergriffen hervor.

»*Allah kherim!*« lautete Sadiks Kommentar angesichts dieses unglaublichen Panoramas. »Allah ist groß!«

Das Tal, ein tiefer Kessel mit der ovalen Form einer reifen Dattel, erstreckte sich über eine Länge von schätzungsweise fünf Kilometern und maß an seiner breitesten Stelle etwa zwei Kilometer.

Die Tempelanlagen befanden sich am anderen Ende des Tales. Sie bestanden aus mehreren Komplexen, von denen einige Gebäude in sich zusammengefallen waren, als wären sie das Opfer eines Erdbebens geworden. Sie bildeten ein weites Trümmerfeld mit kolossalen Ruinen. Der Haupttempel gehörte jedoch zu den Bauwerken, denen man zumindest aus der Entfernung keine Beschädigungen ansehen konnte. Er war leicht zu erkennen, erstreckte er sich doch, umgeben von mehreren kleineren Pfeilerhallen, unmittelbar vor der Felswand. Auf die Distanz waren genaue Einzelheiten nicht zu bemerken. Doch sie konnten eine Front von sechs mächtigen Säulen entdecken. Und wenn die Skizze von Wattendorf stimmte, hatte der Tempel eine Tiefe von zwölf Säulenreihen. Seine Rückfront schien sich mit der Felswand zu verbinden, die mehr als hundert Meter senkrecht aufstieg und so glatt wie Marmor wirkte. Über der monumentalen Säulenhalle waren die Konturen von drei riesenhaften Gottheiten aus dem Fels gemeißelt, die dem Betrachter ihr Profil darboten und halb Mensch, halb Tier waren. Tiefe symmetrische Ausbuchtungen und Einschnitte im Fels auf der Westseite des Tales wiesen darauf hin, daß die Tempel aus dem Fels errichtet worden waren, den man gleich aus diesen Steinbrüchen vor Ort gewonnen hatte.

Es war eine gewaltige Tempelanlage, deren Ausmaße und deren versteckte Lage zweifellos dazu geschaffen sein konnten, mächtigen Pharaonen als Grabmal zu dienen.

So sehr sie auch vom Anblick der Heiligtümer beeindruckt

waren, die aus der Blütezeit der ägyptischen Sonnenkönige vor vielen tausend Jahren stammten, so waren es doch nicht allein diese Bauwerke, die für den überwältigenden Eindruck verantwortlich waren. Mit den Tempelanlagen hatten sie gerechnet.

Nicht jedoch mit dem Fluß und den Palmen, die dieses Verschollene Tal zu einer Oase gestalteten!

Ein Wasserfall stürzte in ungefähr halber Höhe aus der Südostwand. Das Wasser sammelte sich einen guten Kilometer östlich von den Tempelanlagen in einem tiefen Becken, formte einen kleinen See. Dahinter zog der Fluß in einem sanften Bogen und gute zwanzig Meter breit durch das Tal und verschwand dann wieder links von ihnen in der Nordwand in einem Felsenschlund, um als unterirdischer Fluß seinen Weg fortzuführen. Ein dichter Schilfgürtel säumte die Ufer des Flusses in seinem oberen Drittel, wo der kleine See lag. Dort bildeten die Palmen auch mehrere beachtlich große Haine, in deren Schatten einige hundert, wenn nicht gar tausend Arbeiter wohl Schutz gefunden hatten. Es sah so aus, als schimmerten zwischen den Bäumen die Ruinen von primitiven Behausungen aus Lehmziegeln durch den grünen Teppich der Palmen. Bäume und grünes Dickicht fanden sich jedoch auch weiter unterhalb, wenn auch nicht in so großer Fülle. Mehrere tiefe Senken durchzogen den westlichen Teil des Tales, der bar jeglicher Vegetation war und nur Steine und Sandhügel aufwies.

Tobias schüttelte den Kopf. Er fühlte sich wie berauscht. »Mir kommt das alles wie ein Traum vor!«

Jana nickte heftig. »Ja, diese Tempel... und der Fluß... und diese unheimlichen Fabelwesen im Fels... mein Gott, ich bin völlig durcheinander.«

»Eine Oase mit gewaltigen Säulenhallen und Königsgräbern inmitten dieser zerklüfteten Berglandschaft«, sagte Tobias, ergriffen von der Bedeutung dieses Augenblicks. »Es ist kaum zu glauben...«

»Ja, irgendwie ist es unheimlich... und flößt mir Angst ein«, sagte Jana und verschränkte schutzsuchend die Arme vor der Brust. »Allein schon die Statuen im Fels mit ihren schrecklichen Tierköpfen...«

»Es sind Gottheiten«, erklärte Sadik, und seine Stimme hatte einen rauhen, belegten Klang. Äußerlich wirkte er sehr gefaßt, doch in seinem Innern tobte ein Aufruhr der Gefühle. Dies war eine heilige Stätte, und eigentlich hatten sie nicht das Recht, die ewige Ruhe dieses Ortes zu stören. Andererseits jedoch konnte auch er sich nicht ganz von der Faszination freisprechen, die man auch Fieber nennen konnte und die einen unwiderstehlich erfaßte, wenn man sich aufmachte, einem solchen Geheimnis wie diesem Verschollenen Tal auf die Spur zu kommen.

»Gottheiten?« wiederholte Jana ungläubig.

Sadik nickte. »*Aiwa*, altägyptische Gottheiten. Bei der Gestalt in der Mitte mit dem Vogelkopf handelt es sich um die Falkengottheit Horus. Die merkwürdige Haube, die er auf dem Kopf trägt, symbolisiert die Königskrone. Die Pharaonen setzten sich mit Horus gleich, weil er der Sohn der besonders wichtigen Gottheiten Isis und Osiris war.«

»Ein Falke als Gott!« rief Tobias mit einem überschäumenden Triumphgefühl. »Dann ist der Name *Tal des Falken* ja überaus treffend gewählt!«

»Aber die beiden anderen Riesenfiguren sehen aus wie... wie Krokodile«, sagte Jana beklommen, und sie wurde plötzlich von einem bedrückenden Gefühl heimgesucht. Es war ein Gefühl, das sie instinktiv mit Unheil und Tod in Verbindung brachte. Sie erschauerte.

»Diese reptilienköpfigen Gestalten stellen den Krokodil-Gott Suchos dar«, erklärte ihnen Sadik. »Dieser Gott wurde besonders an Orten verehrt, die vom Wasser abhängig waren wie die Oasenstadt Krokodilopolis. Dort hielt man die Reptilien in Tei-

chen und unterirdischen Wasserbecken und behängte sie mit
Juwelen.«

»Woher weißt du das alles?« fragte Tobias erstaunt und be-
wundernd.

Sadik schmunzelte. »Hast du vergessen, daß dein Vater ein
Experte auf diesem Gebiet ist und ich viele Jahre meines Lebens
mit ihm verbracht habe? Da schnappt man im Laufe der Zeit
schon das eine oder andere interessante Detail auf«, antwortete
er mit spöttischer Untertreibung.

Tobias schluckte nervös. »Soll das heißen, daß sie hier diesen Gott Suchos verehrt haben und wir damit rechnen müssen,
da unten am Wasser auf Krokodile zu stoßen?«

»Mit Sicherheit hat man hier Suchos verehrt und wohl auch
eine größere Anzahl Krokodile gehalten. Aber das ist ein paar
tausend Jahre her. Ohne die täglichen Opfergaben der Priester
hätten Krokodile in diesem kleinen Tal nicht überleben können«, beruhigte Sadik sie.

Tobias grinste erleichtert. »Das beruhigt mich ungemein, wie
ich zugeben muß. Kommt, reiten wir hinunter und sehen wir
uns die Tempel an!« drängte er. »Ich kann es nicht erwarten,
durch die Säulenhalle zu schreiten und nach den Grabkammern zu suchen.«

Sadik sah ihn scharf an. »Aber aufgebrochen wird keine!«

»Natürlich nicht!« beeilte sich Tobias zu versichern. »Du
hast doch unser Ehrenwort. Aber davorstehen und wissen
möchte ich, daß mich nur noch eine Wand von dem Pharao und
seinen Schätzen trennt. Das genügt mir vollkommen. Ich mache
mir wirklich nichts aus Schätzen. Jedenfalls nicht, was Gold und
Juwelen und solche Sachen betrifft.« Er warf Jana einen Blick
voller Liebe zu, den sie mit einem Lächeln erwiderte.

Sie stiegen wieder auf ihre Kamele und lenkten sie den sandigen Hang ins Tal hinunter. Sie gelangten zum Fluß und folgten
ihm nach Süden, wo sich die Palmen zu weiten Hainen aus-

dehnten. Als sie sich diesem Gebiet näherten, sahen sie, daß ihr erster Eindruck sie nicht getäuscht hatte: Hier und da stießen sie auf Ruinen. Es waren die Überreste einer Siedlung, zu denen auch solide Häuser aus Stein gehört hatten.

Die Tempelanlagen und mit ihnen die aus dem Fels gemeißelten Gottheiten über der größten Säulenhalle gewannen an monumentaler Wirkung, je näher sie ihnen kamen. Sie wuchsen förmlich aus dem Sand – majestätisch, stumm und einschüchternd. Jana hatte das beklemmende Gefühl, als starrten die beiden Reptiliengötter und der Falkengott sie drohend an. Sie wußte, daß dies reine Einbildung war, denn die tierköpfigen Götter dort oben waren nichts weiter als aus dem Fels gehauene Bilder. Und dennoch vermochte sie sich nicht von diesem beunruhigenden Eindruck zu befreien.

Tobias war nun auch nicht ganz frei von ähnlichen Gedanken.

»Wie still es hier ist«, stellte er fest und mußte sich räuspern, um den Belag von seiner unsicheren Stimme zu bekommen.

Sadik wollte etwas sagen, als er zu ihrer Linken eine Bewegung registrierte. Ein Gebüsch schien sich am Ufer zwischen zwei Felsen nach oben zu heben.

Im selben Augenblick fielen die Schüsse.

Zeppenfelds Triumph

Noch bevor die Kugel in die Brust seiner Reitstute einschlug und er aus seinem Sitz geschleudert wurde, durchzuckte Sadik die Erkenntnis, daß sie in eine Falle gegangen waren.

Zeppenfeld hatte das Tal vor ihnen gefunden und sie hier erwartet! Er wußte keine Erklärung, wie es diesem Mann bloß gelungen war, herauszufinden, daß für den Weg ins Tal des Falken der Gebel et-Ter der Ausgangspunkt war. Er hatte das Unmögliche jedoch geschafft und sie in diesem Wettlauf geschlagen, den sie schon so sicher gewonnen zu haben glaubten. Er war vor ihnen ins Tal gelangt. Allein das zählte.

»Eine Falle!... Zeppenfeld!« schrie Sadik, während sein Reittier tödlich getroffen unter ihm zusammenbrach und seine Hände vergeblich nach Halt suchten. Er flog durch die Luft.

Sadiks Warnung kam zu spät und ging im Krachen der Schüsse und in den entsetzten Schreien von Mensch und Tier unter. Das Feuer war aus mehreren Musketen und Pistolen gleichzeitig eröffnet worden. Und die heimtückischen Schützen hatten sie aus kurzer Entfernung ins Kreuzfeuer genommen, so daß sie ihre Ziele gar nicht verfehlen konnten. Alle drei Kamele brachen tödlich getroffen und fast zur selben Zeit im Kugelhagel zusammen.

Janas Tier bäumte sich auf und gab einen entsetzlichen Todesschrei von sich. Dabei warf es seine Reiterin nach hinten ab. Das Tal und der Himmel drehten sich um sie. Dann schlug sie auf dem Rücken in den Sand und blieb halb betäubt liegen. Sie hörte, daß etwas dumpf neben ihr aufschlug, wurde sich in ihrem benommenen Zustand jedoch nicht bewußt, daß es ihr Kamel war, das sie um Haaresbreite unter sich begraben und erdrückt hätte.

Auch Tobias fand keine Zeit, einen klaren Gedanken zu fassen. Der Detonationsdonner der Schußwaffen, der im Talkessel wie ohrenbetäubendes Geschützfeuer hallte, stach ihm schmerzhaft in die Ohren. Gleichzeitig knickte sein Tier abrupt in den Vorderläufen ein. Es gelang Tobias nicht mehr, sich festzuhalten, und so stürzte er aus dem Sitz nach vorn. Es gelang ihm, den Hals seiner Stute zu fassen und sich einen Moment lang festzuhalten, bevor seine Hände abrutschten. Sein Sturz nahm deshalb einen vergleichsweise milden Verlauf. Er schlug mit der linken Schulter auf. Es tat weh, doch er war nicht benommen, sondern völlig klar. Er richtete sich auf und wollte aufspringen. Doch in dem Moment warf seine Reitstute den Kopf im Todeskampf herum und traf ihn vor die Brust. Ein wenig höher, und der Schädel des Kamels hätte ihm den Kiefer zertrümmert. Ihm war, als hätte ihn ein wuchtiger Keulenschlag getroffen. Die Luft wurde ihm aus den Lungen gepreßt, so daß sein Schmerzensschrei in ein hohes atemloses Röcheln überging, während er nach hinten geschleudert wurde. Schwarze Flecken tanzten vor seinen Augen. Er krümmte sich am Boden und meinte, nie wieder einatmen zu können und deshalb ersticken zu müssen. Ein eiserner Ring schien sich um seine Brust gelegt und seine Lungen auf ewig zusammengequetscht zu haben. Zwei weitere Schüsse fielen. Gleich darauf hörte er Stimmen, die scharfe Befehle schrien. Doch sie vermochten das laute Rauschen und Hämmern in seinem Kopf nicht deutlich genug zu durchdringen.

Dann lockerte sich der Eisenring um seine Brust ein wenig. Ein derber Stiefeltritt, den er dennoch kaum spürte, warf ihn wieder rücklings in den Sand.

Tobias war geblendet. Im nächsten Moment trat eine massige Gestalt zwischen ihn und die Sonne. Der Mann über ihm war in die weiten Gewänder der Einheimischen gekleidet. Ein bärtiges Gesicht mit Hängebacken, kleinen Augen und einer feuerroten Narbe quer über die Stirn blickte auf ihn hinunter.

Es war Stenz, der Söldner aus Mainz. »Endlich haben wir euch vor die Rohre bekommen. Hat wirklich lange genug gedauert. Jetzt blas ich dir deinen verdammten Schädel vom Hals, du neunmalkluger Scheißer!« rief er höhnisch und setzte ihm die Mündungen einer doppelläufigen Flinte mitten auf die Stirn. »Einen besseren Ort zum Sterben als diesen beschissenen Pharaonenfriedhof kann sich ein Kerl wie du bestimmt nicht wünschen!«

Tobias wurde starr wie ein Brett. Die beiden stählernen Rundungen schienen sich in seinen Kopf zu bohren. Er schloß die Augen. Er hatte Angst, erbärmliche Todesangst. Kein Heldenmut kam in ihm auf, kein schnoddriger Spruch auf die Lippen. Er fühlte nichts außer purer nackter Angst.

»Laß das, Stenz!« gebot eine scharfe Stimme dem untersetzten Söldner Einhalt. Sie gehörte Armin Graf von Zeppenfeld. Er hatte eine forsche und eigentümlich abgehackte Redeweise, mit der er jeden Satz förmlich verstümmelte. »Brauchen den jungen Heller vielleicht noch. Nur in Schach halten. Gilt auch für dich, Tillmann. Laß Sadik in Ruhe und paß dafür auf das Mädchen auf. Bist mir für die Kleine verantwortlich. Kümmere mich schon persönlich um unseren Kameltreiber!«

Tobias unterdrückte ein Zittern und schlug die Augen auf. Stenz spuckte auf ihn hinunter. »Na gut, aufgeschoben ist ja nicht aufgehoben. Und jetzt hoch mit dir!«

»Wenn es soweit ist, gehört er mir!« meldete sich der hagere, hakennasige Tillmann schroff zu Wort, der in einem Degengefecht mit Tobias ein Ohr eingebüßt hatte. Mörderische Rachsucht stand in seinen Augen.

»Erst die Arbeit, dann das Vergnügen!« ermahnte sie Zeppenfeld. Er war ein großer, stattlicher Mann von vierzig Jahren mit vollem, schwarzem Haar. Von den ehemals klassischen Zügen des einst attraktiven Mannes war nichts mehr geblieben. Das explodierende Schießpulver hatte ihn in Paris übel zugerichtet. Die rechte Gesichtshälfte war von feuerrotem Narbengewebe völlig entstellt. Auch auf der linken Seite zeigten sich häßliche Brandnarben. In seinen Augen funkelte ein unbändiger, mörderischer Haß. Er hatte sich mit zwei Pistolen bewaffnet und trug wie sie alle die luftige *galabija*.

Sadik hatte den Sturz vom Kamel am besten überstanden. Und er handelte geistesgegenwärtig. Er blieb im warmen Sand neben seinem Kamel liegen, zog mit einer sparsamen Bewegung sein Messer, führte es blitzschnell unter sein Gewand und durchtrennte den Gurt, mit dem er sich die flache Ledertasche mit der Karte unter seiner Kleidung umgebunden hatte. Er spürte, wie Tasche und Gurt sich von seinem Körper lösten und zwischen seine Beine rutschten. Zeppenfeld durfte die Karte nicht in die Hände bekommen! Solange er den Plan zu den Königsgräbern nicht besaß und somit auf ihre Hilfe angewiesen war, um sie zu finden, hatten sie noch eine Chance, das Blatt zu wenden. Fand er jedoch die Karte, dann bestand für ihn kein Grund mehr, sie noch länger am Leben zu lassen.

Stöhnend und vom Sturz scheinbar stark benommen, wand er sich am Boden. In Wirklichkeit schob er die Tasche so tief wie möglich in den Sand.

Dann fiel Zeppenfelds Schatten auf ihn.

»Auf die Beine!« herrschte dieser ihn an und stieß ihm mit einer Pistole in die Rippen.

Sadik rutschte ein Stück über den Boden und bedeckte das Notversteck mit noch mehr Sand. Scheinbar mühsam kam er auf die Beine. Er ließ den Kopf wie gedemütigt hängen. In Wirklichkeit galt sein Interesse der Stelle zu seinen Füßen. Erleichtert stellte er fest, daß von der Tasche nichts mehr zu sehen war. Nun taumelte er rasch drei, vier Schritte nach rechts, um Zeppenfeld möglichst rasch von diesem Fleck wegzubringen. Er knickte ein, als könnte er sich nicht auf den Beinen halten. Zeppenfeld verhöhnte ihn, versetzte ihm einen Tritt und ahnte nicht, wie willkommen Sadik dies war. Als er endlich vor seinem Todfeind aufrecht stand, lagen zwischen ihnen und dem Versteck schon viele Meter.

»Hat lange gedauert, Kameltreiber, hat sich aber gelohnt«, sagte Zeppenfeld mit großer Genugtuung. »Werdet jetzt für alles bezahlen, was ihr mir angetan habt. Habe ausreichend Zeit gehabt, mir für dich etwas ganz Besonderes auszudenken, Sadik. Sollst nicht sagen können, ich hätte für dich nur eine Unze

Blei in den Schädel übrig gehabt. Wir werden alle eine Menge davon haben – und lange. Hast mein Wort!«

»Man brachte den Schwätzer zur Hölle. Da sagte er zum Teufel: Dein Brennholz ist schlecht«, antwortete ihm Sadik verächtlich. »Und die krätzige Ziege schwor, daß sie nur an der frischen Sprudelquelle trinke!«

Zeppenfeld schlug ihm ins Gesicht. Der Lauf der Pistole hinterließ eine blutige Spur auf Sadiks Wange. Dann befahl er ihnen, sich in einer Reihe aufzustellen. Tillmann erhielt den Auftrag, ihnen die Hände auf den Rücken zu binden. Anschließend führte er sie aus der Sonne und von den toten Kamelen weg zu einer Hausruine, die tief im Palmenhain lag.

»Hab keine Angst, irgendwie schaffen wir es schon, das Blatt zu wenden!« raunte Tobias Jana zu, die noch immer wie betäubt war und sich nur mit Mühe auf den Beinen halten konnte. »Du darfst den Mut nur nicht sinken lassen, hast du mich verstanden?«

Jana nickte stumm.

Stenz schlug Tobias brutal ins Kreuz, daß dieser fast gestürzt wäre. »Bald hat es sich ausgeflüstert, Klugscheißer. Aber nett, daß ihr die Kleine mit in dieses beschissene Land gebracht habt. Wird mir und Tillmann ein riesiges Vergnügen sein, ihr beizubringen, was richtigen Männern an einem Weib gefällt.«

Tobias biß sich auf die Lippen, um eine lästerliche Verwünschung zu unterdrücken, die alles nur noch schlimmer gemacht hätte. Sie mußten Zeit gewinnen und Zeppenfeld mit seinen Handlangern in Sicherheit wiegen. Vielleicht bot sich ihnen dann die Möglichkeit, an eine Waffe zu kommen oder sich von den Fesseln zu befreien. Aber dafür brauchten sie Zeit!

»Los! Bringt sie zu den Bäumen dort hinüber!« befahl Zeppenfeld und wies mit einer Pistole auf vier dicht beieinander stehende Palmen, von denen eine sich weit nach vorn neigte.

Sie mußten sich vor den Palmen ins Gras setzen. Tillmann

bewachte sie aus sicherer Entfernung, während Stenz in die Ruine lief, um weitere Seile zu holen. Als Zeppenfeld ihn zur Seite nahm und mit ihm redete, ergab sich für die drei Freunde die Gelegenheit, auf die Sadik bereits gewartet hatte.

»Ich habe die Tasche mit dem Plan im Sand versteckt!« sagte Sadik leise zu Jana und Tobias.

»Wenn er fragt, so haben wir uns den Plan im Kopf eingeprägt und die Karte längst vernichtet. Wir müssen ihn hinhalten und Zeit schinden. Denkt daran!«

»*Aiwa*«, murmelte Tobias.

»Ich habe entsetzliche Angst«, flüsterte Jana.

»Die haben wir alle«, antwortete Sadik schnell. »Aber die wird uns nicht retten, sondern eher blind machen für...«

»Maul halten!« fuhr Tillmann nun donnernd dazwischen. »Es wird nicht geredet, oder ich sorge dafür, daß ihr bei jedem Wort Blut spuckt!«

Zeppenfeld und Stenz kehrten zurück. Der verbrecherische Graf blickte verächtlich auf sie hinunter.

»Dürfen ruhig reden, Tillmann. Ist doch das einzige, was ihnen geblieben ist. Zum Tode Verurteilten gewährt man vor der Hinrichtung stets ein paar Vergünstigungen. Bin auch darin ein großzügiger Mensch.«

Sadik lachte trocken auf. »Wenn Sie uns wirklich einen letzten Wunsch erfüllen wollen, dann erzählen Sie uns, wie Sie es geschafft haben, ohne die Landkarte und dann auch noch vor uns in das Tal zu kommen.«

Zeppenfeld hätte ihnen seine Geschichte auch ungefragt erzählt, gehörte sie doch zu seinem Triumph. Doch so war es ihm noch lieber. »Ein Kunststück, auf das ich stolz bin«, gab er unumwunden zu.

»Daß Sie Bakar und vermutlich auch seine Verwandten gedungen und auf uns angesetzt haben, wissen wir längst«, sagte Tobias. »Aber wieso...«

»Bakar?« fiel Zeppenfeld ihm ins Wort. »Kenne keinen Bakar. Bursche solchen Namens stand nie in meinem Lohn.«

»Ja, aber er hat doch versucht...«, begann Tobias wieder.

Zeppenfeld schüttelte den Kopf und brachte ihn mit einer herrischen Handbewegung zum Schweigen. »War ein dummer Matrose, dieser Bakar. Ein Köder. Hätte jeden anderen treffen können. Ein geniales Täuschungsmanöver. Nicht ohne Risiken, aber ohne die ging es nun mal nicht. Hat aber ausgezeichnet funktioniert.« Und er stieß triumphierend hervor: »Mein Mann an Bord der *Al Adiyat* war nicht Bakar, sondern Achmed!«

»O mein Gott!« stieß Jana entsetzt hervor. »Dann hat Achmed Bakar kaltblütig erstochen, mich gefesselt und in den Fluß geworfen, um als mein Lebensretter gelten zu können?«

»Eine prächtige Idee, nicht wahr?«

Tobias starrte Zeppenfeld sprachlos an, während ihn eine Gänsehaut überlief und sich seine Gedanken überschlugen.

»Achmed! Wir haben den Mörder zum Freund gemacht und den Verräter zu unserem Weggefährten! Jetzt verstehe ich alles«, kam es erschüttert über Sadiks Lippen.

Zeppenfeld weidete sich an ihren entsetzten, fassungslosen Mienen. »Genial, richtig? Ahnte, daß ihr irgendwo zwischen drittem und viertem Katarakt das Schiff verlassen würdet. Quer durch die nubische Wüste! Ganz der stolze *bádawi*! Konnte es mir an den Fingern einer Hand abzählen. Kannte jedoch genaues Ziel nicht, nur ganz grob die Region. Mußte deshalb unbedingt dafür sorgen, daß ihr Achmed verpflichtet seid und ihn mit euch nehmen würdet. Klappte auch ganz ausgezeichnet.«

»Dann ist es auch kein Zufall gewesen, daß sich unsere Lastkamele im Sandsturm losgerissen haben und mit dem Großteil unseres Wasservorrates durchgegangen sind!« erkannte Tobias, und unbändige Wut auf Achmed und ein nicht weniger starker Zorn darüber, daß sie auf dessen Lügen und Verbrechen hereingefallen waren, wallten in ihm auf.

»Überlasse ungern etwas dem Zufall«, brüstete sich Zeppenfeld. »Wußte nicht, wo in etwa Zugang zum Tal lag. Schärfte Achmed daher ein, unter allen Umständen dafür zu sorgen, daß euer Weg euch über Al Kariah führte. Wartete in der Oase auf euch. Glücklicher Zufall, das mit dem Sandsturm. Hatten aber auch schon andere Möglichkeiten abgesprochen, die euch nach Al Kariah gezwungen hätten, ohne Verdacht zu schöpfen. Hatte Zeit genug gehabt, mir alles genau auszurechnen und zurechtzulegen. War von Al Kariah dann ein Kinderspiel. Folgten von dort eurer Spur. War so deutlich wie mit Kreide auf Schiefer gemalt. War danach nicht schwer, jenes Tal zu finden, mit dem Wattendorfs Plan vom Koran beginnt.«

Seine Hand glitt unter das Gewand und kam mit dem Korandeckel aus gehämmertem Kupferblech wieder hervor. Er drehte ihn um und wies auf die Rückseite. »Ein Teil der Ornamente und Linien sind tiefer aus dem Blech geschlagen und treten auf der Rückseite stärker hervor. Mit Druckerschwärze bestrichen und auf ein Blatt Papier gedrückt, ergeben sie den Plan durch die Schluchten.«

»Natürlich! ›Muß glänzen in des Druckers Blut‹«, rezitierte Tobias unwillkürlich die entsprechende Zeile aus Wattendorfs Gedicht, obwohl es nun völlig ohne Bedeutung war.

»Schenke es euch gern als Andenken, quasi als Grabbeigabe. Soll in diesem Tal eine Tradition sein«, höhnte Zeppenfeld und warf ihnen das Kupferblech, das mittlerweile schon etwas verbogen war, vor die Füße.

»Dann haben Sie also auch gewußt, daß wir in Cairo Gäste von Sihdi Hagedorn waren«, folgerte Sadik zutiefst erschüttert.

Zeppenfeld lachte. »Wußte es schon vor dem Fehlschlag am Tag des Kostümfestes. Hatte meine Informanten innerhalb und auch außerhalb von *Mulberry Hall.* Erfuhr von dem Brief, den Burlington nach Cairo an Odomir Hagedorn schickte. Name war mir kein Begriff. Lag jedoch auf der Hand, welchen Zweck der Brief hatte. Wurde nach Lektüre darin bestätigt. Hätte schon in Cairo zuschlagen können, wollte diesmal aber ganz sicher gehen. Warten hat sich, wie erwartet, ausbezahlt.« Er strotzte vor Selbstgefälligkeit.

»Sie haben Wattendorf gefoltert und dann sein Haus in Brand gesetzt, um den Mord zu vertuschen, nicht wahr?« sagte Sadik voller Abscheu.

»Wattendorf war ein Narr und ein Verräter, der damals mit unserem Wasser und unserem letzten Kamel geflohen ist! Er hatte den Tod zehnfach verdient!« stieß Zeppenfeld verächtlich hervor. »Nicht er, sondern das Kamel hat zufällig den Weg hier ins Tal gefunden! Muß das Wasser gerochen haben. Hielt sein Gerede erst auch für Geschwätz. Erfuhr viele Monate später in Cairo jedoch von einem illegalen Händler, der mir eine goldene Kartusche, eine kostbare Grabbeigabe, zum Kauf anbot, daß er diese vor Monaten von Wattendorf erstanden hatte. Ich suchte ihn auf. Wattendorf hatte da leider schon seine verrückte Idee in die Tat umgesetzt, den Spazierstock mit dem Falkenkopf, den Korandeckel und den Teppich anfertigen zu lassen und sie mit seinen blödsinnigen Gedichten Burlington, Roland und Heller zuzuschicken. Sollte mir nur die genaue Lage des Tales verraten. Wäre dann mit dem Leben davongekommen. Spielte jedoch den harten Mann, dieser Narr. Hat ihn eben ins Grab gebracht – und mir eine Menge unnötiger Kosten und Scherereien verursacht.«

Sadik starrte ihn mit wortlosem Abscheu an.

»Aber warum haben Sie in Cairo...«, setzte Tobias zu einer weiteren Frage an, die sich auf Yussuf und den Hinterhalt im Haus von Wattendorf bezog.

Zeppenfeld reichte es jedoch. »Schluß jetzt! Genug der Rederei. Will sofort den Plan zu den Grabkammern! Rate euch nicht, mich hinzuhalten. Wird euer Leiden nur noch verlängern!« warnte er sie.

»Es existiert kein Plan mehr. Wir haben ihn verbrannt, wie auch den Teppich und die Skizze«, erklärte Sadik ruhig. »Wir haben uns den Plan im Kopf eingeprägt. Wenn Sie uns töten, werden Sie die Gräber vielleicht nie finden.«

»Durchsucht sie! Und zwar gründlich!« befahl Zeppenfeld seinen Männern schroff.

Stenz und Tillmann hielten sich an seine Anweisung. Ganz besonders ausgiebig betatschten sie Jana, die sich unter ihren Händen wand. Ekel und Entsetzen packte sie, als sie daran dachte, was ihr von den beiden Männern drohte, falls nicht ein Wunder geschah.

»Kein Plan! Nichts!« lautete das Ergebnis.

Zeppenfeld schickte sie zu den toten Kamelen, damit sie die Gepäcktaschen holten. Aber auch diese brachten den Plan nicht zutage. Einen Augenblick musterte er sie grimmig.

Dann zuckte er mit den Achseln. »Gut. Geht auch ohne Plan, Kameltreiber. Weiß ja, daß der junge Heller ein schlaues Bürschchen ist und sich alles, was er einmal gesehen hat, bis auf den letzten Strich merken kann. Wird eben er unser Führer sein.«

»Und er kann gleich mit anpacken, wenn es darum geht, die Grabkammern aufzubrechen und die Schätze herauszutragen«, warf Tillmann ein, dem das ganze Gerede auf die Nerven ging.

»Ja, wird verdammt Zeit, daß wir endlich an unseren versprochenen Anteil kommen«, pflichtete Stenz ihm bei. »Möchte so schnell wie möglich aus diesem beschissenen Land und aufs nächste Schiff. Hab' dann für mein Leben genug Hitze gehabt und genug Sand gesehen!«

Zeppenfeld hatte nichts dagegen einzuwenden. Auch ihn drängte es, zu den Pharaonengräbern vorzustoßen.

»In Ordnung. Holt Fackeln! Eine Spitzhacke und ein Stemmeisen sollen erst mal genügen. Wenn wir mehr von unserer Ausrüstung brauchen, können wir es später immer noch holen. Werden sowieso ein paar Tage brauchen.«

»Ich verlange dafür, daß Sie Jana und Sadik freilassen!«
stellte Tobias seine Forderung. »Und sie müssen ihre Wasserschläuche mitnehmen dürfen!«

Zeppenfeld lachte. »Könnte auf den Handel eingehen, weil
ihnen auch dann der Tod gewiß wäre. Doch daraus wird nichts.
Will sehen, wie der Hurensohn stirbt, der mir das hier angetan
hat!« Er deutete auf sein von Brandnarben entstelltes Gesicht.

»Dann werde ich Sie auch nicht führen!« drohte ihm Tobias
tapfer.

»Oh, du wirst, und wie gefügig du uns führen wirst!« versicherte Zeppenfeld und wandte sich den beiden Söldnern zu.
Mit leiser Stimme teilte er ihnen mit, was sie zu tun hatten.

Mit wachsendem Entsetzen sah Tobias, wie Tillmann daraufhin ein langes Seil über die bogenförmig gewachsene Palme
warf. Dann durchtrennte er Sadiks Fesseln, befahl ihm, die
Hände über den Kopf zu heben und verknotete das Seil um die
Handgelenke. Indessen kehrte Stenz mit einer brennenden Fak-
kel aus der Ruine hinter ihnen zurück.

»Zieht ihn hoch!« befahl Zeppenfeld.

Stenz und Tillmann packten das Seil und zogen ihr wehrlo-
ses Opfer an den Armen hoch, bis seine Füße gut anderthalb
Meter über der Erde baumelten.

»Zieht ihm die Schuhe aus!«

Als das geschehen war, ergriff Zeppenfeld die Fackel und trat
zu Sadik. »Werde dich lehren, das Feuer zu hassen, du Hundesohn! Schreien wirst du und leiden! Tagelang!«

»Nein!« schrie Tobias.

»Mach dir nichts draus, Tobias«, sagte Sadik äußerlich gefaßt. »Mit dir hat das nichts zu tun. Er hätte es so oder so getan.«

»Bitte tun Sie es nicht! Ich flehe Sie an! Ich werde alles tun,
was Sie von mir verlangen! Bitte nicht!« Tobias flossen die Tränen über die Wangen.

»Gut, aber du sollst wissen, daß ich es ernst meine!« Und damit schlug Zeppenfeld die brennende Fackel kurz unter Sadiks rechte, nackte Fußsohle.

Der Beduine bäumte sich auf und preßte die Zähne so fest aufeinander, um sich den glühenden Schmerz zu verbeißen, daß man ein dumpfes Knirschen hören konnte. Sein Gesicht glänzte plötzlich vor Schweiß, und ein Zittern ging durch seinen Körper. Doch es kam kein Ton über seine Lippen.

Es roch nach verbranntem Fleisch. Jana würgte und erbrach sich in den Sand, und Tobias tat es ihr gleich.

»Kompliment, Kameltreiber. Hast dich gut unter Kontrolle. War jedoch erst der Anfang. Wirst schon noch die Zähne auseinanderkriegen, verlaß dich drauf«, sagte Zeppenfeld und gab Stenz die Fackel. Er sah Tobias mit kaltem Blick an.

»Gehen wir, junger Mann! Oder möchtest du, daß ich das nette Spielchen an deinem Liebchen wiederhole?«

Verzweifelt und jeder Hoffnung beraubt, kam Tobias auf die Beine. In Janas feuchten Augen las er unaussprechliche Qual. Zeppenfeld, Stenz und Tillmann würden ihnen noch nicht einmal einen schnellen Tod zugestehen.

»Mein ist die Rache!«

Tobias mußte die Spitzhacke und das schwere Stemmeisen tragen. Mit auf den Rücken gefesselten Händen konnte er ihnen die Last jedoch nicht abnehmen. Deshalb band man ihm die Hände vor dem Körper zusammen.

»Gib dich nur keinen falschen Hoffnungen hin!« warnte ihn Zeppenfeld, der sich eine Pistole hinter den Gürtel gesteckt hatte und die andere schußbereit in der Hand hielt.

»Werden dich scharf im Auge behalten. Ist sinnlos, gegen uns etwas ausrichten zu wollen. Wirst für jeden Versuch teuer bezahlen!«

»Worauf du einen lassen kannst!« setzte Stenz auf seine ordinäre Art noch bekräftigend hinzu. Er und Tillmann hatten sich ebenfalls mit einer Pistole bewaffnet. Zudem hatten sie jeder zwei Fackeln genommen. Eine offene Flamme führte Zeppenfeld in Form einer Kerze mit, die hinter den Glasscheiben einer soliden Sturmlampe brannte.

Tobias schulterte die Hacke und das Stemmeisen. Er warf Sadik einen Blick zu, in dem das Versprechen stand, jede auch noch so kleine Chance zu nutzen. Seinem Freund gelang es sogar, ein Lächeln fertigzubringen.

Dann sah er zu Jana hinüber. Ihr Blick erschütterte ihn und schien ihm das Herz zerreißen zu wollen. Er wollte ihr sagen, wie sehr er sie liebte, und ihr irgendwie zu verstehen geben, daß er für ihre Rettung alles versuchen und wagen würde, was in seiner Macht stand. Doch da trat Stenz zwischen ihn und Jana und stieß ihm den Pistolenlauf vor die Brust.

»Genug der schmachtenden Blicke, Klugscheißer. Trab endlich an oder ich mach dir Beine!« blaffte er.

Mordlust flackerte für einen kurzen Moment in Tobias auf. Er war versucht, Stenz mit dem Stemmeisen zu erschlagen. Dessen Kugel konnte er aus dieser Nähe zwar nicht entkommen, doch dann war es wenigstens schnell vorbei – und zudem würde er Stenz mit in den Tod nehmen, daran zweifelte er nicht. Nur ein schneller, wuchtiger Schlag!

Dieser Augenblick verstrich jedoch ungenutzt, und Tobias senkte den Kopf, drehte sich um und setzte sich in Bewegung. Er mußte vornweg gehen.

Sie verließen den Schatten der Palmen und überquerten den gut einen Kilometer breiten, sandigen Platz, der zwischen dem Grün des Flusses und der Tempelanlage lag. Die Sonne brannte vom Himmel, und die Mittagshitze waberte über dem Boden.

Die Tempel schienen im flirrenden Licht zu einer Fata Morgana zu verschwimmen. Langsam rückten die mächtigen Bauten näher. Das Stemmeisen und die Spitzhacke hatten ein ordentliches Gewicht und schmerzten auf der Schulter. Schweiß rann Tobias über das Gesicht.

Tobias hatte für die architektonische Schönheit der Bauwerke kein Auge. Hätte er unter glücklicheren Umständen die klassischen Linien der Säulen, die beeindruckende Größe und die hohe Kunst der bunten Wandmalereien und der Reliefarbeiten voller Staunen und Bewunderung in sich aufgenommen, so sah er in ihnen jetzt nichts weiter als kolossale Grabmäler in einem Tal, in dem auch ihr Leben sein Ende finden würde. Was er viel klarer vor sich sah, waren nicht die Tempel, sondern Janas von Qual erfüllte Augen.

»Die Grabkammern der Pharaonen befinden sich im Haupttempel da drüben an der Felswand, richtig?« fragte Zeppenfeld.

Tobias nickte.

Wenig später hatten sie den Haupttempel erreicht und gingen die Rampe hoch. Neben den Säulen wirkte der Mensch winzig klein. Die Pfeiler ragten mindestens zwanzig Meter empor und hatten einen solchen Umfang, daß auch vier Männer sie nicht hätten umfassen können. Sie waren mit seltsamen Figuren, Gottheiten und Hieroglyphen bemalt, wobei die Farben Blau, Rot und Grün dominierten.

»Heiliges Flintenschloß, ist das gigantisch!« entfuhr es Stenz unwillkürlich.

»Nichts weiter als ein verdammtes Mausoleum, das sich einer dieser größenwahnsinnigen Herrscher in diesem elenden Tal hat errichten lassen«, knurrte Tillmann abschätzig.

»Trotzdem«, beharrte Stenz. »'ne ganz schöne Menge Steine, die man hier aufeinandergeschichtet hat.«

Tillmann spuckte gegen den nächsten Pfeiler.

»Dieser Säulendreck kann mir gestohlen bleiben. Ich bin nur

scharf auf Gold und Juwelen. He, Klugscheißer! Wo haben sie denn nun ihre Sonnenkönige verscharrt?«

Tobias würdigte ihn keiner Antwort. Er ging einfach weiter, passierte das gewaltige Portico und gelangte in die erste Halle. Hier herrschte gedämpftes Licht, fast Halbdunkel. Stenz, Tillmann und Zeppenfeld schlossen näher auf, nahmen ihn regelrecht in die Zange. Argwöhnisch verfolgten sie jede seiner Bewegungen. Sie würden einen Fluchtversuch schon im Keim ersticken.

»Wie weit noch?« fragte Zeppenfeld mit angespannter Stimme.

»Wir müssen noch sechs Säulenreihen weiter.«

»Dann vorwärts!«

Sie drangen tiefer in den Tempel vor. Unter dem hohen, meterdicken Steindach war es angenehm kühl. Ihre Stimmen und Geräusche klangen dagegen unangenehm laut in den Hallen, in die das Heiligtum unterteilt war.

Tobias blieb auf der Höhe der neunten Säulenreihe stehen.

»Ist es hier?« fragte Stenz.

Tobias schüttelte den Kopf und konzentrierte sich auf den Grundriß, der vor seinem geistigen Auge schwebte.

»Zwei Striche geradeaus und dann sieben im rechten Winkel nach links.«

»Striche? Was für Striche?« wollte Zeppenfeld wissen, der nun von derselben Unruhe erfaßt war wie Stenz und Tillmann. »Wo sind die Grabkammern?«

Tobias zuckte mit den Achseln. »Auf dem Plan waren nur zwei Striche genau in der Mitte geradeaus und dann sieben nach links eingezeichnet. Damit kann Wattendorf Meter gemeint haben...«

»Oder Schritte«, sagte Zeppenfeld.

Tobias bemerkte in diesem Augenblick, daß der Boden in große Steinquader unterteilt war. Sie maßen gute zwei Meter im Quadrat. »Oder er hat mit den Strichen diese Steinfelder hier im Boden gemeint!«

»Ganz unser Klugscheißer!« Stenz grinste gemein. »Haben ihm schon den passenden Namen verpaßt.«

»Abzählen!« befahl Zeppenfeld knapp. »Vom Mittelfeld!«

Sie schritten von der Mitte zwei Felder geradeaus und dann sieben nach links. Dort war jedoch nichts Auffälliges zu entdecken. Jedenfalls wies auf den ersten Blick in dem Halbdunkel nichts darauf hin, daß sich an dieser Stelle irgendwo ein Eingang zu den Pharaonengräbern befinden konnte.

Zeppenfeld kniete sich zu Boden und untersuchte das Feld. Dabei nahm er sein Messer und die Sturmlaterne zu Hilfe.

»Muß der Zugang sein! Sind richtig!« rief er wenig später. »Ist Spiel zwischen dieser und den angrenzenden Platten. Komme gut mit der Messerklinge hinein! Verschwindet bis zum Heft! Sehe hier auch Kratzer an den Kanten. Hier ist es!«

»An die Arbeit, junger Mann! Hoch die Platte!« befahl Zeppenfeld Tobias. »Nimm das Stemmeisen!«

Tobias warf die Spitzhacke zur Seite und setzte das Stemmeisen an. Er hatte geglaubt, eine solch große Platte aus massivem Fels unmöglich allein anheben zu können. Deshalb war seine Überraschung groß, als sich die Platte schon beim ersten Hebelversuch bewegte. Er stieß mit dem Stemmeisen in den sich auftuenden Spalt.

»Helft ihm!« rief Zeppenfeld erregt.

Stenz und Tillmann faßten zu und zogen die Platte mit erstaunlicher Leichtigkeit aus dem Feld im Boden. Tobias war im ersten Moment verblüfft. Doch dann sah er, daß die reine Felsplatte nur so dünn wie sein kleiner Finger und in Holz eingefaßt war. Irgendwie verstörte ihn das noch mehr. Es fiel ihm schwer zu glauben, daß unter einer so leicht anzuhebenden Platte Pharaonengräber verborgen sein sollten. Bei den Pyramiden und anderen Gräbern hatten die Baumeister aus leidvoller Erfahrung doch tonnenschwere Blöcke verwandt, um den Zugang vor Grabräubern zu verschließen.

Tobias fand jedoch keine Zeit, diesen Gedanken weiter zu verfolgen. Denn es drängte die drei Männer, die steinernen Stufen hinunterzusteigen, die auf ganzer Feldbreite in ein Gewölbe unter den Tempel führten. Zeppenfeld ließ die Fackeln entzünden, und er, Tobias, mußte vorangehen, wieder mit Stemmeisen und Spitzhacke bewehrt.

Er zählte achtundzwanzig Stufen und schätzte, daß sie sich damit gute fünf Meter unter dem Tempel befanden. Doch bis auf die kleine Vorhalle am Fuße der Treppe, hatte die gewölbte Decke aus gemauertem Ziegelstein eine solche Höhe nicht. Sie reichte vielleicht gerade zweieinhalb Meter hoch.

Vor ihnen lag im Licht der flackernden Fackeln ein gut vier Meter breiter Gang, dessen Ende nicht abzusehen war. Zu beiden Seiten dieses Ganges und so weit das Auge sehen konnte, gingen zahllose Nischen mit Rundbögen ab, die schätzungsweise zwei Meter breit waren und alle einen Sarkophag enthielten. Ein scharfer Geruch lag in der trockenen, staubigen Luft.

Stenz und Tillmann stießen schrille Schreie der Freude aus, weil sie sich am Ziel ihrer Schatzträume wähnten, während Zeppenfeld dagegen langsam den Gang hinunterging. Tobias hatte das Gefühl, daß er die Begeisterung seiner Komplizen ganz und gar nicht teilte, und er glaubte auch den Grund zu wissen: Bei der großen Zahl der Sarkophage konnte es sich unmöglich um die Grabstätten von Pharaonen handeln!

Tobias blieb ein wenig zurück, und niemand achtete auf ihn. Sein Puls beschleunigte sich. Vielleicht war das seine große Chance. Wenn er schnell genug war, konnte er vor ihnen bei der Treppe sein. Und wenn die Pistolenschüsse ihn verfehlten, konnte er es schaffen. Er war schneller als sie, und er würde genug Vorsprung bis zum Palmenhain haben, um Sadik und Jana zu befreien.

Stenz und Tillmann hatten ihre Fackeln in die steinernen Halterungen an den Pfeilern der Rundbögen gesteckt und machten sich an einem der Sarkophage zu schaffen.

»Wir sind reich, Tillmann!... Wir sind reich! Reich wie die Könige!« schrie Stenz ganz außer sich. »Wir werden eine ganze Karawane brauchen, um all die Schätze aus diesen Pharaonengräbern abzutransportieren. Unsere paar Kamele...«

»Aufhören!« schrie Zeppenfeld da. »Aufhören mit dem dummen Geschwätz! Und du rührst dich nicht vom Fleck, Tobias!«

»He, was, zum Teufel, ist denn in Sie gefahren?« wollte Tillmann mit spöttischer Verwunderung wissen.

»Das hier sind keine Pharaonengräber!« stieß Zeppenfeld mit wutbebender Stimme hervor. »Das ist nichts weiter als eine verfluchte Nekropole, wo heilige Tiere in Sarkophagen bestattet sind! Verdammte Tiere! Wattendorf, dieser elende Hundesohn, hat uns alle getäuscht.«

Stenz und Tillmann blickten ihn verständnislos an.

Und in diese Stille sagte eine fremde, heisere Stimme voller Hohn: »Ja, ganz richtig. Ihr seid alle auf meine Täuschung hereingefallen! Ganz besonders du, Zeppenfeld!«

Tobias erschrak genauso wie die drei Männer, die mit ihm herumfuhren und zurück zur Steintreppe blickten. Auf halber Höhe zeichneten sich die Umrisse einer schmalen Gestalt ab. Zehn, zwölf Stufen über ihm lagen zwei brennende Fackeln. Sie tauchten die Öffnung in helles Licht, nicht jedoch das Gesicht des Fremden. Tobias war so, als husche im selben Augenblick ein Schatten unten von der Treppe zu einer der Nischen.

Zeppenfeld zuckte wie unter einem Peitschenschlag zusammen. »Wattendorf?« stieß er entsetzt hervor. »Nein, das kann nicht sein! Du bist tot! Verblutet und verbrannt! In Cairo! Ich habe es gesehen. *Ich habe es gesehen!*«

Höhnisches Gelächter antwortete ihm.

Tobias starrte ungläubig auf die Gestalt. Wattendorf? Dieser Mann dort sollte *Eduard Wattendorf* sein? Aber wie war das möglich? Hatte Wattendorf sie vielleicht alle getäuscht und auf geradezu diabolisch geniale Weise in dieses Tal gelockt? Aber warum?

»Wattendorf ist tot!« flüsterte Zeppenfeld beschwörend.

»Das hast du geglaubt, und ich weiß, daß du dir jetzt nichts lieber wünschen wirst, als mir damals zur Sicherheit doch noch eine Kugel in den Kopf gejagt zu haben! Aber du hast es nicht getan, und ich habe überlebt! Und nun ist die Stunde der Abrechnung gekommen. Mein ist die Rache, hörst du? Mein ist die Rache! Hier ist euer Grab. Ich habe es für euch ausgesucht, und ihr seid auch alle gekommen... Zeppenfeld und Burlington... der arrogante Roland und der prinzipientreue Siegbert! Schön, euch noch einmal wiedergesehen zu haben! Schade, daß ihr nicht auch Sadik mitgebracht habt. Dann wären wir richtig komplett gewesen. Aber so geht es auch, denn ihr seid mir die wichtigsten. Habe lange auf dieses Wiedersehen mit euch warten müssen.«

Das ist die Stimme eines Irren! schoß es Tobias durch den Kopf.

Tillmann riß seine Pistole vom Sarkophag und schwenkte den Arm herum. Er wußte nicht, wer der Mann dort war. Doch er wußte instinktiv, daß nun ihr Leben auf dem Spiel stand. Der Fremde hatte sie an diesen Ort gelockt, um Rache zu nehmen. Er war verrückt und hielt sie für ganz andere. Was ihn aber kaum davon abhalten würde, sie zu töten.

Ein Schuß fiel mit ohrenbetäubendem Krachen, noch bevor Tillmann die Waffe richtig ins Ziel bringen konnte. Der geheimnisvolle Schütze stand im Dunkel einer der vorderen Nischenbögen, und er wußte mit der Waffe umzugehen. Die Kugel tötete Tillmann auf der Stelle.

Der Schatten! schoß es Tobias durch den Kopf.

»Gut gemacht, Yussuf!« rief Wattendorf und kicherte wie ein Kind über einen gelungenen Spaß. »Die Arroganz dieses Franzosen habe ich immer gehaßt. Nur schade, daß er das Feuerwerk jetzt nicht mehr mitbekommt. Wo wir uns doch so viel Mühe damit gemacht haben...«

Yussuf?

Tobias glaubte seinen Ohren nicht trauen zu dürfen.

»Los, raus hier!« schrie Zeppenfeld Stenz zu. »Leg ihn um!«

»Feuer!« befahl Wattendorf auf Arabisch. »Sprengen wir sie in die Hölle, Yussuf!« Er griff zu einer Fackel.

Tobias rannte los. Im nächsten Moment fielen zwei Schüsse. Sie klangen fast wie einer. Die erste Kugel traf Wattendorf und ließ ihn auf den Stufen zusammensacken. Die Fackel entglitt seiner Hand. Das andere Geschoß fällte Stenz. Er stürzte zu Boden, mitten vor Zeppenfelds Füße, den er dadurch zu Fall brachte.

Tobias sah, wie Yussuf zur Treppe sprang, die Fackel aufhob und links in die Nische warf. Eine Stichflamme schoß neben dem Sarkophag hoch und teilte sich dann in fünf funkensprühende Feuerfäden auf, die zischend an der Außenwand emporstiegen. Jetzt wußte er auch, was ihm beim Betreten des unterirdischen Gewölbes so scharf in die Nase gestochen war: Schießpulver und Zündlunten! Wattendorf und Yussuf hatten diesen Sarkophag präpariert!

Tobias rannte um sein Leben. Yussuf war schon auf der Treppe und zerrte seinen angeschossenen Herrn die Stufen hoch. Noch drei, noch zwei Schritte!

Das Zischen der Lunten schien lauter und lauter zu werden. Er mobilisierte all seine Kräfte, erreichte die Treppe und hastete die Stufen hoch.

Die Explosion erfolgte, als Tobias es fast geschafft hatte. Die Detonation war ohrenbetäubend und schien ihm die Trommelfelle zerreißen zu wollen. Er hatte noch nie in seinem Leben etwas Vergleichbares gehört. Es war ein Krachen und Bersten, als schlüge ein halbes Dutzend Blitze gleichzeitig direkt neben ihm ein.

Im selben Moment schien sich die Erde unter ihm zu heben. Das Gewölbe stürzte ein. Wäre er zum Zeitpunkt der Detonation noch sechs, sieben Stufen tiefer gewesen, wäre ihm der Tod gewiß gewesen. So jedoch wurde die Druckwelle zu seiner Rettung. Sie erfaßte ihn und schleuderte ihn schräg nach oben. Er schrammte mit der Hüfte an der Kante der Öffnung vorbei und schlug hart auf dem Boden auf. Ein Hagel von Steinen, Erde und Ziegelstaub stieg aus dem Gewölbe und prasselte auf ihn nieder. Er krümmte sich zusammen und legte die Arme schützend über seinen Kopf. Mehrere Steine und Erdklumpen trafen ihn.

Dann war es endlich still.

Ein dichter Staubschleier lag noch in der Luft, als Tobias den Kopf hob und sich benommen aufrichtete.

Er hatte es überlebt! Zeppenfeld, Stenz und Tillmann waren tot, begraben unter den Trümmern des eingestürzten Gewölbes. Von ihnen würden sie nie wieder etwas zu befürchten haben. Sie hatten ihre gerechte Strafe erhalten!

Tobias hörte ein Geräusch, wollte den Kopf drehen und spürte im nächsten Moment ein Messer an seiner Kehle, während sich eine Hand in sein Haar krallte. Es konnte nur Yussuf sein, der ihn von hinten angesprungen hatte.

»Stirb, Ungläubiger!«

»Warte, Yussuf!« rief da Wattendorf mit gepreßter Stimme. »Nicht so schnell, mein Bester. Alles zu seiner Zeit. Wenn ich es recht bedenke, ist ein schneller Tod für unseren tapferen Siegbert und seinen Busenfreund Sadik nicht angebracht. Da fällt mir etwas viel besseres ein. Paß auf ihn auf, aber laß ihn leben.«

Das Messer verschwand von Tobias Kehle. Yussuf schien Wattendorf aufs Wort zu gehorchen. »*Aiwa*, Sihdi.«

Tobias sah zu Wattendorf hinüber, erschrak und erinnerte sich augenblicklich an Odomir Hagedorns Worte. Der ehemalige Freund seines Vaters und Teilnehmer jener unglückseligen Expedition war tatsächlich so spindeldürr, als bestände er nur noch aus Haut und Knochen. Die Knochen in seinem eingefallenen Gesicht schienen die krankhaft gelbe, pergamentene Haut jeden Moment durchstechen zu wollen. Wild und lang fiel ihm sein schütteres, weißes Haar auf die Schultern. Er konnte nicht älter als vierzig sein, sah jedoch aus wie ein uralter, schwindsüchtiger Mann. Die Kugel hatte ihn rechts unterhalb der Rippen in den Bauch getroffen. Er preßte eine Hand auf die Wunde. Blut tränkte sein schmutziges Gewand und sickerte zwischen seinen Fingern hervor.

Wattendorf lächelte verzerrt. »Jaja, es geht zu Ende, Siegbert. Ich weiß es. Aber es macht mir nichts aus!« stieß er hervor. »Für diesen Tag der Rache habe ich die letzten Jahre gelebt. Es ist wunderbar, daß ihr alle gekommen seid – und mit mir den verdienten Tod finden werdet! Allein Yussuf wird aus diesem Tal entkommen.«

»Ich bin nicht Siegbert, sondern sein Sohn Tobias!«

Wattendorf lachte irre. »Jaja, wir alle haben von Zeit zu Zeit verschiedene Gesichter. Auch ich denke oft an meine Kindheit.«

Plötzlich verwandelte sich sein Gesicht in eine Grimasse des Hasses. »Du trägst an allem die Schuld! Es wäre alles anders gekommen, wenn du uns nicht gedrängt hättest, zu Zeppenfeld zu stehen. Dabei hatte er den Tod für seine schändliche Tat verdient! Hätten wir ihn doch nur den Beduinen ausgeliefert. Doch du hast es vorgezogen, sein Leben zu retten und uns alle seinetwegen dem sicheren Verderben in der Wüste auszusetzen! Und dann habt ihr mich in Versuchung geführt und mich... mich... zum Verräter werden lassen... habt mir meine Ehre geraubt... meinen guten Namen beschmutzt!« Er verzog das Gesicht vor Schmerzen. »Ja, es ist deine Schuld, Siegbert!«

»Ich bin nicht Siegbert, sondern sein *Sohn* Tobias!« wiederholte er noch einmal mit Nachdruck, obwohl er wußte, wie sinnlos das war. Dieser Mann war geisteskrank. Er sah nur noch, was er sehen wollte.

»Siegbert!« Wattendorf winkte ihn heran. »Hilf mir hoch und bring mich zu Sadik! Und vergiß nicht, daß Yussuf dich nicht einen Moment lang aus den Augen läßt. Er ist gut mit der Pistole, aber noch besser mit dem Messer.«

Tobias warf dem mißgebildeten Araber einen kurzen Blick zu. Der fanatisch ergebene Ausdruck dieses Mannes jagte ihm einen Schauer über den Rücken.

»Nun mach schon, mir bleibt nicht mehr viel Zeit!« schrie Wattendorf.

Tobias half ihm hoch und stützte ihn, während Yussuf ihnen mit Pistole und Messer bewaffnet folgte. Bis auf den Vorplatz schaffte es Wattendorf noch halbwegs mit eigener Kraft. Dann jedoch mußte Tobias ihn tragen. Sehr schwer war er nicht.

»Mein Gott, er lebt! ... Tobias lebt!« rief Jana überglücklich, als sie ihn zwischen den Palmen und mit einer menschlichen Last auf dem Rücken näherkommen sah.

»Wattendorf! ... Bei Allah, das ist ja Eduard Wattendorf!« stieß Sadik entgeistert hervor, als Tobias die ausgemergelte Gestalt von seiner Schulter gleiten ließ. Und für einen Augenblick vergaß er den höllischen Schmerz, der von seiner Fußsohle in seinen ganzen Körper ausstrahlte.

Nach Atem ringend, stand Tobias neben Wattendorf, der vor einem Baum saß und sich gegen den Stamm lehnte.

»Zeppenfeld, Stenz und Tillmann – sie sind alle tot. Und es ist allein sein Werk!« Er wies auf Wattendorf.

Dieser lachte hämisch. »Jaja, erzähl ihnen nur, was sie versäumt haben, Siegbert!«

Tobias berichtete Jana und Sadik von dem unterirdischen Gewölbe, das eigentlich für sie alle zur Todesfalle hätte werden sollen, und von Sarkophag-Nischen für die heiligen Tiere, die man in diesem Tal wohl verehrt hatte.

Wattendorf ließ ihn gewähren und gestattete ihm sogar, daß er Sadik aus seiner qualvollen Lage befreite. Yussuf beobachtete ihn dabei mit scharfem Blick. Wattendorf bestand jedoch darauf, daß Sadik wieder gefesselt wurde. Und als Tobias versuchte, an sein Gewissen zu appellieren und ihm klarzumachen, daß Jana mit jener Expedition vor Jahren nun wahrlich nichts zu tun hatte, da bekam Wattendorf einen Wutanfall.

»Ihr seid schuldig! Ihr alle!« schrie er mit seiner krächzenden, heiseren Stimme. »Und ich werde keinem von euch Gnade gewähren! Keinem! Mein ist die Rache, so spricht der Herr. Und in diesem Tal bin ich der Herr der Rache!«

»Er ist wahnsinnig!« flüsterte Jana entsetzt.

»*Aiwa*, und noch schlimmer als damals«, murmelte Sadik.

Wattendorf wandte sich Yussuf zu. »Ich verblute innerlich. Lange werde ich es nicht mehr machen. Du mußt meinen Plan deshalb allein zu Ende führen.«

»*Aiwa*, Sihdi«, sagte Yussuf.

»Zuerst wirfst du allen Proviant, den du nicht brauchst, in den Fluß. Dann tötest du alle Kamele bis auf unsere beiden Stuten«, trug er ihm auf. »Würdest du mit mehr Kamelen in Al Kariah auftauchen, könnte man mißtrauisch werden, dir Fragen stellen und dir Unrecht widerfahren lassen.«

»*Aiwa*, Sihdi.«

»Wenn das geschehen ist, kommst du zurück und sagst mir Bescheid. Laß mir zwei Pistolen hier! Gut, und nun beeil dich. Ich möchte noch hören, wie du nachher den Ausgang in die Luft sprengst und das Tal für immer verschließt!«

Yussuf nickte und eilte davon.

Wattendorf hatte eine Pistole in seinem Schoß liegen, die andere hielt er in der linken Hand und auf dem linken Bein aufgelegt. Sie war schußbereit und auf Sadik gerichtet.

»Auf Yussuf kann ich mich blind verlassen«, verkündete er stolz. »Er war es, der mich gerettet hat, als Zeppenfeld mich nach der Folter für tot hielt und mein Haus in Brand setzte. Wenn ich ihm befehlen würde ›Schneide dir die Kehle durch!‹, Yussuf würde es tun.«

»Wirklich? Dás glaube ich nicht. Warum beweist du es uns nicht?« forderte Sadik ihn sarkastisch auf.

Wattendorf lachte abfällig. »Hältst du mich für verrückt, Sadik? Er hat es mir schon bewiesen, und das reicht. Fand Yussuf damals wenige Wochen nach meiner Rückkehr nach Cairo vor meinem Haus liegen. Er war dem Tod näher als dem Leben, eine todkranke und von der Gesellschaft ausgestoßene Mißgeburt. Ich habe mich seiner erbarmt und einen Arzt kommen lassen. Als er wieder bei Kräften war, wollte er nicht mehr von meiner Seite weichen. Er sagte, er wäre mir bis in den Tod ergeben. Ich lachte. Da schnitt er sich zum Beweis seiner Ergebenheit vor meinen Augen den kleinen Finger ab, ohne mit der Wimper zu zucken. Ich wollte ihn noch immer nicht bei mir behalten. Da trennte er sich den nächsten Finger ab. Und wenn ich ihm da nicht Einhalt geboten und ihm erlaubt hätte, bei mir zu bleiben und mir zu dienen, hätte er sich weiter verstümmelt – bis zum Tod! Ja, das ist wahre Treue, so wie ich sie liebe!«

Jana erschauderte.

»Warum hast du uns vor Monaten bei dir im Innenhof nicht gleich erschossen?« wollte Sadik wissen. »Du warst schon immer ein ausgezeichneter Schütze. Du hättest uns alle bereits in Cairo töten können.«

»Dafür hatte ich mir nicht die viele Arbeit gemacht. Ich wollte meine Rache in diesem Tal auskosten. Deshalb habe ich danebengeschossen. Ich wollte Yussuf retten. Und es ist dann ja auch alles so gekommen, wie ich es geplant habe.«

Tobias überlegte angestrengt, ob er versuchen sollte, Wattendorf zu überwältigen. Er war schwerverwundet und zu keiner

Gegenwehr in der Lage. Doch wie sollte er die zehn Meter lebend überwinden, die zwischen ihnen lagen? Er würde nicht einmal einen Schritt weit gelangen. Denn die Kraft, die Pistole auf ihn zu richten und abzudrücken, hatte Wattendorf noch immer.

Die kostbaren Minuten verstrichen, während Wattendorf immer wieder haßerfüllt auf Zeppenfeld und Siegbert zu sprechen kam, die seiner unerschütterlichen Überzeugung nach für alles Unheil verantwortlich waren.

Yussuf tauchte wieder auf. Er hatte allen Proviant, den er finden konnte und nicht für sich brauchte, in den kleinen See geworfen und bis auf die beiden besagten Stuten alle Kamele getötet.

»Gut, ich bin stolz auf dich, Yussuf. Du bist der treueste Diener, den ein Mensch nur haben kann!« lobte ihn Wattendorf, und das Sprechen bereitete ihm schon Mühe.

»Und jetzt... führe mein Werk zu Ende... Du weißt, es ist alles vorbereitet. Denk nur daran, daß die Lunte lang genug ist... Und wenn sie brennt, lauf so schnell... du kannst.«

»*Aiwa*, Sihdi.«

»Worauf wartest du noch? Reite los!... Beeil dich! Lange halte ich es nicht mehr durch... Und ich will die Explosion noch hören! Also reite!« fuhr Wattendorf ihn an.

Yussuf kniete rasch nieder, preßte den Saum von Wattendorfs dreckigem, blutbeflecktem Gewand an seine Lippen und sprang auf. Tobias war so, als schimmerten Tränen in den Augen des mißgestalteten Arabers. Im nächsten Augenblick verschwand er zwischen den Bäumen. Wenig später hörten sie den Hufschlag der Kamele. Das Geräusch entfernte sich schnell.

»Aus diesem Tal... gibt es kein Entkommen, wenn... der einzige Zugang erst... verschlossen ist«, stieß Wattendorf abgehackt hervor. Die Schmerzwellen zwangen ihn immer wieder zu Pausen, in denen er sich krümmte und gequält stöhnte.

»Habe genug Pulver… in drei Felsspalten deponiert… Wird alles in Stücke reißen… auf einer Länge von… dreißig Schritten… Tausende von Tonnen Fels… werden den Gang unter sich… begraben… Werdet viel Zeit haben, an mich und an eure Schuld zu denken… Genug Wasser habt ihr, aber es gibt nichts zu essen… Das Fleisch der toten Kamele wird schnell verderben… Hier wächst nichts Eßbares… Weiß es genau… habe Monate hier gelebt und auf euch gewartet… Ja, wird ein langer Tod… Ein paar Wochen werdet ihr noch haben… Ihr werdet verhungern… und vorher vielleicht noch zu Kanibalen…«

Tobias blickte mit wachsender Verzweiflung zu Sadik hinüber. Irgendwie mußte es ihnen gelingen, Wattendorf zu überwältigen und Yussuf aufzuhalten!

Sadik verstand. Seine Finger gruben sich in den Sand und hielten eine Handvoll kleiner Steine umschlossen. »Beim nächsten Anfall!« flüsterte er ihm zu.

Tobias nickte kaum merklich und spannte alle Muskeln an. Sein Herz raste.

»Euch bleibt noch Zeit genug, um die Pharaonen…« Hier brach Wattendorf ab, weil ihn wieder die Schmerzen übermannten. Er beugte sich unwillkürlich nach vorn, während sich sein Gesicht verzerrte.

»Jetzt!« schrie Sadik und schleuderte Wattendorf die Handvoll Kieselsteine entgegen, während er sich gleichzeitig zur Seite warf.

Tobias sprang wie vom Katapult geschossen hoch.

Wattendorf reagierte auf den Steinwurf mit dem erhofften Reflex. Er riß die Pistole hoch und feuerte. Die Kugel schlug über Sadik in den Baum ein. Dann sah er Tobias auf sich zurennen und erkannte, daß er auf den Falschen geschossen hatte. Er griff nach der Pistole, die in seinem Schoß lag.

Doch da war Tobias schon heran und trat ihm die Waffe aus der Hand. Die Pistole flog in den Sand. Tobias warf sich auf ihn, schlug ihn mit einem Fausthieb bewußtlos, entriß ihm das Messer, das er am Gürtel trug, griff mit der anderen Hand nach der geladenen Pistole im Sand und rannte zu Sadik zurück.

»Ich muß Yussuf nach!« stieß er hervor, während er seinem Freund die Fesseln durchschnitt. Er drückte ihm das Messer in die Hand und sprang schon wieder auf.

»Allah sei mit dir!« rief Sadik ihm zu und kroch mit dem Messer zu Jana hinüber.

Tobias lief um ihrer aller Leben. Er rannte, was seine Beine hergaben. Zuerst folgte er dem Fluß und blieb daher im Schutz der Palmen. Dann jedoch mußte er hinaus auf die freie Fläche, wo weder Baum noch Strauch wuchs. Weit, sehr weit vor sich sah er Yussuf. Er hatte die Anhöhe vor der Höhlenpassage schon fast erreicht. Zum Glück warf er keinen Blick zurück.

Bei der sengenden Mittagshitze wurde das Laufen rasch zur Qual. ›Ich muß es schaffen! Ich muß es schaffen! Ich *kann* es schaffen! Er braucht bestimmt Zeit, um die Kamele durch den Gang zu führen und die Sprengung vorzubereiten!‹ hämmerte es in seinem Schädel, als er sah, wie Yussuf im Eingang verschwand. Seine Beine wurden schwerer und er immer langsamer. Seitenstiche! Ihm war, als wollten Lunge und Schädel jeden Augenblick platzen. Jeder Schritt bereitete ihm wachsende Schmerzen. Doch er durfte nicht stehenbleiben. Und so rannte er weiter, bis aus dem Laufen ein Torkeln wurde.

›Weiter!... Weiter!... Nicht aufgeben!... Ich schaffe es! Jetzt ist es nicht mehr weit! Nur dieses eine Mal noch!... Es ist für Sadik und Jana... für uns alle!... Jetzt nur noch den Hang hoch!‹ peitschte er sich in Gedanken selber voran und mobilisierte gegen die Schmerzen seine letzten Kraftreserven.

Noch nie waren ihm hundert Meter so lang und so qualvoll erschienen wie diese, die ihn noch von seinem Ziel trennten. Keuchend und mit zitternden Beinen wankte er die sandige Anhöhe hoch.

Langsam, unendlich langsam rückte der Eingang zur Höhlen-passage näher. Er wollte laufen, doch er konnte nicht mehr.

Und dann sah er den flackernden Schein einer Fackel im Gang und Yussuf. Er hielt eine lange Rolle Lunte in der Hand. Als er den Kopf ein wenig drehte, bemerkte er seinen Verfolger. Tobias hob die Pistole mit beiden Händen.

Yussuf riß die brennende Fackel aus der Felsritze und zö-gerte nicht eine Sekunde, sein Leben zu opfern, um den Befehl seines Herrn auszuführen. Es war, wie Wattendorf gesagt hatte: Er war ihm wahrhaftig bis in den Tod ergeben.

»Nein!« schrie Tobias und schoß.

Ob er Yussuf noch getroffen hatte, sollte er nie erfahren. Er hörte nicht einmal das Krachen seines Schusses. Das Schieß-pulver im ersten Spalt explodierte und löste zwei weitere Ex-plosionen im Innern des Höhlenganges aus. Die Sprengladun-gen zerrissen den Fels und ließen die Erde erzittern.

Tobias wurde zu Boden geworfen. Ein Stein traf ihn am Kopf und raubte ihm das Bewußtsein. Als er wieder zu sich kam, exi-stierte der Gang nicht mehr.

Wie das Salz in der Speise

Der Weg durch die mittägliche Gluthitze zurück zu Jana und Sadik in den Palmenhain wurde Tobias unendlich lang und war ihm gleichzeitig doch noch nicht lang genug. Er hatte ver-sagt. Ihr Schicksal hatte in seiner Hand und in seinen Beinen gelegen. Er hatte ihre Rettung verspielt. Irgendwo auf der Strecke hatte er zwei, drei entscheidende Sekunden verloren, weil er einem Moment der Schwäche nachgegeben hatte. Er be-reitete sich bittere Vorwürfe.

Wattendorf war schon tot, als Tobias bei seinen Freunden eintraf. Jana und Sadik zeigten sich gefaßt und vorbereitet auf seine Nachricht. Die schweren Explosionen waren nicht zu überhören gewesen. Und von einem Versagen seinerseits wollten sie nichts hören.

»Wir wissen, daß du alles gegeben hast, was in dir steckte. Also rede nicht so, Tobias!« wies Sadik ihn freundschaftlich zurecht. »Danken wir Allah, daß wir nicht wie Zeppenfeld, Stenz und Tillmann unter den Trümmern des Gewölbes begraben liegen. Wir leben!«

»Und wir werden schon einen Weg aus dem Tal finden!« sprach Jana ihnen und sich selbst Mut zu.

Tobias blickte mit düsterer Miene zu den Felswänden.

»Wattendorf war wahnsinnig, aber auf eine erstaunliche Weise doch auch klar. Er wußte, was er tat. Schaut euch doch nur die Wände dieses Talkessels an. Es ist ein Ding der Unmöglichkeit, glatter Selbstmord, sie erklimmen zu wollen!«

»Mit Schmetterlingsflügeln zum Mond fliegen zu wollen, ist sicherlich unmöglich. Ob es aber auch unmöglich ist, irgendwo einen gangbaren Aufstieg zu finden, kann man von hier aus nur sehr schlecht beurteilen«, erwiderte Sadik zurückhaltend.

»Wir müssen die Wände aus der Nähe untersuchen«, pflichtete Jana ihm bei.

»Nehmen wir einmal an, irgendwo gäbe es tatsächlich eine Stelle, wo wir aufsteigen könnten. Aber was tun wir dann? Sollen wir Sadik zurücklassen?« fragte Tobias.

Jana sah ihn bestürzt an. »Wie kannst du auch nur so einen Gedanken haben, geschweige denn fragen?«

Tobias antwortete ihr mit schonungsloser Offenheit: »Weil es die Logik gebietet, Jana! Und die kümmert sich nun mal leider nicht darum, was dir und mir und Sadik gefällt oder nicht! Wie soll Sadik mit seiner verbrannten Fußsohle diese steilen Wände hochklettern? Und selbst wenn uns dieses Wunder gelingen sollte, wäre es damit ja noch längst nicht getan. Die nächste Oase ist Al Kariah. Auf der Landkarte sind es mit dem Lineal um die fünfzehn Kilometer. Aber wir befinden uns in einer zerklüfteten Bergwelt, so daß daraus schnell das Vierfache oder gar Sechsfache wird, wenn man all die Irrwege mit einberechnet. Und wie sollen wir fünfzig bis achtzig Kilometer zu Fuß schaffen, zumal wir vermutlich immer wieder vor schroffen Bergwänden stehen werden, die wir bezwingen müßten, um weiterzukommen? Selbst wenn Sadik normal laufen könnte, könnten wir nicht genug Wasser mit uns schleppen, um auch nur eine Chance zu haben.«

»Ihr werdet es eben ohne mich versuchen müssen«, sagte ihr beduinischer Freund ruhig.

»Kennst du uns so schlecht?« fragte Tobias mit einem müden Lächeln. »Wir haben uns nie etwas gegenseitig vorgemacht, Sadik. Fangen wir nicht jetzt damit an.«

»Tobias hat recht. Wir wollen zueinander ehrlich sein und ... und uns nicht in Illusionen flüchten. Wie immer die Wahrheit lautet, wir werden sie ertragen müssen.«

Jana hatte einen Kloß in der Kehle und mußte schlucken. »Also, was sagst du zu dem, was Tobias vorgebracht hat, Sadik? Sollte es uns gelingen, hier irgendwo aus dem Tal zu kommen, könnten wir es dann *gemeinsam* nach Al Kariah schaffen?«

Diese Frage gefiel dem *bádawi* gar nicht, das sah Tobias ihm an. Und es überraschte ihn nicht, als Sadik einer direkten Beantwortung auswich.

»Keiner ist vor Sorgen sicher, nicht einmal der Stein in der Mauer. Und wer eine Brücke überqueren will, bevor er sie noch zu Gesicht bekommen hat, ist ein Dummkopf«, sagte er fast unwillig. »Was dir nach einem Schiffbruch geblieben ist, das gehört dir, so heißt es an der Küste. Kümmern wir uns also doch erst einmal darum, was uns nach unserem Schiffbruch in diesem Tal geblieben ist, insbesondere an Eßbarem.«

259

»Eine Menge Kamelfleisch«, sagte Tobias sarkastisch. »Von dem aber bei der Hitze jetzt schon kaum noch etwas genießbar sein dürfte.«

»Retten wir, was noch zu retten ist!« forderte Sadik sie auf. »Und vielleicht hat Yussuf ja doch einiges übersehen, was Zeppenfeld und seine Männer mit ins Tal gebracht haben. Er hatte nicht viel Zeit, den Proviant zu vernichten. Wir müssen alles gründlich durchsuchen. Das ist eine Aufgabe für euch beide. Ich kümmere mich indessen um das Fleisch.«

Jana und Tobias waren froh, etwas Sinnvolles tun zu können. Es lenkte sie ein wenig von ihrer verzweifelten Lage ab und gab ihnen das Gefühl, daß sie ihre Überlebenschancen verbesserten.

Zeppenfeld hatte fest damit gerechnet, in diesem Tal gut gesicherte Pharaonengräber aufbrechen zu müssen und reiche Beute abtransportieren zu können. Dementsprechend umfangreich hatte er auch seine Ausrüstung zusammengestellt. Er hatte jeweils ein halbes Dutzend Schaufeln, Spaten, Spitzhakken, Äxte, Meißel und Sägen mitgebracht sowie Dutzende Säcke, lange Seile und einen Flaschenzug. Auch sechs kleine Fässer mit Schießpulver gehörten zu seiner Grabräuberausrüstung.

»Schießpulver! Können wir damit nicht den Gang wieder freisprengen?« fragte Jana hoffnungsvoll, als sie die Fässer unter einer Segeltuchplane entdeckten.

Tobias schüttelte den Kopf. »Nicht mal mit der zehnfachen Menge könnten wir uns in die Freiheit sprengen. Die Höhlenpassage ist wer weiß wie weit eingebrochen. Von außen ist da mit diesen sechs kleinen Fässern nichts auszurichten.«

Wenig später machten sie unter den Seilen jedoch einen Fund, der den Hungertod, den Wattendorf ihnen prophezeit hatte, um mindestens zwei Wochen hinausschob. Sie stießen nämlich auf zwei Säcke mit insgesamt zwanzig Pfund Reis und eine Kiste mit Schiffszwieback. Sie fielen sich vor Freude und Erleichterung um den Hals und fühlten sich reich beschenkt. Jana kam dann die glorreiche Idee, zum See zu gehen und nachzuschauen, ob von den Dingen, die Yussuf dort von den Wattendorfschen Vorräten ins Wasser geworfen hatte, noch etwas zu retten war. Auch hier zeigte sich ihnen das Glück gewogen. Tobias' Tauchgänge in den nur wenige Meter tiefen See waren von Erfolg gekrönt. Er holte mehrere Beutel mit Datteln und Feigen hoch, einen kleinen Sack mit dünnen Streifen luftgetrocknetem Fleisch und zwei große Büchsen mit Tee, in die kein Tropfen Wasser gedrungen war.

»Mit all dem kommen wir einige Wochen aus, wenn wir uns ein wenig einschränken!« freute sich Tobias und war wieder voller Zuversicht.

»Das heißt, wir können jetzt in Ruhe abwarten, bis Sadiks schreckliche Brandwunde verheilt ist und er wieder richtig laufen kann. Wir schaffen es, Tobias!... Wir werden es ganz bestimmt schaffen. Wir alle zusammen. Ich weiß es. Uns wird schon etwas einfallen, wie wir uns bis nach Al Kariah durchschlagen können«, versicherte Jana und drückte ihn ganz fest an sich. »Irgendwie kommen wir hier schon heraus!«

Tobias gab ihr einen Kuß. »Ja, irgendwie...«

Sie waren den Rest des Tages damit beschäftigt, alles zu ihrem Lagerplatz zu schaffen, was ihnen möglicherweise von Nutzen sein konnte. Dazu gehörten nicht nur Zeppenfelds Ausrüstung und die Lebensmittel, sondern auch Zaumzeug, Sattelgestelle und Decken der getöteten Kamele. All das schafften sie in die Hausruine.

Ein trügerisches Hochgefühl bemächtigte sich ihrer. Sogar Sadik vermochte sich diesem nicht zu entziehen. Ihr Abendessen verlief in fast ausgelassener Stimmung. Es gab gebratenes Kamelfleisch, was gar nicht so schlecht schmeckte, ein wenig Reis und Tee. Als Nachspeise erhielt jeder drei Datteln.

Das Hochgefühl fiel in der Nacht wie ein Strohfeuer in sich zusammen. Sie lagen stundenlang wach und konnten ihren Gedanken nicht entfliehen, die immer wieder um die Tatsache kreisten, daß die steilen Wände ein unüberwindbares Hindernis auf ihrem Weg in die Freiheit darstellten. Und daß dann, sollte es ihnen auf wundersame Weise doch gelingen, ein Marsch von achtzig Kilometern durch schroffe Bergwüste vor ihnen lag.

Unmöglich! Nicht mal der zäheste Beduine schafft so etwas! dachte Tobias hoffnungslos.

Am nächsten Morgen begannen sie damit, die Felswände abzugehen und ihre Beschaffenheit eingehend zu prüfen. Es kostete sie drei Tage, um das bestätigt zu finden, was Tobias vorausgesagt hatte: Die Wände waren zu steil und zu glatt, um an ihnen aufsteigen zu können.

Einen weiteren Tag redeten sie über Flaschenzug, Gerüste und abenteuerliche Methoden, die ihnen die Flucht aus dem Tal ermöglichen sollten. Aber nichts davon ließ sich in die Praxis umsetzen. Manche Ideen waren gut, hätten jedoch den Einsatz von mindestens einem Dutzend Arbeitern über einen Zeitraum von mehreren Wochen erfordert.

Immer stärker setzte sich bei ihnen die Erkenntnis durch, daß Wattendorf wohl recht behalten würde: Aus dem Tal gab es für sie kein Entkommen. Irgendwann würden ihre Vorräte verbraucht sein. Dann begann der langsame Hungertod! Mutlosigkeit und dumpfe Verzweiflung ergriffen sie.

Tobias ertappte sich dabei, daß er stundenlang am Flußufer saß und vor sich hinstarrte, und wenn Sadik oder Jana ihn ansprachen, wußte er nicht, woran er gedacht hatte. Es erschreckte ihn. Er sprach es nicht aus, doch ihn quälte die Angst, irgendwann einmal den Verstand zu verlieren – wie Wattendorf.

»Der Fluß! Der Fluß ist unsere Rettung!«

Tobias wußte später nicht zu sagen, was den Anstoß zu dieser Idee gegeben hatte. Urplötzlich überfiel sie ihn an diesem späten Nachmittag.

Jana hob müde den Kopf. »Was ist mit dem Fluß?«

»Er führt aus diesem Tal heraus! Und es ist derselbe Fluß, der die Oase Al Kariah speist!«

Sadik zuckte mit den Achseln. Der Gedanke war auch ihm schon gekommen, gleich am ersten Tag. Aber er war völlig ohne jeden Nutzen für sie.

»*Aiwa*, vermutlich hast du recht. Aber man müßte schon ein Fisch sein, um fünfzehn Meilen untergetaucht überleben zu können«, bemerkte er sarkastisch.

»Nicht vermutlich, Sadik. Ich *weiß* es!« sagte Tobias mit Nachdruck. »Das Stück Holz, das ich in der Oase am Flußufer vorbeitreiben sah, war ein Stück von einem der Pulverfässer, die Wattendorf mitgebracht hatte. Das Holzstück kam aus diesem Tal – und auf diesem Fluß!«

»Gut, aber was bringt uns das?« fragte Jana, bedrückt von der scheinbaren Sinnlosigkeit dieses Gespräches. »Der Fluß fließt unterirdisch, und wie Sadik bereits sagte, müßte man schon ein Fisch sein.«

»Ich weiß, ich weiß«, murmelte Tobias, der von seiner Idee nicht mehr loslassen wollte. Instinktiv spürte er, daß seine Gedanken in die einzig richtige Richtung gingen. »Aber einen anderen Weg hinaus gibt es nicht. Also laßt uns überlegen, *wie* wir den Fluß in unserem Sinne nutzen können. Es muß einfach eine Möglichkeit geben, mit einem Floß nach Al Kariah zu kommen.«

»Auf einem Floß?« wiederholte Jana ungläubig. »Aber das ist doch unmöglich. Das würde ja schon gleich vor der Felswand zerschellen, hinter der der Fluß verschwindet. Aber auch wenn wir dort hindurchgelangten, wie sollten wir dahinter Luft bekommen?«

»Wer weiß denn, was hinter der Felswand liegt?« fragte Tobias hartnäckig zurück.

»Du glaubst, hinter diesem Felsschlund liegt ein System von Höhlen?« fragte Sadik. »Ich wünschte, ich könnte daran glauben. Aber ich kann mir nicht vorstellen, daß der Fluß durch hohe unterirdische Grotten fließt, wo genug Atemluft vorhanden ist. Vielleicht gibt es auf dem Weg zur Oase *einige* Höhlen. Aber der überwiegende und damit absolut tödliche Teil seines Flußbettes wird viel eher so etwas wie eine unregelmäßige Röhre sein, die der Fluß auch völlig mit Wasser ausfüllt.«

Tobias schwieg einen Moment. Jana und Sadik dachten schon, er hätte damit diese verrückte Idee aufgegeben. Doch dem war ganz und gar nicht so. Er hatte sich in sie verbissen.

»Dann müssen wir uns eben etwas einfallen lassen, wie wir Luft in diese Art Röhre bekommen«, sagte er nach einer Weile, und seine Stimme hatte einen aufgeregten Klang. »Ich weiß auch schon wie: Wir müssen dafür sorgen, daß der Wasserspiegel des Flusses um einen Meter oder mehr sinkt!«

Jana und Sadik sahen ihn überrascht an.

Der Beduine lächelte plötzlich. »Von der Idee her nicht schlecht«, räumte er ein. »Man müßte den Fluß stauen. Nur ist das bei dieser Breite für uns drei eine unmögliche Aufgabe.«

»Nicht stauen!« rief Tobias, und sein Gesicht schien geradezu aufzuleuchten, als ihm die Lösung einfiel. »Wir werden den verdammten Fluß ganz einfach *umleiten*! Und zwar in die tiefen Senken im Nordwesten des Tals. Bis die ganz gefüllt sind, vergehen bestimmt ein paar Stunden. Und die reichen uns völlig, um mit einem schmalen Floß nach Al Kariah zu kommen – notfalls auch durch diese Felsröhren. Denn so klein können die bei der Breite und Tiefe dieses Flusses doch gar nicht sein!«

Sadik fiel die Kinnlade herunter, so sprachlos machte ihn Tobias' Einfall. Schließlich jedoch sagte er mit leiser, erregter Stimme: »Das kann es sein, Tobias! Bei niedrigem Wasserstand kann uns der Fluß aus diesem Tal bringen, das wäre denkbar; höchst gefährlich, aber doch möglich!«

Jana sprang auf. Die neue Hoffnung brachte wieder Glanz in ihre Augen. »Glaubst du wirklich?«

Sadik nickte. »Die Sache ist den Versuch jedenfalls allemal wert. Und was die Gefahren betrifft: Wem in der Wüste das Kamel davongelaufen ist, der sorgt sich wohl am wenigsten um den Verlust seiner Satteldecke, nicht wahr?«

»Richtig, was haben wir noch groß zu verlieren? Hier im Tal ist uns der Tod gewiß«, erinnerte Tobias sie. »Auf dem Fluß haben wir immerhin noch eine Chance! Und wir brauchen ja nicht den ganzen Fluß umzuleiten, denn austrocknen wollen wir das Flußbett ja auch nicht. Es reicht völlig, wenn wir den Fluß sozusagen anzapfen.«

Sie machten sich sofort auf den Weg zur Flußbiegung, die sich für die teilweise Umleitung des Flusses geradezu anbot. Sadik humpelte auf seiner Krücke, die er sich gleich am ersten Tag gebastelt hatte. Er hatte noch immer starke Schmerzen, und sie würden seine Tage und Nächte auch noch lange begleiten. Doch er dachte nicht daran, sich eine Ruhepause zu gönnen. Die Hoffnung wirkte auf sie alle wie ein berauschendes Lebenselixier. Eine geschlagene Stunde gingen sie das Gelände ab und überlegten mit wachsender Zuversicht, wie sie die Aufgabe am besten angehen und bewältigen sollten. Vor ihnen lag tagelange, ja wochenlange Schwerstarbeit, das war offensichtlich. Denn bis zum Beginn der ersten Senke erstreckten sich über vierzig Meter sandigen Bodens, der um einiges höher war als das Flußufer.

»Wir müssen einen Stichkanal bis zur Senke graben. Er muß gute zwei Meter tief und mindestens zehn breit sein, um gleich von Anfang an einen großen Teil des Flusses aufzunehmen«, überschlug Sadik die vor ihnen liegende Arbeit, und sie war enorm. »Das bedeutet ein, zwei Wochen reinste Sklavenarbeit –

einmal vom Floß, das wir ja auch noch bauen müssen, ganz abgesehen.«

»Ich bin zu allem bereit«, sagte Jana mit fester Stimme.

»Wir haben ja noch das Schießpulver«, warf Tobias ein. »Das kann uns eine Menge Arbeit abnehmen.«

»Das heben wir uns besser auf, falls wir auf zu felsiges Erdreich stoßen«, riet Sadik.

»Gut«, sagte Tobias und hatte das wunderbare Gefühl, als begänne sein Leben in diesem Moment noch einmal. »Wir wollen so schnell wie möglich aus dieser Todesfalle herauskommen. Wir wissen, wie wir es schaffen können. Also holen wir uns Hacken und Schaufeln, und fangen wir an. Jetzt gleich! Uns bleiben noch ein paar Stunden, bis es dunkel ist!«

»Ja!« rief Jana, mitgerissen von seiner Tatkraft und Begeisterung. »Warten wir nicht bis morgen. Fangen wir jetzt gleich an!«

Sadik schlug Tobias anerkennend auf die Schulter. »Ein Mann ohne Verstand und Entschlossenheit ist wie eine Speise ohne Salz. Bei dir stimmt die Würze, mein Freund!«

»Ach nein, was du nicht sagst!« Jana gab sich beleidigt. »Und was fällt dir zur Frau ein?«

Sadik grinste. »Glückt es, hat man eine Frau und ein Arbeitstier. Glückt es nicht, hat man Zank und Gerede.« Sadik grinste noch breiter. »Aber wie es aussieht, glückt es ... und wir haben in dir ein ausdauerndes Arbeitstier.«

Wenig später flog die erste Schaufel Sand zur Seite, und an diesem Abend fällte Sadik auch schon den ersten Baum für ihr Floß.

Der Augenblick der Wahrheit

Es waren Nächte der Qual, die vor ihnen lagen. Denn nach dem zweiten Tag, als Tobias in der glühenden Hitze zusammenbrach, arbeiteten sie nur noch in den Nachtstunden. Tagsüber lagen sie erschöpft und mit schmerzenden Knochen im Palmenhain und versuchten, wieder Kräfte und Hoffnung zu sammeln. Die anfängliche Begeisterung verflüchtigte sich nämlich mit den ersten Blasen an den Händen. Zudem schien es ihnen auch nach Stunden härtester Arbeit so, als erzielten sie nicht den geringsten Fortschritt. Der Sand unter ihren Schaufeln schien nicht weniger und der abgesteckte Streifen nicht zu einem breiten Graben zu werden.

Jana und Tobias trugen die Hauptlast beim Ausheben des Ablaufkanals. Trotz größter Willensanstrengung konnte Sadik ihnen wegen seines verbrannten Fußes immer nur ein paar Stunden pro Nacht helfen. Es bedurfte einer heftigen Diskussion, um ihn zur Einsicht zu bringen, daß es ihnen allen mehr schadete als nutzte, wenn er sich körperlich zu sehr verausgabte.

»Du wirst die nächsten Nächte keine Schaufel und keine Spitzhacke mehr anrühren! Tust du es doch, werden Jana und ich unsere Schaufeln aus der Hand legen!« drohte ihm Tobias mit Janas Zustimmung. »Mein Gott, sei doch vernünftig! Wir brauchen dich, aber nicht mit einem entzündeten Bein, das vielleicht noch brandig wird und amputiert werden muß! Willst du uns vielleicht so einen ›Freundschaftsdienst‹ zumuten?«

»Blöder Männerstolz!« setzte Jana noch wütend über Sadiks Starrköpfigkeit hinzu. »Und von wegen Verstand! Du benimmst dich ausgesprochen kindisch!«

Sadik ging in sich und beschränkte sich die nächsten Tage

und Nächte darauf, sich ausschließlich um ihr Floß zu kümmern, bis es um seinen Fuß besser stand.

Die Stämme zu fällen, war die leichteste Aufgabe gewesen, die sie zu bewältigen hatten. Nun mußten sie auf die richtige Länge gebracht werden, damit das Floß eine keilförmige Spitze erhielt. Diese Arbeit konnte er auch im Sitzen verrichten.

Langsam, viel zu langsam nahm der lange, breite Streifen zwischen Flußufer und Senke Gestalt an. Es gab Nächte, in denen zweifelten sie ernsthaft daran, daß sie den Kanal noch rechtzeitig fertigstellen würden. Denn die schwere körperliche Arbeit hatte zur Folge, daß sie ihre täglichen Rationen erhöhen mußten, um nicht völlig zu entkräften. Die ersten Tage hatten sie noch Fleisch auf ihrem Speiseplan. Dann aber blieben ihnen nur noch Reis und Zwieback. Sie teilten ihn so ein, daß sie noch zwei Wochen zu essen hatten. Es war ein karges Mahl, und sie bekämpften den nagenden Hunger, indem sie noch mehr Wasser tranken und auf Wurzeln kauten.

Jana hielt zäh und mit unglaublicher Willenskraft an Tobias' Seite durch. Mehr als einmal sah er sie vor Verzweiflung und vor Erschöpfung stumm weinen. Doch wenn er in seiner Arbeit innehielt, sie in seine Arme nehmen und dazu bewegen wollte, sich doch eine Pause zu gönnen, so wollte sie davon nichts wissen. Dann befreite sie sich fast zornig aus seiner Umarmung und schaufelte mit wildem Trotz weiter. Sie stand wahrhaftig ihren Mann. Schon nach einer Woche, als endlich so etwas wie ein Graben zu erkennen war, konnte Tobias die Schaufel nicht viel öfter in der Stunde mit Erdreich füllen und leeren als sie. Was ihr anfangs an Körperkraft gefehlt hatte, machte sie durch Zähigkeit und Ausdauer mehr als wett. Sie litt, doch sie jammerte nicht. Es schmerzte ihn, nichts dagegen tun zu können. Sie hätte es auch nicht zugelassen. Und er liebte sie deshalb um so mehr.

Kurz nach Sonnenaufgang ließen sie Schaufeln und Hacke

fallen und schlurften völlig erledigt zu ihrem Lager. Dort warfen sie sich auf ihre Decken und waren meist schon eingeschlafen, kaum daß sie ihre schmerzenden Glieder ausgestreckt hatten.

Doch nach siebzehn Tagen hatten sie es endlich geschafft. Ein tiefer Graben führte von der Senke bis auf etwa zwei Meter an das Flußufer heran.

Als Sadik, der die letzten zehn Tage wie ein Berserker mit ihnen geschaufelt und gehackt hatte, eines Vormittags rief: »Genug. Das reicht!«, konnten Jana und Tobias kaum glauben, daß diese Qual ein Ende hatte. Beide waren sie ausgezehrt und im Gesicht ganz schmal geworden.

Das Floß lag schon seit Ende der ersten Woche bereit. Es war mit Absicht sehr schmal und sehr kurz geraten, damit es unterwegs ja nirgendwo steckenblieb oder einer scharfen Biegung nicht zu folgen vermochte. Sadik hatte an der Spitze eine Sturmlaterne befestigt, die zu Zeppenfelds Ausrüstung gehört hatte, und drei Reihen mit jeweils sechs Lederschlaufen angebracht, die er aus Sattelgurten gefertigt hatte.

Nun, da sie mit dem Graben fertig waren, dachte keiner an den Ruhetag, den sie sich nach der Fertigstellung eigentlich hatten gönnen wollen. Es drängte sie, auf das Floß zu steigen und die gefährliche Flußfahrt ins Ungewisse anzutreten.

»Ich träume schon seit Wochen von nichts anderem mehr, und ein Alptraum ist schlimmer als der andere«, gestand Tobias. »Laßt uns noch heute aufbrechen. Ich will es endlich hinter mir haben – so oder so!«

Jana nickte. »Ja, ich ertrage das Warten auch nicht länger.«

Sadik brauchte nicht erst überredet zu werden. Ihm erging es nicht anders.

»Viel vorzubereiten gibt es ja nicht mehr. Nur noch die Sprengung und die paar Sachen, die wir mitnehmen wollen. Das bißchen Reis, Datteln und Tee paßt gut in einen Beutel.« Es kamen noch zwei Beutel mit anderen Utensilien zusammen, die sie an die Schlaufen in der Mitte banden und mit ihren Körpern bedecken würden.

Schließlich trugen sie die sechs Pulverfässer zum Damm, griffen zum letzten Mal zu Spaten und Schaufel und gruben drei hüfttiefe Löcher. In jedes kamen zwei Fässer, jedoch ohne Deckel. Ein Teil des Schießpulvers aus dem oberen Faß verteilten sie im Loch. Sadik brachte die Lunten an, knüpfte sie zu einem geflochtenen Band von zehn Meter Länge zusammen und achtete dabei darauf, daß sie alle gleich lang waren, damit die sechs Fässer möglichst auch im selben Augenblick explodierten. Ihre letzte große Kraftanstrengung bestand darin, mehrere schwere Felsbrocken heranzuschleppen, mit denen sie die Löcher verschlossen, damit die Sprengkraft nicht nach oben in die Luft entwich, sondern seitlich wirkte und den Damm wegsprengte. Als sie damit fertig waren, hatte die Sonne ihren Zenit schon überschritten und befand sich auf ihrer absteigenden Bahn gen Westen.

Die Fackel, mit der Sadik die Lunte in Brand setzen wollte, steckte in sicherer Entfernung im Sand. Das Floß lag am Ufer vertäut. Die Sturmlaterne an seiner Keilspitze brannte. Ihre wenigen Habseligkeiten waren festgezurrt. Außer der Sprengung gab es nichts mehr zu tun.

»Es ist soweit«, sagte Sadik knapp. Sie waren alle innerlich so angespannt, daß sie jedes unnütze Wort vermieden. Sie brauchten auch nicht darüber zu reden, welches Wagnis sie eingingen. Es gab unzählige Dinge, die schiefgehen und ihnen im unterirdischen Wasserlauf den Tod bringen konnten.

Sie wußten es. Doch sie wußten auch, daß sie keine andere Wahl hatten. »Geht schon auf das Floß.«

Jana legte sich, ganz wie sie es geübt hatten, in der Mitte flach auf die Stämme, steckte die Füße in die Beinschlaufen und umfaßte mit den Händen die vorderen Schlaufen. Tobias schob ihr eine Decke unter das Kinn und ging dann auf der linken Seite in Position. Er und Sadik hatten auf dem Floß weit weniger Platz. Jeder von ihnen lag mit einem Arm und einem Bein halb über Jana, so daß sie sie mit ihren Körpern schützten.

Sadik überzeugte sich davon, daß alles so war, wie es sein sollte. Dann zog er die Fackel aus dem Sand und ging die hundert Meter flußaufwärts, wo die Lunte endete. Er zögerte einen Augenblick. Dann senkte sich seine Hand mit der Fackel, und die lodernde Flamme setzte die Zündschnur in Brand. Gierig fraß sie sich durch den Sand auf die drei Sprenglöcher zu.

Sadik warf die Fackel in den Fluß und rannte zum Floß zurück, blieb jedoch am Ufer stehen.

»Jetzt!... Der Augenblick der Wahrheit ist gekommen!« rief er. »Allah stehe uns bei!«

Sekunden vergingen. Nichts passierte.

Dann explodierte das Schießpulver. Es klang wie eine einzige Detonation. Der Damm verwandelte sich in eine gigantische Erdsäule, die in den Himmel stieg und sich dann auffächerte. Augenblicklich schoß das Wasser in einem mächtigen Schwall in den Graben. Der Fluß schien nicht mehr seinem alten Bett zu folgen, sondern sich für den viel einfacheren, da geraden Weg zu entscheiden, der sich ihm jählings eröffnet hatte. Mit Macht stürzten die Fluten durch den Stichkanal und ergossen sich in die Senke, um dort in die Breite zu gehen.

Es floß noch immer genügend Wasser durch das alte Flußbett, doch dieser Adererlaß hatte eine rasante Senkung zur Folge. Am Felsspalt sah man es ganz deutlich. Zwischen der Flußoberfläche und der oberen Felskante klaffte plötzlich ein mindestens anderthalb Meter hoher Freiraum.

Sadik jubelte. »Allah sei Dank! Unsere Rechnung geht auf!« rief er. »Der Fluß hat sich geteilt! Seht doch! Der Eingang im Fels ist offen!«

»Dann nichts wie los!« schrie Tobias.

Sadik kappte das Seil, mit dem er das Floß vertäut hatte, schob ihr primitives Gefährt auf die Flußmitte hinaus und schwang sich dann auf die Baumstämme. Schnell schob er sich halb über Jana, steckte Arme und Beine durch die Schlaufen und nahm den Blick nicht vom Felsschlund, der sich nun rasend schnell näherte.

»Tobias?«

»Ja, Sadik?«

»Wenn wir lebend aus diesem unterirdischen Flußlauf wieder herauskommen, muß ich euch unbedingt die Geschichte von Mulla Nasrudin und den Mohrrüben erzählen!« rief Sadik ihm zu. »Vergeßt nicht, mich daran zu erinnern!«

Tobias schlug das Herz vor Angst im Hals. »Mohrrüben! Mein Gott, wie kannst du jetzt bloß an Mohrrüben denken!« stieß er gequält hervor.

»Da!... Er kommt!... Jetzt!« schrie Jana mit gellender Stimme.

Er war der Felsschlund.

Niemand von ihnen warf einen Blick zurück. Das Tal mit der Oase und den geheimnisvollen Tempelanlagen verschwand. Die Sonne erstarb. Dunkelheit umfing sie.

Und dann erfolgte der Sturz.

Der Alptraum

Nach dem gleißenden Sonnenschein erschien ihnen das Licht der Kerze in der Sturmlaterne so schwach wie das Glimmen eines Glühwürmchens in einem Kohlenkeller. Der Sturz in die Tiefe erfolgte, noch bevor sich ihre Augen auf die neuen Lichtverhältnisse eingestellt hatten.

Sie hörten ein Rauschen, und dann passierte es schon. Es war, als kippe der Fluß von einer Sekunde auf die andere unter ihnen weg, um in einen gähnenden Abgrund zu stürzen. Die Schwärze um sie herum verstärkte diesen grauenhaften Eindruck noch.

Das Floß neigte sich weit nach vorn und folgte dem Fluß auf seinem Sturz in den unterirdischen Abgrund.

Jana, Sadik und Tobias schrien vor Entsetzen, als sie nach vorn rutschten. Wären die Lederschlaufen nicht gewesen, sie hätten mit Sicherheit den Halt verloren und wären vom Floß gestürzt.

»Allah sei uns gnädig!«

Tobias blieb das Herz stehen. Dies war das Ende. Hoffentlich kam es schnell und gnädig! Und in Sekundenbruchteilen tauchten Bilder aus der Vergangenheit vor seinem geistigen Auge auf.

Er hielt plötzlich wieder den ersten Kompaß in der Hand, den sein Vater ihm geschenkt hatte. Damals war er gerade fünf gewesen. Er sah sich mit Jana im Ballon, Onkel Heinrich in seinen Experimentierstätten, Zeppenfelds Angriff auf Gut *Falkenhof*, den falschen Prediger Nepomuk Mahn, Paris im Feuer der Barrikadenkämpfe, Jana in Zeppenfelds Gewalt, Gaspard, Parcival und Lord Burlington, den herrlichen Wintergarten, Chang und Mungo, Odomir Hagedorn, Jana und er im Fluß... Jana, Jana, Jana!

Das Floß tauchte in pechschwarze Flut ein. Ein mächtiger Schwall Wasser überflutete sie, erstickte ihre Schreie.

Ertrinken!

Der Tod!

Eine Hand krallte sich um Tobias' Arm. Jana?

Plötzlich stieß das Floß vorn wieder hoch. Das Wasser zog sich zurück, floß ab, und sie konnten wieder atmen. Wundersamerweise hatte das Licht in der Sturmlaterne die Sturzflut, die über sie hereingebrochen war, unbeschadet überstanden. Die Kerze brannte mit ruhiger Flamme und warf einen schwachen Schein auf glänzend glatten Fels, der sich über ihnen wölbte.

Jana schluchzte.

Tobias lachte schrill. »Gott im Himmel, wir haben diesen Sturz tatsächlich überlebt!« stieß er hervor.

Sadik gab ein langgezogenes, gequältes Stöhnen von sich. »Und ich dachte, nichts käme einem Ballonflug im Gewitter gleich! Ich habe... Angst... wahnsinnige Angst!« Seine Stimme schien ihm den Dienst versagen zu wollen.

»Wir werden es schaffen, Sadik. Jana, hörst du? Das Floß ist stabil. Es hält viel aus. Die erste schwere Probe hat es überstanden!« rief Tobias und hatte das Gefühl, im selben Augenblick lachen und weinen zu können.

»Ja, die erste... aber von wie vielen?« fragte Jana, noch immer unter dem Schock des Sturzes in die Finsternis.

»Egal, wie viele es sein mögen, wir werden sie alle überstehen!« rief Tobias beschwörend. »Alle! Wir müssen nur fest daran glauben.«

Wenig später gelangten sie in eine Grotte, die sich über ihnen wie eine Kathedrale öffnete. Riesige Felsnadeln hingen von der Decke herab. Der Kathedrale folgten mehrere Dutzend kleinere Grotten. Quarzgestein glitzerte über ihnen. Unheimliche Geräusche umgaben sie und ließen sie bis ins Mark erschauern.

Dann verengte sich der unterirdische Wasserweg jedoch wieder. Die Wände rückten immer näher, und ihre Angst wuchs in dem Maße, wie sich der Fluß verengte.

»Was ist, wenn der Fluß durch Spalten fließt, die ungeheuer tief sind, aber nicht breit genug für unser Floß?« sprach Jana den Gedanken aus, der ihnen allen gekommen war und sie mit Entsetzen erfüllte.

Keiner gab ihr eine Antwort. Sie wäre auch unnötig gewesen. Jeder kannte sie: Sie würden steckenbleiben wie ein Pfropf.

Wenn dann die Senke im Tal gefüllt war, würde der Wasserspiegel wieder steigen und sie letztlich ertrinken lassen.

Mehrmals schrammten sie an den Wänden entlang. Zweimal
blieben sie tatsächlich stecken. Es kostete sie unglaubliche Willenskraft, nicht in Panik zu geraten. Beim erstenmal genügte es,
mit den Händen ein wenig nachzuhelfen. Doch beim zweiten-
mal, eine halbe Stunde später, war ihnen eine Ausbuchtung
wie eine fette Nase aus Felsgestein im Weg.

Tobias ertastete auf seiner Seite, daß der Fels einen guten Meter unter der Wasserlinie wieder zurücksprang. »Wir müssen
das Floß kippen!«

Es war leichter gesagt als getan. Und beinahe wäre Tobias vom
Floß gestürzt, weil er sich bei diesem Befreiungsversuch von den
Lederschlaufen lösen mußte. Als sie freikamen und die Strömung sie mitriß, schlug er hin und wäre über Bord gegangen,
wenn Jana nicht im letzten Moment nach ihm gegriffen hätte.

Tobias schlüpfte gerade noch rechtzeitig wieder in seine
Schlaufen. Denn wenige Minuten hinter diesem Engpaß gerieten sie in unterirdische Stromschnellen. Das Gefälle hielt sich
in Grenzen. Gefährlich waren die Strudel zwischen den Felsblöcken.

»Darunter scheint es tiefe Spalten zu geben, in die ein Teil
des Wassers abfließt!« schrie Sadik, denn die Höhlen waren erfüllt von lauten gurgelnden und saugenden Geräuschen.

Hinter den Stromschnellen floß der Fluß eine ganze Weile
ruhig durch ein kilometerlanges System aus flachen Höhlen,
die durch vertikale Spalten miteinander verbunden waren.

Sie hatten längst das Gefühl für die Zeit verloren. Ihre Angst
hatte sich jedoch nicht gelegt. Sie wußten, daß sie jeden Augenblick in eine kritische, ja tödliche Situation geraten konnten.
Der Alptraum würde erst ein Ende haben, wenn diese unterirdische Welt sie wieder ausspuckte.

Sie glitten durch eine Grotte, deren Decke so hoch war, daß

sie sie im Licht ihrer Sturmlaterne nur erahnen konnten. Und sie war auch im Durchmesser größer als alle anderen, die sie bis dahin passiert hatten.

Sie war auch die gefährlichste.

In ihrer Mitte klaffte ein Loch, das einen Durchmesser von mindestens fünf Metern hatte. Ein Teil des Flusses stürzte hier senkrecht in die Tiefe, der andere Teil folgte einer breiten, V-geformten Felsrinne weiter links.

»Nach links!« schrie Sadik, riß seinen rechten Arm aus der Sicherheitsschlinge und begann wie verrückt zu paddeln. »Nach links! Rechts vor uns ist ein Mahlstrom. Er wird uns in die Tiefe reißen!«

Der Sog, der vom Wasserschacht ausging, schien sie nicht freigeben zu wollen. So sehr Sadik sich auch anstrengte, sie gelangten dem Loch, das ihnen den sicheren Tod bringen würde, immer näher.

»Gib mir das Seil!« schrie Tobias. »Schnell!«

Sadik zerrte es unter seinem Körper hervor. »Was hast du vor?«

Tobias knotete sich ein Ende hastig um die Hüften und das andere um die äußerste der vorderen Schlaufen auf seiner Seite. »Ich ziehe das Floß vom Loch weg. Du paddelst weiter!« rief er und sprang ins Wasser. Es war eisig und nahm ihm den Atem. Dann schwamm er los, mit der Kraft der Verzweiflung. Seine Arme peitschten durch das Wasser. Das Floß schien ihn mittels der Sogkraft rückwärts zu ziehen. Doch die Angst um sein Leben gab ihm ungeahnte Kräfte.

»*Aiwa, aiwa*, weiter so! Ich komme auch. Zusammen schaffen wir es!« schrie Sadik, robbte über Jana hinweg und ließ sich auf der anderen Seite ins Wasser. Von seinem Gewicht befreit, folgte das Floß nun merklich nach links.

Kurz darauf spürte Tobias, wie ihn die Strömung erfaßte, die auf die Rinne zuhielt.

»Zurück aufs Floß! Gleich reißt uns die andere Strömung mit!«

Sadik kehrte zu Jana zurück, die sie mit Paddeln unterstützt hatte. Als er merkte, daß die Gefahr durch den Sog des Wasserschachtes eindeutig gebannt war und ihr Floß merklich Fahrt in Richtung Rinne aufnahm, zog er Tobias am Seil ein.

»Nichts wie rein in die Schlaufen!« rief er, als Tobias sich auf die Stämme hievte.

Augenblicke später schossen sie durch die V-förmige Rinne. Und es ging rasant abwärts, wenn auch nicht gar so steil wie bei ihrem ersten Sturz in die Tiefe. Der Spalt vollführte mehrere abrupte Schlenker. Einmal war die Windung so scharf, daß sie mit dem Keil gegen den Fels krachten. Der wuchtige Rammstoß ließ das Floß erzittern. Die Taue ächzten, und einige rissen hörbar, doch die Stämme lösten sich nicht voneinander. Das Glas der Sturmlaterne ging bei dem heftigen Aufprall jedoch zu Bruch, und das Licht erlosch.

Wäre das Licht der Laterne schon vor der großen Grotte erloschen, wäre der tödliche Sturz in den Wasserschacht unabwendbar gewesen. Lagen noch ähnliche Gefahren vor ihnen, würden sie sie nicht bemerken und auch nichts dagegen unternehmen können.

»Jetzt befinden wir uns ganz in Allahs Hand!« flüsterte Sadik und tat das einzige, was sie jetzt noch tun konnten: hoffen und beten. Für den gläubigen Muslim war das ein und dasselbe. Er begann mit der ersten Sure:

»Im Namen Allahs, des Allbarmherzigen! Lob und Preis sei Allah, dem Herrn aller Weltenbewohner, dem gnädigen Allerbarmer, der am Tag des Gerichtes herrscht. Dir allein wollen wir dienen, und zu dir allein flehen wir um Beistand...«

Tobias merkte gar nicht, daß er in Sadiks Gebet einfiel, während ihr Floß plötzlich wieder in ruhigere Gewässer geriet. Doch sie sahen nicht, was um sie herum war. Ihr Gefühl für

Raum und Zeit war ausgelöscht. Die Welt schien nur noch aus einem schwarzen Fluß zu bestehen.

Sadik betete mit zunehmend monotoner Stimme, die verriet, daß er sich in einen tranceähnlichen Zustand geflüchtet hatte. Tobias hatte das schon einmal erlebt, nämlich bei ihrer Sturmfahrt mit dem Ballon. Er beneidete seinen Freund um diese Möglichkeit, der Angst und dem nicht endenwollenden Alptraum auf diese Weise entfliehen zu können.

Sadik kam bis zum 102. Vers der 4. Sure. Anhand der Seiten im Koran und der Zeit, die man bis dahin zum Vorlesen brauchte, errechnete Tobias später, daß nach dem Verlöschen ihres Lichtes mindestens zweieinhalb, eher sogar drei Stunden vergangen sein mußten.

»...denn Allah ist gnädig und barmherzig. Wenn ihr aber durchs Land zieht, so ist es keine Sünde, wenn ihr das Gebet abkürzt, falls ihr fürchtet, von Ungläubigen angegriffen zu werden«, betete Sadik.

Tobias fuhr in dem Moment zusammen. Ein Geräusch, das ihn in Angst und Schrecken versetzte, drang an sein Ohr.

»Sadik!« rief er – und dann noch einmal. Diesmal jedoch brüllte er den Namen seines Freundes heraus. »Saaadik!«

Das Gebet brach jäh ab. »*Aiwa?*« fragte er mit benommen klingender Stimme.

»Sadik, hörst du *das*?« Tobias Stimme überschlug sich. »Vor uns!... Da ist etwas!... Ein Abgrund!... Ein Wasserfall!... Irgend etwas in der Art!«

»Heilige Mutter Gottes, stehe uns bei!« stieß Jana entsetzt hervor.

»Allah!... Allmächtiger!«

Das ferne Donnern und Rauschen rückte rasch näher. Es erfüllte die Luft wie Sturmwind. Sie spürten, wie ihr Floß gegen Fels schrammte und eine scharfe Drehung vollführte.

»Licht!... Licht!« schrie Tobias wie ein Wahnsinniger.

»Der Wasserfall!... Der Wasserfall in der Schlucht, zwei Ta-
gesmärsche oberhalb von Al Kariah!« brüllte Sadik gegen das
zunehmende Brausen an. »Wenn wir den überleben, haben wir
es geschafft! Haltet euch, in Allahs Namen, mit aller Kraft fest!
Das ist die letzte...«

Die restlichen Worte gingen in dem schäumenden Toben unter, das plötzlich um sie herum war. Eine Riesenfaust aus
scheinbar kochendem Wasser packte sie und schleuderte sie
aus dem felsigen Schlund hinaus in das Licht einer untergehenden Sonne, die ihnen nach den Stunden vollkommener
Schwärze jedoch so blendend grell erschien wie ein Blitz in
stockdunkler Nacht.

Es war nichts als Weiß um sie herum. Und sie flogen durch
dieses Weiß, drehten sich um sich selbst, wußten nicht mehr,
wo oben und unten, wo Himmel und Erde, wo Luft und Wasser
war.

Dann erfolgte der Aufschlag, und eine zweite Riesenfaust aus
Wasser zerrte an ihnen, wollte ihnen die Lungen eindrücken
und preßte sie unter Wasser, wo sie wiederum herumgewirbelt
wurden, bis sie meinten, jetzt müßten ihre Lungen zerreißen
und ihr Schädel platzen und alles ein Ende haben.

Doch plötzlich schien jemand die tonnenschwere Last von
ihnen zu reißen, und es war eine fast friedvolle Stille um sie,
die auch das verklingende Donnern und Toben nicht zu stören
vermochte, das hinter ihnen schwächer wurde, und es war Luft
um sie und über ihnen ein feuerroter Himmel.

Halb betäubt, würgend, hustend und nach Atem ringend
richtete sich Tobias auf. Er konnte noch nicht glauben, daß sie
diese Höllenfahrt überlebt hatten. Er sah, daß ihr Floß sich im
seichten Uferwasser befand. Und dann sah er mit Entsetzen,
daß die Stämme auf der rechten Seite, wo Sadik seinen Platz gehabt hatte, nicht mehr da waren. Ihr Floß war auseinanderge-
brochen, und Sadik war hinweggespült worden.

Ein Dorn aus Eis schien sich in sein Herz zu bohren.

»Sadik?... Sadik?« schrie Tobias, befreite sich von den Schlaufen und taumelte mit Jana, die am ganzen Körper zitterte, an Land.

Sie suchten die Ufer ab und riefen nach Sadik bis weit nach Einbruch der Dunkelheit. Doch sie fanden keine Spur von ihm. Erschüttert kehrten sie zu den Überresten ihres Floßes zurück.

»Ich kann nicht glauben, daß er tot ist«, sagte Tobias und schämte sich seiner Tränen nicht. »Es wäre ungerecht, nachdem wir alles zusammen erlitten und durchgestanden hatten. Es kann nicht sein. Es darf nicht sein! Er hat mir... nein, er *bedeutet* mir so unendlich viel.«

»Wenn er noch lebt, werden wir ihn morgen finden«, versuchte Jana ihn und sich selbst zu trösten. »Und wenn... wenn er tot sein sollte, dann hatte er doch zuletzt noch die Gewißheit gehabt, nicht in der Schwärze dieser unterirdischen Spalten und Höhlen zu sterben, sondern unter der Sonne seiner geliebten *bádija*, seiner Wüste.«

Sie nahmen ihren Schmerz mit in den Schlaf, der sie bald übermannte und noch einmal mit dem Alptraum der letzten Stunden quälte.

Mohrrüben

Das Floß jagte auf eine Wand aus lodernden Flammen zu, und Tobias entfloh dem Grauen seines Alptraumes, indem er schrie und sich damit selbst aus dem Schlaf riß. Schweißnaß und schweratmend schlug er die Augen auf.

Aber das Feuer blieb!

Tobias blinzelte verständnislos in die Flammen. Er hörte

trockenes Holz knistern, und der Duft von Tee stieg ihm in die Nase. Das war kein Traum mehr. Das war Wirklichkeit. Mühsam kam er hoch.

»Kann mich erinnern, daß dein Schlaf schon mal ruhiger gewesen ist, mein Freund. Du solltest es vor dem Schlafengehen mal mit kalten Fußbädern versuchen«, sagte eine ruhige, leicht spöttische Stimme.

Die schläfrige Benommenheit fiel jäh von Tobias ab. Sein Kopf ruckte hoch, und er sah Sadik. Der Beduine hockte im Schneidersitz vor dem Feuer und gab gerade eine Handvoll Teeblätter in den verbeulten Wasserkessel, aus dem heißer Dampf aufstieg. Er tat es so ruhig und gelassen, als wäre nichts geschehen, was eines besonderen Wortes, geschweige denn einer ausführlichen Erklärung wert wäre. Und neben ihm saß Jana und strahlte ihn an. Ihre Wangen waren unter den Augen feucht.

»Sadik!« schrie Tobias, und es war ein Schrei, wie er ihn noch nie im Leben ausgestoßen hatte. Er kam nicht nur aus seiner Kehle, sondern in ihm steckte auch sein ganzes Herz. Das Glück, das er in diesem Moment empfand, war nicht in Worte zu fassen. Er sprang auf und fiel dem Beduinen um den Hals.

Sadik gab sich den Anschein, als hielte er diese Sympathiebezeugung für etwas übertrieben.

»Schon gut, schon gut. Was soll der Tag denn noch bringen, wenn du ihn schon so überschwenglich beginnst?« sagte er mit leicht rügendem Tonfall, während jedoch auch in seinen Augen ein verräterischer Schimmer stand.

Tobias schniefte, wischte sich die Tränen aus den Augen und lachte. »Du schlitzohriger Kameltreiber! Tu uns so etwas nur nicht noch einmal an!«

Sadik grinste. »Ich verstehe deine ganze Aufregung nicht, Tobias. Was Allah über dich geschrieben hat, ist dir bestimmt, und wenn du in einer Schachtel wärst mit einem Deckel drauf.«

»Red du nur!« rief Tobias und strahlte vor Freude. »Die freundliche Rede des Beduinen lockt selbst eine Schlange aus ihrem Loch, nicht wahr? Mein Gott, wir dachten schon...« Er sprach es nicht aus.

»Habe ich dir nicht gesagt, daß ich dir die Geschichte mit den Mohrrüben erzählen werde, wenn wir diese unterirdische Höllenfahrt lebend überstehen? Als der Berg uns ausspuckte, war das ja wohl der Fall, nicht wahr, und ich stand im Wort. Wie konntest du also glauben, daß sich ein aufrechter *bádawi* nach all dem, was hinter uns lag, von einem elenden Wasserfall in die Knie zwingen lassen würde? Mir scheint, dir mangelt es ein wenig am rechten Glauben«, zog er ihn auf und goß Tee in ihre Becher.

»Jaja, das Kamel trägt das Zuckerrohr und bekommt doch nur die Dornen zu fressen«, revanchierte sich Tobias schlagfertig und nahm seinen Becher mit einem fröhlichen Lächeln entgegen. »Und wie sagtest du nicht einmal so treffend: Allein vom Zerschneiden der Melone wird der Mund nicht kühl. Also erzähl uns schon von deinen Mohrrüben, Sadik.«

Dieser erwiderte das Lächeln. »Es sind, Allah sei Dank, im Laufe der Reise auch deine Mohrrüben geworden, zumindest bist du auf einige gestoßen, was vielsprechend ist.« Er nahm einen Schluck von seinem Tee und erzählte ihnen dann die Geschichte, die zu erzählen ihm so sehr am Herzen lag.

»Mulla Nasrudin, den ihr ja mittlerweile schon alle bestens kennt, bekam eines Tages vom Sultan eine überaus ehrenvolle Aufgabe. Er sollte die großen Weisen des Landes aufsuchen und die Essenz ihrer Weisheit mit nach Hause bringen. Mulla Nasrudin begab sich auf eine sehr lange und sehr kostspielige Reise, denn er wollte die ihm gestellte Aufgabe mit der allergrößten Gewissenhaftigkeit erfüllen. Nach vielen Monaten kehrte er zum Sultan zurück. Und als dieser zu erfahren begehrte, was denn nun das Ergebnis seiner Erkundigungen sei, antwortete Nasrudin ihm mit einem einzigen Wort: ›Mohrrüben.‹

Darüber geriet der Sultan so sehr in Zorn, daß er ihm mit dem Tod drohte, sollte es ihm nicht gelingen, diesen scheinbar üblen Scherz aus der Welt zu schaffen. Da erklärte Mulla Nasrudin ihm, was er herausgefunden hatte, und er sprach: ›Nun, mein Sultan, im Leben verhält es sich wie mit den Mohrrüben: Der beste Teil ist vergraben. Nur wenige erkennen am Grün über der Erde den Wert, der in der Erde verborgen ist. Wenn man sich nicht darum kümmert und nicht dafür arbeitet, geht es zugrunde. Und wahrlich: Viele Esel finden sich in seiner unmittelbaren Nachbarschaft.‹ Nun verstand der Sultan, applaudierte und überhäufte Mulla Nasrudin mit Geschenken. Das ist die Geschichte von den Mohrrüben.«

Tobias nickte, fing Janas Lächeln auf und wußte, daß er ein anderer war, als der Tobias, der noch vor gut einem Jahr davon geträumt hatte, der häuslichen Enge von Gut *Falkenhof* zu entfliehen. Er hatte später, als sie dem Geheimnis um den Falkenstock auf die Spur gekommen waren, davon geträumt, einen sagenhaften Schatz zu finden und dabei gleichzeitig auch zu Ruhm zu gelangen. Doch irgendwann auf dieser langen und gefahrvollen Reise, die auch eine noch längst nicht abgeschlossene Reise in seinem Innersten zu sich selbst geworden war, hatte sich sein Blick für die Welt allmählich verändert, und er war unterwegs auf ganz andere Reichtümer gestoßen, von denen er vorher kaum etwas geahnt hatte.

»Laßt uns aufbrechen«, sagte Sadik eine gute Stunde später, als sie ihren Tee getrunken und etwas von dem getrockneten Fleisch gegessen hatten, das ihnen als einzige Wegzehrung geblieben war.

»Wir haben noch einen weiten Weg vor uns.«

Das Floß war nicht mehr zu gebrauchen. Es fehlte ihnen an Seilen, um die paar Stämme, die ihnen geblieben waren, zusammenbinden zu können. So nahmen Jana und Tobias ihren *bádawi* in ihre Mitte, denn der Schorf unter Sadiks Fußsohlen war wieder aufgebrochen, und er legte seine Arme um sie.

»Stell uns ein Rätsel, Sadik«, bat Jana, als sie loszogen.

Der Beduine nickte. »Ein Vogel ohne Federn fliegt in die Welt, er überholt jeden anderen Vogel. Doch schwer ist es für ihn selbst, Seide zu berühren. Was ist das?«

Jana und Tobias überlegten, während sie dem Fluß nach Westen folgten. Die Sonne stieg in ihrem Rücken über die Berge.

Sadik stützte sich auf seine Freunde und atmete die warme, trockene Luft des jungen Tages ein. Die Welt war voller Wunder. Man mußte sie nur sehen wollen. Ja, voller Wunder – wie das Auge, das die Lösung dieses Rätsels war, ging es ihm durch den Kopf. Er lächelte, als er hörte, wie Jana und Tobias nach der Antwort auf sein Rätsel suchten. Er kannte noch viele Rätsel. Sie würden bis nach Al Kariah reichen und von dort nach Chartoum und wohin es sie danach verschlagen sollte, auf dem Karawanenweg ihrer Träume...

ENDE

Bibliographie

Im Zeichen des Falken

Bergeron, Louis u. a. (Hrsg.), *Das Zeitalter der europäischen Revolution 1780–1848*, Fischer Taschenbuch Verlag, Frankfurt am Main 1969

Bernhard, Marianne, *Das Biedermeier*, Econ Taschenbuch Verlag, Düsseldorf 1983

Bonsack, Wilfried M. (Hrsg.), *Das Kamel auf Pilgerfahrt – Arabische Spruchweisheiten*, Gustav Kiepenheuer Verlag, Leipzig 1978

Brückner, Peter, »...*bewahre uns Gott in Deutschland vor irgendeiner Revolution!*«, Verlag Klaus Wagenbach, Berlin 1978

Craig, Gordon, A., *Geschichte Europas 1815–1980*, Verlag C. H. Beck, München 1984

Engelmann, Bernd, *Die Freiheit! Das Recht!*, Verlag J. H. W. Dietz Nachf., Bonn 1984

Heisenberg, Werner, *Wandlungen in den Grundlagen der Naturwissenschaft*, S. Hirzel Verlag, Stuttgart 1949

Jarausch, Konrad H., *Deutsche Studenten 1800–1970*, Suhrkamp Verlag, Frankfurt am Main 1984

Johannsmeier, Rolf, *Spielmann, Schalk und Scharlatan*, Rowohlt Verlag, Hamburg 1984

Jung, Kurt M., *Weltgeschichte in einem Griff*, Ullstein Verlag, Berlin 1985

Paturi, Felix R., *Chronik der Technik*, Chronik Verlag, Dortmund 1988

Schulz, K./Ehlert, H., *Das Circus Lexikon*, Greno Verlag, Nördlingen 1988

Shah, Idries, *Karawane der Träume*, Sphinx-Verlag, Basel 1982

Shah, Idries, *Die fabelhaften Heldentaten des vollendeten Meisters und Narren Mulla Nasrudin*, Herder Verlag, Freiburg 1984

Stoffregen-Büller, Michael, *Himmelfahrten – Die Anfänge der Aeronautik*, Physik-Verlag, Weinheim 1983

Straub, Heinz, *Fliegen mit Feuer und Gas*, AT Verlag, Arau/Schweiz 1984

Weber-Kellermann, Ingeborg, *Landleben im 19. Jahrhundert*, Verlag C. H. Beck, München 1987

Weber-Kellermann, Ingeborg, *Frauenleben im 19. Jahrhundert*, Verlag C. H. Beck, München 1983

Wedekind, Eduard, *Studentenleben in der Biedermeierzeit*, Verlag Vandenhoeck & Ruprecht, Göttingen 1984

Valentin, Veit, *Geschichte der Deutschen*, Kiepenheuer & Witsch, Köln 1979

Auf der Spur des Falken

Bertraud, Jean-Paul, *Alltagsleben während der Französischen Revolution*, Verlag Ploetz, Würzburg 1989

Boehncke, Heiner/Zimmermann, Harro (Hrsg.), *Reiseziel Revolution*, Rowohlt Verlag, Hamburg 1988

Gautrand, Jean-Claude, *Paris der Photographen*, Herder Verlag, Freiburg 1989

Hürten, Heinz, *Restauration und Revolution im 19. Jahrhundert*, Klett-Cotta, Stuttgart 1981

Petersen, Susanne, *Marktweiber und Amazonen – Frauen in der Französischen Revolution*, Pahl-Rugenstein Verlag, Köln 1987

Siegburg, Friedrich, *Im Licht und Schatten der Freiheit*, Deutsche Verlagsanstalt, Stuttgart 1979

Wehler, Hans-Ulrich, *Deutsche Gesellschaftsgeschichte 1815–1845/49*, Verlag C. H. Beck, München 1987

Willms, Johannes, *Paris – Hauptstadt Europas 1789–1914*, Verlag C. H. Beck, München 1988

Vovelle, Michel, *Die Französische Revolution – Soziale Bewegung und Umbruch der Mentalitäten*, Oldenbourg Verlag, München 1982

Im Banne des Falken – Im Tal des Falken

Assaf-Nowak, Ursula (Üb. & Hrsg.), *Arabische Märchen*, Fischer Taschenbuch Verlag, Frankfurt am Main 1977

Beltz, Walter, *Sehnsucht nach dem Paradies – Mythologie des Koran*, Buchverlag Der Morgen, Berlin 1979

Boehringer-Abdalla, Gabriele, *Frauenkultur im Sudan*, Athenäum Verlag, Frankfurt am Main 1987

Casson, Lionel, *Das alte Ägypten*, Time-Life Verlag, Amsterdam 1975

Ceram, C. W., *Götter, Gräber und Gelehrte*, Rowohlt Verlag, Hamburg 1988

Croutier, Alev Lytle, *Harem – Die Welt hinter dem Schleier*, Wilhelm Heyne Verlag, München 1989

Delcambre, Anne-Marie, *Mohammed, die Stimme Allahs*, Otto Maier Verlag 1990

Eaton, Charles Le Gai, *Der Islam und die Bestimmung des Menschen*, Eugen Diederichs Verlag, Köln 1987

Fagan, Brian M., *Die Schätze des Nil*, Rowohlt Verlag, Hamburg 1980

Fischer, Ron, *Spione des Herzens – Die Sufi-Tradition im Westen*, Knaur Verlag 1989

Fuchs, Walter R., *Und Mohammed ist ihr Prophet*, Droemer Knaur Verlag, München 1975

Housego, Jenny, *Nomaden-Teppiche*, Busse Verlag, Herford 1984

Hunke, Dr. Sigrid, *Der Arzt in der arabischen Kultur*, Deutsche Verlagsanstalt, Stuttgart 1978

Kluge, Manfred (Hrsg.), *Die Weisheit der alten Ägypter*, W. Heyne Verlag, München 1980

Kraus, Wolfgang, *Mohammed – Die Stimme des Propheten*, Diogenes Verlag, Zürich 1987

Martin, Heinz E. R., *Orientteppiche*, Heyne Verlag, München 1983

Pollack, Rachel, *Der Haindl Tarot*, Droemer Knaur Verlag, München 1988

Poppe, Tom (Hrsg.), *Schlüssel zum Schloß – Weisheiten der Sufis*, Schönbergers Verlag, München 1986

Pückler-Muskau, Herman Fürst von, *Aus Mehemed Alis Reich – Ägypten und der Sudan um 1840*, Manesse Verlag, Zürich

Seefelder, Matthias, *Opium – Eine Kulturgeschichte*, Deutscher Taschenbuch Verlag, München 1990

Taeschner, Franz, *Geschichte der arabischen Welt*, Kröner Verlag, Stuttgart 1964

Ullmann, Ludwig, *Der Koran*, Goldmann Verlag, München 1959

Vercoutter, Jean, *Ägypten – Entdeckung einer alten Welt*, Otto Maier Verlag, Ravensburg 1990

Weigand, Jörg (Hrsg.), *Konfuzius – Sinnsprüche und Spruchweisheiten*, Wilhelm Heyne Verlag, München 1983

Woldering, Irmgard, *Ägypten – Die Kunst der Pharaonen*, Holle Verlag, Baden Baden 1962

Yücelen, Yüksel, *Was sagt der Koran dazu?*, Deutscher Taschenbuch Verlag, München 1986